KB135937

HARD
PUSHED
A Midwife's
Story

힘주세요!

리어 해저드 지음

김수민 옮김

탄생과 죽음이 오가는 분만실의 기록

ㅎ현암사

힘 주 세 요 ! —탄생과 죽음이 오가는 분만실의 기록

초판 1쇄 발행 · 2020년 2월 25일
지은이 · 리어 해저드
옮긴이 · 김수민
펴낸이 · 조미현

편집주간 · 김현림
책임편집 · 김호주
디자인 · 나윤영

펴낸곳 · (주)현암사
등록 · 1951년 12월 24일 (제10-126호)
주소 · 04029 서울시 마포구 동교로12안길 35
전화 · 02-365-5051   팩스 · 02-313-2729
전자우편 · editor@hyeonamsa.com
홈페이지 · www.hyeonamsa.com

ISBN 978-89-323-2041-0

이 도서의 국립중앙도서관 출판예정도서목록(CIP)은 서지정보유통지원시스템 홈페이지
(http://seoji.nl.go.kr)와 국가자료공동목록시스템(http://www.nl.go.kr/kolisnet)에서
이용하실 수 있습니다.(CIP제어번호 CIP2020006003)

앉아서 눈물을 흘리지만 여전히 전사라고
칭할 수 있는 사람들이 반드시 존재한다.

— 에이드리엔 리치

차 례

이 책에 담긴 이야기들은 내 삶의 경험과 기억을 기반으로 그려졌다. 환자의 비밀을 보장하고 동료의 사생활을 보호하기 위해 이름과 장소, 신원이 노출될 만한 모든 특징들은 바꾸었다. 여기서 들려주는 사례들은 특정 환자나 개인을 모델로 하지 않으며 나의 다양한 경험에서 끌어온 인물들의 이야기 모음이다. 비슷한 점이 발견된다면 그것은 모두 순수한 우연의 일치다.

모든 것이
시작되는 곳

또 한 번의 밤, 또 한 여성의 질.

나는 낯선 여성의 다리 사이에서 밤을 지새우는 일에 익숙하다. 열두 시간 동안 일면식도 없는 두세 명의 여성들과 차례로 한 공간에서 함께 보낼 때도 있다. 그러나 오늘 밤은 조금 다르다. 시계는 새벽 3시 42분을 가리키고 있고, 일은 계획대로 흘러가지 않는다. 아주 가까운 거리에서 한 사람의 질 앞에 앉아 있는 느낌은 총구를 빤히 내려다보고 있는 것과 비슷하다. 출산에는 본질적으로 위험이 따른다. 일종의 생리적 러시안룰렛 게임이라고 할 수 있고, 조산사라면 누구나 총알을 피할 수 있기를 기도한다.

"못 하겠어요." 기진맥진해서 흐느끼는 목소리가 들려

온다. 동시에 내 앞에서 번질번질한 검은 머리가 조금씩 모습을 드러내기 시작한다. "잘하고 있어요. 다 왔어요." 내가 기운을 북돋는 목소리로 답한다. 나는 벽시계를 힐끗 쳐다보고 스스로에게 조용히 말한다. '03시 44분, 두정부 시야에 들어옴.' 아기가 안전하게 세상으로 나오고 나면 피로 얼룩진 종이타월을 봉지에 넣어 꼬리표를 달아 묶어놓고, 차와 비스킷을 담은 쟁반을 창턱에 놓은 다음, 그때까지의 모든 시간과 사건들을 상세하게 기록해야 한다. 그러나 이 모든 것은 아기가 무사히 세상 밖으로 나왔을 때의 이야기다.

또 한 번의 진통이 내 앞에 누워 있는 여성의 몸을 관통한다. 그녀의 벌려진 다리가 크게 흔들리며 떨린다. 아기의 머리가 밀려 나오며 바깥세상과 조금씩 더 가까워지면서 작았던 검은 원이 더 커진다. 나는 말없이 조용히 머릿속에 기록한다. '03시 46분. 두정부가 나오고 있음.' 침대 위쪽에서부터 목소리가 들려온다. "제기랄, 그만 멈추게 해줘요. 끄집어내요. 떼어내 버려요. 어떻게 되든 이젠 상관없어요." 노력에 비해 진행은 너무나 더디다. 땀방울이 내 콧날을 타고 흘러내리기 시작한다. 방 안은 산모의 다리 사이를 비추는 한 줄기 눈부신 하얀 빛을 제외하고 어둠에 휩싸여 있다. 나는 소독한 장갑을 끼고 있어서, 내 앞의 여성 이외의 어느 것도 만질 수 없다. 땀방울이 코와 턱, 뒷목을 따라 흘러내리게 내

버려 둔다.

"회음부가 너무 경직되어 있어요." 또 다른 목소리가 어깨 너머에서 들려온다. 내 도움 요청을 받고 온 조산사 메리가 상황을 지켜보고 있다. "벌어져 있지 않네요." 그녀의 말은 내가 느끼는 무언의 공포를 그대로 반영하고 있다. 또 한 번의 진통이 여성의 몸을 흔들고, 아기의 정수리가 양 허벅지 사이에 위치한 이 두툼한 피부 띠를 밀고 나오려고 애쓰지만 부질없는 노력이다.

"틱, 틱, 틱, 틱…… 틱……." 감시기가 느리고 불규칙한 아기의 심장박동을 잡아내고, 익숙한 경고음에 메리와 나는 동시에 긴장한다. '03시 49분, 심박수 분당 96으로 감속.' 우리가 두려워하는 북소리다.

"아기가 조금씩 지쳐가고 있어요." 나는 침대에 누워 있는 여성에게 조심스럽게 이야기한다.

"저도 그래요." 피곤에 지칠 대로 지친 날카로운 목소리가 응수한다.

약해진 진통과 함께 아기의 머리가 조금씩 밀려 나온다. 그러나 이번에도 팽팽한 피부가 이를 저지한다.

"회음부를 절개하는 수밖에 없겠어요." 메리가 속삭인다. 나는 내 오른쪽에 준비된, 손만 뻗으면 닿을 거리에 있는 철제 손수레를 흘깃 쳐다본다. 쟁반 위에는 다양한 도구들이 놓여 있다. 탯줄 집게와 물, 탈지면, 생리대. 탯줄을 자를 때 사용하는 작고 뭉툭한 가위와 피부와 근육 절단용으로 사용하는 짧고 곧은 날을 가진 또 다른 긴 가위. 최근에 병원은 의료기 납품업체를 교체했고, 우연인지 아닌지는 모르겠지만 이 쟁반에 든 가위 대부분의 날이 무뎠다. '더 싸고 더 무디다.' 태아심박감지기의 심박수가 불규칙하게 느려질 때 나는 의료진이 이런 문구가 적힌 티셔츠를 가지고 있을지도 모른다고 상상해본다. 나는 피곤한 정신을 얼른 추스르고 눈앞의 상황에 집중하면서 머릿속으로 다시 기록을 시작한다. '오후 3시 51분'이라는 생각이 스친다. 그러나 곧바로 이 생각에 가상의 선을 그어 지워버린다. 내 뇌는 지금이 낮이기를 바라고 있나 보다. '03시 51분.' 정신을 차리고 다시 기록한다. '태아의 심박수 108bpm, 지속적으로 느려짐. 회음절개 준비.'

"절개를 살짝 해야 할지도 몰라요." 나는 침대에 누워 있는 산모에게 밝은 목소리로 말한다. "그렇게 하면 아이가 나오는 데 도움이 되죠." 조산사의 업무 중에는 '살짝'이란 단어를 쓸 일들이 아주 많다. 살짝 절개하기, 살짝 찢기, 출혈이 살짝 보임 등. 출혈과 관련해서는 몇 방울 떨어지는 정도에서부터 쏟아져 나오는 경우까지 모든 상황을 설명하는 데 사용된다. 회음절개는 우리가 베풀 수 있는 많은 작은 자비중 하나다. 우리는 일찍부터 상황을 대단치 않게 생각하거나 시치미 떼는 법을 배운다. 출산 과정이 얼마나 잔혹한지는 따로 설명할 필요도, 설명하려고 애쓸 필요도 없다.

감시 장치가 계속해서 불규칙한 고동 소리를 들려준다. 아기의 심박수는 이제 분당 74로 떨어졌다. 정상보다 대략 절반으로 줄어든 수치다. 진통이 잠시 멈춘 사이에도 정상 범위로 되돌아오지 않는다. 메리가 내게 가위를 건넨다. 손수레 모서리에 놓인 국부 마취제 리도카인이 담긴 유리병이 빛에 반사되어 반짝인다. 아기의 심박수가 느려지고 있어서 국부 마취제를 주사할 시간이 없을지도 모른다.

"제기랄, 젠장, 젠장." 목소리가 들린다. 산모의 목소리인지 내 머릿속에서 들려오는 목소리인지 더 이상 확신이 서질 않는다. 긴장과 카페인 때문에 손이 떨린다. 나는 회음부 바로 안쪽에 두 손가락을 넣고 고리 모양으로 만들어 피부와 아기 사이에 절개할 수 있는 공간을 확보한다. 전문용어로는 중외측회음절개술이라고 하며, 쉽게 풀어 설명하자면 부드러운 조직을 8시 방향으로 비스듬히 깊게 자르는 방법이다. 골반기저근에 해를 가하기는 하지만 통로 문제를 즉각적으로 해결하여 아기가 수월하게 나올 수 있게 해준다. 나는 이 방법이 싫다. 여성의 몸에 칼을 대는 행위라서 싫고, 이것이 산모에게 이후로 수주까지는 아니더라도 수일간 고통을 안겨주기 때문에 싫다. 그리고 모든 상황이 잘 마무리된다면

반 시간쯤 안에 내가 산모에게 저지른 짓을 수습해야 한다는 사실을 알기 때문에 싫다. 산모가 가슴에 안기어 행복하게 꼼지락거리는 아기를 보며 안정을 취하기 시작하자마자 나는 새롭게 활력을 찾고 두 번째 라운드를 시작해야 한다. 손을 깨끗이 문질러 씻고, 가운을 입고, 새로운 기구를 준비하고, 끝이 굽은 바늘과 감겨 있는 봉합선을 들고 훼손된 부위를 바로잡기 위해 허공에서 자세를 취한다.

나는 가위를 든다. 엄청난 진통이 여성을 덮치고, 아기의 머리가 앞으로 꺾인다. "하느님, 맙소사. 아아아아아악." 울부짖는 소리. '제발 이 가위가 날카롭게 잘 들기를.' 내 머릿속에서 조용하게 그러나 다급하게 기원하는 목소리가 들린다. '제발 이 아기가 나오게 해주세요. 제발 아무 문제 없게 해주세요.' 그리고 끝에는 모든 조산사가 항상 바라는 기도가 정신없이 이어진다. '제발 제가 이 일을 계속할 수 있게 해주시고, 끔찍한 일이 발생해서 해고당하는 일이 없게 해주세요. 그리고 제발, 제발, 제발 제 방광이 이 일이 완전히 끝날 때까지 최소한 한 시간은 더 견딜 수 있게 해주세요.'

아직 새벽 4시가 되지 않았다. 나는 거의 하루를 꼬박 새고 있다. 가위가 살에 닿는다. 내가 어쩌다 여기까지 오게 된 걸까?

볼링공, 그리고
출산 이야기

내게 출산에 대해 가르쳐준 사람은 마이크 카츠 선생님
이었다. 그는 1976년 미스터 올림피아 2등(90킬로그램 이상의
중량급)을 포함해 미스터 인슈어런스 시티(1963년 9위), 미스
터 유니버스 톨(1973년 3위), 미스터 아메리카 톨 앤 오버롤
(1970년 4위) 등 유명한 대회에서 우수한 성적을 거두었다. 고
등학교 때 알게 된 마이크 카츠 선생님은 경험 많은 보디빌
더이자 교사이며 아이스하키 코치였다. 전성기 때의 가슴둘
레가 152센티미터였고, 이두박근이 너무 커서 두 팔이 몸통
에서 떨어진 채 당당하고 활기차게 학교 복도를 걸어다녔다.

역도와 근육량 같은 것은 내 관심사가 아니었지만 모든
학생은 '건강' 수업을 필수로 들어야 했다. 이 수업을 누가

가르쳤겠는가? 카츠 선생님이다. 대부분의 수업은 학교가 소장하고 있는, 음주운전에서부터 '성교육'까지 광범위한 주제를 다루는 교육용 영상을 위주로 진행되었다.

그러나 정말로 가장 중요한 것은 출산 동영상이었다. 중대한 순간이 왔을 때 카츠 선생님은 교실 앞에 서서 진지하게 리모컨을 비디오 플레이어에 조준했고, 진통에 대한 설명은 거의 없이 분만 장면을 보여주는 비디오가 윙 소리를 내며 돌아가기 시작했다. 화면이 깜박거리며 양옆으로 활짝 벌린 여성의 다리 사이에서 아기의 머리가 나오는 장면을 클로즈업해 보여주었다. 비명소리가 들렸고, 피가 보였으며, 가련한 여성의 통과하기 불가능해 보이는 크기의 외음부를 확장시키면서 아기의 머리가 점점 더 크게 모습을 드러냈다. 남학생들은 여성의 음부를 보기 드물게 적나라하게 클로즈업해서 보여주는 장면에 역겨워해야 할지 흥분해야 할지 몰라 자리에서 몸을 들썩였다. 여학생들은 몸을 움찔하며 다리를 꼬았지만 화면에서 눈을 떼지 못했다. 이것이 우리의 미래란 말인가? 어떻게 하는 거지? 비명은 언제 멈추지? 그리고 이 자리에는 즐거움으로 눈을 반짝이며 활짝 웃고 있는, 교실 앞에서 장황하게 말을 늘어놓는 카츠 선생님이 있었다.

"저 아기의 머리 크기를 좀 봐! 마치 볼링공 같구나." 선생님이 외쳤다.

카츠 선생님이 출산 전문가는 아니었지만, 출산 비디오에 대한 무언가가 오랫동안 내 머릿속에서 떠나지 않았다. 미적 감각과는 거리가 먼 무자비한 영상이라는 점과 별개로 나는 카츠 선생님이 느낀 경외감에 일부 공감하지 않을 수 없었다. 출산은 굉장한 사건이라는 진실이 내 앞에 모습을 드러냈다. 때로는 맹렬하고, 때로는 충격적이지만 정말로 굉장하다. 저 크기의 머리가 어떻게 저 좁은 질의 통로를 통과해 밖으로 나올 수 있는가는, 가장 냉소적인 관찰자조차 궁금해하며 시선을 떼지 못하기에 충분한 불가사의다. 그러나 열여섯 살이던 나를 진짜로 매료시킨 것은 여성이 다른 방식으로 출산할 수도 있는가라는 궁금증이었다. 앉아서, 서서, 심지어 미소를 짓거나 웃으면서 아이를 낳을 수 있을까? 누구의 것인지 알 수 없는 외음부만을 근접 촬영한 영상 외에 비디오 속의 그 여성에게, 그녀의 얼굴과 심장, 정신에 어떤 일이 일어났을까?

이때 이후로 여러 해의 세월이 흘러가는 동안 출산의 미스터리에 대한 생각은 언뜻언뜻 머릿속을 스쳐 지나가기만 했다. 그러다가 마침내 스물다섯 살의 새신부가 된 나는 솔직한 성격에 적갈색 수염을 기른 스코틀랜드인 남편과 아기를 가지는 생각이 거부할 수 없을 만큼 매력적임을 깨닫기 시작했다. 그리고 이 생각이 임신 테스트기에 두 개의 푸른 색 줄로 구체화 되었을 때, 나는 이전에는 온 마음을 다해 피하려고 했던 엄마가 되는 상황을 받아들였다. 나는 책을 읽고, 인터넷을 샅샅이 뒤지고, 의무감에 휩싸인 임산부 모드로 첫 '부모기술parentcraft'이라고 하는 출산 준비 수업을 들었다.

'부모기술'이라는 표현은 우아한 공예 활동처럼 들린다. 양봉과 바구니 짜기, 카페라테 만들기 등 오늘날 지역 문화센터의 강좌 목록에서 볼 수 있는 제목 같다. 그러나 현실은 조금 달랐다. 우리가 들어선 곳은 지역 산부인과 병원 지하에 위치한 창문 없는 방이었고, 우리처럼 아무것도 모른 채 눈을 동그랗게 뜬 부부들로 가득 차 있었다. 수년 전에 카츠 선생님의 수업시간에 그랬던 것처럼 나는 앉아서 '지식'이 전달되기를 기다렸다.

한 시간 반 동안 짧은 은발에 장난기 넘치는 반짝이는 눈을 가진 나이 들어 보이는 조산사가 방 앞쪽 이젤에 놓인 인체 그림을 큰 몸짓을 써가며 대단히 열정적으로 설명했다. 자궁은 진홍색, 방광은 푸른색, 질은 세련된 장미색으로 묘사되어 있었고, 생식계 전체가 이국적인 나선 모양의 바다 생명체처럼 둥그렇게 말려 있었다. 교육이 진행될수록 방 안은 열기가 달아올라 점점 안개가 자욱하게 낀 열대지방같이 변하며, 스코틀랜드의 겨울에 젖은 사람들의 스웨터가 축축한 개의 냄새를 뚜렷하게 풍기기 시작했다. 아기가 배 속에서 계속 발로 차는 통에 목구멍으로 강한 욕지기가 올라왔고, 내 시야는 몸이 의자에서 미끄러지면서 좁아졌다. 나는 '이 일이 체질에 맞지 않는' 것이 확실했다. 메스꺼움과 수치심의 뒤를 따라 극심한 공포와 의심이 자라났다. '부모기술' 수업조차 감당하지 못하면서 어떻게 진통과 분만, 볼링공이 나오는 피할 수 없는 순간을 극복할 수 있을까?

이러는 사이에 딸들이 태어나며 나는 출산 전반을 경험하게 되었다. 길고 고통스러웠던 산고 끝에 제왕절개술 한 번, 아기가 예상보다 빨리 나오는 바람에 조산사가 도착하기도 전에 남편이 아기를 받아야 했던 자택 출산 한 번. 두 번의 출산이 어떻게 이리도 다를 수 있단 말인가? 유일한 공통분모가 있다면 아기뿐이라고 느꼈지만, 각각의 출산을 통해 나는 내 신체와 정신 능력의 한계를 경험했다.

뒤늦은 깨달음과 부모기술 수업과 개인적 경험을 통해 여러 지식을 얻었음에도 나는 여전히 답을 알 수 없었다. 어떻게 그런 일이 일어날 수 있었지? 어떻게 수십만 명의 여성들이 무한히 많은 서로 다른 길을 따라 동일한 목적지에 다다를 수 있었을까? 이런 여정을 더욱 기쁘게 만들고 성취감을 느끼게 해주는 방법이 있다거나 이런 기술들을 가르치거나 배우는 일이 가능할까? 설령 가능하다고 해도 내가 이런 어둠의 예술을 배울 자질을 가지고 있을까? 실용적인 기술이라곤 거의 가진 것이 없는 내가? 손과 눈이 따로 노는 몸치에다 상식이 헛웃음이 날 정도로 부족한 내가? 그 옛날 출산 비디오를 시청한 후 마음속에 심어졌던 의문들이 시급히 생각해보아야 할 흥미로운 현실로 다가왔다. 당시 나는 텔레비전 방송국에서 일을 하고 있었는데, 하루하루 만족감이 줄어드는 중이었다. 잠시 공부를 다시 할까 하는 생각을 했으나 그때까지도 학교를 다시 다녀야 한다는 사실에 대한 거부감은 조산사에 대한 내 관심에 그늘을 드리웠다. 그러다가 딸들이 성장하고 새로운 직업을 가지는 일이 실현 가능해지면서 균형이 깨졌다. 어쩌면, 정말로 어쩌면 내가 여성들이 임신과 출산 동안 품위를 (그리고 골반기저근을) 손상시키지 않으면서 이 시기를 무사히 넘기도록 도와주는 조산사가 될 수 있는 또 다른 세계가 존재할지도 모른다는 생각이 고개를 들기 시작했다.

내가 거주하는 지역의 조산사 양성 과정의 전형 방법인 면접은 실기와 격렬한 심리적 압박의 조합이었다.(훗날 이것이 조산사라는 직업에 대한 완벽한 대비 과정이었음을 깨달았다.) 두 명의 면접관이 나를 면접실로 안내한 후 비교적 일반적인 질문들을 했고, 나는 이에 어렵지 않게 답했다. 상대의 말에 귀를 기울일 자세가 되어 있는 사람들과 자주성과 신념, 권리에 대해 이야기하는 시간이 즐거웠다. 두 여성이 긍정의 표시로 고개를 끄덕였고, 나는 생각했다. 별것 아니군. 그동안 그 야단법석을 떨 이유가 있었나?

그러나 어느 순간 면접의 분위기가 확 바뀌었다. 나는 무시무시한 수학 시험에 대해 이미 알고 있었지만 면접관들이 면접실 모퉁이에 놓인 작은 책상에 앉으라고 말했을 때 내 심장을 관통하는 순도 100퍼센트의 두려움에 대비할 수 있는 것은 아무것도 없었다. 이보다 더 나쁜 것은 조산사가 매일 마주하게 되는 계산을 시험하도록 설계된 수학 문제였다. 이 시점에서 내가 연산에 강하지 않다는 사실을 분명히 밝히고 넘어가겠다. 나는 요리에 들어가는 재료의 양을 잘 계산하지 못하고, 심지어 지금도 약의 용량을 계산할 때마다 긴장하며 식은땀을 흘린다. 특히 야간근무를 마칠 때는 단순 덧셈이 노벨상을 받을 수준의 천체물리학 공식인 것처럼 확인하고 또 확인한다.

현실은 이렇지만 나는 크게 심호흡을 하고 마치 매일 아침 새로운 대수방정식 문제를 풀며 시작하는 사람처럼 미소를 지었다. 초보 조산사를 위한 교훈 하나, 조산사 업무는 기술이 1이라면 나머지는 배짱이다. 지금까지도 나는 산술 능력 때문에 내가 조산사 양성 과정에 입학할 수 있었다고 생

각하지 않는다. 20분 동안 엄한 감시를 받는 가운데 바지에
오줌을 지리지 않고 계산해낼 수 있는 능력 때문이었다고 확
신한다.

조 산 사 실 습 생 해 저 드

그 녀 가 하 고 있 어 요

첫 현장실습은 병원의 산부인과 병동에서 야간근무로 시작되었다. 나는 자동차를 몰고 병원 주차장으로 들어갔고, 엔진을 끈 다음에 두려움으로 뻣뻣해진 몸으로 운전대를 꽉 붙잡고 내 앞에 서 있는 건물을 뚫어져라 쳐다보며 앉아 있었다. 달은 뜨지 않았지만 건물의 창문에서 새어나오는 노란 불빛이 건물 밖에 환자복을 입고 옹기종기 모여 담배 피우는 사람들을 비추고 있었다. 건물 자체가 에스트로겐으로 가동되는 거대한 발전기에서 뿜어져 나오는 정신없는 에너지로 가득 찬 것처럼 보였다. 나는 모든 층의 창문을 통해 보이는, 이리저리 움직이는 검은 그림자를 바라보며 전율을 느꼈고 볼 안쪽 살을 깨물었다. 어떤 그림자는 커다란 풍선 다발을 들고 가고, 어떤 그림자는 호출 벨소리를 듣고 급하게 뛰어가고 있었다.

물론 병원에서 첫 근무를 수행하기에 앞서 여러 시간에 걸친 철저한 준비가 선행되었다. 아니다, 나는 지난 몇 주 전부터 공책을 열심히 읽으며 출산 과정을 복습하지 않았고, 골반 모형을 가지고 모의 분만 훈련도 하지 않았다. 나는 마지막으로 한 번 더 덧바른 블러셔와 아이라이너가 내면에 깔려 있는 절망적인 공포를 어떻게든 감춰주기를 희망하며 어처구니없을 정도로 긴 시간을 화장에 쏟았다. 과거에 밤샘 공부를 안 해본 것은 아니지만 그때는 내게 생명을 구하거나 찢어진 피부를 봉합하는 일을 요구하지 않았다. 나는 내 담당 멘토의 눈살을 찌푸리게 만들 것이 분명한 물질의 신성한 힘을 빌리지 않고 이런 초인간적이라고밖에 할 수 없는 위업을 감당해낼 수 있을 것 같지 않았다.(이후의 경험으로 나는 깜짝 놀랄 만한 수의 의료 전문가들이 성급하게 약물 남용의 소용돌이에 기꺼이 자신을 내던진다는 사실을 알게 되었다. 이들은 교대근무와 감정 소모로 쌓인 만성 피로를 해결하기 위해 필요한 어떠한 수단도 마다하지 않았다.)

지금은 근무 상황에 따라 완전히 합법적인 각성제(커피)와 진정제(잇몸의 감각을 무디게 만드는 차가운 화이트 와인 한 잔 또는 몇 잔)를 활용한 자가 치료의 대가가 되었지만 첫 야간

근무를 앞두고는 혼란에 휩싸여 어찌해야 좋을지 몰랐다. 어떻게 졸지 않고 깨어 있지? 언제 먹어야 하지? '무엇'을 먹어야 하지? 12시간 15분에 이르는 근무시간 동안 세 번의 휴식시간이 주어진다는 사실을 알고 있었지만 누가 아침을 밤 10시에, 점심을 새벽 1시에, 저녁을 아침 6시에 또는 완전히 정반대의 순서로 먹는단 말인가? 바로 전 주에 나는 시간대에 구애받지 않고 배고프면 언제든지 먹을 수 있는 음식과 간식을 담은 다양한 통들을 단단히 밀봉하고 커다란 가방에 가득 채우며 시간을 보냈다. 이날 밤 에너지바와 볶음밥, 과일 샐러드, 프레즐 과자가 담긴 가방을 짊어지고 병원 주차장을 가로질러 가는 내 모습을 누군가가 보았다면, 내가 하루 야간근무를 하는 실습생이 아닌 장기 입원 환자라고 생각했을 것이 분명하다.

가방을 어깨 위로 들어 올리면서 나는 건물 정문에 세워져 있는, 낮게 쪼그리고 앉아 있는 임신한 여성의 조각상을 지나갔다. 볼록하게 튀어나온 조각상의 계란형 복부가 어둠 속에서조차 매끄럽게 윤이 나며 빛났고, 회전문을 통과해 직원 탈의실로 걸어가는 나를 바라보는 그 얼굴은 무표정했다.

어떤 점에서 산부인과 병동 탈의실은 뛰어난 평형 장치의 역할을 한다. 큰일을 앞두고 예민해진 신경을 진정시키기 위해 흔히들 '사람들이 홀딱 벗은 모습을 그려보라'고 하는

데, 탈의실은 안절부절못하는 초보 조산사가 새로운 동료들의, 말 그대로, 벌거벗은 모습을 볼 수 있는 공간이기 때문이다. 성질을 부리며 당신을 울게 만든 그 병동 간호사? 그녀는 자신만의 '오늘의 바지'를 입고 있다. 쓰레기봉투를 규정된 '백조 목' 모양으로 꽉 조여 묶지 않고 매듭을 지어 묶었다는 이유로 일을 엉망으로 했다고 호통친 그 간호조무사? 레이스가 달린 끈 팬티를 입고 털이 무성한 비키니 라인과 몸매를 고스란히 드러내고 있다. 첫 야간근무를 시작하기 전, 줄지어 늘어선 사물함들 사이에 서서 나는 주변의 옷을 입지 않은 다양한 상태의 여자들을 바라보았다. 모든 체형과 사이즈가 이곳에 모여 있었다. 몇몇은 살이 울룩불룩하고, 몇몇은 매끈했다. 몇몇은 말끔하게 뒤로 올려 묶은 말총머리에 흠잡을 데 없이 완벽한 헤어스타일을 하고 있었고, 몇몇은 마치 덤불 사이를 간신히 빠져나오기라도 한 것 같은 모습이었다. 나는 이들을 바라보며 '이들도 나와 같은 여자일 뿐이야. 다를 것 없어. 이들에게도 처음은 있었을 거야. 걱정하지 말자'라고 스스로에게 속삭였다.

내 자신감은 오래가지 않았다. 문가에 뒤죽박죽 쌓여 있는 조산사 유니폼을 면밀히 살피면서 남은 사이즈가 XXL와 XXXL밖에 없다는 사실을 깨달았다. 두 아이가 내 몸에 지워지지 않는 흔적을 확실하게 남긴 지금은 병원 직원의 절반이 바짓가랑이 한쪽에 들어갈 수 있는 옷이 필요 없다. 마침 내 잉크나 피가 묻지 않은 유니폼 한 벌을 발견한 것은 기적과도 같은 일이었다. 나는 텐트처럼 생긴 상의에 머리를 미끄러지듯 집어넣고 바지의 허리끈을 잡아당겨 단단히 졸라맸다.

한 무리의 여자들이 거울 앞에 모여 체취 제거제와 향수의 뿌연 안개 속에서 즐겁게 수다를 떨었다. 나는 이들 뒤에 서서 거울에 비친 내 모습을 응시하며 광대처럼 우스꽝스럽게 느껴지는 나를 구석구석 살펴보았다. 특대 사이즈의 바지가 바닥에 질질 끌렸고, 수술복 상의의 브이넥은 너무 깊게 내려와서 호기심 많은 구경꾼의 눈에 내 회색빛 '작업용' 브래지어가 언뜻 보이기에 충분했다. 거울 위에 달린 시계가 저녁 7시 22분을 가리키고 있었다. 근무시간은 7시 30분부터였기 때문에 이 서커스 공연에서 부끄러운 데뷔를 앞두고 여유를 부릴 시간이 없었다. 가슴팍에 '조산사 실습생 해저드'라는 이름표를 달았고, 나의 '위험한' 이름◆이 지금부터 시작될 경력 내내 피할 수 없는 농담거리가 되어 나를 줄기차게 따라다닐 것이란 생각에 움찔했다.(이후로 수년간 잠이 부족해 정신이 혼미하고 멍한 상태가 지속되면서 환자들의 호출에 응

◆　저자의 성인 '해저드(Hazard)'는 '위험'이라는 의미를 지니고 있다.

해 병상의 커튼을 열어젖히며 "조산사 해저드예요. 자궁을 도와드릴까요?"라고 말했다는 사실을 인정한다.)

나는 조산사 무리의 뒤를 따라 미로와 같은 병원 복도를 지나 엘리베이터를 타고 힘없이 울리는 '땅' 소리와 함께 출산 병동이 위치한 5층에 도착했다. 엘리베이터는 재잘거리는 한 무리의 조산사를 작은 로비로 쏟아냈다. 로비에는 손잡이에 '68병동 ─ 치우지 마시오'라고 적힌 종이가 달린 휠체어가 세워져 있었고, 휠체어 위에는 모유수유 홍보 포스터가 붙어 있었다. 조산사들은 오른쪽으로 방향을 꺾었고, 수다를 떨고 헤어스프레이 냄새를 풍기며 쌍여닫이문을 지나갔다. 나는 이들이 다 지나가고 난 다음에 문이 닫히기 직전, 밀입국을 시도하는 사람처럼 미끄러지듯이 문을 통과했다. 내부는 차가운 빛이 반질반질한 바닥에 반사되었고, 이유는 알 수 없지만 산소가 희박한 것 같았으며 소독약과 피 냄새가 섞여 코를 찔렀다.

나는 깊게 숨을 들이마시고 조산사들이 '벙커'라고 부르는 방으로 따라 들어갔다. 출산 전쟁을 치르기 전, 그와 관련된 모든 교전 계획이 이 비좁고 창문 없는 폐쇄된 공간에서 세워지기 때문에 붙은 별칭이었다. 한쪽 벽에는 수기로 작성한 근무 시간표와 조합 회의 시간, 1970년대 추억의 밤 행사의 시간이 적혀 있었고, 반대쪽 벽에는 두 개의 커다란 화이트보드가 걸려 있었다. 그리고 여기에는 병동에 입원한 모든 환자들의 이름과 각 여성들의 경과를 암호처럼 간략하게 적은 내용이 휘갈겨 적혀 있었다. 근무 시작 전, 조산사들은 벙커에 모여 수석 조산사가 담당 환자를 배정해주기를 기다린다. 이 시간은 복권 추첨 시간이다. 당신의 앞에 놓인 12시간 15분이 결국 수술실에서 끝을 맺는, 영혼을 망가트리는 힘겨운 여정이 될지, 아니면 수월하고 행복감을 안겨주며 탄생의 기쁨이 넘치는, 행복의 눈물을 주체하지 못하며 당신에게 고마워하며 잘 가라고 손을 흔드는 커플과 함께하는 여정이 될지가 이때 결정되기 때문이다.

오늘의 수석 조산사는 불타는 듯한 짧고 헝클어진 붉은 머리카락에 길고 뾰족한 코를 가진 키 큰 여성이었다. 그녀는 직원들(조산사 아홉 명과 겁을 잔뜩 집어먹은 실습생 한 명)을 가만히 응시하더니, 화이트보드로 몸을 돌리고 그날 밤 수행해야 하는 지시사항을 전달하기 전 마음속으로 환자에게 조산사를 배치했다.

"3번 방, 1회 경산부 임신 38주, 인슐린이 생성되지 않는 1형 당뇨로 슬라이딩스케일 사용, 6센티미터, 위치 이상…… 루이사." 수석 조산사가 문가에 앉아 있는 조산사를 바라보며 고개를 끄덕이자, 그녀는 모두에게 들릴 만한 큰 소리로 불만을 표시하며 벙커를 빠져나가 3번 방으로 향했다.

"6번 방, 초산부 만삭 12일 경과, 지연으로 인한 유도분만, BMI 지수 높음, 경막 외 마취 실패, 태아 심실중격결손 확인됨, 2센티미터, 신토시논 투여······ 제니." 머리를 매끄럽게 하나로 꽉 묶은 젊은 조산사가 일어났고, 마치 낙하산 부대원이 비행기 밖의 적지로 뛰어드는 것처럼 문밖으로 몸을 날리듯 나갔다.

이런 온갖 용어들은 무슨 뜻일까? 당신을 위해, 즉 친애하는 독자를 위해 이 책의 뒤쪽에 이런 전문용어를 이해하기 쉽도록 용어 설명을 실었다. 한번 훑어보기만 해도 병동에서 사용하는 기본 용어들을 쉽게 이해할 수 있을 것이다. 그러나 나(이제 막 첫 근무를 하는, 떨고 있는 조산사 실습생 해저드)는 수석 조산사의 지시가 귀에 잘 들어오지 않았다. '초산부'와 '1회 경산부'라는 말은 겨우 알아들을 수 있었지만 중간중간 헷갈리는 약어와 증상들은 사실상 이해하지 못했다. 실습 이전에 3개월 동안 강의실에서 배운 이론은 '정상'적인 상황 즉, 달이 다 차서 순산하는 건강한 여성에게 초점이 맞추어져 있었고, 평범하지 않은 상황조차도 신속하게 해결되었다.

뒤로 갈수록 환자의 상태가 더욱 복잡해졌고, 목록이 이어질수록 내 심장은 요란하게 요동쳤다.

"회복 중, 3회 경산부, 산후 응급치료실, 혈액 1.4리터 손실됨."

"집중관리실, 0 플러스 2회 경산부, 쌍둥이, 4일차, 패혈증."

"13번 방, 28주에 사산."

이 병원에 입원한 임산부는 하나같이 병적인 문제를 가지고 있기라도 한 것이었을까? 순환혈액량*의 절반을 잃거나 엄청난 양의 정맥주사를 맞거나 하지 않으면서 그냥 병원에 걸어 들어와 복잡하지 않은 방법으로 몇 시간 진통을 겪은 다음에 자궁 밖으로 아이를 밀어낼 수는 없는 것이었을까? 멈출 줄 모르고 장황하게 이어지는 난산과 합병증 이야기를 듣는 동안 나는 주차장으로 걸어 돌아가 남편이 딸들을 목욕시키고 있는, 아이들의 탄력 넘치는 짙은 곱슬머리가 뺨에 들러붙어 있고 부드러운 피부에서 비누향이 나는 집으로 차를 몰고 가는 상상을 했다. 여기서 모든 일을 멈추고 가족들에게 마음이 바뀌었다고 말해도 아이들은 잠잘 시간에 엄마가 집에 있다는 사실만으로도 기뻐하며 언제나처럼 나를 사랑해줄 것이다.

"그리고 당신은……?" 수석 조산사가 나에게 말하고 있음을 깨닫기까지 잠깐의 시간이 걸렸다. 눈에 띄게 긴 코를 가진 그녀는 사람을 위축시키는 시선으로 나를 머리부터 발

◆   체내를 순환하는 혈액의 양으로, 체중의 약 8퍼센트를 차지한다.

끝까지 훑었다. 낯선 얼굴, 두려움을 있는 그대로 드러내는 일그러진 미소, 우스꽝스러운 유니폼, 아직까지 새하얀 밑창이 여기저기 흩뿌려진 피와 약물 세례를 받지 않아 반짝반짝한 새 신발.

"조산사 실습생입니다." 나는 기어들어 가는 목소리로 간신히 입을 뗐다. "6주간 이곳에서 근무하게 되었습니다."

"당신이 온다는 이야기를 전달받지 못했는데. 흔한 일이니 놀랍지도 않군. 몇 학년이죠?"

"1학년입니다." 내가 말했다. 수석 조산사의 낯빛이 어두워졌다. 분명 원하던 답이 아니었다. 그녀는 화이트보드 쪽으로 몸을 돌리고 어쩔 도리 없이 경험이 전혀 없는 내가 감당할 수 있는 환자가 있는지 살펴보았다.

"4번 방이 좋겠군." 그녀가 결정했다. "1회 경산부, 39주 6일, 자연분만, 완전히 열려 있음."

'좋아, 이 환자라면 어쩌면 잘해낼 수 있을지도 몰라.' 나는 속으로 생각했다. '이미 한 명의 아이를 낳아본 경험이 있는 데다 만기 출산일에서 고작 하루 이르고, 자연적으로 진통이 왔고, 약물이나 의료적 처치 없이 자궁이 완전히 열려 있으니까. 운이 좋다면 내가 분만실에 들어가기도 전에 아이를 낳을지도 몰라.' 내가 딱히 할 일이 없을지도 몰랐다.

"……그리고 음부 사마귀가 있어요."

아, 결정타였다. 수석 조산사는 내게 기쁜 듯이 활짝 웃어 보였고, 어떤 운 나쁜 조산사를 내 멘토로 지정해 한 조를 이루게 할지 결정하기 위해 방 안을 둘러보았다. 그녀의 시선이 문가에 서 있던, 키가 크고 건장한 체격의 조산사에게서 멈추었다. 거의 완벽한 정사각형 체형에 반듯하게 자른 단발머리가 몸과 똑같이 각진 얼굴을 두르고 있었고, 마오리족 문신이 우람한 한쪽 팔을 장식하고 있었다. 유니폼 상의에 달려 있는 노란 바탕의 웃는 얼굴 배지가 그녀의 무뚝뚝한 표정과 불협화음을 이루었다. 오늘 밤 자신이 나를 담당하게 되었다는 사실을 깨닫자 그녀의 표정이 한층 더 차가워졌다.

"필리스, 이 학생을 맡도록 해요." 수석 조산사가 그녀에게 지시했다.

필리스는 못마땅한 시선으로 바라보며 잠시 나를 평가했다. 그런 다음에 한숨을 쉬더니 짧은 고갯짓으로 내게 따라오라는 신호를 보냈다. 복도를 따라 4번 방으로 내려가면서 중간중간 내가 잘 따라오고 있는지 확인하려 뒤를 돌아보았다. 도망치고 싶은 유혹이 산부인과 병동의 모든 분만실에서 희미하게 새어나오는 비명소리만큼이나 현실로 다가왔지만 몸에 깊이 밴 어떤 책임감(또는 자기학대증)이 멈추지 않고 복도를 걸어가게 만들었다. 필리스는 4번 방의 문을 짧고 날카롭게 똑똑 두드렸다. 그리고 나를 향해 돌아서서 가망 없는 보병대를 이끌고 막 출정을 앞둔 지칠 대로 지친 장군처럼 느릿느릿 필요한 말만 내뱉었다. "내 지시대로만 해요."

나는 내 앞에 펼쳐진 장면에 적응하기 위해 눈을 가늘게 떴다. 방 안은 어두웠지만 머리 위에 달린 검사용 등이 침대에 작고 뜨거운 빛의 웅덩이를 만들며 비추고 있었다. 그리고 그곳에 곱슬거리는 긴 금발머리가 얼굴 앞으로 쏟아져 내려온 산모가 네발로 기는 자세로 몸을 웅크리고 있었다. 그녀의 두 손은 손가락 관절이 하얗게 될 정도로 침대 가장자리를 꽉 붙들고 있었고, 밀짚 색깔의 액체가 지속적으로 그녀의 무릎 밑에 끼워 넣은, 구겨진 녹색 천 위로 떨어졌다.

그 옆에서 교대시간이 된, 지친 기색이 역력한 낮 근무조의 조산사가 필리스와 나를 감사하는 표정으로 올려다보며 고무장갑을 찰싹 소리가 나게 잡아당기며 벗었다. 나는 수업시간에 배웠던 대로 인수인계에 대비하며 산모의 병력과 출산 전의 건강 상태, 알레르기 유무, 분만 진행 상황, 관리 계획에 대해 상세한 설명이 이어지는 상황을 예상했다. 그러나 조산사는 간단하게 "그녀가 하고 있어요"라고 말한 뒤에 방을 나갔다. 나는 대수롭지 않게 이 상황을 받아들이는 필리스를 멍한 표정으로 바라보았고, 실제 조산사의 업무가 내가 배웠던 어떠한 이론과도 유사한 점이 거의 없다는 현실을 서서히 깨달았다. 교전 규칙이 내 이해의 범위를 뛰어넘는 군사 작전에 갑작스럽게 내던져진 여전사 집단의 보병이 된 기분이었다.

필리스와 나는 침대 끝에 섰고, 그녀는 경험 많은 노련한 눈으로, 나는 이 낯선 사람과 눈이 마주치기도 전에 그녀의 외음부를 먼저 쳐다보는 것에 대해 사과해야 한다는 당혹스러운 감정을 안고 눈앞의 상황을 살폈다.

"장갑을 껴요." 필리스가 지시했다.

나는 그녀를 말없이 바라보았다.

"저 안에 있어요." 그녀가 수납장 문을 가리키며 말했다. 그리고 내 손을 바라보며 "대충 6.5 사이즈면 되겠네요"라고 했다.

'장갑, 장갑, 장갑.' 나는 속으로 되뇌며 수납장을 열고 그 안에 정렬되어 있는 정체를 알 수 없는 꾸러미들과 마주했다. 이 기다란 플라스틱 물체는 뭐지? 이 철사는 어디에서 나온 거야? 이 많은 봉투들 중에서 필요한 것을 어떻게 찾으라는 말이지? 대충 수십 킬로그램은 넘을 것 같은 물건들을 한쪽으로 치우자 몇 개의 납작한 종이 상자가 눈에 들어왔다. 나는 이 중 하나를 뜯었고, 그 안에서 장갑을 발견했다. 맞다. 나의 조산사 경력 중 최초의 성공 사례였다. 내가 자축하는 동안 귀를 찢는 비명소리가 등 뒤에서 들려왔다.

필리스는 내가 자리를 떴던 그곳에서 자세를 취하고 있었다. 머리를 산모의 질 입구에 바짝 붙이고 있어서 나오는 아기를 그녀의 코로 다시 안으로 밀어 넣을 수도 있을 것 같았다. 굵고 끈적거리는 붉은 점액 한 줄기가 산모의 무릎 사이로 떨어졌고, 필리스는 장갑 낀 손을 복숭아 크기의 아기 머리에 올려놓았다. 아기의 머리는 꾸준히 진통이 올 때마다 조금씩 밖으로 모습을 드러냈다. 상황이 끝나가는 침대에서 필리스와 합류하면서 나는 카츠 선생님 수업시간에 출산 비디오를 시청하던 어린 내 모습을 떠올렸다. 경이로운 감정은 그때나 지금이나 똑같았으나 이 광경은 실제였다. 명백하게 지금 이 순간 일어나고 있었다. 산모의 몸은 온갖 질감과 형태를 띠었고, 대기에는 땀에 젖은 동전과 피, 바다에서 나는 짭짤하고 구리 같은 냄새가 진동했다. 아기의 머리가 점점 더 밖으로 모습을 드러내고 있었다. 솜털처럼 가느다란 금발 머리는 피와 끈적끈적한 것들이 들러붙어 번들거렸다. 그리고, 그렇다, 음부 사마귀가 산모의 확대된 음순을 뒤덮고 사타구니의 주름들에 만개해 있었는데, 그 모습이 마치 콜리플라워의 머리 부분을 축소해 놓은 것처럼 보였다. 조산사 실습생으로서의 첫 분만 실습에서 이런 장면을 기대하지는 않았지만, 그것은 강렬하고 자연 그대로이며 심지어 아름답기까지 했다. 사마귀도 다른 모든 것들도.

"손을 머리 위에 얹어요." 필리스가 낮은 목소리로 말했다. 나는 무아지경 상태에서 빠져나와 장갑을 끼었다. "머리위!" 필리스가 짜증 섞인 목소리로 반복해서 말했다.

나는 내 손을 아기의 정수리에 얹었고, 단춧구멍처럼 갈라지거나 더 심각한 상처를 입을 수 있는 종잇장처럼 얇은 부위가 없는지 살펴보며, 주변의 연약한 피부에서 주의 깊게 눈을 떼지 않으면서 배운 대로 머리를 부드럽게 구부렸다. 필리스가 자신의 손을 내 손 위에 얹고 나를 이끌어 주며 각도를 조정해주었다. 산모가 다시 한번 힘을 주어 밀었다.

"짧게 호흡하세요." 필리스가 내게 말할 때와는 현저히 다른 부드럽고 격려하는 목소리로 말했다. 그녀가 "그냥 내뱉으면 돼요"라고 말했지만 산모가 감당하기에는 밀려오는 고통이 너무나 컸다. 한 번 더 힘을 주어 밀어내자 아기의 머리가 밖으로 나왔다. 눈은 감겨 있고, 입술은 소리 없이 오므려져 있으며 주변에는 점액질 거품이 묻어 있었다. 다음 힘을 주기 전에 잠시 숨을 고르던 중에 마치 몸통이 엄마의 골반을 지나 빠져나오기 위해 안에서 기울이고 돌리기를 끝냈다는 듯이 아기의 머리가 부드럽게 내 쪽을 향해 돌아섰다. 총천연색 교재에서 배웠던 그대로였다. 모든 상황이 완벽했다.

아기가 눈을 뜨고 차분하고 흔들림 없는 시선으로 나를 응시했다. '오셨네요. 이 일이 정말로 일어나고 있어요'라고 말하는 것처럼 보였다.

　나는 재빨리 현실감각과 침착함을 되찾았고, 대단하지는 않지만 어느 정도까지는 내 제한된 능력으로 무엇을 해야 하는지 '안다'는 사실을 깨달았다. 나는 내 손의 위치를 조정했다. 한쪽 손은 아기의 턱에, 다른 한쪽은 목 뒷부분에 놓아 마지막 밀어내기 때 머리와 몸통이 아래를 향하도록 유도할 준비를 했다. 배운 그대로 무릎이 덜덜 떨릴 정도의 진통이 마지막으로 산모를 훑으면서 번들거리는 아기의 앞 어깨에서 시작해 뒤 어깨가, 뒤이어 마구 흔들리는 작은 팔과 다리가 흥분과 함께 급격하게 밖으로 쑥 빠져나왔다. 우리가 이 새로운 생명체를 한 번의 매끄러운 곡선을 그리며 밖으로 나오도록 인도하는 것처럼 장갑을 낀 내 손이 아기를 단단히 붙잡았고, 필리스의 손이 내 손을 꼭 잡고 있었다. 우리가 아기 엄마의 다리 밑에서 아직 탯줄로 모체와 연결되어 있는 아기의 몸을 구부리고 산모가 아기를 가슴에 안은 채 무릎으로 일어설 수 있게 도와주면서 양수가 우리의 아래팔 위로 쏟아져 내렸다. 산모는 머리카락을 뒤로 넘겼고, 아기가 처음으로 작게 울음소리를 내자 큰 소리로 흐느껴 울었다. "하느님, 감사합니다." 그녀가 숨을 헐떡거리다가 웃으며 말했다. "끝나지 않을 줄 알았어요."

　필리스는 능률적이고 노련하게 다음으로 할 일들을 시

작했다. 아기를 수건으로 빠르게 문지르고, 더러워진 천과 패드를 휴지통에 쓸어 담고, 도구들을 정리하고, 일지를 작성했다. 나는 서투르게 그녀를 졸졸 쫓아 방 안을 돌아다녔는데, 도움보다는 방해만 되었음이 분명했다. 나는 마음이 어지러웠고 두 손을 가만히 두지 못했다. 방금 전 목격한 장면은 불과 1-2분 사이에 소화시키기에는 너무나 강렬했으며 기념비적이었다. 원초적이고 피가 튀었다. 산모에게는 위대한 승리였지만, 새로운 생명을 생산하는 이 별난 공장에서 땀을 흘리며 일하는 필리스와 다른 조산사에게는 일상적인 일이었다. 내가 신생아 소생기인 리서시테어의 불빛 아래서 따뜻하게 데워져 있던 한 무더기의 담요를 별 이유 없이 접고 또 접고 있을 때 필리스가 팔꿈치로 내 옆구리를 쿡 찌르면서 말했다. "다음 분만은 당신이 도맡아서 해요. 한 번 봤으면 실제로 해야죠."

그녀의 말이 옳았다. 이후 3년은 조산사 교육이 옆에서 지켜보게 놔두지 않는 것임을 깨닫는 시간이었다. 배움은 정신없이 빠르게 이루어지고, 문자 그대로 직접 손을 대보는 것이다. 멘토가 하는 모습을 한 번 본 후에는 아기를 세상 밖으로 인도하거나 피를 뽑거나 약물을 투여하는 행위를 직접 해야 한다. 아기의 심장박동수가 급락하며 당신의 맥박이 분당 1만 번씩 뛰기 시작하고, '공포로 병드는' 단계가 분명해지고 괄약근이 꽉 조여질 정도의 현실로 다가올 때 응급 제왕절개를 실시하기 위해 손을 씻는 사람은 당신이어야 한다. 3년 동안 75번의 출산을 경험하고 상상 그 이상으로 더 피가 튀기고 아름다운 상황을 헤쳐나간 끝에 나는 조산사 자격을 취득했다. 그리고 진짜 교육은 이때부터 시작되었다.

임신하면 '안 되는' 여성

"당신은 임신하면 안 돼요."

조산사 중에 자신이 돌보는 임산부에게 이렇게 말하는 사람은 없다. 그러나 이런 생각을 가진 조산사는 당신 생각보다 더 많다. 때로는 이런 생각이 그저 단순하게 개인적 편견에 뿌리를 두고 있기도 하다. 편견과 판단은 인간이 가진 피할 수 없는(누군가는 필수적이라고 주장할지도 모르지만) 요소이며, 조산사도 이것으로부터 자유롭기 힘들다. 다섯 자녀를 이미 보호 시설에 보낸 약물 중독자는 어떤가? 이런 여성은 임신하면 안 된다고 생각하는 조산사가 있을 것이다. 임신이 생명을 위태롭게 할 수 있고, 제왕절개 수술에 인간의 능력을 뛰어넘는 마취 기술이 요구되며, 산후 조리가 현기증이

날 정도로 복잡한 병적으로 비만인 여성은? 이런 여성이 임신을 하면 공적자금과 의료행위가 엄청나게 낭비된다고 생각하는 조산사가 존재할 수 있다.

녹즙과 요가 수업, 하프 마라톤으로 놀라울 만큼 매우 건강한 신체를 유지하고 있는 48세의 회계사는 어떨까? 아무리 열심히 케일 주스를 마셔도 몇 번에 걸친 유산을 막을 수 없었던 그녀는 결국 해외로 나가 시험관아기 시술을 받고 쌍둥이의 안전한 임신과 출산을 위해 영국으로 돌아왔다. 많은 조산사가 이 여성의 긴 병원 기록을 보며 한숨을 쉬며 혀를 찰 것이다. 값비싼 비용을 지불하며 마드리드에 있는 병원으로 날아가고, 사비를 들여 정밀 검사를 받고, 열두세 번 정도 발진이나 찌릿한 통증이 느껴질 때마다 초조하게 병원으로 전화를 건 내용을 읽으면서 머리를 흔들 것이다.

나중에 안락하고 창문이 없는 휴게실 안에서 이 조산사는 동료들에게 '임신이 신이 주신 권리라고 생각하는' 이 여성에 대해 장황한 설교를 늘어놓고, 그녀의 동료들은 시간에 쫓기며 전자레인지에 데운 음식을 게 눈 감추듯 먹어치우면서 말없이 고개를 끄덕일 것이다. 그러면 이 조산사는 차 찌꺼기를 버리고 머그컵을 물에 헹군 다음 침대 곁으로 돌아갈 것이다. 그녀는 관찰용 벨트를 임부의 복부에 두르면서 악의 없는 미소를 지을 것이고, 그녀에게 쌍둥이가 불리한 조건에서도 성공적으로 인간의 모습을 갖추어가고 있다는 사실이 얼마나 멋진 일인지 이야기할 것이다. 그녀는 친절하게 행동하고, 재미있는 농담으로 임부와 그녀의 남편을 웃게 만들고, 부부가 병동을 떠날 때 이들 모두를 따뜻하게 안아줄 것이다. 그리고 침대 반대편에 있는 다른 직원을 제외하면 아무도 그녀의 진심을 알지 못할 것이다.

내가 존재하는 모든 조산사를 대변할 수 없고, 나만의 비논리적인 편견이 없는 척하지도 않겠다. 그러나 나는 임신을 '해도 되는' 또는 '하면 안 되는' 여성들 사이의 이런 구분이 도움이 되지 않을뿐더러 의미도 없다고 본다. 우리는 모두 독특하고 대단히 있음직 하지 않은 어마어마한 우연의 일치로 인해 이 세상에 존재하게 되었을 뿐이다. 어느 날 오후에 66번 버스 안에서 당신의 아버지가 어머니의 향수 냄새에 매혹되지 않았다거나 조부모님이 12년간 아이를 간절히 바라며 계속되는 실패에도 포기하지 않았다거나 할머니의 할머니의 할머니가 안전한 삶을 찾아 조국을 떠나 외롭고 신부를 간절히 원했던 할아버지의 할아버지의 할아버지가 살았던 땅으로 오지 않았다면?

모든 임신의 가치와 타당성에 의문을 가지는 것은 본질적으로 위선이지만 조산사에게 있어서 이는 특히 더 까다로운 문제가 아닐 수 없다. 우리 직업의 타고난 특성상 여성을

만났을 때 그녀는 이미 임신을 했고 우리의 보살핌을 받고
있다. 행위는 이미 끝났고, 이제는 산모를 안전하게 지키는
일만 남았다.

엘리너

불 리 한 조 건 을 이 겨 낸 여 성

엘리너는 1조 명 중 한 명 나올 법한 여성이었다. 원칙에서 벗어난 인간, 대단히 운 좋게 임신에 설공했으며, 불가능할 법한 일을 가능하게 만든 잉태한 여인. 야간근무를 하는 날, 그녀가 사용할 분만실을 정리하면서 업무를 시작할 때만 해도 모든 운명과 자연의 법칙을 거스르게 될 장면이 펼쳐질 환경을 만들고 있다는 사실을 몰랐다.

당직 수석 조산사는 그저 내게 "방을 준비해요"라고 지시했을 뿐이다. 이는 눈을 반짝이는 초임부에서부터 산전수전 다 겪은 4회 경산부까지 모든 임부가 병원에 도착하기 전에 내려지는 명령이다. 환자에게는 이 방이 새것이나 마찬가지다. 곱게 펴진 시트가 덮인 침대와 깨끗하게 닦인 의자, 곰

돌이가 그려진 면 이불이 깔린 아기 침대. 모든 물품이 갓 만들어진 것 같고, 눈에 보이지는 않지만 자애로운 손길에 의해 오직 당신 한 사람만을 위해 마련된 장소 같다. 내 경우는 사정이 다르다. 내게 이 방은 내가 보살폈던 모든 임산부와 울음을 터뜨리기를 바라며 리서시테어에서 수건으로 열심히 문질렀던 아기의 영혼, 바닥에서 닦아낸 핏자국, 한밤중에 태아의 심장박동수가 하락하는 소리에 속으로 기도하며 걱정으로 입술을 깨물었던 시간으로 가득 차 있다. "이번에는 무슨 일이 벌어질까?" 나는 조무사가 물걸레질한 바닥이 아직 마르지 않아 젖어 있는 2번 방으로 들어가며 생각했다.

이 특정한 밤에 병원을 찾아오는 환자는 내게 여전히 미스터리에 싸여 있었지만 방 준비는 익숙하고 막힘이 없었다. 먼저 작업대 위에 놓인, 아기 발목에 두를 두 개의 흰색 이름 띠 옆에 처리해야 하는 서류 더미들을 차곡차곡 정리한다. 리서시테어를 점검하며 상단의 등을 켜고, 부드러운 담요와 수건을 등 밑에 놓아 따뜻하게 데운다. 산소압과 석션의 흡입력을 확인하기 위해 공기 실린더의 밸브를 돌리자 삑 하는 소리를 내며 움찔한다. 작은 기저귀 옆에는 탯줄을 잡아주는 플라스틱 집게를 놓는다. 아기 모자와 카디건을 정기적으로 제공해주는 익명의 할머니들이 짠 분홍 모자와 파란 모자, 경쾌한 느낌을 주는 오렌지색 줄무늬가 있는 노란 모자도 놓는다. 방을 돌아다니며 침대 위의 베개를 툭툭 쳐서 볼록하게 만들고, 모니터의 전원을 연결하고, 수납장을 열어 앞으로 12시간 15분 동안 필요하게 될지도 모르는 물품이 모두 제자리에 잘 준비되어 있는지 확인한다. 장갑과 젤 크림, 다양한 크기의 바늘, 카테터(도뇨관), 캐뉼러(삽입관), 정맥주사액, 태아심전도검사기, 적절하면서도 섬뜩한 이름을 가진 앰니훅.♦ 기본적인 것에서부터 무시무시한 것까지 모두 내 밑천이 되는 도구들이다.

간결한 노크 소리가 들렸다. 문을 열자 산전 병동 소속 조산사인 파티마가 두꺼운 진료기록부를 들고 서 있었다.

"안녕하세요, 파티마" 나는 그녀 너머를 힐끗 보며 말했다. "환자는 어디에 있나요?"

그녀는 진료기록부를 작업대에 내려놓으며 고갯짓으로 복도 쪽을 가리켰다. "편안한 밤 보내요. 저들은 '레즈비언'이에요"라고 그녀가 내게 속삭였다. "하지만 사랑스러운 사람들이에요." 나는 속으로 웃음을 터트렸다. 레즈비언이 사랑스러운 사람이라는 사실이 놀랍거나 특이한 일이라도 되나? 그러나 나는 유용한 정보에 감사했다. 조산사들이 인수인계를 할 때 이런 비공식적인 보고는 환자의 병력을 요약한

♦   Amnihook. amniotic(양막)과 hook(고리)의 합성어다.

내용 못지않게 중요하다. 업무에 대한 희망이 낙관적인 "이 산모는 잘할 거예요"나 메마른 "행운을 빌어요" 같은 표현에 의해 살아나기도 하고 죽기도 하기 때문이다. 나는 복도 끝을 더 잘 보기 위해 목을 길게 빼 내다보았다. 큰 웃음소리가 들리더니 뒤뚱거리며 이쪽으로 걸어오는 엘리너가 보였다. 검은 머리는 윤기가 흘렀고, 황갈색으로 태닝한 피부 전반에 주근깨가 뿌려져 있었으며, 흑백 줄무늬 상의 밑으로 배가 완벽하게 볼록 솟아올라 있었다. 전반적인 외모와 느릿느릿 편안하게 실룩거리는 엉덩이를 보면 생기가 넘치고 건강 상태가 양호하다는 점을 알 수 있었다. 그녀에게서 뭐라고 딱 집어 말하기 어려운, 출산이 임박한 여성의 에너지가 느껴졌다. 마침내 방문에 다다랐을 때 그녀는 문틀에 기대어 쓰러지는 시늉을 했다.

"좋아요, 더는 못 하겠어요." 기진맥진해서 숨을 헐떡이는 모습을 연기하면서 그녀가 허리에 손을 올리고 말했다. "저는 지쳐서 나가떨어졌어요. 그냥 '탈출' 버튼을 누르고 아이를 밖으로 내보내 주세요. 더 남은 힘이 없어요."

나는 미소를 지었고 방을 나가는 파티마에게 윙크한 뒤 그녀의 말에 농담으로 응수했다. "저도 지난 몇 년간 그 탈출 버튼을 찾으려고 노력했지만 애석하게도 아직까지 못 찾았죠." 나는 그녀의 뒤쪽으로 문을 닫으러 갔다가 멈추었다.

"보호자가 있나요?"

"네, 곧 올 거예요. 조금 지쳐 있거든요." 그녀가 답했다.

나는 "참 안됐군요"라고 말하려고 했다. 이 표현은 출산을 앞둔 여성이 내장을 쥐어짜는 듯한 진통으로 괴로워하는 동안 남자든 여자든 이들의 출산 동반자가 통증이나 경련, 까탈스럽게 구는 상태로 인해 고생스럽다고 불평할 때 이에 응수하는 조산사의 기본 대응 수칙 같은 것이다. 피를 보면 기절한다고 실토하는 사람들에겐 이보다도 더 무정한 응답이 준비되어 있다. "당신이 기절하면 우리는 그냥 당신을 밟고 지나갈 겁니다."

그러나 복도를 휘청거리며 걸어오는 깡마른 여성을 보자 모든 짧고 명쾌하며 신속한 답변이 혀끝에서만 맴돌았다. 엘리너가 혈색 좋은 전형적인 임부의 모습이라면 그녀의 배우자 리즈는 '유령 같다'는 표현에 딱 어울리는 모습이었다. 피부는 너무나 창백해서 거의 반투명한 상태였고, 피로한 눈가는 다크서클이 턱밑까지 내려왔으며, 몸은 뻣뻣하고 기운이 없어 보였다. 뻣뻣하게 다린 흰 셔츠에 짙은 색 청바지, 베이지색 스웨이드 로퍼, 이날을 위해 멋지게 보이려고 노력한 흔적이 역력했지만 큰언니의 옷을 빌려 입은 마르고 여윈 십대처럼 보였고, 귀밑까지 끌어 내린 푸른색 비니 모자가 그정점을 찍었다. 리즈는 힘겹게 발을 끌며 마침내 방에 도착했고, 잠시 멈추어서 깊게 한숨을 쉰 다음 앙상한 손을 문에 대고 섰다.

"아기는 어디 있어? 저 복도를 걸어오는 동안 빌어먹을 시간을 충분히 줬잖아. 지금쯤이면 벌써 애가 나왔을 거라고 생각했는데." 그녀가 말했다.

엘리너는 리즈의 얼굴을 양손으로 감싸면서 그녀의 볼을 장난스럽게 꼬집고 웃으며 말했다. "이 바보. 쌍둥이를 낳아서 벌써 택시에 태워 집으로 보냈어."

리즈가 미소를 지으며 아내에게 키스했다. "당신한테는 못 당한다니까." 그녀가 힘없이 말했다.

나는 벌써 내가 방해꾼이 된 것처럼 느꼈다. 리즈에게 무슨 일이 있었건 그것이 그녀와 엘리너를 더욱 가깝게 만들어 주었음이 분명했다. 출산 병동에 오는 모든 커플은 제각각 자신들만의 다채로운 사정을 가지고 있다. 일부는 이미 짜증이 나고 신경이 날카로워져 있으며, 요란스러운 임신 9개월 동안 관계에 생긴 골이 더욱 깊어지는 반면 리즈와 엘리너 같은 커플은 바라보기에 흐뭇하고 가장 눈치 빠른 조산사가 최선의 노력을 다해도 끼어들 수 없는 친밀함을 보여준다. 그러나 출산이 순조롭게 이루어지기 위해서는 산모와 조산사 사이의 신뢰와 협력이 필수적일 때가 있기 때문에 유능한 조산사는 최단시간에 효과적으로 관계를 형성하는 솜씨를 발휘한다. '흥미롭겠군.' 엘리너와 리즈가 방에 들어서는 모습을 보며 나는 생각했다. 이들은 사이좋은 커플들이 서로 미묘하게 닮듯이 상대방의 행동을 거울처럼 따라 했다.

"분만실에 온 것을 환영합니다." 나는 손짓으로 방을 가리키며 말했다. "이곳에서 마법 같은 일이 벌어지죠. 제가 잠시 서류를 살펴보는 동안 편안하게 계세요." 리즈는 방구석에 놓인 밝은 녹색의 안락의자에 털썩 주저앉았고, 엘리너는 잠옷을 찾기 위해 가방 속을 뒤졌다. 나는 엘리너에 관한 자료를 빠르게 넘기면서 리즈의 상태를 알 수 있는 어떠한 단서라도 찾기 위해 모든 페이지를 훑어보았다. 아직까지는 특이한 점이 발견되지 않았다. 엘리너는 승무원이었고, 리즈는 파일럿이었다. 이번이 엘리너의 첫 임신이었고, 기증된 정자와 리즈의 난자를 사용했지만 인공수정이 흔한 일이 되어버린 오늘날 이 자체로는 특별할 것이 없었다. 나는 조산사 훈련을 받는 동안 유럽 곳곳에 있는 인공수정 클리닉을 통해 임신에 성공한 여성들을 돌보는 일에 익숙해졌고, 공여자와 대리 난자, 정자와 자궁으로 만들어낼 수 있는 상상 가능한 온갖 조합을 보아왔다. 매년 수만 번의 출산을 보고 매번 더 바빠지는 병원에서 '시험관 아기'나 동성 커플이 (또는 둘 다가) 사람들을 놀라게 하던 시대는 지나갔다.

엘리너가 핫핑크색 나이트가운으로 갈아입고 리즈가

조심스럽게 의자에서 자세를 고쳐 앉는 동안 나는 정기 검진과 혈액 검사 결과가 적힌 종이들을 넘겨가며 서류를 계속 읽었다. 그러다가 서류철 뒷부분에 꽂아 넣은, 지역 보건의가 컴퓨터로 작성한 자료를 발견했다. 내가 찾던 바로 그 자료였다.

엘리너는 그녀의 동성 배우자 리즈의 난자와 덴마크 남성이 기증한 정자를 이용해 세 번의 체외수정 시술을 받았다. 다행히도 마지막 시술이 임신으로 이어졌다. 그러나 임신 2주 뒤 엘리너는 리즈가 유방암 진단을 받았고, 임신 기간 중에 수술과 화학 요법을 받아야 할지도 모른다고 말했다.

나는 자료에서 눈을 떼고 고개를 들었다. 엘리너는 침대 끝에 달린 다리 받침대를 가지고 장난쳤고, 아내의 귀에 무언가를 속삭이기 위해 몸을 기울였으며 리즈의 창백한 얼굴이 일시적으로 붉어지자 앙큼하게 낄낄거렸다. 두 사람이 만들어내는 농밀한 분위기 속으로 걸어 들어가기란 쉽지 않았고, 이들은 내가 경험해보지 못한 고난의 시간을 보내고 있었다. 그 당시에 내 삶은 암과는 무관했고, 친구나 동료들이 이런 공포와 싸우는 모습을 보기는 했어도 암이라는 병은 내가 그저 이해하는 척할 수 있는 무언가일 뿐이었다.

나는 목청을 가다듬고 말을 꺼냈다. "꽤 쉽지 않은 시간을 보냈네요." 두 사람이 나를 쳐다보았다. 이들은 내가 방에 있다는 사실을 잊고 있었던 듯 보였고, 둘 사이에 오간 사적인 농담이 무엇이었든 그것에 여전히 수줍게 미소를 짓고 있었다. 나는 방 안에 울리는 내 목소리가 쾌활함을 가장해 불안정하게 떨리고 있음을 깨달았지만 그럼에도 말을 계속 이어나갔다. "지금은 어떤가요?"

"아주 좋아요." 리즈에게서 시선을 떼지 않으며 엘리너가 말했다. "리즈는 양쪽 유방을 절제했고, 지금까지 네 번의 화학치료를 받았어요. 아직 몇 번 더 받아야 하지만 정말 멋지게 해내고 있죠."

"정말 대단하네요." 이 말밖에 생각나지 않는 부족한 어휘력에 씁쓸해하며 내가 답했다. 그러고는 리즈에게 물었다. "기분은 좀 어때요?"

그녀가 의자 등받이에 몸을 기댔다. "그게……." 그녀는 한숨을 쉬면서 엘리너를 바라보았다. "그게 사람들 말처럼 좀 복잡해요. 아기를 가져서 당연히 매우 기쁘고, 의사는 제가 앞으로 오랫동안 암에서 자유로울 가능성이 있다고 말하지만, 그리고 이것이 가장 중요하지만…… 저는 지쳤어요. 지금까지 중 최악의 시차증을, 그러니깐 그동안 시차증을 몇 번 겪었지만, 이번이 최악인 것 같아요."

"당신은 파일럿이죠?"

"뭐, 그랬었죠. 제 말은, 맞아요. 하지만 이 모든 상황들 때문에 옴짝달싹 못 하고 있어요." 그녀가 힘없이 웃었다. "암은 일종의 비행금지구역인 거죠. 그리고 머리도 엉망으로 만들고요." 그녀는 비니 모자의 한쪽을 살짝 들어 올려 그 밑의 매끈매끈한 민머리를 드러냈다. 그녀가 이런 동작을 하는 사이에 나는 맵시 있게 곡선을 그리는 그녀의 눈썹이 신중하게 공들여 그려져 있음을 깨달았다. 나는 미소를 지어야 할지, 웃어야 할지, 위로의 말을 전해야 할지 아니면 이 세 가지를 모두 해야 할지 갈피를 잡지 못했다. 그녀가 겪고 있는 고통을 이해하는 척할 수 없었다. 단지 이 밤이 길고 힘든 여정에서 수많은 기착지 중 하나라는 점을 알 수 있을 뿐이었다. 내가 할 수 있는 최선은 짧은 시간 안에 작은 사랑을 불어 넣는 것이었다. 로맨틱한 그런 종류의 것이 아니라 모든 조산사가 전에 한 번도 만난 적 없는, 곧 부모가 될 사람들에게 주는 사랑 말이다. 지금까지 내가 아낌없이 주었던 즉각적이고 무의식적인 사랑으로, 이 두 여성은 자신들의 몫을 누릴 자격이 충분했다.

엘리너는 침대 끝에 걸터앉아 리즈의 말을 경청했다. 그녀는 아내의 손을 꼭 잡아주기 위해 손을 뻗었고, "리즈는 어느 시점에 약간의 휴식이 필요할지도 몰라요"라고 말했다.

"우리가 밤에 잠을 설친 지도 꽤 되었거든요." 그녀는 리즈에게 윙크했고, 리즈는 희미하기는 하지만 미소를 되찾았다.

"휴식은 얼마든지 취해도 좋아요." 내가 확신을 주는 어투로 말했다. "엘리너와 저는 밤샘 클럽에 가입했지만 당신은 필요할 때면 쉬어도 됩니다. 마음을 편하게 먹고 긴장을 푸세요." 나는 늦은 밤에 어울리는 레게 음악이 부드럽게 흘러나오는 라디오를 턱으로 가리키며 "음악을 즐기세요"라고 말했다.

엘리너와 리즈가 방에 자리를 잡고 음악을 들으며 서로에게 부드럽게 속삭이고 자신들만의 친밀한 공간을 만드는 동안 나는 익숙한 솜씨로 유도분만의 마지막 단계 준비를 시작했다. 많은 병원에서 체외 수정으로 임신한 여성들에게 일반적으로 유도분만을 권한다. 이 방법을 사용해야 한다는 증거는 언제 끊어질지 모르는 가느다란 줄에 매달려 있지만, 우리 사회에서 위험의 조짐만 보여도 소송을 거는 경우가 갈수록 흔해지면서 이 방법이 일반적이 되었다. '2x 호르몬 질 좌약 투약, 현재 자궁경부 3센티미터 확장됨.' 파티마의 가장 최근 기록이 굵고 둥근 글씨체로 적혀 있었다. '좋아.' 나는 생각했다. 내가 다음으로 할 일은 아기의 머리가 자궁경부에 바로 닿으며 더 강한 진통이 느껴지게 엘리너의 양수를 터트리는 작업이었다. 이미 아기를 낳은 경험이 있는 여성들의 경우 보통은 이것만으로도 몸에 본격적인 출산에 돌입했다는 신호를 보내기 충분하지만, 초산인 엄마들은 자궁에 시동을 걸기 위해 점적장치에서 천천히 방울방울 떨어지는 합성 호르몬도 필요하다. 파티셰가 섬세하게 장식한 케이크를 굽기 위해 필요한 모든 재료와 도구를 갖추어 놓는 것처럼 나는 엘리너의 아기가 세상에 나오는 데 도움을 주는 기구와 약품을 준비하기 시작했다. 점적장치로 관심을 돌리기 전에 침대 옆 바퀴 달린 철제 손수레 위에 검사 장비와 장갑, 젤 크림, 앰니훅을 올려놓았다. 나는 경쾌하게 똑 부러지는 소리를 내며 작은 신토시논 유리병을 열어 그 내용물을 확인하고 투명한 액체가 들어 있는 큰 주머니에 주입했다. 이 약은 신중하게 계산된 속도로 엘리너가 극심한 분만의 고통을 느낄 때까지 투여량을 30분마다 조금씩 증가시키는 전자 펌프를 통과해 그녀의 몸으로 들어갈 것이다. 이 (우리 사이에서 때때로 '좋은 것' 또는 더 흔한 표현으로 '정글 주스'*라고 부르는) 호르몬은 1밀리리터만으로도 산을 움직이기에 충분했다.

"환자분만 괜찮다면 지금 기본적인 검사를 하고 양수를

---

* jungle juice. 주로 집에서 다양한 술과 과일 등을 섞어 만든 칵테일을 말하며, 유흥업소 등에서 환각성분이 함유된 약품을 탄 음료를 지칭하기도 한다.

터트리도록 할게요." 조심스럽게 앰니훅을 수레 위 다른 물건들 뒤로 보이지 않게 숨기면서 내가 말했다. "많이 축축한 느낌과 어느 정도의 압력을 느끼게 되겠지만 아프지는 않아요. 언제든 못 참겠으면 말해요. 바로 중단할게요."

엘리너는 얼굴을 찡그리고 자신의 잠옷을 들어올렸다. "저는 이런 행동을 하기 전에 최소한 먼저 상대방과 저녁을 먹고 술을 한잔 하죠. 제 평생 이렇게 많은 손가락이 제 안으로 들어온 적은 없었어요."

리즈는 깔끔하게 정리된 눈썹을 치켜뜨고 혼자 킬킬거렸다.

"아무렴 어때요. 시작하세요." 엘리너가 다리를 벌리면서 말했다.

나는 손을 씻고 장갑을 낀 다음 필요한 행동을 취했다. 앰니훅을 양막 쪽으로 밀어 넣고 막이 터지는 익숙한 느낌이 느껴질 때까지 조심스럽게 잡아당겼다. 엘리너의 엉덩이 밑에 깔아 놓은 종이 매트 위로 액체가 깨끗한 강물처럼 줄줄 흘러나오기 시작했다. 나는 흠뻑 젖은 패드를 치우고 새것으로 갈았지만 새 패드도 갈자마자 젖었다. 이후로 두 번 더 패드를 갈았고 양수의 흐름이 줄어들었다. "끝났어요." 나는 웃으며 말하고 깨끗한 시트를 끌어올려 엘리너의 다리를 덮었다. "양수는 다 나왔고, 정맥주사기로 약물이 주입되고 있어요. 순항고도에 무사히 도달했네요."

모든 것이 평화로웠다. 엘리너는 머리카락을 위로 올려 느슨하게 하나로 묶었고, 걷어 올렸던 잠옷을 내리며 베개에 편안하게 기댔다. 리즈는 단화를 벗고 의자에 옆으로 몸을 던졌다. 그녀의 다리가 의자 옆에서 달랑거렸다. 태아심박감지기에서 나오는 소리가 마음에 안정을 주었다. 현대 과학의 수많은 경이로운 기술이 없었다면 절대로 존재할 수 없었던 아기는 자신을 둘러싸고 있던 물이 갑자기 말라버렸음에도 별 탈 없이 잘 있음을 우리에게 알려주고 있었다. 나는 기록부에 상황을 기록했다. '22시. 환자는 편안하게 휴식을 취하고 있으며, 태아의 심박수 분당 128회, 경련을 동반한 가벼운 진통, 양수가 빠져나옴.'

엘리너는 두 눈을 감았고 침대에서 자세를 고쳤다. 나는 그녀의 눈썹에서 드러나는 불편함의 첫 조짐을 볼 수 있었지만 그녀는 깊게 호흡하면서 날숨과 함께 이를 몰아냈다. "많이 지루하겠다." 그녀가 눈을 감은 채 말했다. "잠시 쉬고 싶지 않아요?"

나는 리즈가 무어라 말하기를 기다렸지만 그녀의 눈은 감겨 있었다.

"누구요? 저요?" 내가 말했다.

"네, 조산사님요……. 어떤 일이 일어나기를 기다리면서 여자들이 누워 있는 모습을 그저 지켜만 보는 일은 분명히 따분할 거예요. 제 말은, 저는 정말로 괜찮아요." 그녀가 얼굴을 찡그리고 다시 몸을 들썩이며 눈을 떴다. "계속 기다리게 만들어서 마음이 편치 않아요. 커피를 한잔 하거나 잡지를 읽고 싶지 않으세요? 제 가방에 잡지가 몇 권 있어요." 그녀는 첫 번째 잠에 깊게 빠져든 리즈를 쿡 찔렀다. "리즈! 이분에게 잡지를 가져다 드려. 파란색 가방의 옆 주머니에 있어."

나는 엘리너에게 웃어 보였다. 역할이 바뀌기는 했지만 그녀는 나를 돌보며 편안하게 해주려는 영락없는 승무원이었다. 음료와 간식 카트를 끌고 737기의 복도를 활기차게 걸어다니는 그녀의 모습이 상상되었다. 반짝이는 눈으로 보드카와 콜라가 든 플라스틱 컵에 얼음을 집어넣으며 그녀를 흠모하는 관객들을 즐겁게 해주었으리라. 리즈가 조종 장치에 대한 조용한 확신과 예리한 눈, 건강한 신체를 가지고 항공기 조종석에 앉아 있는 모습은 상상하기 더 어려웠다.

"제 걱정은 마세요. 저를 지루할 틈 없이 즐겁게 해줄 거라고 믿어요." 내가 말했다.

누군가가 어두운 고통의 세계로 건너가는 광경을 바라보는 것은 이상한 일이었고, 이들이 이 여행을 떠나기를 진심으로 바라는 것은 더 이상한 일이었다. 조산사는 편안해지는 것을 경계해야 한다. 우리의 역할은 환자를 쿡쿡 찌르고 움직이게 만들어 분만의 세계로 인도하는 것이다. 환자가 당신보다 급하게 앞서 나가는 모습을 지켜보기도 하고, 뒤처지거나 옆길로 벗어나는 환자의 손을 잡고 이끌기도 하면서 미지의 영역으로 더 깊숙이 들어간다. 환자가 가벼운 통증을 느끼고, 쑤시고, 아프기를 바라는 동시에 필사적으로 마음에 위로를 주고, 환자가 사랑받고 있으며 안전하다는 사실을 확인시켜주고 싶어 한다. 나는 엘리너가 하고 있는, 분만을 앞둔 임부의 익숙한 몸짓을 지켜보았다. 침대에 옆으로 누워 있던 그녀는 몸을 돌려 반대편으로 누웠다가 침대 끝에 걸터앉기도 했고, 정맥주사가 그녀의 자궁에 마법을 일으키기 시작하자 끙끙거리며 침대의 네 모서리마다 돌아가며 몸을 일으키기도 했다.

　나는 '환자는 중간 정도의 진통으로 불편함을 느끼기 시작함. 진통 10분에 3회, 45-60초 지속됨. FH 142 bpm. 신토시논 정맥주사 시간당 36밀리리터로 투약되고 있음'이라고 적고 펜을 내려놓으면서 미소를 지었다. 당신은 내가 잔인하다고 생각할지 모르지만 엘리너가 한시라도 빨리 분만이라는 폭풍우가 몰아치는 험한 바다를 건너는 배에 승선해야만 목적지에 더 일찍 도달할 수 있다.

　엘리너가 고통에 뒤척이는 소리가 리즈에게 도달한 것 같다. 피로가 극에 달했음에도 그녀는 눈을 번쩍 떴고, 자신이 어디에 있는지, 무슨 일이 벌어지고 있는지 깨달을 때까지 당황스러운 눈빛으로 아내와 주변을 둘러보았다. 침대 베개에 얼굴을 파묻고 있는 엘리너에게 몸을 기울이며 그녀가 물었다. "자기야, 괜찮아?"

"무통주사를 맞고 싶어요." 엘리너가 기어들어 가는 목소리로 말했다. 그녀는 엄청난 노력으로 몸을 뒤로 일으켜 무릎을 꿇고 앉은 다음 힘겹게 몸을 돌려 침대에 똑바로 앉았다. 머리카락이 이마에 달라붙어 있었고, 까무잡잡하고 주근깨가 있는 뺨은 붉게 물들어 있었다. "무통주사를 맞아도 계속 고통스러울까요?"

"음, 분만 시 아기를 밀어낼 때 하체 부분에서 무언가를 느낄 수 있는 것이 도움이 돼요. 투여량을 조정해서 그때가 되었을 때 어느 정도 감각이 돌아올 수 있게 해줄 수는 있어요. 효과가 정말로 좋은 무통주사를 맞으면 허리 밑으로는 아무것도 느끼지 못할 거예요." 내가 말했다.

"그렇다면 달라질 것도 없네요." 엘리너가 느릿느릿 말하면서 옆에 있는 리즈를 바라보았다. 리즈는 분노에 찬 시늉을 하며 헉 하고 숨을 내쉬었다. 엘리너는 머리를 침대에 누이고 쉰 목소리로 웃음을 터트렸다. 리즈도 따라 웃었다. 자유롭고 편안하며 바라보기만 해도 즐겁다는 듯 흐뭇한 웃음이었다. 나는 파티마가 옳았다고 생각했다. 우리는 편안한 밤을 보내게 될 것이다.

그리고 실제로 그랬다. 다른 조산사가 내가 근무를 시작하고 처음으로 짧은 휴식시간을 가질 수 있게 교대해주러 왔고, 바나나 브레드 한 조각과 사약같이 진한 커피 한 잔을 빛의 속도로 먹어 치운 다음 병실로 돌아왔을 때쯤엔 마취과 의사가 다녀간 뒤였다. 이제 태아심박감지기의 모니터는 10분에 약 4회로 환자의 진통이 더 강해지고 있음을 보여주었다. 침대 옆에 놓인 주입기는 작은 펌프를 통해 소량이지만 강력한 마취제를 엘리너의 척추에 있는 작은 공간으로 밀어 넣고 있었다. 엘리너는 편안해 보였고, 그녀의 표정이 부드러워지자 리즈도 무릎을 접어 다리를 몸에 바짝 붙인 채 몸을 다시 의자에 편히 기댔다. 벽시계는 자정이 조금 넘은 시간을 가리켰다. 배 속 아기의 생일이었다.

나는 병실에 붙어 있는 창고에 넣어두었던 커다란 분홍색 출산공을 굴리며 가지고 나와 침대 옆에 두었다. 진통제가 효력을 발휘하는 동안 여기에 편안하게 앉아서 시간을 보낼 수 있었다. 무통주사는 흠잡을 데 없이 효과적이었다. 나는 그녀의 복부에 부드럽게 손을 올려놓았고, 팽팽하게 긴장된 압력의 파도가 그녀의 산만 한 배에서 굽이치는 것이 느껴졌지만 그녀는 이를 느끼지 못한 채 부드럽게 코를 골았고, 벌어진 입에서 나온 멀건 침이 턱을 타고 흘러내렸다.

어떤 면에서는 그녀의 말이 옳았다. 잠든 여성을 지켜보는 일은 지루하기도 하지만 도전적이기도 하다. 조산사는 깨어 있어야 할 의무가 있기 때문이고, 태아의 심장박동에서 보이는 아주 미세한 이상 징후에도 주의를 기울여야 할 때는 특히 더 그렇다. 이 특정한 도전 과제를 극복하는 나의 대처 전략은 두 가지다. 첫 번째는 앞서 언급한 진한 커피다. 두 번째는 야간 업무를 15분 간격으로 나누어 하는 것이다. 15분 동안 태아의 심장박동수를 기록하고, 다음 15분 동안 환자의 (무릎과 골반 등의) '압박 부위'를 확인하고, 이 행동을 '피부 검사' 질문지의 네모 칸에 체크하며 기록한다. 이 질문지는 우리 병원에서 분만을 위해 입원한 여성을 돌보는 동안 작성을 요구하는 흥미롭지만 명백하게 짐스러운 수많은 서류 작업 중 하나다. 이 작업을 마치고 15분 동안 나는 수납장의 왼쪽 꼭대기에 있는 물건들을 크기별로 다시 정리했다가, 바늘을 색깔별로 정리하고, 이들을 다시 섞은 후 처음부터 새롭게 시작할 것이다.

새벽 5시 47분. 분당 110에서 160회 사이의 '안전지대'에 자리 잡고 있었던 태아의 맥박이 떨어지기 시작했다. 나는 서서히 지쳐가며 출산공에서 천천히 미끄러져 내리고 있었지만, 불규칙하고 느려지는 심상치 않은 맥박 소리가 들리자 몸을 바로 세웠다. 공이 내 밑에서 끽 소리를 냈다. '태아 심박수 95bpm.' 좋다, 다시 올라가고 있었다. 천천히, 하지만 상승 중이다. 나는 '정상 수치로 잘 회복됨, 주의하여 관찰함'이라고 적었다. 손으로 머리를 쓸어 넘기고 뺨을 가볍게 찰싹 때렸다.(가벼운 자기 학대가 내 세 번째 대처 전략이라고 이야기했던가?) 엘리너와 리즈는 여전히 깊은 잠에 빠져 있었고, 막 떠오르기 시작한 태양의 아침 햇살이 리즈가 앉아 있는 의자 뒤의 반투명 유리창을 비추었다. 쿵. 쿵쿵. 쿵. '분당 86회.' 내가 자리에서 일어서자 출산공이 소리 없이 바닥을 굴러갔다. 쿵. '분당 82회.' 시작되었다. 누군가가 다른 분만실에서 지르는 비명 소리가 들려왔다. 애석한 일이다. 나는 뛰어가 비상벨을 눌렀다.

"엘리너." 나는 산모의 이름을 부르며 어깨를 흔들어 깨웠다. 그녀는 몽롱한 상태에서 눈을 떴고 손등으로 코를 비볐다. 코 가려움증. 무통주사의 잘 알려지지 않은 부작용이었지만 그 순간에는 엘리너가 가진 가장 하찮은 문제였다. "엘리너, 몸을 왼쪽으로 돌려보도록 해요. 태아에게 산소가 함유된 혈액이 더 잘 전달되게 해주는 자세예요."

엘리너가 돌아눕는 일은 말처럼 쉽지 않았다. 마취제가 그녀의 하반신을 무겁게 만들어, 내가 그녀를 간신히 돌리자 두 다리가 골반에서부터 무겁게 흔들렸다. 엘리너를 돌려 눕히는 데 성공했을 때 방문이 열리고 출산 병동의 야간 당직 수석 조산사인 캐럴라인이 침대 옆으로 다가왔다.

"어떻게 진행되고 있죠?" 그녀가 엘리너에게서 내게로, 다시 모니터로 시선을 옮기며 말했다. 그런 뒤 날카로운 목소리로 말했다. "레지스타를 불러오죠." 캐럴라인이 몸을 돌리기도 전에 당직 레지스타인 미시가 들어왔다. 탈색한 짧은 머리에 은 귀걸이를 귀에 잔뜩 달고 있는, 눈에 띄게 키가 큰 여성인 미시는 어느 모로 보나 국민보건서비스(NHS)◆ 유니폼 정책과는 어울리지 않는 의사였지만 그녀의 귀걸이는 (뜻밖에도) 한 번도 그녀의 의학적 판단을 방해한 적이 없었다. '워커 선생이 환자를 살펴보기 위해 방문함.' 나는 마음을 놓으며 이렇게 썼다. 의심스러운 숫자를 보여주는 태아심박감지기가 있는 방에 홀로 앉아 있으면 굉장히 외롭다. 지원을 요청할 누군가가 있다는 것은 좋은 일이었다.

"엘리너, 저는 미시예요. 오늘 밤 당직의죠." 모니터의 숫자에서 눈을 떼지 않으며 미시가 말했다. "제가 몸을 좀 살펴볼 거예요. 자연분만을 할지 수술실로 가야 할지를 알아야 해요." 방금 잠에서 깨어나 낯선 사람들로 가득 찬 방을 보게

◆ National Health Service. 영국의 공공 보건 의료 서비스로, 전 국민이 치과를 제외한 대부분의 영역에서 무료로 치료받을 수 있다.

된 리즈가 두려움을 숨기지 못하고 엘리너를 바라보았다. 그리고 엘리너는 애원하는 표정으로 내 얼굴에서 어떤 단서나 위안을 얻기 위해 나를 바라보았다. 나는 그녀의 괴로움을 오롯이 느꼈지만 미시가 사용할 장갑과 도구를 찾느라 신경 쓸 겨를이 없었다. 지금은 가벼운 농담을 하거나 조금이라도 지체할 때가 아니었다.

미시는 침대에 옆으로 걸터앉아 손가락을 엘리너의 잠옷 안으로 넣고 진찰하면서 눈을 가늘게 뜨고 벽의 보이지 않는 지점에 시선을 고정했다.

"자궁경부가 완전히 열렸어요." 그녀가 엘리너에게 간략하게 설명하고는 내게 "두정부 위치 궁둥뼈가시 플러스 2"라고 말했다. 태아의 머리가 골반에서 밑으로 충분히 내려와 있었다. "흡반을 준비해줘요. 이 방에서 아기를 낳을 수 있겠지만 실패할 경우 겸자 사용을 시도해보기 위해 수술실로 향할 겁니다."

나는 엘리너가 몇 시간 전에 장난치며 가지고 놀았던 침대의 다리 받침대에 그녀의 발을 얹으며 설명했다. "선생님이 컵 모양의 흡인기를 사용할 거예요. 의사선생님이 잡아당기겠지만 그래도 여전히 배에 힘을 주고 밀어야 해요."

더 많은 말을 할 시간이 없었다. 캐럴라인이 흡반과 필요한 도구가 놓인 손수레를 밀고 왔다. 미시는 구석에서 장갑을 끼었다. 소아과 의사가 호출되었고, 리서시테어 뒤에서 있었다. 안심하기 힘든 기미를 보이는 태아는 울면서 세상 밖으로 나와 모든 사람을 깜짝 놀라게 하거나, 아무런 반응도 없이 팔다리가 축 늘어진 채 미끄러져 나와 여러 시간 동안 위험한 고비에 직면할 수도 있다. 이때는 시급히 산소 공급에서부터 삽관, 생명유지 장치까지 가능한 모든 방법이 동원된다. 소아과 전문의는 눈에 띄지 않는 곳에서 최악의 사태에 대비하며 대기 중이었다.

나는 엘리너의 발 위로 몸을 구부렸다. 의사가 엘리너의 다리 사이에 자리를 잡을 수 있도록 그녀가 일종의 다리 받침대가 달린 왕좌에 앉은 자세를 취하게끔 침대의 바닥 전체를 연결 부위에서 떼어내 바닥으로 끌어당겼다. 고통의 불꽃이 내 등을 집어삼켰다. 나는 척추가 타들어 가는 느낌에 얼굴을 찌푸렸지만 이 순간 내 육체의 통증은 중요하지 않았다. 이 일이 끝나고 나면 편하게 쉴 수 있는 시간이 찾아올 것이다.

쿵. 쿵쿵. 이 아기는 나와야 했다. 그 존재 자체가 과학 법칙에 저항하는 아기, 먼 곳에 있는 아버지와 두 명의 사랑스러운 어머니가 있으며 이들 중 한 명은 미래에 존재하지 않을 수 있는 아기, 한 세계에서 다음 세계로 넘어가는 공간에서 어중간한 상태로 맴돌고 있는 아기. 우리는 한마음으로 이 아기가 불가능을 뛰어넘는 마지막 도약을 시도하고, 몇 밀리미터밖에 남지 않은 공간을 비집고 나와 힘찬 울음소리로 우리를 맞이하기를 간절히 바랐다. 미시는 엘리너의 다리 사이에 놓인 의자에 앉아, 흡반을 집어 아기의 머리에 부착했다. 진통과 함께 머리가 조금씩 시야에 들어왔다. '06시 30분. 두정부 시야에 들어옴. 흡반 사용.' 미시가 엘리너에게 주문했다. "다음 진통이 오면 세게 힘주어 미세요."

나는 엘리너 옆에 서서 다음 진통이 언제 시작될지 알려주기 위해 그녀의 복부에 손을 올려놓고 있었다. 무통마취는 여전히 효력을 발휘하고 있었다. 그녀에게는 이 단계에서 분만 중인 여성들이 흔히 가지게 되는 밀어내려는 맹렬하고 본능적인 충동이 전혀 없었다. 손끝 아래에서 마치 풍선이 느리고 지속적인 숨결에 부풀어 오르는 것처럼 엘리너의 불룩한 배 윗부분이 긴장되는 익숙한 느낌을 받았다. 나는 그녀에게로 몸을 돌려 눈에 시선을 고정한 채 짧게 말했다. "지금이에요."

엘리너는 턱을 가슴으로 끌어당기고 깊게 심호흡을 한 뒤, 할 수 있는 한 길고 강하게 힘을 주었다. 한 손으로는 구겨진 시트를, 다른 한 손으로는 리즈의 가녀린 손목을 꽉 쥐었다. 호흡이 힘을 잃으면서 눈을 뜬 그녀는 희망을 가지고 배 너머의 미시를 바라보았다. "어떤가요?"

"조금씩 나오고 있어요." 미시가 말했다. 그녀의 눈은 여전히 엘리너의 다리 사이에 고정되어 있었다. 매번 힘을 줄 때마다 미시는 흡반을 잡아당겨야 했다. "다시 힘주세요."

신토시논은 최대 수치인 시간당 60밀리미터로 투약되고 있었고, 엘리너의 정맥으로 들어감에 따라 진통이 거대한 파도처럼 그녀의 복부로 밀려왔다. "엘리너, 다시 힘줘요!" 내가 외쳤다. 엘리너는 눈을 다시 질끈 감으며 힘을 주었다. 방 안에 정적이 감돌았고, 마침내 소리 없이 균열이 생겼다.

조금 뒤, 대지에서 갑자기 샘이 솟아오르는 것처럼 쏴 하고 흐르는 소리가 들렸다. 그런 다음에 헉 하고 숨을 들이쉬는 소리와 아기의 울음소리가 들렸다. 번들번들한 분홍색 몸을 잔뜩 웅크린 아기는 눈 깜짝할 사이에 미시의 손 안으로 들어왔고, 다시 내 팔에 안겼다. 내가 빽빽 울어대는 축축한 아기를 엘리너에게 건네자 소아과 의사가 아기의 몸을 따뜻한 수건으로 문질렀다. 캐럴라인은 웃고 있었고, 엘리너와 리즈는 서로를 바라보며 놀라 어쩔 줄을 몰라 하며 눈물을 흘렸다. 나는 수건의 한쪽 모서리 부분을 들추고 아기의 작고 주름진 발가락이 꼼지락거리는 발 한쪽을 들어올렸다. "남자아이예요. 아가야, 생일 축하한다." 내가 말하고 조용히 상황을 기록했다. '06시 07분. 흡반 분만으로 남아 출산. 태어나며 울음.'

엘리너는 리즈에게서 시선을 떼고 처음으로 마주한 아들을 내려다보며 매끌매끌하고 통통한 작은 몸을 구석구석 눈에 담았다. 태지가 묻은 아기의 어깨와 바위의 웅덩이와 고사리 냄새를 풍기는 양수에 젖어 있는 솜털 같은 금발머리. 엘리너는 임신을 해서는 안 되었던, 자신의 사랑을 드러내지 못하고 속삭여야 했던, 아내가 현대 의학의 걸어 다니는 기적이었던, 생식 과학의 눈부신 위업으로 태어난 아기를 가진 여성이었다. 그녀는 갓 태어난 아들의 정수리에 키스하며 미소를 지었다.

아이가 아이를
낳을 때

"이 아이를 가둬요. 그게 이 아이를 확실히 피임시키는 유일한 방법이에요."

어느 날 브리짓이 열다섯 살짜리 딸 섀넌의 조기 분만으로 막 병원에 도착했을 때 그녀가 내게 비탄에 잠겨 해준 조언이었다. 나는 침대 곁에 무릎을 꿇고 앉았고, 섀넌이 44사이즈 몸에 진통이 물결을 일으키며 찾아올 때마다 생생한 두려움에 괴로워하는 모습을 지켜보았다. 그녀는 물결이 일 때마다 깜짝깜짝 놀라는 것처럼 보였고, 얼굴은 '이번에도 아까처럼 아플까요? 멈추기는 하나요?'라고 묻는 것 같았다. 그렇다, 이것이 내 답이었다. 다행히도, 그렇다. 어린 임부들이 흔히 그렇듯 그녀의 분만은 빠르게 진행되었고, 두 시간 뒤에 딸을 낳았다. 그녀는 아이를 낳는 내내 브리짓의 손을 움켜잡고 있었고, 아기를 품에 안고 나서도 울며 엄마를 찾았다.

최근 발표된 많은 보고서들이 고령 출산이 증가하고 있다고 강조하고 있다. 의학계에서 이들을 잔인하게 지칭하는 '고령 초산부'라는 표현은 사람들의 마음에 칙칙하고 주름진 자궁으로부터 아기가 튀어나오는 이미지를 심어준다. 평균 임신 연령이 천천히 높아지고 있음은 부인할 수 없는 사실이지만 연간 수천 명의 어린 소녀들이 아이를 낳는 것도 사실이다. 섀넌처럼 두세 번의 어설픈 성관계로 임신하는 소녀들도 있고, 섀넌과 나이가 같거나 더 어린 소녀들이 성매매와 성적 학대로 인해 임신하는 경우도 있다. 그리고 이런 소녀들의 수는 점점 더 증가하는 추세다.

이유가 어떻든 이런 어린 여성을 돌보는 일은 언제나 내게 독특한 도전 과제로 다가온다. 다른 한편으로 두 딸의 엄마이기도 한 내게 십대 소녀들은 내 보호본능을 자극하고, 세상이 여성에게 안겨주는 고통과 절망, 다양한 학대로부터 이들을 보호하려는 내 열망은 거의 비이성적인 수준으로까지 강해진다. 이런 소녀들 중 일부가 내가 상상하는 것 이상으로 이미 세상사에 찌들고 산전수전을 다 겪었다고 해도 다르지 않다.

또 다른 한편으로 내가 내 일을 제대로 수행하기 위해 실시해야 하는 검사와 절차는 어린 소녀들의 경우 매우 불편해할 수 있다. 자궁경부암 검사를 한 번도 받아본 적 없거나 월경을 시작한지 얼마 되지 않은 14세 소녀에게 골반 내진을 어떻게 설명하겠는가? 이들은 자신의 '아랫도리'를 믿을 만한 사람의 손에 맡겨본 적도 없었을 것이다. 헤로인 같은 (의료 목적으로 사용되는) 마약 성분이 들어간 진통제를 "주사는 도대체 언제 놓아줄 건데요?"라며 애원하고 소리 지르는, 당신 자녀와 몸집과 체형이 비슷한 깡마른 십대의 넓적다리에 주사하는 것이 옳은가? 아이가 아이를 낳을 때 조산사는 수많은 까다로운 질문을 스스로에게 던질 필요가 있으며, 새넌과 같은 아이들을 수도 없이 겪은 후에도 명쾌한 답을 내릴 수 없다.

크리스털

크리스털이 산부인과 병동에 도착했을 때 나는 나에게 주는 감사 카드를 작성하는 중이었다. 내가 매번 소변통을 비울 때마다 자신에게 축하 글을 작성하는, 극단적으로 자존심 강한 사람이라고 생각할까 봐 상황 설명을 하겠다.

나는 다섯째를 밴 임신 37주의 방글라데시 여성인 바티 부인의 침대 옆에 앉아 있었다. 그녀는 신장염으로 2주간 입원했고 곧 퇴원하려는 참이었다. 나는 인원 부족으로 자리를 메우러 온 처지였고, 이날 아침 인계받을 때까지 이 여성을 한 번도 만난 적이 없었지만 그녀의 무한한 감사를 받을 만큼 운이 좋았다. 내가 침대의 커튼을 젖혔을 때 바티 부인은 짐을 싸는 중이었다. 그녀는 14일 동안 사용했던 잠옷과

세면도구, 다양한 종류의 독특한 냄새가 나는 간식을 커다란 얼룩말 무늬의 여행 가방에 넣으려고 씨름했다. 연녹색 아디다스 모자티를 밝은 오렌지색 샬와르 카미즈◆ 위에 덧입은 그녀가 침대 주변을 돌아다닐 때 몸에서 빛이 나는 것처럼 보였고, 내게 인사하려 몸을 돌려 벌어진 치아를 드러내며 함박웃음을 지었을 때는 그 효과가 한층 더 강렬해졌다.

"어서 와요." 그녀가 내 한 손을 자신의 두 손으로 꼭 잡으며 말했다. 그녀의 손힘은 놀라울 정도로 강했고, 손은 따뜻하고 건조했다. "지금 나를 도와줘요." 그녀가 밝은 목소리로 말했다.

"얼마든지 도와드릴게요. 바티 부인. 근데 전 사실 퇴원 수속에 필요한 서류를 전달하려고 왔어요. 서류 작성이 끝나면 가족들이 기다리는 집으로 돌아가시면 돼요. 집까지 모셔 갈 사람이 오나요?" 내가 말했다.

그녀는 내게 바짝 다가와서 손바닥으로 내 뺨을 감쌌다. 그녀의 얼굴에서 미소가 사라졌고, 찡그린 눈썹이 검은 실선을 만들었다. "나를 도와줘요." 그녀가 재차 말했다. 이번에는 더 다급한 목소리로.

◆　일명 몸뻬 스타일의 풍성한 바지와 긴 상의를 함께 입는 스타일로 주로 중앙아시아와 남아시아에서 많이 착용한다.

나는 어색한 웃음을 지었고, 이렇게 간절하게 바라는 도움이 무엇인지 궁금했다. 아직도 아픈 건가? 아니면 그녀의 병을 치료하는 일에 너무 집중한 나머지 의료진이 그녀의 지독한 개인적 곤경을 간과한 것일까? 나는 속으로 지난 수년간 여성들이 침대 곁에서 지금처럼 소리를 낮추고 떨었던 수다를 통해 내게 드러냈던 수많은 다양하고 곤란한 상황 목록을 작성하기 시작했고, 바티 부인이 내 뺨을 감싼 손에 더욱 힘을 가하면서 정신을 차렸다.

"나를 도와줘요."

"그럴게요." 나는 침착하게 그녀가 막 공유하려는 오싹한 비밀이 무엇이든 들어줄 마음의 준비를 하며 낮게 읊조리듯이 말했다. "도와드릴게요. 원하는 것을 말씀해보세요, 바티 부인."

"감사 카드를 써요." 그녀가 말하며 다시 환하게 웃자 얼굴에 주름이 잡혔다. 그녀는 손으로 감싸고 있던 내 뺨을 놓아주더니 기뻐하며 손뼉을 쳤고, 씩 미소를 지었다. 나는 내 판단 착오에 당황해 얼굴이 달아올랐다. 그녀에게 필요한 도움은 내가 생각했던 그런 도움이 아니었다. 그녀는 내게서 진실한 박애주의자의 모습을 보았고, 가장 극적인 효과로 이를 증명하게 만들었다.

"아, 네……." 나는 지금까지의 행동이 모두 장난이었다는 듯이 활기차게 웃으며 말했다. "물론 써드리죠. 카드 작성을 도와드릴게요. 누구에게 주는 카드인가요?"

바티 부인이 침대 발치에 쌓여 있는 잡지 더미를 뒤지더니, 두 마리의 오리가 서로 껴안고 있는 모습이 그려진 카드를 내밀었다. 두 오리는 날개로 서로를 단단하게 감싸고 있었고, 작은 붉은색 하트들이 부리 위에서 춤추고 있었다. 그녀는 카드를 내게 내밀면서 연 다음 안에 '진심으로 감사합니다, 꽥꽥'이라고 적혀 있는 글을 가리키며 말했다. "직원에게 줄 카드예요. 당신에게요."

"제게요? 하지만 저는 오늘 부족한 인원을 메우기 위해 왔을 뿐인걸요. 지난 2주 동안 다른 조산사들이 부인을 돌보았어요. 마음은 감사합니다만……." 바티 부인이 내 어깨를 움켜잡아, 재빠르게 침대 옆 의자에 나를 눌러 앉혔다. 키는 나보다 훨씬 작은 150센티미터 정도밖에 되지 않았지만 그녀의 존재감은 강렬했다.

"카드를 써요. 당신에게 감사하다고 해요."

"제가 감사 카드를 쓰길 원한다는 말씀이시군요……. 저 자신에게요?"

"난 영어 실력이 좋지 않아요. 그러니 어쩌겠어요? 당신이 써요." 그녀가 다시 한번 카드를 가리키고는 이어서 내 가슴 주머니에 꽂혀 있는 펜을 가리키며 말했다.

그래서 나는 충실하게 손에 펜을 들고 의자에 앉아 허공을 응시하며 나에게 전하는 넘치는 감사의 마음을 적절히 표현할 만한 단어를 찾았다. 바티 부인은 내가 펜을 종이 위로 가져가자 활짝 웃으며 만족스러운 듯이 고개를 끄덕였다.

"친애하는 리어에게." 나는 큰 소리로 읽으며 문장을 써 내려갔다. "그동안의 모든 노고에 정말로 감사드려요." 나는 바티 부인이 이런 뻔한 한 문장에 만족하지 않음을 감지하고 웃는 얼굴과 하트, 키스 표시 세 개를 그려 넣었다. 봉투에 카드를 집어넣고 부인에게 건네주었다. 그러자 그녀는 이 봉투를 다시 내게 주면서 열어보라고 손짓했다. 이 우스꽝스러운 연극을 완성하기 위해 나는 안에 무슨 말이 적혀 있는지 전혀 모르는 사람처럼 봉투를 열고 적당한 시간을 들여 카드의 내용을 읽은 다음 이 상황에 어울리는 놀라고 감동받은 겸허한 표정을 지었다.

"바티 부인, 감사합니다."

"내가 감사하죠."

"정말 감사해요."

"고마워요."

그녀는 내게 팔을 둘러 작고 부드러운 몸으로 안아주었고, 나는 안경을 어디에 두었는지 기억하지 못하는 고령의 이모를 위로해주듯이 그녀의 작고 살이 거의 없는 날개뼈 사이를 부드럽게 토닥였다. 그녀가 나를 더 꽉 끌어안으면서 나는 그녀의 포옹에 몸의 긴장을 풀었다. 침대 옆 창문으로 아침 햇살이 쏟아져 들어왔다. 남은 근무시간 동안 감사하고 감사를 받고, 바티 부인의 머리에서 전해지는 따뜻하고 달콤한 향기를 들이마시며 상당히 행복한 기분으로 이곳에 머무를 수 있을 것 같았다.

"좋아요, 테레사 수녀님. 이제 퇴원하셔도 됩니다."

이날의 또 다른 당직 조산사인 준이 커튼을 열었고, 산부인과를 배경으로 하는 서부극에 나오는 명사수 보안관처럼 어금니를 꽉 깨문 채 불쾌감을 여실히 드러내며 우리의 친밀한 포옹을 찬찬히 살폈다. 환자와의 포옹? 맙소사. 둘째가라면 서러울 정도로 완고한 조산사로서 이처럼 감상적인 장면을 목격하는 것은 우리가 매일 마주하는 체액이 흐르는 개울을 건너는 것과는 비교도 할 수 없을 정도로 끔찍한 일이다. 이런 염세적이고 감정이 메마른 사람들은 수년간의 고된 실무 경험을 통해 자신을 거칠고 단단한 껍질로 무장했다. 그리고 나는 이런 암울한 현실 적응에는 그럴 만한 이유가 있음을 얼마 가지 않아 배우게 되었다. 싸늘한 준의 시선에서 보면 나는 조산사의 업무에 어울리지 않는, 그냥 마음이 무르고 어리석은 인간일 뿐이었다.

"6번 방 두 번째 침대." 내가 감사 카드를 호주머니에 넣고, 바티 부인에게서 몸을 뗀 뒤 그녀와 함께 복도를 따라 걸어 내려가는 동안 준이 사무적이고 딱딱한 어투로 말했다. "크리스틸, 15세, 임신 23주 3일 조기 양막 파수, 미키마우스 잠옷을 입고 있으며 얼굴은 여덟 살로 보임. 잘해봐요." 내가 6번 방 앞에서 서성거리는 동안 준은 병동 반대편에 있는 자신의 담당 환자에게로 돌아갔다.

조기 양막 파수는 아기를 둘러싸 보호하고 있는 양수가 임신 37주(태아가 완전히 성장하는 데 필요한, 가장 보편적으로 인정되는 최소 임신 기간)가 되기 전, 그리고 분만이 시작되기 훨씬 전에 새어 나오는 상태다. 이런 증상을 보이는 임부가 항생제를 복용하고 정기 검진을 받아 별 탈 없이 며칠 또는 심지어 여러 주 동안 임신 상태를 유지하는 경우도 있다. 그러나 조기 양막 파수로 인해 양수가 한꺼번에 쏟아져 나오면서 강하고 주기적인 진통이 시작되어, 미성숙한 폐와 연약한 면역체계가 쉽게 무너질 수 있는, 아직 형태를 제대로 갖추지 못한 미숙아를 출산하는 상황으로 빠르게 진행될 수도 있다.

이 상황은 임신 24주 정도일 때 더 위태롭다. 상당히 최근까지 이 시기 이전에 태어난 아기의 다수가 태어나자마자 또는 몇 주 안에 심각한 질병으로 사망했다. 이런 이유로 병원은 이 임신 기간에 태어난 대부분의 아기들을 적극적으로 소생시키려는 노력을 하지 않았으며, 공식적으로 출생신고 가능한 출산으로 보지 않고 후기유산으로 분류했다. 조산으로 아이를 잃어본 경험이 있는 사람들에게는 냉혹하기 이루 말할 수 없는 규정이었다. 자궁 안에서 보내는 시간이 한 주 한 주 길어질 때마다 정상적인 아이로 성장할 가능성이 더욱 높아진다. 이런 이유로 임신 24주 이후에 태어난 아기들은 영국 법에 따라 전통적으로 '생존 가능하다'고 여겨지며, 단기적으로는 삽관과 환기 치료, 수 주간의 불편하지만 생명을 살릴 가능성이 있는 수술과 장기적으로는 무수히 많은 잠재적 장애와 발달 지체를 감수하면서까지 모든 최첨단 소아과적 치료를 제공받는다.

생존 가능성에 대한 정의와 초기 생명의 가치에 대한 생각은 개인마다 다르겠지만 매일 도덕이라는 칼날 위에 서는 의사들에게는 만족스러운 최선의 결과를 얻을 수 있는 치료 계획을 짜기 위해 엄격하고 명확한 지침이 필요하다. 현대 신생아학이 발달함에 따라 임신 24주라는 경계는 의료진이 너무 일찍 태어난 아기들을 위해 무엇을 할 수 있고 해야하는지 뚜렷이 감을 잡게 해주었다. 그러나 최근 이 분야에서 이룩한 기술 발전은 지나치게 일찍 태어난 아기들의 생존율을 높임으로써 생존 가능성의 기준선을 흐릿하게 만들었다. 장기적으로 장애의 위험을 안고 있기는 하지만 23주에서 24주 사이의 애매한 영역에서 태어난 아기들이 성공적으로 소생해서 살아가는 경우가 증가하면서 이런 아주 작은 생명체는 연약해서 호흡하고 빠는 것을 비롯해 큰 조치 없이는 거의 아무것도 할 능력이 없다는 기존의 생각이 도전받고 있다. 23주 3일된 크리스털의 아기는 이 중간지대의 한가운데에 있었고, 태어난다면 생존 여부가 자신이 가진 변변치 않은 힘뿐만 아니라 우연히 이날 근무하는 소아과 의료진의 극도로 주관적인 판단에 달려 있었다. 게다가 크리스털이 신체적으로는 아니더라도 법적으로 여전히 미성년자임을 감안해서 의료진이 그녀가 내리는 모든 결정에 (이런 것이 가능하다면) 일반적인 수준 이상으로 까다롭게 따지고 들 것이라는 점이 상황을 더욱 복잡하게 만들었다.

나는 크리스털의 얼굴을 보기도 전에 목소리를 먼저 들었다. 커튼이 드리워져 있었지만 그녀는 침대 곁에 있는 누군가와 활기차게 대화를 나누고 있는 듯했다.

"그래서 내가 그 애 친구의 사촌이 지독한 거짓말쟁이라고 했어. 지난주에 걔가 대니의 형과 쇼핑하고 있는 걸 봤거든. 진짜 멍청해 보이더라. 어릿광대가 따로 없었어."

커튼을 젖히자 침대의 끝부분이 보였고, 분홍색 털 슬리퍼를 신은 크리스털의 양발이 앞뒤로 왔다 갔다 하는 모습이 눈에 들어왔다. 그녀의 발목과, 그렇다, 미키마우스 잠옷 바지의 밑단도 보였다. 크리스틸은 큰 소리로 웃었고, 가까이 다가가자 쌓아놓은 베개에 등을 기댄 채 휴대전화를 무릎 위에 올려놓고 작은 화면을 통해 친구와 영상통화하고 있는 그녀가 보였다.

"브리트니 걔는 완전히 애교쟁이거나 싸가지거나 둘 중하나야." 크리스틸이 한숨을 쉬며 말했다. 그러다가 나를 발견하고 몸을 일으켜 침대에 똑바로 앉더니 전화기를 귀로 가져갔다. 휴대전화 케이스는 둥글고 툭 불거진 눈을 가진 대왕판다 모양이었다. " 있잖아, 전화 끊어야겠다. 간호사가 왔어. 그래, 그래, 알았어. 안녕. 나중에 봐." 전화를 끊은 그녀는 내게 발랄하게 "안녕하세요"라며 인사했다. 활짝 웃는 그녀의 웃음은 반짝반짝 빛났다. 뒤죽박죽으로 빽빽하게 난 몇개의 작은 젖니가 영구치와 아직도 공간을 놓고 다투고 있었다. 교정 전문 치과의사들이 두 팔 벌려 환영할 환자였다.

여덟 살짜리 얼굴이라는 표현은 조금 과장된 감이 있지만 진실에서 아주 멀리 떨어져 있지도 않았다. 크리스틸은 병원에 혼자 있다는 점과 조산을 목전에 두고 있다는 사실에도 중학교에 간신히 들어갈 나이처럼 보였다. 그러나 모습은 비록 앳되어 보여도 남자아이들이 전부 징그럽다고 생각하는 것 같지는 않았다. 그녀를 이 병원에 오게 만든 무모한 불장난이 이런 나의 생각을 더욱 공고히 해주었는지도 모르겠다. 그녀가 최신 화장 트렌드에 맞춰 뺨에 명암을 주려고 애썼다는 사실은 한눈에 알 수 있었지만, 얼굴 전반에 바른 브론저 때문에 그녀는 초콜릿 시리얼이 담긴 그릇 안에서 잠든 아이처럼 보였다. 크리스털은 내가 그 나이 때에는 꿈밖에 꿀 수 없었던 일종의 편안한 카리스마가 철철 넘쳤음에도, 그녀가 매력적으로 보이기 위해 시도한 잘못된 판단은 나의 십대 시절을 떠올리게 했다. 그녀는 배짱 두둑한 강한 여성의 정체성을 입으려 하는 어린 소녀였고, 그 노력은 억지스럽고 서툴렀다.

나는 혈압 측정기를 침대 옆으로 끌고 가, 모든 조산사와 간호사, 의사가 환자에게 건네는 전형적인 첫 문장으로 대화의 문을 열었다. "무슨 일이 있었는지 말해줄래요?" 이상하게도 새끼 고양이들이 든 상자만큼이나 무서운 내 지역 보건의가 내게 이 질문을 건넬 때면 나는 식은땀이 난다. 냉정하고 침착한 조산사는 어느 순간 사라지고, 손이 덜덜 떨리며 목소리가 흔들리고 시간을 빼앗은 것에 대해 최소한 열두 번 사과하고 난 다음에야 겨우 정기적으로 타 먹는 약을 요청하는 말더듬이가 되고 만다. 그러나 푸른색 조산사 유니폼을 입고 닳아빠진 병원 신발을 신으면 나는 통제력을 되찾고, 입에서 대본을 달달 외운 것처럼 몸에 밴 말들이 쉽고 경쾌하게 흘러나온다.

크리스털이 이야기를 시작했다. "뭐, 브리트니라는 애가 있는데 저를 완전히 멍청이라고 생각해요. 왜냐하면 제게 문자를 보냈던 남자애하고 걔가 같이 있는 모습을 제가 봤거든요……."

"잠깐만, 크리스털." 브리트니 이야기가 결론에 다다르기 전에 아무래도 내 말의 의도를 명확히 하는 것이 좋을 것 같았다. "내 말은, 병원에는 무슨 일로 왔죠?"

"아, 죄송해요, 간호사 선생님." 나는 어금니를 꽉 깨물었다. 극도로 숙련된 전문가인 간호사를 대단히 존경하기는 하지만 간호사라고 불리는 것은 칠판에 손톱을 긁는 것처럼 조산사의 신경을 거슬리게 하는 소리다. 우리의 역할은 직함만큼이나 다르고 구별되며, 우리는 모두 우리의 직업에 강한 자부심을 가지고 있다. 그러나 크리스털이 이야기를 계속하는 동안 이 생각을 입 밖으로 꺼내지는 않았다.

"오늘 아침 첫 수업인 수학 시간에 양수가 새어 나온 것 같아요. 사실 엄밀히 말해 수업 시간이라고 말할 수는 없지만요. 수업을 땡땡이쳤거든요. 저는 친구 태미랑 맥도널드에 가서 맥머핀을 주문하고 앉아 있었어요. 그때 제가 '젠장 태미, 내 팬티가 축축해, 나 아무래도 오줌을 쌌나 봐'라고 말했죠. 그 말에 걔는 완전 역겨워했고, 저는 '알아, 근데 나 병원에 가야겠어'라고 말했어요. 그래서 가방을 가지러 우리 집으로 갔죠. 토끼에게 먹이를 주고, 태미의 오빠 딘이 진짜로 구역질나는 자기 차로 저를 태워다 줬어요. 태미는 4교시 지리 수업을 들으러 학교로 돌아갔고요. 이렇게 된 거예요."

"그렇군요." 크리스털의 정신없는 설명에 머리가 살짝 어지러워진 나는 손에 들고 있던 혈압계 밴드를 기억하고 크리스털의 마른 팔에 두른 다음 단단히 잡아당겼다. 나는 마음속으로 크리스털의 이야기를 기록했다. "환자의 양수가 맥도널드에서 새어 나오기 시작함." 있을 법한 이야기처럼 들리지 않겠지만 최근에 나는 '대형마트 중앙통로에서 의식을 잃은 임부'와 '슈퍼마켓에서 카트를 끌다가 양막이 파열된 임부'를 돌본 적도 있었다. 소매업과 산부인과의 세계는 대중들이 생각하는 것보다 더 빈번하게 충돌한다.

"간호사 선생님, 아기가 오늘 나오나요?" 내가 통상적인 순서에 따라 혈압과 맥박, 체온, 호흡을 확인하는 동안 크리스털이 물었다.

"아니길 바라야죠." 내가 답했다. 나는 소니케이드를 그녀의 복부에 놓고 쿵, 쿵, 쿵 울리며 불안감을 덜어주는 태아의 심장박동 소리를 들었다. "아직 진통이 오지 않았지만 생리대를 갈 때마다 우리에게 보여주어야 해요. 그래야 우리가 실제로 양수가 나오는 건지 알 수 있거든요. 정상적인 질 분비물이나 소변이 나오는 경우도 있는데, 양수가 나올 때랑 느낌이 거의 비슷하죠." 크리스털은 내가 그녀에게 자신의 질을 뒤집어달라는 요청이라도 한 것처럼 충격받은 표정으로 나를 올려다보았다. "제 생리대를 보여달라고요?" 그녀가 숨을 헉 들이마시면서 눈알을 굴렸다. "별일을 다 하시네요, 간호사 선생님."

대중들은 조산사 업무가 아기를 받아내고 비스킷을 먹는 일이 전부라고 생각할지도 모른다. 그러나 무대 뒤에서는 수많은 조산사들이 정확한 진단을 내리고 산과 진료 계획을 세우기 위해 모퉁이나 수납장 앞에 하나둘씩 모여서 사용한 생리대를 서로 보여주고 색깔과 양, 냄새를 비교한다.

"그냥 보여주기만 하면 돼요." 내가 설명했다. "이상 징후가 없는지 확인하기 위해서니까. 액체나 피가 나오거나 통증이 있으면 내게 알려줘요. 침대 옆에 벨이 있고, 필요할 경우에 대비해 화장실에도 벨이 있어요. 또 나를 직접 찾아와도 되고요……. 나는 절대로 멀리 있지 않을 거예요." 나는 크리스털의 얼굴에 숨김없이 드러나는 사춘기 소녀의 짜증 섞인 표정을 보며 망설였다. 그리고 크리스털의 어머니나 이모, 친구가 이 자리에 함께 있었다면 대화가 좀 더 수월하게 진행될 수 있을지도 모른다는 생각이 들었다. 앞서 이 길을 걸어가 본 경험이 있고, 내 이상한 주문이 사실은 그렇게 이상한 것이 아니라고 그녀를 안심시켜줄 누군가가 있으면 좋왔을 것이다. 물어봐야 할까? 나는 생각했다. 물어보는 것이 좋겠다.

내가 입을 뗐다. "크리스털, 엄마나…… 여기로 와서 같이 있어 줄 사람이 있나요? 말 상대가 돼줄 사람 말이에요."

그녀는 침대에서 꼼지락거렸고 휴대전화 화면을 쉴 새 없이 켰다 껐다 했다. 그녀가 내게 이야기를 들려주는 동안에 전화가 대략 여섯 번 정도 왔었다. 십대 딸과 함께 살면서 나는 끊이지 않는 진동 소리와 띵 하며 울리는 소셜 미디어 알람 소리에 오래전부터 둔감해진 상태였다.

"병원으로 오는 길에 엄마한테 문자를 보냈지만 엄마는 밤 10시 전에는 일이 끝나지 않을 거예요. 그리고 그 후에도 이곳으로 오려면 버스를 한 번 갈아타야 해요. 그러니……." 크리스털은 끝말을 잇지 못했고, 찡그린 눈썹에 아주 잠깐 그림자가 졌다. "제가 하루 종일 할 수 있는 게 뭐가 있나요, 간호사 선생님?" 그녀는 턱을 위로 젖혔고, 순식간에 대담하고 자신만만한 모습으로 다시 돌아왔다. "제 말은, 와이파이 비밀번호가 있기는 한가요?"

나는 크리스털에게 사실을 알려주고 싶지 않았지만 병동 여기저기에 붙어 있는, 공용 와이파이 네트워크를 상세하게 홍보하는 포스터와는 다르게 병원의 인터넷 환경은 악명 높을 정도로 상태가 나쁘고 불안정했다. 종이에서 완전히 자유롭지는 않더라도 전자 시스템을 구축해 종이 사용을 줄여줄 새롭고 근사한 IT 시스템에 자금을 쏟아부을 예정이었지만 현재로서는 와이파이와 침대, 직원 채용, 그리고 병원에서 사용하는 거의 모든 자원에 막대한 자금 투입이 필요한 상태였다. "자금이 없습니다." 최근에 열린 직원회의에서 가벼운 농담처럼 이 내용을 통보받았고, 이 소식에 놀라는 사람은 없었다.

나는 병원의 이런 사소한 문제와 보트만 한 생리대, 아랫도리에 조금이라도 이상한 것이 나오면 호출 벨을 누르라는 강력한 지시 사항을 전달하고 크리스털을 남겨둔 채 자리를 떠났다. "그럴게요, 간호사 선생님"이라는 쾌활한 대답과 함께 그녀는 생리대를 한쪽 팔 아래에 끼고 전화기를 다시 무릎 위에 올려놓은 다음 영상통화를 걸었다. 옆의 병실로 이동하면서 나는 크리스털이 닫힌 커튼 뒤에서 수다 떠는 소리를 들을 수 있었다. "딘, 여기 생리대 크기 좀 봐. 망할 기저귀를 차는 것 같을 거야." 그녀의 웃음소리가 내 등 뒤에서 메아리쳤고, 나는 미소를 짓지 않을 수 없었다. '말솜씨가 기막히네. 자기 생각을 제대로 표현할 줄 알아.'

이후로 몇 시간 동안 여느 산전 병동과 다를 바 없이 오후가 흘러갔다. 오후 2시에 이날 유도분만을 할 임부들이 도착했고, 여행 가방을 끌며 각자의 병실로 신속하게 흩어졌다. 이들 뒤에는 걱정이 가득한 배우자가 뒤를 따랐다. 매일 임부들이 예정일이 지난 아기에서부터 태동이 느려진 아기, 너무 빨리 성장해 무시무시할 정도로 통통해진 아기까지 각양각색의 사정을 가지고 아기를 낳기 위해 병원에 도착한다. 엄마의 배 속에서 너무 커버린 아기의 경우 자연분만을 더 기다렸다가는 모체의 골반기저근이 버텨내지 못할 것이고, 이 여성은 평생 트램펄린을 혐오하게 될 것이다.

차가운 오후 햇살이 병동에 비스듬하게 그늘을 드리우던 시각에 준과 나는 침대를 돌아다니며 임부마다 흰색 이름표를 달아주고, 파란색 태아심박감지기 밴드를 풍선처럼 부풀어 오른 복부에 둘러주었다. 우리는 이들을 한 명 한 명 만날 때마다 익숙한 유도분만 시를 낭송해주었다. "저희가 출산을 유도할 거예요. 환자분이 이곳에 온 이유이지요. 저희는 이 일을 실행할 여러 방법을 알고 있어요. 방법은 이렇습니다. 질 좌약, 질 좌약, 질 좌약, 양수 파열, 정맥주사."

준과 나는 미소 짓고 있는 고통의 천사처럼 병동을 미끄러지듯이 나아가며 이 주문을 낭송하고, 사용이 손쉬운 질 좌약을, 유니폼 상의 주머니에 넣어 다니면서 체온으로 따뜻하게 데운 윤활제를 이용해 더 수월하게 삽입했다.(작지만 우리가 확실히 베풀 수 있는 친절함이다. 차가운 윤활제를 바른 검경이 닿는 느낌에 놀라본 적이 있는 사람은 누구나 동의할 것이다.) 크리스털은 우리가 오후에 임부들을 한 명씩 방문하며 춤을 추듯 이리저리 돌아다니고 있는 복도에 가끔씩 모습을 드러냈다. 크리스털은 한 손에는 생리대를, 한 손에는 휴대전화를 들고 복도를 따라 화장실로 걸어 내려가기도 했고, 자판기에서 과자와 다이어트 콜라를 한가득 뽑아 들고 돌아오는 여정을 끝내기도 했다. 오후 5시. 병동의 중앙에 위치한 조산사 데스크에서 기록부를 작성하고 있을 때 누군가가 내 어깨를 두드렸다. 크리스털이었다. 그녀는 미키마우스 잠옷에 커다란 형광 오렌지색 헤드폰으로 장식을 더했고, 양철을 두드리는 듯한 음악소리에 맞춰 머리를 흔들고 있었다.

"괜찮아요, 크리스털?" 내가 물었다.

"바짝 말랐어요, 선생님." 그녀는 조금 큰 소리로 말했고, 자신의 사타구니를 손가락으로 가리키며 활짝 웃었다.

"좋아, 계속 그러기를 바라죠." 내가 답했다.

크리스털이 비트에 몸을 싣고 자신의 방 쪽으로 복도를 걸어 내려가고, 내가 펜을 들어 기록부 작성을 이어나갈 때 ('환자의 질에서 더 이상 액이 나오지 않음. 병동을 잘 돌아다님.') 서둘러 내게 다가오는 익숙한 형체가 보였다. 155센티미터에 세 사이즈나 더 큰 수술복을 헐렁하게 걸치고, 머리엔 남색 스카프를 두르고, 광이 나는 바닥을 따라 걸음을 내디딜 때마다 찍찍 소리를 내는 새하얀 운동화를 신었다.

"살람 알라이쿰,* 여러분." 의사가 인사하고 조산사 부서로 다가오며 한숨을 쉬었다. 산과 선임 레지스타인 소라야는 작년에 아부다비에서 우리 병원으로 왔고, 명확한 태도와 날카로운 의학적 판단으로 직원들 사이에서 이미 크게 존경받고 있었다. 전통 아랍어 인사말이 그나마 그녀가 던지는 유일한 장난이었다. 이후로는 사무적인 말투만이 이어졌다.

"새로운 사항이 있나요?" 그녀가 책상 위에 흩어져 있는 한 무더기의 기록부를 살펴보며 물었다. "이게 다 뭐죠?" 앞에 놓인 어수선한 서류를 샅샅이 훑으면서 그녀가 말했다. "어디서 폭발이라도 있었나요?"

준이 인근 병실에서 머리를 내밀었다. "저는 없어요. 오후에 넣어야 하는 질 좌약은 다 끝냈어요. 환자 한 명이 까다롭게 굴었고, 두 명은 출산공에 앉아 있어요. 그리고 9번 방의 전치태반 환자는 담배를 피우러 나갔고요."

소라야는 눈을 굴리며 내게로 돌아섰다. "당신은요?" 그녀의 허리띠에 달려 있는 삐삐가 연속으로 날카롭게 울렸다. "빨리 말하세요. 자궁 외 임신 파열 수술을 위해 손을 씻으러 가야 해요."

◆　'당신에게 평화를'이라는 뜻을 가진 무슬림 인사말이다

나는 크리스털에 대해 언급할까 생각했지만 본인이 직접 말했듯 그녀는 바짝 말라 있었다. 액이 새어나오지도 않았고, 진통도 없었고, 작은 태아는 여전히 양막 안에서 편안히 헤엄치고 있었다. 어쩌면 모든 것이 잘못된 경보였는지도 몰랐다. "별일 없어요, 소라야……."

"제가 듣고 싶은 말이네요." 그녀는 돌아서서 찍찍 소리를 내며 엘리베이터를 향해 빠른 걸음으로 걸어갔고, 손을 들어 피곤한 듯 대충 흔들면서 어깨 너머로 말했다. "계속 잘해봅시다, 여러분. 잘해보아요."

오후 6시 30분이었다. 내 근무시간은 한 시간 후면 끝난다. 하루 일과가 끝나가면서 나는 자동조종 모드로 매끄럽게 전환했다. 어수선한 기록부를 깔끔하게 정리하고, 담당 환자들을 확인하러 마지막으로 병동을 한 바퀴 돌면서 물통을 다시 채우고, 새 생리대를 나누어주고, 마지막으로 용기를 북돋아줄 시간이었다. 병동에는 조기 분만 임부들의 낮고 죄는 듯한 신음소리가 깔리기 시작했다. 이날 오후에 유도분만을 위해 입원한 임부들은 고통이라는 유혹적인 어둠의 세계로 건너가고 있었다. 병실 문을 지나갈 때마다 여성들이 커다란 분홍색 출산공에 앉아 천천히 원을 그리며 몸을 흔들고, 배우자들이 작은 원을 그리며 등을 문질러주는 모습이 보였다. 그들의 얼굴에는 조심스러운 기대감이 드러나 있었다. 운이 좋으면 야간근무 시간에 진짜 드라마가 시작될지도 모른다. 진통이 잔물결을 일으키며 한 병실에서 다음 병실로 퍼져나 갔다. 여성들이 환자복을 펄럭이며 조급하게 병동 데스크로 돌진해 자신의 앞에 왜 여섯 명이나 되는 여성들이 분만실에 들어가기 위해 순서를 기다리고 있는지 필사적으로 알고 싶어 했다. 이들은 분만실이 모두 찼고, 모든 조산사들이 분주히 움직이고 있으며 갈 길이 아직 멀다는 사실을 몰랐다.

"간호사 선생님!" 나는 크리스털의 병실 옆방에서 저녁 식사가 담긴 쟁반을 치우다가 얼어붙었다. 누구의 목소리인지는 너무나 분명했다. 나는 6번 방으로 달려 들어갔고, 바닥 한가운데에 서 있는 크리스털을 발견했다. 잠옷 바지와 팬티가 무릎까지 내려와 있었고 올리브색 액체가 허벅지를 타고 계속 흘러내렸다. 다르게 생각할 필요도 없었다. 출산 예정일이 지난 태아에게서 임신 중에 대장에서 만들어진 탁하고 끈끈한 태변이 나와 양수에 섞이기도 하지만, 때때로 태아의 대사작용에 문제가 있을 때 배출되기도 한다. 다시 말해 이렇다. 이런 젠장.

"왜 이런 거예요, 간호사님?" 목소리는 전에 없이 불안정하고 날카로웠고, 얼굴은 색을 잃고 창백해졌다. 공포가 허세를 몰아내고 그 자리를 차지했다. 뒷벽에 쳐져 있는 커튼이 흐트러져 바람에 흔들렸다. 칙칙하고 옅은 피스타치오

녹색의 천이 제자리로 돌아오면서 나는 문득 방 안이 차가운 겨울 공기로 싸늘하다는 사실을 깨달았다. 방의 모든 창문이 열려 있었다. 이 모든 장면은 매우 잘못되었다. 임부의 불룩한 배를 가진 아이, 따뜻한 병동의 추운 공간, 매끄럽고 윤기가 흐르는 바닥에 줄줄 흐르고 있는 탁한 액체. 나의 시선은 이 모순된 장면 속에서 헤엄쳤고, 길고 뱃멀미가 날 것 같은 순간이 지나고 조산사의 두뇌가 활동을 재개했다.

나는 재빠르게 바닥을 지나가 크리스털의 어깨에 팔을 두르고 그녀를 다시 침대로 이끌었다. "침대에 옆으로 눕도록 해요." 한 마디 한 마디를 신중하게 내뱉으며 내가 말했다. 나는 가슴속에서 요동치고 있는 공포가 내 목소리에 묻어나지 않기를 바랐다. "먼저 무슨 일이 있었는지 말해봐요. 그런 다음에 필요한 조치가 취해질 거예요."

"저는 그냥 창문을 열고 있었어요." 내가 그녀를 침대에 편안하게 눕히는 동안 그녀가 말했다. 나는 푸른색 보온 담요를 크리스털의 턱까지 끌어올려 덮어주었다. 저렴한 그물코 무늬의 천에서, 언제나 그랬듯이, 정전기가 일어나며 따끔했고 우리는 움찔했다. "담배를 한 대 피우려고 했어요. 딱한 대만요. 마지막 창문을 열려고 다가갔고, 그리고……."

"그리고 시작된 건가요?"

크리스털이 고개를 끄덕였다.

"아까와 다르게 느껴지는 게 있어요? 아픈 곳은?"

"네, 간호사님. 거대한 똥을 싸고 싶은 기분인데 나오지는 않아요." 그녀가 말했다.

젠장, 젠장. 직장 압박 증상은 흔히 태아가 질 바로 옆에 있는, 모체의 창자 바로 위에 앉아 있다는 신호다. 23주된 태아에게 이것은 문제가 될 만한 상황으로 향하는 일방통행로다. 나는 내 가슴에 달려 있는 시계를 내려다보았다. 저녁 7시 10분 전. 나는 마음속으로 기록부를 작성했다. '18시 50분, 엄청난 양의 등급 2 태변이 질을 통해 흘러나옴.' 그리고 크리스털에게 큰 소리로 말했다. "내 말 잘 들어요. 이 자리에서 꼼짝도 하지 마세요. 몸을 따뜻하게 유지하고요. 나는 나가서 다른 조산사를 불러올게요. 그리고……."

이 시점에서 그녀는 눈을 크게 떴다. "하지만 아기는요! 그 사람들이 내 아기에게 무슨 짓을 할 건데요?"

솔직하게 얘기하자면 나도 몰랐다. 크리스털은 전보다 더 작아 보였다. 그녀는 공포감에 떨며 베개에 몸을 묻었고, 시간이 흘러가면서 점점 더 베개 속으로 파묻혔다. 내 머릿속에서 말들이 불안정하게 소용돌이치는 가운데 나는 본능적으로 손을 뻗어 그녀의 얼굴 위로 쏟아져 내린 머리카락을 쓸어 넘겨주었다. 이 (담요를 덮어주고 손을 뻗는) 동작은 우리 집 아이들에게 수차례 해주며 몸에 익은 반사적인 행동이었다. 담요 밑에서 웅크린 작은 몸과 겁을 잔뜩 집어먹고 떨리는 입술. 이 이미지들이 내 안에서 생각이나 설명이 필요 없는 반응을 이끌어냈다. 위안. 조산사의 삶이 내 인생의 일부가 되기 오래전부터 내 안의 모성이 이것을 주는 법을 습득했고, 크리스털의 세상이 산산조각 나기 시작했을 때 내가 그녀에게 줄 수 있는 유일하게 믿을 만한 것이었다.

"출산 병동에 곧 우리가 올라갈 거라고 일러둘 거야." 나는 크리스털의 얼굴에 내 얼굴을 가깝게 가져가면서 내 떨리는 신경이 감당할 수 있는 한 천천히 분명한 목소리로 말했다. "무언가 흥미로운 일이 일어나면 벨을 눌러."

설명이 길어지고 시간이 지체되기 전에 나는 발을 돌려 준이 서류작업을 마무리 짓고 있는 데스크로 뛰어갔다.

"조기 양막 파수 환자에게서 태변이 흘러나오고 있고, 직장 압박 증상을 보이고 있어요."

준이 재빨리 고개를 들었다. 그녀의 눈이 가늘어지고 칠흑같이 어두워졌다. "이 시간에 비상상황을 알려야겠어요? 집에 얼음처럼 차가운 진토닉이 나를 기다리고 있다고요. 이번 주에 세 번씩이나 빌어먹을 야근을 하고 싶지 않다고요."

나는 한숨을 쉬었고, 유니폼 가슴에 달린 시계를 다시 확인했다. 이제 7시까지는 8분 남았고, 1분 1초가 아까운 시점이었다. 직원들의 몸은 여전히 병원에 있지만 정신은 이미 퇴근했고, 마지막으로 환자들을 둘러보며 저녁식사(또는 '순수한 치유용' 술)로 무엇을 먹을지를 계획하는 근무시간 끝자락의 애매한 시간대라고 해도 상황은 달라지지 않았다.

"알아요, 준, 미안하게 생각해요." 내가 말했다.

우리는 일제히 수화기를 집어 들었다.

"출산 부서에는 내가 연락할 테니 당신은 소아과에 전화해요."

나는 준이 소아과 비상 근무 직원에게 크리스털의 상태에 대해 핵심적인 부분을 전달하는 소리를 들을 수 있었다. "물론 출산 병동에 상황을 전달했어요." 준이 나를 날카롭게 바라보며 말했다. 출산 병동의 수화기는 아직도 울리고 있는 중이었다. "환자를 가능한 한 빨리 데리고 올라갈 겁니다."

아무도 전화를 받지 않았다. 어떤 일이든 벌어지고 있을 수 있었다. 한 번에 여섯 건의 응급 상황이 발생했을 수도 있고, 의료진이 모두 수술실에 들어갔을 수도 있고, 밤 근무 수석 조산사가 벙커에서 화이트보드를 확인하는 동안 낮 근무 수석 조산사가 짬을 내서 뒤늦은 휴식을 취하며 신발을 벗어 던지고 김이 모락모락 피어오르는 찻잔을 기울이고 있을 수도 있다.

나는 병동 뒤편에 놓여 있는 리서시테어로 생각이 옮겨 갔다. 내가 생명 유지를 위해 크리스털의 아기에게 산소를 공급하기에 충분히 작은 마우스피스를 찾아 허둥대는 동안 뼈만 앙상한 아기가 가열등 아래에서 숨을 헐떡이며 격렬하게 떨고 있는 모습이 상상됐다. 그런 다음에 23주 된 아기를 소생시키려고 했다는 이유로 직장에서 해고되는 광경이 그려졌다. 그러다가 시도조차 하지 않는다면 나 자신을 절대로 용서하지 못할 것이라는 생각이 들었다. 내 경력이 길지는 않았지만 조산사들이 조사를 받고 정직 처분이나 최소한 어떤 징계를 받았던 사례를 알고 있었다. 모든 조산사의 머릿속 한구석에서는 징계 처분에 대한 불안감이 맴돌고 있으며, 가장 약하고 암울한 순간에 가장 큰 목소리로 우리를 비웃는다. 아무도 받지 않는 전화벨 소리가 울릴 때마다 내 마음에 떠오른 이미지들은 점점 더 무서운 악몽으로 변해갔다. 크리스털이 병실에서 훌쩍이는 소리가 들려왔다. '받아라, 받아라, 제발 좀 받아.'

"출산 병동 수석 조산사입니다." 피곤에 지친 목소리가 수화기 너머에서 들려왔다.

나는 안도감에 주저앉을 뻔했다. "23주 3일 된 조기 양막 파수 환자를 올려 보낼 거예요. 태변이 흘러나오고 직장 압박 증상이 보여요. 소아과에는 연락했습니다." 나는 상대의 대답을 기다리지 않고 수화기를 세차게 내려놓았다.

준은 이미 탁하고 짙은 녹색 액체가 잠옷 바지에서 새어

나오면서 불길하게 침대보를 적시고 있는 크리스털의 침대 곁에 서 있었다. 준이 침대 밑에 달린 바퀴 고정 장치를 발로 차서 올렸다. 우리는 크리스털이 누워 있는 침대를 병실 밖으로 끌고 나갔고, 병동 출입문을 통과해 엘리베이터로 향했다. 크리스털이 멈추지 않고 흐느끼는 동안 준이 엘리베이터 버튼을 주먹으로 세게 쳐서 누르는 바람에 나는 그녀가 버튼을 부숴버리는 줄 알았다.

"간호사님, 그 사람들이 제 아기를 구해줄까요? 아기가 살 수 있게 해줄까요? 제가 무엇을 아아악⋯⋯." 크리스털은 길고 낮은 신음소리와 함께 몸을 동그랗게 말았다. 준과 나는 침대를 사이에 두고 눈을 동그랗게 뜬 채 서로를 바라보았다. 기다리던 엘리베이터의 문이 마침내 열렸고, 위로 올라가는 시간이 길게만 느껴졌다. 크리스털의 울음소리가 덜컹거리며 올라가다 서서히 멈춘 금속 상자 안에서 메아리처럼 울렸다. 꼭대기 층 로비에서 엘리베이터의 문이 열리자마자 우리는 침대를 토해내듯이 끌고 나왔다. 팔과 어깨가 아파왔지만 근처의 비상계단으로 퇴근하는 한 무리의 낮 근무 직원들을 이리저리 헤치며 앞으로 나아갔다. "비켜주세요, 지나갑니다." 우리는 침대를 끌고 가며 외쳤다. 긴급하게 환자를 이송 중일 때 사람들은 항상 슬로모션처럼 지독히 느린 속도로 길을 비켜주는 것처럼 보인다. 우습게도 위기감이 부족한 사람들 같다. 그리고 정신없이 빠른 속도로 침대를 몰며 모퉁이를 돌고 벽을 지나가는 순간 눈살을 찌푸린다.

마침내 출산 병동에 도착했다. 준과 나는 극도로 흥분한 상태에서 입구의 키패드에 출입증을 찍었고 쌍여닫이문이 양옆으로 활짝 열렸다. 밤 근무 수석 조산사가 우리를 기다리고 있었고, 그녀 옆에는 두 명의 소아과 의사와 히잡 아래에서 검은 눈이 이글거리는 소라야가 서 있었다. 나를 쏘아보는 이들의 얼굴에서 오해의 소지가 없는 무언의 메시지를 읽을 수 있었다. '당신 잘못이야.' 나는 이것이 사실이 아님을 알았지만(나는 세계 증시나 엘니뇨를 통제하는 수준에 견줄 만큼 크리스텔의 자궁경부를 통제했다) 그 순간에는 내가 사상 최악의 조산사이자 나쁜 소식과 위기, 복잡한 문제, 비정상적인 증상을 보이는 자궁을 가졌으며 너무 빨리 진통이 시작된 환자, 단단히 다물어져 있어야 할 때 홱 열리기로 결정한 자궁경부를 전달하는 사람처럼 느껴졌다.

의료진은 마치 내가 이들에게 처음 몇 번의 필사적인 헐떡거림 이후로 생존 여부가 확실치 않은 작고 비쩍 마른 존재의 엄마가 될 공포에 질린 아이가 아닌, 아직 온기가 가시지 않아 김이 모락모락 나는 똥을 건네주기라도 한 것처럼 나를 말없이 분노에 찬 시선으로 노려보았다. 순수한 환자의 수가 사용 가능한 침대와 투입 가능한 조산사의 수를 능가하는 경우가 빈번해질 때 엄마가 되는 중심지인 출산 병동에 입원할 수 있는 기준은 말도 안 되게 (그리고 흔히 잔인하게) 까다로워진다.

악명 높은 수석 조산사는 진통이 자주 오지만 잘 견디고 있는 여성을 아이를 낳는 모든 여성은 (그녀의 근사한 표현을 빌리자면) '짐승처럼 뒹군다'는 생각으로 외면할지도 모르고, 조기 진통이 온 임부는 복부 조임이 납득이 갈 정도로 고통스러워지기 전까지는 의심의 눈초리를 피할 수 없을지도 모른다. 그리고 출산 병동 문 앞에 촉박하게 도착한 조산사는 화를 당할지니, 그녀는 최악의 상황으로 치닫고 있음을 너무나 잘 알면서도 공포에 떠는 환자에게 달콤한 말을 속삭인다. 나는 이런 적대적인 반응을 많이 접해보았지만 이를 받아들이거나 결국에는 안락하고 안전한 장소를 발견하고 얻게 될 것이라고 생각하는 여성들로부터 숨기는 일이 수월했던 적은 없었다.

크리스털은 겁에 질려 있을지는 몰라도 장님이 아니었다. 문가에서 그녀를 기다리고 있던 사람들의 표정을 재빠르게 눈치챈 그녀는 침대에서 몸을 일으켰고 내 허리에 매달리며 울부짖었다. "이 사람들이 무슨 짓을 할 건가요? 제 아기를 살려줄 건가요? 너무 빨리 나오는 건가요?"

크리스털의 머리칼이 다시 그녀의 얼굴을 덮었고 나는

부드럽게 넘겨주었다. 그리고 이번에는 그녀가 뺨을 거의 보일락 말락 할 정도로 내 손바닥을 향해 기울이며 그것이 무엇이든 내가 전해줄 수 있는 마지막 사랑의 조각에 기댔다. 나는 그녀의 물음에 대한 답을 가지고 있지 않았고, 있었다고 해도 말해줄 시간이 없었다. 조산사는 환자에게 모든 일이 잘될 것이라고 말하는 것이 좋은 생각이 아님을 얼마 지나지 않아 배우게 된다. 그렇지 않을 수 있기 때문이다. 자연은 잔인하다. '아기는 준비가 되면 나온다'는 소박한 지혜는 거짓말이다. 아기는 준비가 되면 나오지만 준비가 되지 않았을 때도 나온다. 이런 상황이 괜찮을 때도 있지만 정말로 그렇지 않을 때도 있다. 힘든 경험은 조산사에게 바보만이 항상 해피엔딩을 약속한다는 진실을 가르쳐준다.

소라야가 침대 발치를 움켜잡았고, 출산 병동 수석 조산사가 머리맡 부분을 잡았다. 이들이 크리스털을 첫 번째 방으로 데려가면서 그녀의 팔이 내 허리에서 미끄러져 나가는 것을 느꼈다. 쌍여닫이문이 획 닫혔고 나는 홀로 로비에 서 있었다. 비상계단으로 저녁 탈출을 이어가는 조산사들의 웃음소리가 들려왔다. 누군가가 "전 그에게 시간낭비 그만하라고 말했죠"라고 했고, 일제히 킬킬거리는 귀에 거슬리는 소리가 들렸다. 그리고 계단 문이 쾅 닫히는 소리와 함께 정적이 찾아왔다.

저녁 7시 28분이었다. 준은 크리스털을 넘겨주자마자 엘리베이터로 걸어가, 이미 우리가 왔던 병동으로 돌아갔다. 그리고 내가 돌아와서 나머지 환자들을 밤 근무자들에게 인계하고, 조기 진통 환자와 페니실린 알레르기 환자에 대해 보고하기를 기다릴 것이다. 나는 이 상황을 대면할 수 없었다. 내 아이 중 하나가 급하게 수술실로 들어간 것처럼 느껴졌고, 아이가 수술실로 향하는 모습은 내게서 연민을 불러일으켰다. 가슴이 찌릿찌릿 저려왔다. 크리스털의 아기가 살아남을 수 있을지, 또는 소아과 의료진이 '영웅적'이라고 일컫는 행동을, 다시 말해 삽관을 하고, 약물을 투여하고, 아기에게 한 시간이나 하루, 또는 더 오랫동안 생존할 수 있는 기회를 줄지도 모르는 모든 가능성 있는 처치를 할지 나로서는 알 재간이 없었다. 먼저 크리스털의 출산 예정일이 정확한가가 많은 것을 좌우했다. 정말로 임신 23주 3일이나 5일, 6일밖에 되지 않은 걸까? 또 그녀의 아기가 건강한 상태로 태어났는가와 담당의가 23주 된 태아라는 위험 지대로 과감하게 걸어 들어가기로 결정할 것인가 아니면 명확하고 부담을 덜어주는, 흰 종이 위에 검은 글자로 작성된 법률을 따르기로 선택할 것인가에 달려 있었다.

1층으로 내려가는 동안 엘리베이터 안에 붙어 있는 거울에 비친 내 초췌한 모습을 피하려 애쓰느라(부질없는 짓이었다) 머리가 지끈거려왔다. 나는 탈의실로 들어갔고, 유니폼 위에 코트를 걸치고 옆문으로 빠져나와 주차장으로 갔다. 자동차 열쇠를 찾으려 더듬거리다가 호주머니 안에서 두꺼운 종이의 질감을 느꼈다. 그것을 꺼내자 머리 위에 하트가 그려진 두 마리의 오리가 포옹하고 있는 그림이 눈에 들어왔다. 바티 부인의 카드였다. 나는 주차장의 가로등이 만들어내는 빛의 웅덩이 안으로 걸어 들어갔다. '진심으로 감사합니다, 꽥꽥.' 그리고 내가 직접 적은 문장이 보였다. '그동안의 모든 노고에 정말로 감사드려요.'

글은 내가 썼지만 여기에 담긴 마음은 바티 부인의 것이었다. 뜨거운 눈물이 뺨을 타고 흘러내렸다. 나는 앞으로 나흘간 비번이었다. 평범한 일상으로 채워질 나흘이었다. 엄마로 돌아가 점심 도시락을 싸주고, 저녁밥을 요리하고, 개를 산책시키고, 침대에서 침대 사이를 오가는 대신 세탁기에서 건조기 사이를 왔다 갔다 하며 산더미처럼 쌓인 빨래를 할 것이었다. 크리스털과 인간의 형상을 갖추기 시작한 그녀의 작고 뼈만 앙상한 아기에 대한 궁금증이 떠나지 않는 나흘이기도 할 것이었다.

나는 감사 카드를 호주머니에 다시 집어넣고, 다시 내 차가 주차되어 있는 장소로 어둠을 헤치고 나아갔다.

이상이 깨지는
산후 병동

산후 병동은 꿈이 만들어지고 깨지는 곳이다. 당신은 가냘픈 목소리로 칭얼거리는 당신의 소중한 보물을 보송보송한 부리토처럼 담요로 겹겹이 싼 채 이 병동에 도착한다. 조그마한 올리버나 마야, 모하메드, 케이트를 만나기 위해 아홉 달을 기다렸고, 당신의 아기가 (변이나 혈액, 태지 또는 이 세 가지 전부로 뒤범벅인 원뿔형 머리 같은) 매력과는 거리가 먼 출생의 특징들을 지니고 있다는 사실은 중요하지 않다. 당신은 당신의 아이가 '이 세상에 은총을 내려줄 가장 아름다운 천사'라고 100퍼센트 확신한다.

출산 병동 조산사가 당신을 침대로 안내한다. 어쩌면 그녀는 두 개의 여행 가방과 휠체어 손잡이에 일곱 개의 비닐 봉지를 주렁주렁 단 당신의 휠체어를 밀거나, 1972년 이후로 바퀴 고정 장치를 풀어본 적이 없어 이동이 거의 불가능한 침대에 올라앉을 수 있게 당신의 몸을 굴리거나, 이동하는 도중에 모든 모퉁이와 입구에 당신이 부딪치게 할지도 모른다.("초보 운전자라서 그래요!" 당신이 몸을 가능한 한 제대로 가누고 부딪치지 않으려고 애쓰는 가운데 조산사가 변명하며 웃는다.)

그녀는 마지막으로 당신을 한 번 더 포옹하고 당신이 얼마나 대단한지 말해준 후에 산후 병동 조산사에게 당신을 맡기고 떠나면서 "2년 뒤에 다시 만나요!"라고 즐거운 목소리로 재잘거린다.(당신은 회음부가 쓰라린 와중에도 이 말이 무슨 뜻인지 고민해본다.) 이 병동에 당신이 모습을 드러내기 전에 부자연스러운 미소를 짓고 있으며 긴 머리를 하나로 묶어 올린 담당 조산사는 이미 네 명을 퇴원시켰고, 두 명을 입원시켰으며, 휴식시간을 놓쳤고, 이제 8번 방에서 세 시간마다 상태를 관찰하고 항생제 정맥주사를 투여해야 하는, 쌍둥이 조산아를 낳은 산모를 돌봐야 한다. 당신의 활력 징후를 확인하고, 영아 돌연사 예방에서부터 자동차 시트, 모유 수유 등 너무나 많은 다양한 주제들로 구성된 한 권의 책자와 당신의 작은 천사가 밥을 먹거나 토하거나 기저귀에 끈적끈적한 변을 볼 때마다 당신이 작성해야 하는(제발 검정 펜만 사용하자) 기록표를 건네주는 그녀의 얼굴에서 피로를 읽을 수 있다.

애석하게도 당신은 특히 더 바쁜 오후에 도착했다. 담당 조산사가 (배고픔을 느끼고 옹알거리는 천사에서 빽빽 울어대는 악마의 아이로 돌변한) 아기에게 밥 먹이는 일을 진심으로 도와주고 싶어 해도 시도 때도 없이 다음과 같은 이유로 방해를 받는다. 1) 산모 A, 하루 종일 '신선한 공기를 마시러' 나갔다 오더니 갑자기 자신의 팔다리 사용법을 까먹고 조산사에게 바닥에 떨어진 사용한 생리대를 집어달라고 함. 2) 산모 B, 호출 버튼에 엄지손가락이 달라붙은 것처럼 보임. 3) 산모 C의 남편, 직원들이 너무 바빠서 아내의 햄버거를 다시 데워주지 못하는 것을 절대로 받아들이지 못하고 조산사에게 분명한 어조로 자신이 '인상적인 의료 자격증을 가진 매우 중요한 사람'임을 상기시켜줌.(주의: 환자 C의 보고서를 넘겨 보면 남편 C가 실제로 치과의 부매니저라는 사실을 알 수 있음.)

당신의 담당 조산사는 이런 긴급한 문제를 처리하기 위해 자리를 뜨기 전 당신에게 힘없이 미소를 짓고 돌아서면서 어깨 너머로 곧 돌아올 것을 약속한다. 당신이 미소로 답하지만 그녀는 이미 축 처진 어깨를 하고 푸른색 커튼 뒤로 사라진 뒤라 이를 보지 못한다. 당신은 짧았던 만남 동안 조산사가 당신이 실제로 아주 좋은 사람임을 알아차렸을 정도로 충분히 다정하게 처신했기를 빌고, 그녀가 얼마나 바쁜지 잘 알지만 정말, 정말 진심으로 당신이 마침내 용기를 내서 호출벨을 누르면 그녀가 좋은 마음으로 신속하게 반응하고, 어쩌면, 정말 어쩌면 당신이 병원에서 절대로 구할 수 없을 것 같은 저렴한 쇼트브레드 비스킷 한 봉지를 가지고 와주기를 바란다.

병동의 다른 장소에서는 당신의 담당 조산사가 자신의 환자 중 한 명이 피를 조금 많이 흘리고 있음을 알게 되고, 비상벨로 손을 뻗으면서 당신을 잠시 떠올린다. 그러나 출혈이 멈추고, 환자들에게 오후에 복용해야 할 약을 전달하고, 방문 시간이 끝나기 전까지 당신 곁으로 돌아갈 수 없음을 알고 죄책감으로 가슴이 콕콕 찔리는 기분을 느낀다.

당신의 병실 밖에서 끽끽거리는 바퀴 달린 손수레가 요란한 소리를 내며 지나가고 자극적인 냄새가 그 뒤를 따른다. 설마 생선 파이는 아니겠지? 병동 어딘가에 저녁식사가 도착했지만 이날 아침 당신이 애원하며 맞은 무통주사로 인해 다리의 감각이 아직 둔하기 때문에 냄새가 나는 곳을 찾기란 어렵다.(젊고 잘생긴 마취과 의사에게 마취를 더 강하게 해달라며 어떤 상당히 창조적인 호의를 베풀었는가? 그랬을 가능성이 분명히 존재하고, 당신은 그 기억을 떠올리며 얼굴을 붉힌다.) 당신의 위가 꼬르륵거리고, 당신은 한쪽 팔에서 반대쪽 팔로 조심조심 몸의 무게를 이동시킨다. 한 손이 자유롭게 되자 홑이불 밑에서 이제 누르기로 결심한 호출벨을 찾아 뒤적거린다. 이번 한 번만, 아주 가볍게, 성가신 사람이 되지 않게. 손이 홑이불 아래에서 호출벨을 거칠게 움켜잡으면서 출산 병동의 조산사가 불과 몇 시간 전에 과감하게 들어 올렸던 당신의 다리를 감싸고 있는 커다란 종이 바지를 스치고, 당신은 지난주에 어머니가 출산 전 축하 파티 때 당신을 달래는 어조로 해준 조언을 기억한다. 지금은 마치 그날의 일이 다른 여성에게, 다른 인생에서 일어난 것처럼 느껴진다.

"딸아, 네가 계획했던 대로 이루어지지 않아도 걱정할 것 없어. 결국 가장 중요한 것은 아기의 건강이란다."

물론 너무나 지당한 말이다. 생물학적으로 말해 번식의 핵심은 건강한 자식을 생산하는 것이다. 그러나 건강한 삶으로 가는 아기의 여정은 분만에서 끝나지 않는다. 엄마와 아이 사이에 무쇠처럼 강력한 유대감을 형성하기 위해 자연은 조금 전 출산한 여성에게 따뜻하고 포근함을 느끼고, 황홀해지며, 애정이 샘솟게 만드는 호르몬을 주입한다. 애초에 분만을 시작하게 만든 바로 그 호르몬이다. 사랑에 푹 빠졌을 때와 한 번의 극도로 응축되고 정신을 압도하는 폭발로 오르가즘에 도달했을 때에도 분비된다. 사랑과 성욕, 진통. 이 모두는 다름 아닌 우리의 스폰서인 옥시토신이 당신 안에서 만들어내는 것들이다.

그렇다면 원칙적으로 따져서 산후 병동은 옥시토신의 성지여야 한다. 소음과 방해물이 최소한으로 유지되며, 산모와 아기가 몇 시간이고 느긋하게 사랑이 담긴 부드럽고 끈적거리는 시선으로 서로를 바라볼 수 있는 곳이어야 한다. 그러나 안타깝게도 이제 막 엄마가 된 산모는 현실이 항상 이상과 일치하는 것이 아님을 다양한 방식으로 깨닫게 된다. 산후 관리는 흔히 임산부 서비스의 '신데렐라' 영역이라고 불리는데, 자정이 되면 무도회 드레스가 넝마로 변하는 공주처럼 여성이 출산 여정에서 품었던 이상과 기쁨이 실제로 출산이 완전히 끝나면 상당 부분 증발해버리는 것 같기 때문이다. 꿈만 같은 임신의 '행복감'은 욱신거리는 아랫도리와 모유가 새어나오는 가슴과 더러운 기저귀로 대체된다. 신데렐라가 실크 옷이 삼베옷으로 바뀐 많은 여성 중 한 명이 되어 인원과 예산이 부족한 산부인과 병원에 입원한다고 생각해보라. 그러면 상황이 이해되기 시작할 것이다. 옥시토신의 마법이 여전히 이곳에, 작고 반짝이는 소변통과 유축기에 드문드문 흩어져 존재하지만 멈추지 않고 작동하는 거대한 산부인과 장비들의 적수가 되지 못한다.

물론 이 우울한 현실에도 예외가 없는 것은 아니다. 때때로 신데렐라가 무도회에 가기도 하고, 산후 병동이 여성들이 받을 자격이 있는 일종의 보호막을 제공해 줄 때도 있다.

아주 드문 일이지만 상황이 호의적이고, 출생률 상승 속도가 감당할 수 있는 수준으로 느려지고 산후 병동이 귀에 들릴 정도로 안도의 한숨을 내쉴 때 당신이 마주하게 될 상황은 다음과 비슷할 것이다.

당신은 자정이 조금 지나 병동에 도착하고, 당신의 휠체어는 어두운 복도를 미끄러지듯 나아간다. 여성과 아기들이 잠들어 있는 어둑한 구역을 지나 (당신의 눈을 믿을 수 없게도) 개인실에 도착한다. 침대 머리맡의 등은 침대에 부드럽고 안락한 빛을 비춰주고, 하얗고 깨끗한 시트가 당신을 환영하는 듯 젖혀져 있으며, 아기 침대가 근처에 놓여 있고, 서랍에는 보송보송한 수건과 탈지면이 가득 차 있다. 반대편 벽의 창문을 통해 병원 너머 어둠에 휩싸인 풍경이 보이고, 도시의 불빛이 멀리서 희미하게 반짝인다. 당신은 이 따뜻하고 안전한 장소에 감사하는 마음이 솟아오르면서 감정이 북받친다. 이 작은 공간이 특별히 이 순간과 당신, 그리고 당신 품에 안겨 있는, 사랑스럽고 향기로운 냄새가 나는 아기를 위해 마법처럼 준비된 것 같다.

"산후 병동에 오신 것을 환영해요." 당신 뒤에서 부드러운 목소리가 말한다. 당신이 아기를 가슴에 꼭 안은 채 휠체어에서 천천히 몸을 일으켜 뒤를 돌아보면 푸른색 유니폼을 입고 미소를 짓고 있는 조산사가 보인다. 그녀는 오늘밤 당신의 수호천사가 되어줄 것이다. 조산사는 당신의 곁에서 아기를 조심스럽게 아기 침대에 눕히도록 도와주고, 아주 섬세한 동작으로 아기의 머리를 쓰다듬는다. 그러는 동안 당신은 그녀에게서 나는 향수와 달콤한 차의 따뜻한 향기를 맡는다.

당신은 모르겠지만 이 조산사는 흔하지 않은 밤을 보냈다. 소수의 환자만 돌보았고, 환자들을 방문할 때마다 잠시 시간을 내서 즐거운 마음으로 부담감 없이 편안하게 대화하고 안정을 찾을 수 있었다. 심지어 보통 때처럼 환자 기록표를 보며 차와 비스킷을 입 안에 털어 넣는 대신 적절한 휴식을 취하기도 했다. 오늘밤 그녀는 야간근무를 하는 동료들과 사무실에 앉아 누군가의 손주 사진을 보며 감탄하고, 야한 농담에 터져 나오는 웃음을 참고, 낮에 퇴원한 환자들이 남기고 간 초콜릿 상자에서 커피 맛을 골라내는 시간을 가질 수 있었다. 당신이 병동에 도착했을 때쯤에 그녀는 오랫동안 잊고 있었던 감정을 되찾았다. 바로 제대로 일할 수 있는 시간과 공간이 주어지면 자신이 실제로 일을 잘하며, 아기의 건강이 그 무엇보다도 중요하다는 마음이다.

올리비아

엄마가 제일 잘 안다

이날은 3일간의 산후 병동 근무 중 첫째 날이었다. 오후에 환자에게 약을 나눠줄 시간이 되었을 때쯤 '뚱뚱보 클럽'이 벌써 내 몸에 영향을 주기 시작했다. 이 방에서 저 방으로 약이 한가득 놓인 손수레를 끌고 다니는 동안 다리가 몸을 따라오지 못해 뒤처졌고, 운동화가 항의라도 하듯 리놀륨 바닥에 질질 끌렸다.

산후 병동 조무사인 테리가 여름이 끝날 무렵에 이 클럽을 창설했다. 그녀는 바비큐와 맥주를 적정한 양보다 살짝 더 많이 먹은 후에 허리 사이즈가 갑작스럽게 늘어나자 충격을 받았다. 하루는 새벽 2시에 병동 데스크에 앉아 새 스프링 노트의 첫 페이지를 요란하게 펼치며 '뚱뚱보 클럽'이라고 꼭대기에 적었다. 그 밑에는 당당한 필체로 자신의 현재 몸 상태를 적었다. '9월 4일. 테리, 79킬로그램.' 그리고 그 주 동안 병동의 다른 직원들에게 리스트에 이름과 몸무게를 적 도록 설득했고, 직장 내에서 반드시 따라야 하는 운동 규칙 을 만들어 알려주었다. 이름을 적은 사람들은 휴식 시간이나 병동에서 흔치 않은 조용하고 여유로운 시간을 보낼 때면 언 제든 병원의 5층 계단을 적어도 세 번은 왕복해야 했다. 침대 를 정리하고 약을 나눠주는 시간 사이에 테리는 기쁜 마음으 로 동료들의 운동 상황을 확인하러 다녔다. 약품실에서 환자 의 약을 준비하고 항생제 주사기를 손가락으로 톡톡 치며 공 기를 빼내고 있을 때 테리가 활짝 웃는 얼굴로 문가에 모습 을 드러낼 수 있었다.

'계단은 오르내리고 있어요?' 그녀가 물어볼 것이다. 그 리고 긍정적인 대답이 돌아오지 않으면 '뚱뚱보 클럽' 노트 의 당신 이름 옆에 검은 펜으로 표시를 하고 몸소 당신을 이 끌고 계단을 왕복하도록 시킬 것이다. 처음에는 여름 내내 '바른' 행동을 하려는 직원이나 정도의 차이는 있지만 다양 한 성공 사례를 보여주는 다이어트 기관에 등록해 살 빼기에 열을 올리고 있던 직원들이 여기에 반기를 들기도 했지만, 종국에는 모두가 테리의 지시에 따랐다. 그녀가 155센티미 터에 79킬로그램의 설득의 달인이었기 때문만은 아니었다.

조산사로서 우리는 꼭대기 층의 저장실까지 올라갔다 다시 내려오기를 반복하는 활동에 거부감을 보이지 않는 것 같았다. 우리는 이미 매일 탈진해 반혼수상태가 되어 퇴근했다가 아침이 되면 완전히 새로운 환자들과 동일한 과정을 반복하는 일상에 익숙해져 있었다. 모든 소변 주머니를 비우고 나면 톡 쏘는 냄새가 나는 소변으로 채워질 또 다른 주머니가 기다리고 있었고, 산모를 퇴원시키기 위해서는 앞에 승인이 떨어지기를 기다리는 다섯 명의 산모가 있었다. 그래서 초가을의 선선한 공기가 병원을 채우기 시작했을 때 조산사들이 새벽 2시나 오후 4시 30분에, 또는 회계하는 '뚱뚱보'가 그날의 업무량을 여유롭게 소화할 수 있을 때마다 삼삼오오 짝을 지어서 계단을 오르내리는 장면을 목격하는 일은 일상이 되었다.

이날 내가 약을 실은 손수레를 끌고 약품실로 돌아와서 벽에 붙은 고리에 안전하게 고정하고 있을 때 테리가 나를 찾아왔다. 여름휴가 동안의 과식으로 바지 허리끈을 조금만 느슨하게 풀어주면 됐지만 나는 근무 시간마다 아무런 토를 달지 않고 계단 운동을 충실히 해오고 있었다.

"벌써 했어요. 다리가 후들후들 떨리고 있는걸요." 문간에 나타난 테리가 묻기도 전에 내가 먼저 말했다.

"잘했어요." 테리가 만족스러워하며 말했다. "하지만 병원 코디네이터가 전화를 걸었다는 말을 전해주려고 온 거예요. 8번 방에 조산사를 배정해달라고 했어요. 초산부고 응급 치료실에서 침대에 실려 올 거예요. 병실은 제가 치우죠." 그녀는 사라졌다가 잠시 후에 다시 얼굴을 들이밀었다. "그나저나 내일 몸무게를 재봐요. 외래 환자를 보는 직원들이 우리에게 체중계를 빌려줄 거예요." 그녀는 활짝 웃고는 다시 재빠르게 사라졌다. 8번 방으로 걸어가는 그녀의 낡은 운동화가 바닥에 찍찍 끌리는 소리가 들렸다.

나는 신선한 물 한 병, 깨끗한 아기 침대, 제왕절개를 한 모든 산모들에게 필요한 소변 주머니를 매달아 놓을 작은 금속 거치대 등 환자에게 필요한 물건들을 챙기기 시작했고, 직원실의 서류 보관장 옆에 쌓여 있는 안내 책자 옆에서 멈추었다. 모유를 먹이는 산모를 위한 책자와 분유를 먹이는 산모를 위한 책자가 있었지만, 나는 이 산모에게 어떤 책자가 필요한지 몰랐다. 분유 수유 산모에게 모유 수유 안내 책자를 건네주는 심각한 실수를 저질러서는 안 되었고(이런 실수로 조산사는 온갖 비난을 받고, 실재하지 않는 '모유 수유 게슈타포'의 필요한 요건을 갖춘 일원으로 낙인찍힐지도 모른다), 모유 수유 산모에게 분유 수유 책자를 전달하는 것은 사실상 파면당할 수 있는 범죄로 여겨졌다. 우리 병동은 모유 수유를 시도하기 꺼려하는 산모에게 모유 수유를 홍보하는 일에 열중하고 있었기 때문이다.

　20분 뒤 올리비아가 병동에 도착했을 때 그녀는 기진맥진한 채로 서로 뒤엉켜 있는 시트와 정맥주사 줄 사이에 파묻혀 있었고, 빈껍데기만 남은 사람처럼 보였다. 거의 36시간 동안 산고를 치렀고, 자궁경부가 완전히 열렸을 때에는 (지금은 그녀의 팔에 안겨 우렁차게 울고 있는) 아기가 너무 지쳐 있어서 즉각 빼낼 필요가 있었다. 얼굴은 얼음처럼 창백했고, 금발머리는 베개에 축 늘어져 있었다. 고개를 들어 올릴 힘조차 거의 남아 있지 않은 그녀는 팔 안에서 시끄럽게 울어대는 아기를 응시했다. 정맥주사 약물이 캐뉼러를 따라 천천히 올리비아의 왼손으로 흘러 들어갔고, 한 뭉치의 카테터 도관이 침대 발치에서 금빛으로 뒤엉켜 그녀의 발에 뱀처럼 감겨 있었으며, 홑이불 밑으로는 출산 후 문제가 생겨 흘러나오는 피를 흡수하기 위해 급히 접어 넣은 위생 깔개 뭉치가 그녀의 다리 사이에 있었다.

　말하자면 올리비아는 이 병동으로 오는 많은 환자들의 표상이었고, 첫 딸을 낳은 후의 내 모습을 떠올리게 했다. 나는 출혈과 피로로 인해 정신이 몽롱했고, 나흘째 되는 날 캐뉼러를 제거했을 때 조산사에게 출산 이후 편안하고 멍한 상태로 있게 해주었던 모르핀을 계속 정맥에 주입해달라고 애원했다. 이날까지도 나는 실제로 정맥주사를 다시 놓아주길 원하는 환자를 만나본 적이 없었다. 대부분의 환자는 정맥에 연결된 거추장스러운 작은 관을 제거하는 것에 기뻐한다.

"산후 병동에 온 것을 환영해요." 올리비아 옆에서 분주히 움직이면서 평소대로 환자의 기본적인 상태를 순서대로 확인하며 내가 말했다. 그녀의 남편인 폴은 침대를 따라 이동하는 내 움직임이 방해받지 않게 길을 비켜주었다. 그러나 환자 침대와 침대 옆 서랍장, 의자, 올리비아의 여행 가방, 아기 침대가 놓인 커튼이 쳐진 공간은 우리 모두가 들어가기에 충분하지 않았다. 서로 방향이 얽히는 바람에 폴과 나는 얼굴을 붉히고 어색하게 사과의 말을 중얼거렸다. 그리고 이 모든 과정에서 아기는 다급하게 점점 더 큰 소리로 울었다.

"아기에게 뭘 좀 먹여야 하지 않을까요?" 올리비아가 힘없는 목소리로 물었다. "밑에서 먹이고 올라오기는 했지만 많지는 않았어요."

아기의 얼굴은 짜증과 배고픔으로 새빨개져 있었다. 백만 달러짜리 질문을 할 차례였다. "모유 수유를 하나요? 아니면 분유 수유를 하나요?" 나는 어떠한 편견도 묻어 있지 않은 중립적인 어투로 들리기를 바라며 가볍게 물었다. 이 질문은 "통증완화제에 대해 어떻게 생각하나요?"와 "담배를 피우나요?"와 함께 조산사가 환자에게 물어보는 가장 부담스러운 질문 중 하나다.

한 아이는 모유 수유를 하려고 애쓴 끝에 결국은 고통스러운 죄책감을 가지고 분유를 먹였고, 한 아이는 2년 넘게 믿을 수 없을 정도로 쉽게 모유를 먹였던 한 사람으로서 나는 산모가 어떤 선택을 하든 그것을 가능하게 해주려는 바람 외에 다른 개인적 의견은 가지고 있지 않다. 그렇다. 최근 밝혀진 연구 결과들은 모유 수유가 산모와 아이의 건강에 가장 좋다는 사실을 분명하게 확인시켜준다. 그러나 여성이 원하는 것(이것이 정말로 그녀와 아이를 위한 '최고의 선택'이든 아니든)은 무수히 많은 요인들의 영향을 받고, 이 요인들이 전부 명백하고 쉽게 설명되지는 않는다. 다수의 요인들은 담당 조산사가 평생 이해하지 못할 수도 있다. 나는 대개 병원에 오기 몇 달 전부터 이미 결정을 내린 이들과 이 논쟁에 발을 들여놓은 적이 한 번도 없다. 산모가 선택하고 아기는 배가 부르다. 물어볼 것도 판단할 것도 없다. 임무 완료다.

올리비아는 이제 침대 머리말 쪽으로 밀려난 폴을 바라보았다. 용서해줄 수 있는지 물음과 동시에 이해를 구하는 시선. 내게는 익숙한 시선이었다.

"우리는 모유 수유를 할 생각이었어요." 나는 '우리'라는 단어에 이를 꽉 깨물었다. 육아가 공동 업무가 될 수는 있지만, 수유는 전적으로 여성의 몫이다. "하지만 저는 너무 지쳤어요. 저는 분유를 먹일 생각이에요." 올리비아가 한숨을 쉬며 말했다. 그녀는 아기의 뺨을 쓰다듬기 위해 도관이 꽂혀 있지 않은 자유로운 팔을 들어 올렸고, 나를 올려다보고 미안하다는 듯이 "조산사님만 괜찮다면요"라고 덧붙였다.

나는 침대 발치에서 미소를 지으며 그녀를 내려다보았다. "어떤 선택을 하든 저는 괜찮아요." 내 말에 올리비아는 흠칫 놀라더니 이내 안심하는 표정을 지었다. 심지어 그녀의 두 어깨가 안도감으로 내려앉은 것처럼 보였다. 그녀는 내가 반대할까 봐 잔뜩 긴장하고 있었다. 올리비아가 지친 몸으로 많은 고통을 감내한 후 또 다른 전쟁을 준비하고 있었다는 생각에 가슴이 아팠지만, 이것 역시 내게 친숙한 반응이었다.

"고맙습니다." 폴이 덧붙였다. 그는 올리비아의 핏기 없는 얼굴에 붙은 흐트러진 머리카락을 뒤로 넘겨주었다. "저는 석유시추시설에서 일하는데 이미 2주 동안 집을 떠나 있었어요. 내일 아침에는 애버딘으로 출발해서 다시 바다로 나가야 해요. 장모님이 오셔서 도와주실 겁니다. 하지만 저희는 뭐든 가장 힘들지 않게 할 수 있는 방법으로 하려고요." 그가 올리비아의 팔을 꼭 잡았다. "저는 출산이 이럴 줄 정말 몰랐어요. 그렇게 오래 산통을 겪은 뒤에 큰 수술이라니. 아무래도 저는 아직 충격에서 벗어나지 못한 것 같네요."

"당신만이 아니야. 나도 그래, 폴." 올리비아가 응수했다.

나는 공감하며 고개를 끄덕였다. "어떤 종류의 분유를 좋아하나요?" 내가 물었고, 병동에 있는 세 종류의 브랜드를 말해주었다.

"사실 저는 어느 브랜드가 좋은지 모르겠어요. 알아서 해주세요. 조산사님 선택에 따를게요." 아기가 쓰고 있는 분홍색 털모자를 고쳐주면서 올리비아가 말했다. 결론이 내려졌다. 나는 급히 병실을 나와 분유가 있는 곳으로 갔다. 분유가 보관되어 있는 장에는 어울리지 않게 '모유 수유 용품'이라고 적혀 있었다. 선반에 놓여 있는 첫 번째 분유병을 들고 돌아갔다. 폴이 아기를 품에 안은 채 올리비아의 침대 곁 의자에 앉아 있었다. 그가 내게서 분유병을 건네받아 아기의 입술 사이에 물려주자 거의 즉각 울음소리가 잦아들었고 아기는 기분 좋게 코를 실룩거렸다. 커튼 너머에서 일상적인 저녁 방문객들이 병동으로 소란스럽게 몰려들기 시작했지만 올리비아는 의식하지 못했다. 옆에서 분유병을 쪽쪽 빨고 행복하게 꾸르륵거리는 아기를 바라보던 올리비아의 눈이 감기고 턱이 이완되면서 그녀는 꿈조차 꾸지 않는 깊고 평안한 잠에 빠져들었다.

이날 밤 나는 잠을 푹 잘 수 없었다. 꿈속에서 내가 업무를 소화하는 동안 병동의 일일 드라마 주인공들이 전부 내

꿈속으로 들어와 살아 움직였다. 이들은 터무니없는 상황을 연출했고, 대화는 이해할 수 없는 웅얼거림이 되었다. 조산사들이 먼 곳에서 발생한 긴급 상황을 향해 끝이 없는 복도를 내달렸고, 유니폼 상의 주머니에 접어 넣은 해야 할 일 목록을 들여다보고 또 들여다봤지만 결국 나는 주어야 할 약물을 빠뜨리고 괴로워했다. 아기들이 자지러지게 울었고, 산모들은 호출벨을 요란하게 눌러댔으며, 비상벨은 평소처럼 지잉 하는 대신 쩌렁쩌렁 울렸다.

이튿날 산후 병동에 도착한 나는 유니폼을 입은 몽유병자와 다를 바 없었다. 직원 화장실에서 거울을 보며 침대에 눌려 엉망이 된 머리를 어떻게든 정리해보려고 애쓰는 동안 잠에서 깨어나 옷을 입고 아침을 먹고 병원까지 차를 몰고 온 기억을 더듬어봤지만 어느 것도 제대로 기억나지 않았다. 오후 근무조에 속한 또 다른 조산사인 네리스가 화장실로 들어왔을 때 그녀는 내 모습이 동면에서 막 깨어난 동물처럼 몽롱하다는 사실을 알아차렸다. "하루하루가 맨날 똑같네요." 그녀가 내 팔을 잡은 손에 힘을 주면서 말했다. 거울에 비친 우리의 모습이 슬픈 미소를 지어 보였다.

병동을 돌아다니며 기존 환자들의 상태를 확인하고 밤에 새로 입원한 환자들과 인사를 나누는 사이에 오늘의 첫 커피가 내 신경을 깨웠고, 에너지가 정맥 속으로 퍼지기 시작했다. 올리비아의 병실에 도착했을 때 그녀가 낮은 목소리로 처음 듣는 목소리의 여성과 조급하게 대화를 나누는 소리가 들렸다.

"엄마, 제가 그냥 이렇게 해보게 놔두세요." 올리비아가 말했다.

"제대로 하고 있는 것 같지 않아서 그래. 손을 이런 식으로 아주 조금만 움직이면……."

작은 실랑이가 벌어지는 소리와 불만에 찬 아기의 울음소리가 들렸다.

"엄마, 제가 알아서 하게……."

"그냥 내 도움을 받으면 안 되겠니, 올리비아? 너는 항상 조금씩 서툴잖니."

내가 커튼을 젖히자 대화가 중단되었다. 올리비아와 그녀의 어머니가 냉랭한 분위기 속에서 말없이 분노에 차 있는 광경이 눈에 들어왔다. 두 사람은 마치 탐나는 장난감을 두고 싸운 어린애들 같았다. 단지 이 경우는 실랑이를 버리는 대상이 살아 있는 아기라는 점이 다를 뿐이었다. 아기는 배고픔에 항의하며 맹렬한 기세로 울어댔다. 나는 아기가 올리비아의 드러난 가슴을 더듬거리는 광경을 보고 놀랐다. 그녀의 분홍색 잠옷의 상의가 활짝 열려 있었고, 양쪽 유두에는 작은 모유 방울이 매달려 있었다. 그녀의 어머니는 이와 현저히 대조를 이루는 모습이었다. 내 등장에 갑작스럽게 짓는 억지 미소는 은발을 머리 꼭대기로 말아 올린 쪽 진 머리만큼이나 완고해 보였다. 그녀는 분홍색 캐시미어 카디건의 단추를 진주 목걸이를 두른 목까지 단단히 채우고 있었다.

"아, 오셨네요." 올리비아의 어머니가 양손을 꼭 마주 잡으며 기쁨을 가장한 목소리로 속삭이듯이 말했다. "우리 딸이 말하던 그 친절한 간호사님이군요."

"정확히 말하면 조산사예요." 내가 그녀와 비슷한 어조로 말했다. 나는 그녀에게 짧지만 그녀의 미소만큼이나 강철 같은 미소를 지어 보였고, 몸을 돌려 딸에게로 돌아섰다. "올리비아, 오늘 아침은 기분이 어때요?" 내가 날카롭게 물었다.

올리비아는 힘없는 미소를 지으며 아기를 가슴 가까이로 끌어당겼다. 아기는 연분홍색 전신 배내옷을 입고 그에 어울리는 모자를 쓰고 있었다. "좋아요. 폴이 출근해야 해서 오늘 하루는 엄마가 저와 함께 있을 거예요." 그녀가 말했다.

"오늘 하루만이에요." 그녀의 어머니가 끼어들었다. "애 아버지를 혼자 오래 놓아둘 수 없어서요, 간호사님. 집에 혼자 남겨진 남자들이 어떤지 아시잖아요." 그녀가 알잖느냐는 듯 눈을 찡긋하며 말했다. "그 불쌍한 양반은 전자레인지 사용법조차 잘 모른답니다. 다 내 잘못이죠. 내가 혼자서는 아무것도 못 하는 남자로 만들어놨네요."

나는 그녀에게 또 한 번 짧은 미소를 보내고 올리비아에게로 돌아섰다. "밤새 좀 어땠어요?"

"뭐…… 몸이 상당히 쑤셨어요. 그래서 밤에 거의 깨어 있었던 것 같아요……." 그녀가 말했다.

"그래, 뭐 배에 칼을 댔으니 그럴 수밖에." 어머니가 제왕절개를 뜻하며 말을 이었다. "아이를 '바로' 낳는 것보다 훨씬 더 힘들지." 내가 한쪽 눈썹을 치켜올렸고, 올리비아가 말없이 분노하고 있는 아기를 내려다보며 뺨을 붉혔지만 그녀의 어머니는 멈추지 않았다. "하지만 리비는 이제부터라도 옳은 일을 할 거예요. 그렇지 않니, 애야? 지금부터는 모유 수유를 할 겁니다."

이 시점에서 나는 양쪽 눈썹을 모두 들어 올렸고, 올리비아 어머니의 깐깐함에도 침착함을 잃지 않으려고 애썼지만 놀라움을 감추기 어려웠다. "그러니까…… 모유 수유를 하겠다고요?" 나는 목소리가 흔들리지 않게 노력하면서 올리비아에게 물었다.

그녀는 고개를 들고 머리카락을 어깨 뒤로 넘겼다. 빗질을 해서 윤기가 흘렀다. 그녀는 심지어 립스틱과 블러셔도 바르고 있었는데, 귀한 방문객에게 '내보여도 되게' 단장하려 한 것이 분명했다.

"네, 모유 수유를 할 거예요." 그녀가 확인해주었다. "엄마가…… 저를 도와주고 계세요. 하지만 로지가 젖을 물려고 하지 않아요." 그녀가 다시 아기를 내려다보며 말했다. 아기는 이제 정신없이 필사적으로 그녀의 가슴에서 손을 허우적거리고 있었다. "제가 뭘 잘못하고 있는지 모르겠어요."

"괜찮아요." 내가 말했다. 올리비아의 어머니는 만족스러운 미소를 지으며 등받이에 등을 기대고 앉았다. 나는 이런 상황을 수도 없이 많이 겪었다. 아기에게 이미 분유를 잔뜩 먹인 초보 엄마가 다음 날, 또는 2-3일 뒤에 모유 수유로 선회하는 일은 비일비재했다. 때로는 순수하게 자발적인 결정이지만, 그보다는 방문한 친구들과 가족들이 좋은 의도로 하긴 해도 은연중에 비난의 뜻을 담은 말에 영향을 받는 경우가 더 많았다. 어렵기는 하지만 하루나 이틀 정도 모유 수유를 건너뛰었다고 해서 수유가 불가능하지는 않다. 아기들은 엄마의 젖분비 호르몬이 정점에 있을 때 여전히 이 소중한 기회의 문을 비집고 들어갈 수 있다. 하지만 여기에는 지속적으로 자주 수유를 하겠다는 결심과 이 과정이 제대로 자리를 잡기까지 일반적인 수면 패턴 같은 것들을 포기하겠다는 의지가 필요하다. 올리비아의 잠옷을 힘껏 움켜잡은 아기의 입이 왼쪽에서 오른쪽으로 엄마의 유두를 찾아 마구 헤매는 모습을 바라보면서 나는 긴 하루가 될 것을 직감했다.

"처음부터 다시 시작해보죠. 제가 여기 침대 모서리에

앉아도 되겠어요?" 내 말에 올리비아가 승인의 의미로 고개를 끄덕였다.

공식적으로는 어느 위치든 환자의 침대에 앉는 행위는 감염 문제를 야기할 수 있어 절대로 해서는 안 된다. 푸른 유니폼 바지에 어떤 위험한 세균이 숨어 있을지 누가 알겠는가? 그러나 많은 산후 병동의 조산사가 아기의 입에 산모의 젖을 물려주기 위해 침대 위로 불안정하게 몸을 기울일 때 등에 고통스러운 통증을 느낀다. 목적은 훌륭하지만 이를 달성하는 과정은 신체에 스트레스를 유발할 수 있다. 악명 높은 현대적 방식의 고문이 아닐 수 없다. 환자의 바로 옆에 앉는 것이 도움을 주기에 훨씬 수월하고, 더 다정하게 대할 수 있다. 그래서 나는 올리비아의 침대 끝에 엉덩이를 걸치고 앉아 그녀가 편안하고 안정적인 자세로 젖을 물릴 수 있도록 그녀의 몸을 부드럽게 움직였다.

"배와 배가 마주 보고, 코가 유두를 향하게 해요." 나는 수유 연수 과정에서 모든 조산사에게 주입시키는 주문을 외우기 시작했다. "입이 크게 벌어지고, 턱은 밑으로 내리고, 바로 그거예요. 로지의 손을 가볍게 잡아 아기가 가슴을 밀어 몸에서 떨어지지 않게 해요……." 나는 어머니의 차가운 시선 아래에서 어설프지만 열심히 아기에게 젖을 먹이려는 올리비아를 보며 얼굴에서 미소를 지우지 않았다.

최신 조산사 업무 동향은 초보 엄마들의 모유 수유를 도와줄 때 우리가 '손을 떼야 한다'고 말한다. 수유 과정이 자연스럽게 일어나도록 하지 않고 조산사가 직접 아기를 가슴 앞에 놓아줄 경우 이 '개입'이 산모의 자신감을 떨어트린다는 것이다. 출산 준비 동영상을 보면 엄마의 복부에 놓인 신생아가 기적처럼 가슴으로 기어 올라간 다음 볼이 통통한 유도 미사일의 정확도로 유두를 찾아 입에 무는 장면이 나온다. 그러나 현실은 조금 다르다. 산모들은 왜 작은 잭이나 자말이 동영상 속의 아기처럼 하지 않는지 의아해하며 눈물을 쏟는 시간을 보내게 될 것이다. 그리고 조산사는 산모가 쩔쩔매는 동안 침대 옆에서 수수방관하며 불쌍한 아기를 붙잡고 단번에 젖을 물리고 싶은 강렬한 충동과 싸우는 가운데 정신 나간 사람처럼 히죽히죽 웃고 있을 것이다.

나는 올리비아에게 수유 방법을 가르쳐주기 시작했다. 반시간 동안 그녀 곁에 앉아 방향을 약간 조정하거나 몸을 틀도록 조언하고, 그녀의 왼팔 아래에 베개를 접어 넣고 다른 두 베개로 어깨 뒤를 받쳐주고, 작은 로지가 닿을락 말락 한 곳에서 유혹적으로 똑똑 떨어지는, 진하고 크림 같은 초유를 즐기기 위해 적극적으로 유두의 위치를 찾게 해주었다. 허우적거리던 로지는 결국 지쳐 엄마의 품에서 잠에 빠져들었다. 올리비아는 베개로 만든 왕좌에 맥없이 등을 기대고 앉았다. 패배였다.

"이 방법이 효과가 있을지 모르겠어요." 올리비아가 말했다. 로지의 머리가 그녀의 팔 안에서 축 늘어졌다. "저는 도저히 할 수 없을 것 같아요."

올리비아의 어머니가 그녀의 팔을 토닥여주었다. "자, 자, 애야. 가장 좋은 것은 모두 기다릴 만한 가치가 있단다." 지나치게 감상적이고 동정이 배어나오는 목소리로 그녀가 말했다. "간호사님은 분명 오늘 하루 기쁜 마음으로 네게 도움을 주실 거야. 이 일을 제대로 하는 것보다 더 중요한 일이 어디에 있겠니?"

나는 혀를 너무 심하게 깨물어서 피가 실제로 턱을 타고 내려와 유니폼에 묻은 것은 아닌지 궁금했다. 내 유니폼에 피 얼룩이 묻었다면 정오 회의시간에 병동 수석 조산사에게 연유를 설명해야 할 것이다. 물론 나는 올리비아의 모유 수유를 기꺼이 도와줄 것이고, 적절한 지도하에 분명히 성공할 수 있다고 믿었다. 그러나 의도적으로 여겨질 만큼 계속해서 나를 '간호사'라고 부르는 것은 차치하고, 올리비아 어머니의 겉으로만 친절한 태도가 내 심기를 심각하게 건드리기 시작했다. 더군다나 병동은 숨 가쁘게 돌아가고 있었다. 출산을 위해 입원하는 여성의 수가 급격히 많아져 이들을 수용하기 위해 침대를 추가로 배치하라는 지시가 내려졌고, 동료들은 아침 업무량을 소화하는 것만으로도 벅찰 정도였다. 그리고 나는 세상의 모든 의지를 전부 끌어 모아도 올리비아 어머니의 기대치에 미치는 만족스러운 서비스를 제공해줄 수 없음을 확실히 알았다.

내가 낮은 목소리로 말했다. "물론 저는 기꺼이 제가 가진 모든 역량을 동원해 모유 수유를 도울 겁니다. 지금 당신이 할 수 있는 최선은 어린 로지와 피부가 많이 닿도록 하는 거예요. 아기가 맛있는 모유의 냄새를 맡을 수 있도록 말이죠. 그러다가 다시 젖을 찾기 시작하면 아기는 알맞은 시간에 알맞은 자리에 있게 될 거예요." 이 조언에 올리비아와 그녀의 어머니가 만족한 것처럼 보였고, 나는 몸을 돌려 황급히 병실을 나왔다. 환자들에게 약을 나누어주는 시간이 이미 한참 지난 후였다.

시간이 지나면서 나는 가능한 한 자주 최선을 다해 올리비아를 들여다보려고 노력했다. 이런 방문이 자발적인 경우도 있었지만 올리비아의 어머니가 손녀의 입이 유두 근처에서 맴돌 때마다 호출벨을 눌러서인 경우도 있었다. 벨이 울릴 때마다 나는 상처에 압박붕대를 감거나 캐뉼러를 제거하는 등의 하던 일을 급히 마무리하고 서둘러 올리비아의 병실로 갔고, 그때마다 로지는 잠들어 있거나 태변을 보고 칭얼대거나 화가 나서 꽉 쥔 주먹으로 엄마의 가슴을 밀어내고 있었다. 내가 방문할 때마다 올리비아는 점점 커져가는 좌절 감으로 눈물을 떨구기 일보 직전이었고, 그녀의 어머니는 충격적이게도 로지가 모유 먹기 분야에서 세계 최고의 수준에 오른 아기가 아니라는 사실에 놀라워했다. 나는 호출될 때마다 올리비아에게 위치를 미세하게 바꾸라고 제안했고, 종국에는 로지의 어깨 뒤를 직접 잡고, 입술을 올리비아의 가슴에 스치게 하고, 아기가 마침내 젖을 제대로 물 수 있을 만큼 입을 크게 벌렸을 때 빛처럼 빠른 속도로 유두로 가져가는 모든 과정에 점점 더 많이 개입하게 되었다. 한 번 빨고, 두 번 빨고, 그런 다음에 로지는 얼굴을 찡그리며 고개를 돌리고 잠이 들었다.

올리비아의 어머니는 이런 과정을 눈살을 찌푸리고 입술을 꼭 다문 채 탐탁지 않은 표정으로 지켜보았다. "저는 도대체 뭐가 문제인지 모르겠네요." 몇 번째인지도 모를 호출을 받고 찾아갔을 때 그녀가 말했다. 저녁 6시가 다 되어가고 있었고, 공기는 여자들의 땀과 병원의 저녁식사 냄새가 뒤섞여 무거웠다. "로지는 너무나 사랑스러운 아기인데 불쌍한 리비가 요령을 터득하지 못하는 것 같아요."

나는 올리비아를 바라보았다. 그녀는 하루 종일 침대에서 거의 움직이지 않았다. 그녀의 기름진 머리는 이제 병동의 열기로 부스스해졌고, 화장은 혈색 없는 뺨을 드러내며 지워지고 있었다. 심지어 그녀의 가슴은 분홍 잠옷의 풀어놓은 옷깃 사이로 힘없이 축 처진 듯이 보였다. 올리비아는 무너지기 일보 직전이었고, 그녀의 품 안에는 악을 쓰며 울고 꽥꽥거리고 화가 머리 꼭대기까지 오른 굶주린 아기가 있었다.

"올리비아." 나는 내 목소리에 우리 둘이 허심탄회한 대화를 하기 딱 알맞은 수준의 진정성이 묻어 있기를 바라며 말을 꺼냈다. "어떻게 하고 싶어요?"

"당연히 모유 수유를 하고 싶지요!" 올리비아의 어머니가 말했다. 나는 그녀에게 차갑고 레이저처럼 날카로운 시선을 던졌다. 나는 그녀와 그녀의 딸이 선호하는 수유 방식과 어느 방식의 옳고 그름에 대해 논쟁을 벌이고 싶지 않았다. 일단 한번 시작하면 내가 멈출 수 없을 것임을 알았기 때문이다. 이뿐만이 아니었다. 나는 아마도 그동안 신중히 공들여 지켜온 침착함을 벗어던지고 올리비아가 스스로 선택하고 또 어떤 끔찍한 방법을 원하든 또는 할 수 있든 자신의 아기를 출산하고 수유하는 방식을 선택할 권리에 대해 강력하게 주장할 것이다.

"올리비아, '당신은' 어떻게 하고 싶죠?" 그녀 어머니의 간섭을 무시하고 내가 재차 물었다. "어떤 방식이든 저는 최선을 다해 모든 도움을 줄 거예요. 하지만 선택은 당신이 해야 해요."

올리비아가 나를 올려다보았다. 뜨거운 눈물이 조용히 멈추지 않고 그녀의 뺨을 적시며 흘러내렸다. 흐느낌도 없었고 머리카락을 쥐어뜯는 행동도 없었다. 그녀는 너무 지쳐서 이런 행동조차 버거운 상태였다. 장시간의 산고를 치르고, 배를 가르는 큰 수술을 받고, 세 시간밖에 자지 못하고, 하루의 일과가 분노하며 완강하게 거부하는 아기의 입에 겨우 젖을 한 번 물리는 것이었던 올리비아는 기운이 다 빠져 완전히 녹초가 되었다.

"저는 모유 수유를 원해요." 그녀가 말했다. 눈물이 그녀의 턱선을 지나 목으로 흘러내렸다. "로지가 배고프다는 것을 알아요. 정말 열심히 노력했어요. 저는 그저, 어떻게 해야 할지 모르겠어요."

나는 올리비아의 어머니 반대편에서 그녀 옆에 꿇고 앉았다. "걱정 마요. 아기에게 모유를 먹이게 될 겁니다. 지금 당장 젖을 물지 못해도 괜찮아요. 중요한 점은 아기의 배를 채워줘야 한다는 거예요. 가슴 마사지에 대해 아나요?"

"제가 혼자서 젖을 짜내는 것 말인가요? 젖소처럼요?"

"뭐, 맞기도 하고 아니기도 해요……. 유축기를 사용하기엔 좀 이를지도 모르겠지만 제가 당신 혼자서 어떻게 젖을 짜고 병에 담을 수 있는지 알려줄게요. 젖을 짜서 작은 주사기로 로지에게 먹이는 거예요. 익숙해지기까지 시간이 좀 걸리겠지만 아프진 않아요." 내가 말하고 올리비아에게 준 모유 수유 안내 책자를 넘기며 관련된 삽화를 찾기 시작했다.

침대 반대쪽에서 올리비아의 어머니가 끔찍하다는 듯이 진주 목걸이를 움켜잡고 있었다. "정말로 지금 이렇게까지 할 필요가 있겠어요? 이건 너무…… 천박해요."

"현재로서는 유선을 자극하는 가장 좋은 방법이에요." 내가 그녀의 눈을 정면으로 응시하며 말했다. 그런 다음 올리비아에게 말했다. "한번 시도해보죠."

올리비아의 어머니가 (매우 못마땅한 듯 침대에서 눈길을 돌리고) 로지를 안고 있는 동안 나는 올리비아 위로 몸을 기울이고 가슴 마사지의 기본 단계들을 설명했다. 어떻게 가슴을 잡고 길고 꾸준하게 짜내면서 모유를 살균한 병에 담는지 보여주었다. 이 불편한 자세를 더 오래 유지할수록 내 엉덩이와 허벅지 뒤쪽이 아파왔다. '뚱뚱보 클럽'의 멤버로서 점심시간에 계단 오르내리기 운동을 한 덕분에 고통은 더 심했다. 그러나 노력한 보람이 있었다. 몇 분 뒤 올리비아는 기술을 터득했고, 한 손으로 초유를 짜서 다른 손에 들고 있는 통에 넣을 수 있게 되었다.

"정말 잘했어요!" 내가 말했다. 그리고 천천히 몸을 바로 세우는데, 척추뼈 마디마디가 뻣뻣해진 느낌이었다. 이제 거의 저녁 7시가 다 되었다. 오늘 끝마쳐야 하는 서류들을 처리할 시간이었다. 내가 담당하는 병동 구역에 대한 저녁 보고서를 작성하고, 다른 환자들에게 문제가 없는지 한 바퀴 돌며 확인해야 했다. 또 퇴근하기 전에 신경쇠약에 걸리거나 무단 이탈한 환자는 없는지 둘러보아야 했다. "모유가 많이 나왔네요. 로지가 배를 든든히 채울 수 있겠어요." 나는 침대가 놓인 공간에서 빠져나오려고 몸을 돌리면서 말했고, 밖으로 나가기 전에 한 번 더 올리비아를 돌아보았다.

눈물이 계속해서 그녀의 얼굴을 타고 흐르는 가운데 자신의 가슴과 한판 사투를 벌인 올리비아. 올리비아가 어머니와 아기를 기쁘게 해주기 위해 노력하고 또 노력하는 동안 로지를 꽉 안은 채 커튼의 추상적인 무늬를 유심히 살펴보는 척하는 올리비아의 어머니. 이것이 그날 밤 내가 집으로 차를 몰고 올 때, 그리고 새벽 2시에 깨어나 다시 잠을 이루지 못할 때 내 머릿속에 다시 떠오른 이미지였다. 올리비아는 내 안에서 무언가를 휘저어놓았고, 나는 어둠 속에 누워서 그 주 산후 병동에서의 세 번째이자 마지막 근무가 시작되기 전까지 멀뚱멀뚱 시간을 보내면서 초보 엄마 시절의 기억이 떠올라 전율했다.

가차 없이 잠을 박탈당하고, 중간중간 느껴지는 혹독한 고통으로 인해 안개가 낀 것처럼 머리가 뿌예지고, 아기를 향한 갑작스럽고 압도적인 애정이 샘솟고, 아무리 열심히 노력해도 절대로 아이를 위해 모든 것을 완벽하게 해줄 수 없다는 사실을 점점 더 분명하게 깨닫게 되는 현실. 물론 땅거미가 지며 시야가 흐릿해진 가운데에서도 육아의 기쁨은 존재한다. 그러나 이 기쁨 밑에는 모든 여성의 여정을 관통하며 다양한 음량으로 윙윙거리는 죄책감이 도사리고 있다. 나는 수년 전에 병원 침대에 누워 아기를 돌보고 상처를 치료하는 동안 처음으로 이 윙윙거리는 소리를 들었고, 이날 밤에 잠을 설치면서 이 소리를 다시 들었다. 나는 내가 올리비아에게 충분히 도움을 주었는지, 그리고 아침에 그녀의 더 나아진 (또는 망가진) 모습을 보게 될지 궁금했다.

산후 병동 3일째 근무를 시작하며 침대 커튼을 젖혔을 때 나는 빠른 손놀림으로 능률적으로 짐을 싸고 있는 여성이 전날 모유와 눈물 웅덩이에 빠져 허우적거리던 그 여성이 맞는지 궁금했다. 먼저 올리비아는 평상복으로 갈아입은 상태였다. 분홍색 잠옷은 멋진 점퍼와 스키니진, 티끌 하나 없는 새하얀 운동화로 바뀌었다. 머리를 말끔하게 뒤로 올려 하나로 묶고, 핫핑크 립스틱을 바른 올리비아는 밝고 건강하고 단정해 보였다. 이 장면에서 눈에 띄는 또 다른 점은 울음소리가 들리지 않는다는 것이었다. 로지는 침대 옆 아기 침대에 평온하게 누워 있었다. 레몬색 잠옷을 입고 같은 색상의 모자를 쓰고 장갑을 끼었다. 그러나 무엇보다도 내 관심을 가장 크게 끈 것은 모퉁이에 있는 빈 의자였다. 올리비아의 어머니가 자리에 없었다.

"잘 잤어요, 올리비아?" 내가 침대 발치에서 말을 걸었다. 올리비아가 짐을 싸다 말고 잠시 멈추어서 나를 돌아보았을 때 나는 그녀의 두 눈이 지쳐 있지만 전날의 극적인 모습에서는 볼 수 없었던 온화하고 부드러운 분위기가 감돌고 있음을 보았다. "집으로 돌아갈 준비를 하나요?"

"네." 그녀가 미소를 지으며 말했다. "밤에 마침내 로지에게 젖을 물리는 데 성공했어요. 오늘 아침에 벌써 몇 번을 먹었죠. 조금 불규칙적이기는 했지만 잘해나가고 있어요."

"정말 잘된 일이네요. 성공했다니 기뻐요. 일을 더 잘할 수 있는 때가 있어요. 지켜보는 사람이 없을 때가 그런 예죠." 내가 말했다.

올리비아는 한 무더기의 모슬린 천을 접어 침대 위에 활짝 열린 채 놓여 있는 커다란 가방에 밀어 넣으며 쓴웃음을 지었다. "엄마 말이죠? 오늘 아침에 집으로 돌아갔어요. 아빠가 시리얼 상자조차도 혼자 열지 못한다고 말하면서요."

"뭐," 나는 단어를 조심스럽게 골랐다. "상당히 강한 분이시잖아요."

"잘 모르겠어요. 저는 대학교로 도망치기 전까지 부모

님과 함께 살던 18년 동안 힘든 시간을 보냈거든요." 올리비아가 접어놓은 점퍼를 가방에 넣으면서 한숨을 쉬었다.

"제 생각에 엄마들은 항상 자녀들에게 최고의 것을 주고 싶어 하는 것 같아요." 내가 말했다. 그리고 이 말을 하면서 내가 절대로 올리비아의 어머니에게 너그러울 수 없었을 것임을 알았다. 그녀의 가식적인 억지 미소에는 내 화를 돋우는 무언가가 있었다. "어머니는 단지 본인이 했던 방법 그대로 당신이 이어가기를 바랐는지도 몰라요."

"무슨 뜻이에요?"

"제 말은 자연분만과 모유 수유요."

올리비아는 묶어 올린 머리를 뒤로 젖히며 웃었다. "아, 저도 제왕절개로 태어났어요! 그리고 저와 제 형제들은 분유를 먹으며 컸죠. 엄마는 항상 젖이 돌지 않았다고 말했어요. 누군가 물어보면, 그 사람을 붙들고 이 이야기를 몇 시간이고 해서 지루하게 만들 거예요."

나는 문자 그대로 뒤통수를 얻어맞은 기분이었고, 올리비아가 옷을 가방에 쑤셔 넣는 동안 입을 다물지 못한 채 그 자리에 서 있었다. 내가 올리비아에게 도움을 주고 그녀 어머니의 고압적이고 수동 공격적인 태도로부터 그녀를 보호해주고 싶은 압도적인 열망을 느꼈던 것처럼, 이제는 올리비아의 어머니를 향한 강하고 완전히 예상치 못했던 연민이(심지어 슬픔도) 솟구치는 것을 느꼈다.

출산이 자신이 계획했던 이상적인 방향으로 흘러가지 않았던 여성이 있었다. 모유 수유를 하려고 노력했지만 실패했고, 최선의 노력을 다했지만 '올바른' 방식으로 아기를 돌볼 수 없었고, 자신의 바람과 슬픔을 다음 세대인 딸에게 투영하고 있는 여성. 여성의 최악의 적이 여성이라는 말을 흔히 한다. 험담과 괴롭힘이 흔히 친절이라는 전반적인 곡조에 어울리지 않는 씁쓸한 불협화음을 만드는 산부인과 병원에서 하루만 근무해도 이 사실을 확인할 수 있다. 조산사가 조산사에게, 엄마가 딸에게. 우리의 사랑의 선물은 너무나 자주 죄책감과 슬픔에 의해 더럽혀진다. '뚱뚱보'들이 삼삼오오 짝을 이루어 계단을 그저 다시 시작하기 위해 내려가고 오르는 것처럼 각 세대의 여성들은 자신의 딸들이 먼지투성이에 얼기설기 얽힌 엄마의 발자국만을 지표로 삼아 밑바닥에서부터 다시 시작하게 하려고 모성의 최고봉에 도달하기 위해 최선의 노력을 다한다.

"저를 좀 도와주시겠어요?" 올리비아가 물건이 너무 많아 폭발 직전인 가방의 지퍼를 잠그면서 부탁했다. "여기 끝부분을 잡아주시면……."

나는 올리비아의 옆으로 이동해 그녀가 가리키는 곳을 붙잡았다. 그리고 이날 들어 두 번째로 놀랐다. 가방 안에는 점퍼와 양말, 아기 옷 사이의 구석구석 남는 공간마다 최소한 십여 개의 분유를 탄 병으로 가득 채워져 있었다. 분유 수유를 하는 엄마들이 '길을 가는 도중에' 먹이기 위해 몇 병을 더 요청하는 경우는 드문 일이 아니었지만 이건 조금 과했다. 전날 끝까지 모유 수유를 하겠다며 가슴 마사지까지 했던 여성의 경우라면 특히 더 그랬다.

"가방 옆쪽을 잡아주시면 제가 지퍼를 끌어당길게요." 내가 분유병을 발견한 사실을 인지하지 못한 올리비아가 부탁했다. 올리비아가 가방과 씨름하는 동안 나는 내 생각과 씨름했다. 아무 말 없이 모든 것을 가방에 담아 지퍼를 채우고 올리비아를 집으로 보내는 일은 쉬웠다. 어쨌든 그녀는 어머니로부터 '도움이 될 만한' 힌트를 충분히 얻지 않았는가. 그러나 유혹은 뿌리치기에 너무 강했다.

"우와, 분유를 정말 많이 준비했네요." 내가 말했다.

올리비아는 몸을 곧추세우고 내 눈을 정면으로 응시했다. "만일의 경우에 대비해서요." 그녀의 시선에서 (그녀의 어머니를 똑 닮은) 단호함이 느껴졌다. 마치 어디 여기에 대해 할 말이 있으면 해보라는 듯이 보였다.

나는 입을 다물었고, 그녀가 지퍼를 잡았고, 우리는 가방을 닫았다.

환 자 분 류
시 스 템

"환자 분류소 조산사 해저드입니다. 무엇을 도와드릴까
요?"

"사무실의 모든 직원들이 제 질에서 나는 냄새를 맡을
수 있을 것 같아요."

"남편이 밤새 온풍기를 켜놔서 제가 지금 갈증이 정말
심해요."

"공항 출국 게이트에 있는데 지상 근무원에게 제가 비
행기를 타도 될 만큼 몸 상태가 좋다고 말해줄래요?"

"금발로 염색하면 아기에게 해가 될까요?"

"귀에 올리브오일을 바르면 아기에게 해가 될까요?"

"아기가 20분 동안 꼼짝도 하지 않아요."

"아기가 3시간 동안 꼼짝도 하지 않아요."

"아기가 어제부터 꼼짝도 하지 않아요."

"제게서 피가 나요."

"지금 힘을 주고 있어요."

"뭔가가 나오는 것이 느껴져요."

"아기가 나왔어요."

내 직업이 조산사라고 사람들에게 이야기하면 반응이 두 가지로 나뉘곤 한다. 1) 하루 종일 출산을 돕다니 정말 멋진 직업이네요. 2) 하루 종일 아기를 품에 안을 수 있다니 정말 근사한 직업이네요.

그렇다. 산후 병동에서 몇몇 운 좋은 조산사들은 때때로 아기들을 품에 안기도 한다. 이 흔치 않은 안락한 순간은 정신없는 근무시간과 신생아와 산모들이 퇴원이라는 신성한 날에 병원 밖으로 나가는 데 필요한 산더미처럼 쌓인 서류 작업에 대한 작은 보상이다.

출산과 아기를 품에 안는 일 외에도 대부분의 조산사들은 국민보건서비스 제도하에서 실제로 임신 9개월부터 분만까지(그리고 이후로 최장 6주까지) 임산부를 돌보는 일을 맡는다. 초기 임부를 위한 시설과 외래 진료 병원, 주간 보호 시설, 산전 병동은 모두가 작은 세포가 힘차게 울어대는 기쁨

덩어리로 성장할 때까지 임부를 안전하게 보호하는 임무를 수행한다. 이 '마법과 같은' 여행을 지속하는 동안에 무엇이든 잘못될 수 있고, 실제로 잘못되기도 한다. 이탈리아 카라라 대리석으로 만든 수중분만 욕조에서 포토숍으로 완벽하게 손질한 볼록한 배를 보여주는 유명 여성 연예인이 잡지의 표지를 장식하는 동안 평범한 한 인간에 불과한 대부분의 임부들은 피를 흘리고, 통증과 경련을 경험하며, 일반적으로 센가 이모가 1997년에 쌍둥이를 출산한 후로 물려 입고 있는 헐렁한 임부용 레깅스를 입고 스트레스를 받느라 정신을 차리기 힘들다.

물론 모든 여성에게 정기적인 산전 검진과 산후 관리가 제공되는 가운데서도, 지독하게 많은 경우 출혈이 발생하고, 스트레스를 받고, 구글 검색을 한다. 그러나 두려워하지 말자. 국민보건서비스는 놀랄 만한 선견지명으로 영국 여성들에게 병원 근무시간 이외에도 이들의 모든 희망과 꿈, 걱정을 이야기할 수 있는 장소를 거저 마련해주었다. 바로 임산부 환자 분류소다. 나는 조산사가 근무하는 거의 모든 병동과 구역의 순환근무를 마치고 이곳에 정착했다. 이 부서에 처음 발을 들여놓았을 때 나는 수그러들지 않는 긴박감과 머리가 핑핑 돌게 하는 다양한 사례들에 압도되었고, 끝나지 않을 것처럼 보이는 극적인 사건들에 겁을 집어먹었다. 그러나 결과적으로 이런 것들이 나를 계속해서 이곳에 묶어놓은 요인이 되었고, 나는 밤낮으로 평범한 임산부들을 괴롭히는 난제와 참사를 빠짐없이 두루두루 알게 되었다. 경험과 자신감이 쌓이면서 한때는 식은땀을 흘리게 만들었던 복잡한 일들이 점차 역동적인 팀의 구성원으로서 풀고 해결해야 하는 흥미로운 문제가 되었다. 나는 임상적 도전과 아드레날린, 블랙유머를 섞은 칵테일에 취하고 중독되었다.

나는 가족과 친구, 호기심 많은 미용사에게 임산부 환자 분류소를 '임신한 사람들을 위한 응급실'이라고 설명한다. 그러나 멀리 떨어진 곳에서 전화 담당자가 긴급한 환자들을 먼저 걸러내는 응급실 간호사와는 다르게 이 환자 분류소의 조산사는 눈앞의 긴급 상황뿐만 아니라 모든 공포에 질린 전화를 응대해야 하는 기쁨을 누린다. 비록 여성들이 임신 초기에 환자 분류소의 24시간 상담전화를 심각한 상황이 우려될 때에만 사용하라는 설명을 듣지만, '심각한'의 개념은 매우 주관적이다. 실제로 피가 바닥을 흥건히 적실 때까지 병원에 전화하기를 거부하는 여성이 한 명 있다면, 얼굴도 모르는 온라인 '친구'가 아이스크림 한 입이 순간적으로 태아의 호흡과 심장박동에 문제를 일으킬 수 있다고 경고해서 환자 분류소에 초스피드로 전화를 거는 여성이 열 명 있다.(인터넷으로 검색하는 것보다 시간을 절약해줄 것이라고 생각하지만 그렇지 않다.) 뿌리염색이 태아를 죽일지도 모른다고 걱정하는 여성은 맞은편 지역에 사는 여성이 방금 전에 변기에서 흘려보낸 상당히 큰 혈액 덩어리에 대해 질문하는 동안 수화기를 들고 계속 기다려야 할지도 모른다. 환자 분류소에서 단 하루만 또는 심지어 한 시간만 전화 통화하며 근무해도 조산사는 최고의 순간과 최악의 순간을 줄기차게 경험할 수 있다. 어느 현명한 조산사가 말했듯이 우리가 술을 마시는 것도 당연하다.

하 와

***

언 어 치 료 제 와 오 줌 아 기

11월의 비오는 수요일 아침. 병원 직원들의 사기는⋯⋯.

뭐, 나는 '썰물 같다'고 말하겠지만, '썰물'이라는 단어는 벨벳처럼 매끄러운 갯벌이 드러난 해안가에서 파도가 부드럽게 찰싹거리는 모습이 연상된다. 하지만 현실에서는 대서양 한가운데 생겨난 거대한 싱크홀이 시커멓고 거대한 소용돌이를 만들어내며 세상의 모든 즐거움을 한 방울도 남기지 않고 빨아들이는 것처럼 느껴진다. 유니폼을 걸친 누구도 이 증상에 대한 면역력을 가지고 있지 않다. 평소 쾌활한 성격인 나조차도 음울해지고, 불만에 찬 태도를 보이며, 가끔 쏘아보는 것으로 마침표를 찍었다.

임산부 서비스 분야엔 자연스러운 분위기의 상승과 하

강이 번갈아 찾아온다. 한 주가 상대적으로 조용한 편이었다면, 다음 한 주는 눈보라나 한동안 지속된 따뜻한 날씨, 심지어 텔레비전 프로그램이 특별히 안 좋았던 한 주 등 9개월 전에 발생했던 어떤 사건의 결실을 품고 있다. 우리에게 9월은 지속적으로 정신없이 바쁜 달이다. 겨우살이 밑에서 벌였던 모든 시끌벅적한 크리스마스 파티와 노래가 아기들이 빽빽 울어대는 소리로 넘쳐나는 병동이라는 결과로 이어지기 때문이다. 이 탄생의 성수기는 거의 위안이 될 정도로 변함이 없으면서 조산사에게 매년 인간이 새끼를 낳는 데 필요한 것이, 그렇다, 추가로 마신 화이트 와인 한 잔과 산타 모자가 전부임을 증명해준다.

그러나 때때로 뚜렷한 이유나 경고 없이 출생률이 갑작스럽게 증가하기도 하는데 이번 11월이 그랬다. 분만을 앞둔 임부들이 양수로 흥건한 미끄러운 바닥을 실제로 미끄러지듯 문을 통과해 환자 분류소로 끊이지 않고 질주해 들어왔다. 임부들은 가장 가까이에 있는 침대나 휠체어로 느릿느릿 걸어간 다음에 분만 병동으로 급히 올려 보내지고, 검사를 받았다. 우리는 수화기를 턱과 어깨 사이에 끼워 넣고, 손에는 장갑을 끼고 준비 태세를 갖춘 채 분만 병동의 수석 조산사에게 같은 전화를 걸고 또 걸었다. "만삭의 2회 경산부예요." "초산에 9센티미터 열렸어요." "임신한 여성이 왔는데,

이름은 모르겠어요. 지금 아이가 나오는 중이에요." 하루하루 흘러가면서 통화마다 분노의(그리고 창조적인 욕설의) 수위가 점점 높아졌다. "맡아줄 조산사가 없어요." 수화기 너머에서 대답이 돌아왔다. "깨끗한 병실이 없어요." "그냥 아이를 받아요." "아이를 받아요." "아이를 받아요."

아기들의 호황기는 최악의 상황에서 찾아왔다. 최근 한 무리의 수련의들이 수련을 마치고 이 병원을 떠나 새 환경을 찾아 도시 전역에 흩어져 있는 피부과와 신경과, 정신의학과 병동으로 자리를 옮겼고, 이들의 뒤를 이어 눈을 반짝이는 새로운 열두 살 어린이(외모로 보면 그렇다는 말이다) 무리가 수련을 시작하기 위해 도착한 참이었다. 긴급한 전화와 의학적 난제들을 선별하고 모으는 응급실에서 순환근무의 일환으로 이곳에 배정된 이들 중에는 놀라울 정도로 능숙한 솜씨를 가진 의사들도 있었지만, 대다수는 분주한 환경에서 책임을 져야 하는 의사가 되는 도전에 겁을 먹었다. 이에 더해 많은 젊은 남자 의사들이 교재를 제외하고 알몸의 여성을 본 적이 없는 것처럼 보인다는 점도 상황을 더 심각하게 만들었다. 이 불쌍한 친구들은 눈앞에 있는 여성의 알몸을 보고 두려운 표정을 숨기지 못했다. 유선염으로 인해 부풀어 오르고 단단해진 가슴으로 향하는 손은 바들바들 떨렸고, 잔뜩 긴장해 벌리개 집게를 잘못된 방식으로 질 안으로 집어넣었다.

그리고 신이시여, 담당 조산사가 주의 깊게 지켜보는 가운데 브라질리언 왁싱을 한 여성의 음부를 처음으로 대면하는 순결한 총각 수련의를 가엽게 여기소서. 나는 몇 번이나 남성 신참 의사를 옆으로 끌어다가 손을 씻고, 환자에게 자신을 소개하고, 환자의 질을 쳐다보기 전에 먼저 환자와 시선을 맞추라고 상기시켜주어야 했다.

이런 병원의 환경은 수년간 이 안에서 일해왔던 직원들이 견디기에도 충분히 힘들었고, 예민한 사람들에게는 지옥이나 마찬가지였다. 나는 여유롭고 정답게 보살피는 사람이 되려는 꿈을 안고 조산사가 되었지만 병원이 업무량의 무게를 견디느라 신음소리를 내면서 이 꿈은 사실상 이루기 불가능해졌다. 밤낮을 가리지 않고 병동은 정신을 차릴 수 없을 정도로 바쁘게 돌아갔다. 근무시간이 끝날 때가 되면 업무를 시작하며 만났던 임산부의 이름과 기록부의 내용이 잘 기억나지 않았다. 선임 조산사들 중 일부는 맹공격을 총기 어린 눈과 단념하지 않는 의지로 즐겁게 뚫고 지나갔고, 이들을 닮기 위해 무던히 애쓰는 가운데 시간이 지날수록 나는 내가 거대한 기계 속 녹슨 톱니바퀴라는 생각을 떨쳐버릴 수 없었다. 임부들을 돌보는 것이 아닌 단지 이들을 처리하고 있다는 불편한 감정이 생겨났고, 내 영혼은 이 감정을 받아들일 수 없었다.

11월 아침에 탈의실 모퉁이에서 배고픈 아기의 울음소리처럼 들리는 소리를 들었을 때 나는 유니폼을 막 걸쳐 입고 내 앞에 놓인 하루를 버티기 위해 정신줄을 단단히 졸라매고 있었다. 심장이 널뛰기 시작했고, 나는 직원을 위한 공간에서 보호자가 없는 신생아에게 어떤 종류의 엄청난 실수가 일어났는지를 생각하며 그 자리에 얼어붙었다. 조산사 업무는 이런 역설적인 순간들로 가득하다. 한편으로는 이상한 일을 수도 없이 겪어서 더는 어떤 일에도 놀라지 않지만, 다른 한편으로는 여성들의 멋진 세상이 조산사의 길에 멈추지 않고 전에 없던 더 정신 나간 상황을 던져놓는다. 울음소리가 다시 들렸다. 이번에는 조금 더 부드러웠다. 나는 소리의 진원지를 찾아 줄지어 서 있는 사물함 사이를 살금살금 지나갔다.

어느 젊은 조산사가 벤치의 한쪽 끝에 앉아 고개를 푹 숙인 채 흐느끼고 있었다. 전에 트리샤를 몇 번 짧게 만난 적이 있었다. 그 당시 그녀는 실습생 신분으로 병동을 순환근무하고 있었고, 불과 얼마 전에 교육 과정을 끝마치고 조산사 자격을 얻었다. 약 2년 전에 내가 걸어온 길이었다. 그녀는 이상주의적이고 거의 순진할 정도로 무모한 젊은 여성으로 중등학교를 졸업하자마자 곧장 조산사의 세계로 뛰어들었다. 나는 그녀와 몇 번 만났던 때의 기억을 더듬어보았고,

그녀가 수줍음을 타지만 성실하고 자신이 돌보는 환자들에게 친절했다는 사실을 떠올렸다.

나는 상처 입은 동물에게 다가가듯이 부드럽게, 시선은 밑을 향하고, 몸을 살짝 사선으로 돌려 가능한 한 위협적으로 보이지 않게 조심하면서 그녀에게 다가갔다. 그녀의 발 앞에 쭈그려 앉자 벌겋게 엉망이 되어 있는 그녀의 얼굴이 보였다. 눈물이 천천히 목을 타고 흘러내려 유니폼 옷깃 가장자리를 적셨다. 아침 7시 26분이었다. 우리 둘 다 곧 근무를 시작해야 할 시간이었지만 그녀는 몇 시간째 울고 있었던 사람처럼 보였다.

"트리샤?" 내가 불렀다. 그녀는 주먹 쥔 손으로 눈을 비비고, 쏟아져 내린 적갈색 머리카락 사이로 나를 바라보았다.

"죄송해요. 정말 창피하네요. 저는 괜찮아요, 정말이에요. 그만 가셔도 돼요." 그녀가 말했다.

"뭐 도와줄 일은 없어요?"

"그냥…… 더 이상 못 하겠어요. 감당이 안 돼요. 아침에 이 건물로 들어올 때조차 저는……." 그녀가 딸꾹질을 하면서 가슴이 들썩거렸다. "저는 비명을 지르고 도망치고 싶어요. 분만 병동에 도착하기도 전부터 심장이 미친 듯 뛰기 시작해요. 오늘 하루 무슨 일이 일어날지 모르는 게 너무 힘들어요."

나는 트리샤를 바라본 다음에 시선을 바닥으로 내리깔며 말했다. "모두가 그렇게 느껴요."

"저도 알아요." 그녀가 흐느끼며 말했다. "제 말은, 저는 평소에 침착한 사람이에요. 하지만 그동안 잠을 제대로 자지 못했어요. 임부나 아기들이 죽어가고 제가 도움을 청하려 비상벨을 눌러도 아무도 오지 않는 악몽에 시달렸어요." 너무나 익숙한 이야기다. 최근 이 직업에 대한 불안이 모두에게 퍼져 있으며, 많은 동료들과 마찬가지로 나도 전보다 훨씬 더 자주 생생하게 산부인과에서 발생하는 응급 상황에 대한 악몽을 꾸고 있었다. 감당하기 힘든 업무량을 처리해야 하는 조산사는 잠들 때마다 새로운 공포로 빠져들고, 담당 환자에게 문제가 생기는 꿈이 아니라면 악몽의 주인공은 자신이 된다. 낯선 방이나 버스 안, 공원에서 아기를 낳거나, 도와줄 사람이 아무도 없거나, 피가 다리를 따라 흘러내리거나, 완벽하게 혼자라는 끔찍한 기분에 사로잡힌다. 맥박이 요동치는 상태에서 알람소리에 깜짝 놀라 잠에서 깨어나고, 불과 몇 시간 뒤에 침착한 척하며 환자의 침대 곁을 지켜야 한다는 사실을 인지한다.

트리샤는 훌쩍거리며 손등으로 코를 훔쳤다. "수석 조산사님께 제 상황이 얼마나 심각한지 이야기하고 의사에게서 항우울제를 처방받았다고 말하자 그녀가 웃으면서 괜찮다고

말했어요. 이곳에서 근무하는 거의 모든 사람들이 이미 항우
울제를 복용하고 있다면서요." 이 말을 하는 트리샤의 눈에
서 또다시 눈물이 솟구쳤고, 그녀는 손으로 얼굴을 감쌌다.

　나는 오자크 산맥에서 살았던 반은 체로키족이고, 본인
의 주장에 의하면, 반은 '신비스러운 존재'인 시스터 모닝스
타Sister Morningstar라고 불리는 미국의 어느 일반인 산파에 관
한 글을 읽은 기억이 났다. 그녀는 그녀의 지혜를 구하는 여
성들에게 힘을 실어주고 치료하기 위해 허브 찜질약과 고대
의 출산 방식, 그녀가 '언어 치료제'라고 불렀던 것의 신중한
사용에 대해 집필했다. 나는 신체적 문제보다 정서적 혼란이
훨씬 더 큰 환자를 대할 때면 시스터 모닝스타를 자주 떠올
렸다. 그리고 이런 사례에서 조심스럽게 선택한 위로나 격려
의 말이 환자의 경험을 완전히 바꾸어놓을 수 있음을 깨달았
다. 내 경우 보통 종이 위에 말을 적는 것이 입으로 말하는 것
보다 더 쉽지만, 조산사 업무의 중요한 요소로서 '언어 치료
제'에 감사하게 되었다.

　나는 트리샤를 보며 그녀의 상태를 치료할 수 있는 적
절한 말이 떠오르기를 바랐지만, 진실을 말하자면 나도 그녀
가 느끼는 감정을 자주 느낀다는 것이다. 내장을 쥐어짜는
불안감, 앞으로 닥칠 일에 대한 두려움, 상관이 당신의 두려
움을 알면서도 묵살했을 때의 수치심. 나는 그리 먼 과거가

아닌 조산사 경력 초반에 이미 날카로운 충격을 받았고, 이런 절망을 치료하는 유일한 방법이 일종의 인정사정없는 노출 치료임을 배웠다. 근무 시간마다 계속해서 모습을 드러내고, 견디고, 내면화하고, 그러다 보면 어느 날 두려움을 무감각과 교환했다는 사실을 깨닫게 된다. 매일매일 자신의 일을 열심히 할 수 있게 해주는 것이 이 무감각이다. 그런데 그 대가는 무엇일까?

나는 말을 시작했다. "트리샤, 당신이 여기에 있다는 사실만으로도 저 바깥 세상에 있는 대부분의 사람들보다 배짱이 더 두둑하다는 뜻이에요. 당신은 이 일을 선택했고, 하고 있어요. 당신이 학생으로서 3년간 도움을 주었던 여성들을 생각해봐요. 그리고 자격을 획득하고 난 후 몇 달간도요. 아기를 몇 명이나 받았죠?"

트리샤는 바닥을 응시했다. "여든두 명요."

"그것 봐요. 여든두 명의 생명이 세상에 태어날 수 있게 해주었어요. 제법 끝내주지 않나요? 저는 그렇게 생각하는데. 당신은 상점이나 은행, 아니면 다른 어느 곳에서 일할 수도 있었지만 이 직업을, 그리고 이곳에 있기로 선택했어요."

트리샤가 고개를 들고 얼굴 위로 흘러내린 머리를 부드럽게 넘기며 나를 정면으로 응시했다. "저는 더 이상 하지 않을 거예요." 그녀의 눈빛은 여전히 흐릿했지만 목소리는 갑자기 날카로워졌다. "저는 이렇게 살 수 없어요. 앞으로 40년, 50년, 또는 제가 마침내 연금을 탈 수 있을 때까지 이 일을 하면서 살고 싶지 않아요. 68세가 되었을 때 열두 시간 야간 근무를 한다고요? 이게 가당키나 하다고 생각하세요?" 그녀는 몸을 일으켰고, 결심을 하면서 허리를 곧게 폈다. "저는 할 수 없어요!" 그러고는 빠르고 결연한 움직임으로 가방을 집어 들고 사물함에서 재킷을 꺼낸 뒤 내 곁을 지나 병원을 떠났다.

내가 무슨 말을 할 수 있었을까? 어떤 '언어 치료제'가, 그런 것이 있다면, 결과를 바꾸어놓을 수 있었을까? 의욕을 완전히 소진해버린 사람을 어떻게 분류하겠는가? 이 직업에서 손을 뗀 조산사가 트리샤가 처음이 아니었다. 사실 그녀는 이달에 그만둔 세 번째 조산사였다. 그리고 분명 그녀가 마지막도 아닐 것이다.

어떤 말이나 용기를 주는 대화도 벼랑 끝에 선 조산사를 돌아오게 만들 수 없을 때가 있다. 어느 근무 때든 조산사들이 정확히 이런 목적으로 옹기종기 모여 속삭이거나, 정맥주사제 거치대가 나무처럼 숲을 이루고 있는 창고에 모여들거나, 수술실과 오물 처리실 사이의 무인지대에 숨어 있는 모습을 볼 수 있다.

트리샤는 이미 위로나 설득을 할 수 있는 지점을 훨씬

넘어서 있었다. 그녀가 축 처진 어깨로 문밖으로 사라지는 뒷모습을 바라보면서 나는 유체이탈과 비슷한 경험을 했다. 나의 일부는 그 자리에 뿌리를 내리고 남아 있었지만, 나머지는 너무나 쉽게 트리샤 안으로 스며들어 갔다. 학생 신분으로 첫 야간근무를 한 이후로 지금껏 너무나 자주 그래왔듯 나는 주차장과 병원 밖의 신선한 공기와 보슬비가 내 뺨을 적시는 차가운 감촉, 차를 몰고 떠나 혼잡한 아침 출근 시간의 도로 위에서 서로 누구인지도 모르는 사람들 사이에 녹아들어 있는 편안함에 유혹을 느꼈다. 평범한 사람들은 저 밖에서 평범한 일을 했다. 운전석에 앉아 라디오 채널을 돌리거나, 자녀의 책가방 끈을 꼭 조여주거나, 조용한 마트에서 카트를 끌며 돌아다녔다. 그리고 나는 트리샤처럼 이들 사이에 섞여 생활하는 삶을 선택할 수 있었다. 지난 수년간 물러나고 싶은 충동이 멈추지 않고 솟아났다. 그리고 때로는 나를 잡아당기는 이 힘이 내가 담당하는 여성들에 대한 의무감을 거의 뛰어넘는 날도 있었다. 나를 일깨워준 동료들만이 (또는 내 비겁함을 가족과 친구들에게 설명해야 하는 부끄러운 상황이 조금 더 자주) 병원 복도로 통하는 문을 열고 들어가 내 앞에 놓인 일들을 헤쳐나가게 해주었다.

아침 7시 32분, 이제 지각이었다. 나는 환자 분류소로 뛰어갔다. 깨끗하게 청소된 바닥을 내달리는 운동화 소리가 났고, 가슴에 달린 이름표와 시계가 부딪치며 딱딱 소리를 냈다. 병동 데스크에 도착했을 때는 이미 아기들이 거대한 쓰나미처럼 몰려오고 있었다. 전화기가 울렸고, 칠판에는 세 명의 이름이 적혀 있었고, 다양한 분만 단계에 있는 (그리고 고통 정도가 다른) 네 명의 임부가 대기실을 서성이고 있었다.

당직 조산사인 스테퍼니가 주 치료 구역으로 통하는 문가에 모습을 드러냈다. 스물여섯밖에 되지 않은 그녀도 학교를 졸업하자마자 곧장 조산사의 세계로 저돌적으로 돌진해 들어왔다. 하지만 그녀는 이 세계가 던져주는 온갖 것에 동요하지 않는 행운아였다. 그녀의 마음은 부드러웠지만 자신감은 격심한 상황에서도 흔들리지 않는 것처럼 보였고, 그녀가 쓰는 언어는 늘 환상적으로 고약했다. 하얀 비닐 앞치마를 허리에 꽉 두르고, 장갑 낀 손을 허리에 단단히 올려놓은 그녀는 가공할 만한 존재였다.

"괜찮아요, 스테퍼니?"

그녀는 아랫입술을 내밀어 앞머리를 훅 불어서 날리고는 소리쳤다. "똥통 같아요!" 그녀의 앞머리가 다시 원래 자리로 내려앉았다.

"무슨 일이에요?"

"제 말은 진짜 똥통이에요. 2번 침대는 8일 동안 똥을 누지 못했고, 집중치료실에 있는 임부 한 명은 영국을 똥으로 채울 만큼 싸고 있는 데다가 대기실에 있는 모든 사람들에게 클로스트리듐 디피실리균을 옮겨주려는 것 같아요. 4번 침대는…… 알아서 하세요, 섹시한 선배."

"오줌인가?"침대 쪽을 바라보고 고개를 끄덕이며 내가 말했다.

"빙고!"내 곁을 스쳐 지나 책상에 놓인 전화기로 향하면서 스테퍼니가 말했다. "요즘도 카테터 삽입 잘하시죠?" 그녀가 어깨 너머로 말했다.

"꽤 괜찮아요."내가 답했다. 실제로 (부드럽게 윤활유를 바른 확성기에 대고 큰 소리로 말할 수 있을 정도로) 맞는 말이다. 요즘 들어 나는 눈을 가리고 바람이 부는 터널 안에서 내 이로 카테터를 삽입할 수도 있겠다는 생각마저 들었다. 그럴일은 없겠지만 이런 임상적 상황이 닥친다면 내가 적임자다.

하지만 처음부터 그랬던 것은 아니었다. 학생 시절엔 카테터 삽입 때문에 애를 먹었었다. 다양한 실수 사례들이 있었지만 그중 하나는 내가 목표 지점을 놓치고 수차례 환자의 질에 카테터를 꽂아 넣었던 것이다. 다행히 이들은 내 실수를 아무렇지도 않은 척 넘어가 주었다. 더 많이 실패할수록 성공하겠다는 결심은 더 강해졌다. 카테터 삽입이 따분하기는 해도 굉장히 유용한 기술이기 때문이었다. 이는 하반신 마취를 하거나 방광 외상이 있거나 회음부가 많이 찢어져서 출산 후 하루나 이틀 정도 꿰맨 부분에 소변이 직접 닿지 않아야 하는 여성에게 필수적이다. 작은 플라스틱 관을 여성의 방광에 집어넣는 능력이 매력적으로 보이지 않을 수 있지만 영화 〈앵커맨Anchorman〉의 주인공 론 버건디의 말을 빌리자면 이건 큰일이었다.

이 단순한 과제가 뭐가 그렇게 까다로울까라고 생각한다면 친애하는 독자님, 까놓고 말해서 여성의 요도 위치를 찾아내는 것부터 모래밭에서 바늘 찾기에 가까울 때가 있다. 놀라울 정도로 많은 대중들이 여전히 믿고 있는 것과는 반대로 여성은 아랫도리에 '하나의 큰 구멍'을 가지고 있지 않다. 보편적으로 여성에게는 세 개의 구멍, 즉 항문과 요도, 질이 있다. 당신이 여성 독자이고 인체의 해부학적 복잡성에 대해 이번에 처음 들어보았다면 거울을 손에 들고 외음부를 자세히 살펴보는 시간을 가지길 바란다.

나는 야간근무를 하던 중에 처음으로 카테터 삽입에 성공했다. 조산사 교육을 받은 지 1년 반 정도 지난 때였다. 병실은 따뜻하고 조명은 흐릿했다. 나는 희망을 가지고 환자의 눈을 응시했다. 그녀의 자궁경부는 6센티미터 열려 있고, 하반신 마취를 한 상태여서 한 떼의 야생마가 그녀의 질을 통과해 나온다고 해도 그녀는 거의 느끼지 못했을 것이다. 나는 필요한 장비가 든 꾸러미를 열었고, 그동안 배운 대로 조심스럽게 무균 상태를 유지하며 목표 지점에 빛을 비추었다. 전체 과정은 순조롭게 진행되었고, 내 환자는 완전히 편안하게 누워 있었다. 황금빛 액체가 카테터를 통해 흘러나오기 시작하자 나는 너무 기쁜 나머지 그녀에게 입맞춤이라도 해주고 싶은 기분이었다.

나 자신이 정말로 자랑스러워서 자리를 떠나지 않고 몇 분간 더 침대 모서리에 걸터앉아 자신감 넘치는 어투로 환자에게 다음 분만 단계로 넘어가는 내 계획에 대해 설명했다. 그러던 중에 따뜻하고 축축한 무언가가 내 유니폼을 적시고 있음을 깨달았다. 나는 기쁨에 도취되어 카테터 끝에 연결된 소변 주머니를 잠가야 한다는 사실을 깜박 잊었던 것이다. 내가 나의 멋진 솜씨를 환자에게 뽐내는 동안 나는 허리에서부터 발끝까지 그녀의 소변으로 흠뻑 젖었다. 병실 모퉁이에서 출산공에 앉아 조용히 몸을 튕기고 있던 내 멘토는 이 모든 부끄러운 장면을 지켜보았고, 내가 실수를 깨달을 때까지 아무런 말도 하지 않았다. 탈의실에 가기 위해서는 데스크와 벙커를 거쳐야 한다는 사실을 너무도 잘 아는 그녀는 내게 유니폼을 갈아입고 오라고 했다. 그리고 이곳에서 다른 조산사와 조무사, 수술실 직원들이 오줌에 젖은 학생을 재미있다는 듯이 바라보았다. 조산사를 위한 교훈 156번: 카테터 꼭지를 반드시 잠글 것.(조산사를 위한 교훈 157번: '일하러 갈 때 여분의 바지를 항상 챙길 것'을 참고하기 바란다.)

흠뻑 젖었던 수요일 사건 이후 몇 년이라는 세월이 지났고, 이제 나는 이 교훈들뿐만 아니라 다른 많은 귀중한 교훈들도 배웠다. 분만 병동을 떠난 내게 환자 분류소의 환자들에게 카테터를 삽입하는 기회는 흔치 않았다. 그래서 나는 4번 침대의 기록부를 집어 들었고 흥미를 느끼며 읽어 내려갔다. 하와는 최근에 영국 체류 허가가 떨어진 21세의 소말리아 여성이었고, 임신 40주 2일의 초산부였다. 그녀의 기록을 샅샅이 훑어보았지만 임신 상태는 상당히 평범해 보였다. 살짝 이른 시기에 입덧을 시작했고, 20주에 출혈이 조금 있어서 겁을 먹었으며, 일상적인 산전 검사를 받았고, 42주가 되었을 때 유도분만을 할 계획이었다. 비뇨기 관련 문제는 지금까지 없었고, 기록부 앞 장에 클립으로 꽂아놓은 메모지에는 짤막한 내용만 적혀 있었다. '복통, 소변을 언제 마지막으로 보았는지 기억하지 못함, 분만 단계 불확실.'

나는 4번 침대를 두르고 있는 커튼을 젖혔다. 긴 보라색 잠옷을 입은 여성이 엉덩이를 내 쪽으로 든 채 머리를 숙이고 침대 위에 네발로 엎드려 있었다. 여러 갈래로 단단히 묶어 땋은 머리가 하얀 베개 위로 쏟아져 내려와 있었고, 히잡은 침대 옆 의자 위에 깔끔하게 접혀 있었다. 지금까지 만나온 많은 독실한 여성처럼 하와는 환자 분류소의 여성 구역에 안전하게 자리를 잡자마자 단정함 대신 편안함을 택했다.

"하와?" 내가 그녀의 이름을 부르자, 그녀는 땋은 머리를 뒤로 휙 넘기며 어깨 너머 나를 향해 미소를 지었다. 그녀는 잡티 없는 매끄러운 황색 피부에 위엄 있는 광대뼈와 길고 우아한 목을 가진 아름다운 여성이었다.

"죄송해요." 몸을 돌려 나를 바라보며 그녀가 말했다. "편안한 자세를 취하려던 중이었어요. 통증이 정말 심하거든요." 그녀의 미소에는 흔들림이 없었지만 목소리는 거칠게 갈라졌다. "오늘 아침 이후로 더 나빠졌어요."

"통증이 지속적인가요? 아니면 있다 없다 하나요?" 나는 그녀의 임신 기간을 머릿속에 떠올리며 물었다. 하와는 분만 초기의 진통을 경험하고 있을 가능성이 컸다.

"멈추지 않고 지속적이에요. 여기 전체에요." 그녀가 말하며 손으로 볼록한 배를 문질렀고, 긴 손가락이 통증이 나타나는 부위를 훑었다.

"소변을 언제 마지막으로 봤어요?"

"그게 말이죠, 저도 확실하지 않아요. 기억이 나지 않아요. 남편은 지난밤이 아닌가 생각하고 있어요. 그이도 병원으로 오고 싶어 했지만 제가 말도 안 된다며 별것 아니니 일하러 가라고 말렸어요. 남편의 직장 상사는 굉장히 엄격해서 지각을 좋아하지 않거든요." 그녀는 다시 미소를 지었지만 손가락은 보라색 잠옷을 조금 단단히 움켜잡았다.

침대 옆으로 걸어가면서 나는 하와에게 복부를 살펴보기 위해 잠옷을 걷어 올려도 괜찮은지 물었다. 촉진은 많은 산전 검사 중 가장 먼저 시행하는 검사고, 이를 통해 조산사는 자궁의 크기와 아기가 잘 자라고 있는지의 여부, 태아의 위치, 근육이 부드럽게 이완되어 있는지 또는 진통으로 팽팽하게 긴장되어 있는지, 내부 출혈로 인해 단단해져 있는지 등 많은 사실을 확인할 수 있다. 나는 하와의 다리를 덮어주려 홑이불로 손을 뻗었다.(일반적으로 임산부에게는 '품위는 문간에 두고 오라'는 개념이 적용되지만 그래도 우리는 환자를 존중해주기 위해 노력한다.) 하지만 그녀는 자신의 잠옷을 들어 올렸고, 나는 공포감으로 그 자리에 얼어붙었다. 그녀의 볼록한 배는 부드러운 곡선을 이루는 대신, 중간 부분에 벨트가 꽉 매여 있는 물풍선처럼 보였다.

하와의 복부 중앙에 나 있는 들어간 자국을 손으로 따라가며 확인하는 동안 내 얼굴에 놀란 마음이 드러났음에 틀림없다. "무슨 문제라도 있나요?" 그녀가 눈을 크게 뜨며 물었다.

'병리적 수축륜◆이야. 틀림없어.' 나는 생각했다. 보기

◆　분만 시 자궁 상부는 계속되는 수축과 견축으로 두꺼워지는 반면 자궁하부는 얇아지면서 상부와 하부 사이가 쑥 들어가는 반지 모양이 생기는 증상.

드물게 위험한 난산의 징후였다. 교재에서 읽어보았을 뿐인, 임부의 배를 졸라매고 있는 이 무형의 끈이 여기 내 앞에 현실로 나타났다. 어쩌면 수일 동안 진통이 왔지만 하와가 깨닫지 못했을 수도 있고, 어떤 이유에서든 골반을 통과하는 태아의 길목이 막혔을 수도 있다. 그리고 이 섬유로 이루어진 고리가 얼마나 오래전부터 위험천만하게 바짝 죄어지기 시작했는지 아무도 알 수 없었다.

"조금 더 촉진을 해봐야 해요." 나는 이렇게 둘러대며 손을 하와의 복부 아래쪽으로 움직였다. 숨길 수 없을 정도로 극도로 팽창한 방광을 손으로 느끼는 동안 나는 속으로 다른 가능성을 추측해보았다. 하와의 기이한 복부 모양이 정말로 병리적 수축륜 때문일까?

분만감시장치를 복부에 두르자 태아의 심장박동이 크고 일정한 속도로 뛰는 소리가 들렸다. '태아 심박수 분당 140회.' 나는 모니터에서 심장박동 소리가 울리는 동안 기록표에 작성할 내용을 생각했다. '가속 나타남, 감속 없음.' 커튼 밖에서는 다섯 명의 아기의 심장박동 소리가 섞여서 합창단의 노랫소리처럼 울리고 있었다. 병실은 바쁘게 돌아갔다. 스테퍼니의 목소리가 내 왼쪽 어딘가에서 들렸다. 그녀는 임부에게 "호흡하세요. 힘주지 말고요. 그냥 계속 호흡하세요"라고 주문하고 있었다. 그 뒤를 이어 휠체어가 지나가는 소리와 침대를 문 쪽으로 끌고 가는 소리가 들렸다.

"아기는 문제없는 것 같아요." 모니터가 계속해서 안정적인 심장박동 소리를 들려주었고, 나는 하와에게 말했다. "하지만 당신의 배 모양이 왜 이런지는 분명하지 않아요. 어제 이후로 소변을 보지 못한 게 확실한가요?"

하와가 자신의 배를 문질렀다. "네, 그런 것 같아요. 오늘 아침 일찍부터 깨어 있었거든요. 그리고 어쩌면, 어쩌면 소변을 눈 게 오후였는지도 모르겠어요."

나는 태아의 심장박동 기록을 살펴보았다. 병리적 수축률이 유발할 수 있는 치명적인 태아절박가사*가 발견되지 않고 완벽히 정상으로 보였다. 나는 속으로 말했다. '침착하자. 실제로 존재하지도 않는 응급 상황으로 의사를 호출하는 짓일 수도 있어. 카테터를 삽입하고 소변이 배출되면서 이 증상이 사라지는지 확인할 수도 있고.' 내 주변에서 천둥소리처럼 울리는 심장박동 소리가 더욱 커지는 것처럼 느껴졌다. 나는 결정을 내리고 생각했다. '한번 해보자. 진짜 병리적 수축률이라면 질겁해서 의사를 부르고 위태로운 상황에서 물러나 있으면 돼. 하지만 아직은 아니야.'

◆ 　배 속 태아에게 충분한 산소가 공급되지 않을 경우 태아의 폐호흡이 어려워져 가사 상태에 빠지게 되는 위험한 상태로, 태아가 사망할 위험이 있다.

하와는 카테터 삽입을 달가워하지 않았지만(왜 아니겠는가? 누구나 관심을 가질 만한 경험은 아니다) 복통이 더욱 심해졌기 때문에 빠르게 통증을 완화시킬 가능성이 있는 매력적인 치료방법을 거절하기 힘들었다. 그녀가 동의하자 내 초조함은 금세 사라졌다. 나는 내게 익숙한 분야로 다시 돌아왔고, 침대 옆에 놓인 손수레에서 필요한 장비가 든 꾸러미를 손에 들고 세상에서 가장 멋진 크리스마스 선물이라도 되는 것처럼 조심스럽게 모서리 부분을 잡아당겨 열었다. 각각의 부품들이 결벽증 있는 조산사가 좋아할 만한 깨끗하고 하얀 종이 위에 놓여 있었다. 나는 멸균수를 작은 관 안에 뿌렸고, 듣기 좋은 탁 소리를 내며 장갑을 낀 다음에 하와가 다리를 올리는 동안 카테터 삽관 준비를 마쳤다.

그리고 여기서 또 한 번의 충격파가 내 심장을 죄어왔지만, 이번 충격은 내가 무엇을 보고 있는지 깨달으면서 슬픔으로 누그러졌다. 하와의 복통을 야기했던 진짜 원인이 모습을 드러냈다.

모든 여성의 외음부가 서로 다른 다양한 크기와 감촉, 비율을 가지고 있지만 기본적인 구조는 동일하다. 그리고 실제로 한 여성의 외음부를 보았다면 전부를 본 것이나 마찬가지라는 말은 위안을 주는 사실이다. 그러나 내 눈에 보이는 하와의 외음부는 자연이 선사한 것과는 달랐다. 전문가가 아니어도 아마도 수년 전에 아주 먼 곳에서 자르고 모양을 바꾼 뒤 다시 꿰매어 붙였음을 알아볼 수 있었다. 부드럽고 주름진 피부가 눈에 들어와야 할 곳에 내가 어렸을 때 수집했던 바비 인형처럼 매끄러운 표면이 존재했다. 피부 가장자리를 끌어 모아서 조잡한 방식으로 좁은 구멍만 남긴 채 봉합해놓아, 손전등을 가까이 비추어도 카테터가 들어가야 할 곳을 겨우 알아볼 정도였다.

장갑 낀 손가락으로 부드럽게 살펴보면서 나는 하와가 어렸을 때 여성 할례를 받은 여성임을 확신했다. 이런 여성을 보는 횟수는 점점 증가하고 있었다. 이들 대부분은 다양하고 은밀한 방식으로 젊은 여성과 어린 소녀들의 생식기를 잘라내는 행위가 수 세기 동안 전통처럼 이어져 내려온 국가에서 왔다. 이 같은 생식기 훼손과 성적 욕망을 제거하는 행위는 의심의 여지 없이 끔찍한 일이다. 그러나 조산사든 정치인이든, 여성의 안전을 책임지는 모든 사람들에게 이 문제에 섬세하게 접근하는 최선의 방법을 찾기란 까다로운 일이다. 여성 할례는 가장 약한 종교적 교리에 뿌리를 두고 있지만 많은 부모들과 원로들은 여성 할례가 딸의 정절과 더 나아가 가문의 명예를 지켜줄 것이라는 잘못된 믿음을 가지고 이를 실행한다. 어떤 국가에서는 범죄인 행위가 어떤 국가에서는 그 행위가 얼마나 잔혹한지에 상관없이 성스러운 행위로 여겨질 수 있다.

　　오래전 하와에게 이런 짓을 한 사람이 가족이든 이웃이
든 나는 분노를 가라앉히고 해야 할 일을 계속했다. 가는 관
을 정확한 위치에 집어넣어 소변이 쏟아져 나오자 안도하며
지켜보았다. 카테터 끝에 연결된 소변 주머니가 가득 차기
시작했고, 거의 1리터의 소변이 채워지기까지 오랜 시간이
걸리지 않았다. 완전히 자란 태아가 누르는 압력은 하와의
변형된 몸이 감당하기에는 너무 컸을 것이고, 그녀의 방광
이 압박을 받았던 것이다. 하와가 수년간 방광과 성 기능 장
애를 견뎌야 했을 가능성이 있었고, 그 가능성은 매우 높았
다. 하지만 그녀와 같은 상황에 놓인 수많은 여성들처럼 수
치심이 자신의 과거가 드러나는 것을 꺼리게 만들었다. 이런
비밀을 간직한 채 살아가면서 그녀는 오늘의 이 고통을 치료
하기 위해 병원을 찾기 전까지 어떠한 의학적 도움도 구하지
않았다.

　　나는 하와의 복부를 바라보았다. 소변 주머니가 채워져
감에 따라 아랫배의 불룩한 부분이 사라지는 것을 볼 수 있
었다. 내가 지켜보는 가운데 그녀의 배가 반반해졌고, 처음부
터 그랬어야 했던 매끄럽고 둥근 모양으로 자리를 잡아갔다.

　　내가 조금은 너무 오래, 너무 조용히 있었기 때문인지
하와가 궁금한 표정으로 침대 아래를 내려다보았지만 조산

사로서 평소에 막힘없이 내뱉던 말들이 입 밖으로 나오지 않았다. 그날 아침 두 번째로 나는 말문이 막혀버렸다. 어디서부터 시작해야 하나? 이 순간 자신과 아기를 안전하게 지키기 위해 전적으로 내게 의지하고 있는, 대륙을 건너왔고 지금 여기에 누워 있는 이 아름다운 여성을 위한 올바른 '언어 치료제'는 무엇일까? 하와가 여성 할례를 받았다는 사실을 알게 된 지금 나는 법률과 병원 규정에 따라 그녀에게 어떻게, 언제, 어디서 할례를 받았는지 물어보고, 의사에게 진찰을 받게 하고, 수년간 그녀를 고통스럽게 했을 아픔과 기능 장애를 서서히 치료하기 위해 부인과에 연락해 후속 조치를 취하게 할 의무가 있었다. 그녀의 아기가 여아라면 이 딸이 똑같은 운명의 희생자가 되지 않도록 하와는 새로운 조사와 감시를 받게 될 것이다. 하지만 이 잔혹한 운명의 대물림이 멈출 것이라고 어느 누구도 장담할 수 없었다. 법이 아무리 강해도 전통을 이어가는 힘을 이기지 못할 때가 있다.

"괜찮은가요?" 자신의 주름진 보라색 잠옷을 초조하게 잡아당기며 하와가 물었다.

그래서 나는 조산사로서 내가 해야 하는 행동을 했다. 나는 크게 한 번 심호흡한 다음에 미소를 지었고, 조심스럽게 침대에서 소변 주머니를 집어 두 팔로 안았다. 따뜻하고 부드러운 신생아의 무게와 같았고, 나는 하와가 볼 수 있도록 주머니를 들어 올렸다. 그리고 활짝 웃으며 대답했다. "축하해요. 오줌 아기를 낳았어요." 내가 하와의 배를 보고 고개를 끄덕이며 말했다. "이제 이 안에 있는 아이만 낳으면 되겠네요."

나를 바라보던 그녀가 내 팔에 안겨 출렁거리는 황금빛 꾸러미로 시선을 옮기더니 웃음을 터트렸다. 가녀린 목이 뒤로 젖혀지고 눈이 감기고 땋은 머리가 춤을 추었다. 그녀는 몸이 들썩일 정도로 크게 웃었고, 나도 그녀를 따라 웃었다. 우리는 병실에 앉아 태아의 안정적인 심장박동 소리가 우리 주변을 감싸는 가운데 웃음을 가라앉히고 숨을 헐떡거릴 때까지 함께 웃었다.

일 처 리 를
잘 못 했 을 때

누구나 실수를 한다.

어린아이들이 자기 이름을 거꾸로 쓰기도 하고, 출납원이 거스름돈을 잘못 거슬러 주기도 하며, 운전자가 빨간불에 멈추지 않고 지나가기도 한다. 그리고 조산사 외에도 의사와 간호사, 치과의사, 소방대원, 교사, 경찰관 등 일을 올바르게 해결하라고 세금으로 급료를 받는 거의 모든 사람들이 일을 제대로 처리하지 못하기도 한다.

이는 설계상의 결함 때문이다. 인간은 특히 신체적 또는 정신적 스트레스가 극에 달했을 때 잘못된 방향으로 제멋대로 발포하고, 걷잡을 수 없게 된 핀볼 기계처럼 뇌에 불을 켜는, 작은 결함이 있는 신경세포를 가지고 있다.

불행하게도 나는 내 조산사 지도교사가 '인간다운 실수를 하지 않는 법'에 대한 강의를 했던 날 알람소리를 듣지 못하고 늦잠을 자고 말았다. 그로 인해 나 역시 다른 모든 사람들과 같은 실수를 종종 저지르는 존재가 되었다. 대부분의 경우 이런 오류는 환자들에게 아무런 영향을 주지 않는다. 나는 '정맥주사' 맞춤법을 틀리거나, 커피를 쏟거나, 근무 시간 중간에 평소와 달리 부드럽고 자유롭게 출렁거리는 가슴을 움켜잡고 경악하며 그날 아침에 브래지어 착용을 깜박했다는 사실을 깨닫기도 한다.

그러나 때때로 나의 개인적 소질인, 참으로 인간다운 엄청난 자기 방해 행위가 표면으로 나타나고, 나는 뚜렷한 이유도 없이 실수를 한다. 한번은 환자의 분만 속도를 오판한 적도 있었다. 초산부였던 그녀는 환자 분류소 데스크로 상당히 여유롭게 걸어 들어왔고, 질 검사를 통해 자궁경부가 6센티미터 열려 있음을 확인했을 때에도 별다른 반응이 없었다. 그러던 그녀가 복잡한 복도 한가운데에서 힘을 주기 시작했다. 나는 한가하게 그녀를 데리고 분만 병동으로 올라가는 엘리베이터로 가고 있었고, 그녀의 운동복 바지 안에서 누가 보아도 알 수 있는, 분만 병동에서 항상 보는 불룩한 아기 모양의 형체를 보고 기겁했다.

또 한번은 조기 분만으로 인해 극심한 통증을 느끼는 것처럼 보이는 여성과 20분가량 전화 통화를 한 적이 있었다. 그리고 그녀를 병원으로 이송했던 긴급 구조요원으로부터 그녀가 사실은 임신 5개월밖에 되지 않았고, 엄청난 양의 대변을 본 후로 상태가 훨씬 좋아졌다는 말을 들었다. 내 동료들은 박장대소했고, 이 일은 이후로도 계속해서 놀림거리가 되었다. 학생일 때는 이런 종류의 실수로 상당한 당혹감을 느낄 수 있다. 특히 이야기에 양념이 더해져서 다른 직원들의 귀에까지 들어갔을 때의 창피함은 이루 말할 수 없다. 시간과 나이, 경험이 종국에는 날이 선 수치심을 부드럽게 만들어주고, 크게 해를 입히지 않는 한 영리한 조산사는 이런 결함들을 흡수하고, 실수를 통해 배우고, 직업이 가진 불가피한 요소로 받아들이기까지 한다.

다행히도 (또는 어떤 관점에서 보느냐에 따라 불행히도) 나는 오판을 내린 유일한 임상 전문가가 아니다. 장시간 근무와 부족한 물자, 끊임없는 정서적 긴장 상태, 예측 불가능한 것으로 악명이 높은 신체 작용이 공공 의료 서비스 분야에 만연한 인간의 실수와 연관이 있을지도 모른다. 때로는 조산사가 저지르는 실수가 실제 분만과는 관련이 거의 없고, 임신으로 인해 유발되거나 악화될 수 있는 무수히 많은 의료상의 문제들과 더 관련이 깊은 경우도 있다. 이것이 환자 분류소에서 발생하는 사건의 진정한 '백미'가 된다. 그렇다. 우리 환자들에게는 자궁이 있다. 그러나 이 외에도 임신하지 않은 사람들이 가진, 우리를 인간으로 만들어주는 부드러운 조직으로 이루어진 다른 모든 장기들을 가지고 있기도 하다.

조산사로서 우리는 임신과 관련된 생리학과 이것이 가진 모든 잠재적이고 복잡한 문제들을 이해하기 위해 최선을 다하지만, 산부인과와 얽힌 까다로운 의료상 문제가 발생했을 때 우리와 의사와의 동업 관계가 진가를 발휘한다. 우리는 열정만 앞서는 젊은 의사들을 비판하고, 호출기가 울릴 때 선택적으로 반응하는 교활한 의사들에 한숨을 쉬고, 개인적으로 자매나 딸 근처에 '절대로' 얼씬거리지도 못하게 할 의사들의 목록을 작성한다. 그러나 좋은 의사들, 다시 말해 경청하고, 협력하고, 동등한 입장에서 배우고 가르치고, 지식과 창의력의 완벽한 조합을 가지고 있는 의사들이야말로 임부가 정말로 심각하게 아플 때 우리가 침대 곁에 있어주기를 바라는 존재다. 우리는 이런 의사들을 좋아한다. 이들이 쉬지 않고 장장 다섯 시간에 걸친 수술을 마친 후 지쳐 쓰러지기 일보 직전일 때 차와 비스킷을 가져다주고, 우리에게 낮시간에 자녀들을 본 적이 언제인지 기억나지 않는다고 하소연할 때 진심으로 고개를 끄덕여준다. 그리고 흔하지 않은 조용한 야간근무 시간에 환자 분류소에서 이들의 머리를 깎아주기도 한다. 물론 깎아주지 않을 수도 있다.

고등학교 때 생물학을 가르친 콤스 선생님은 감상적인 남부 억양과 풍자적인 유머 감각을 가지고 있었다. 그는 가여운 학생들이 해부 모형과 도표들을 놓고 쩔쩔매고 있는 실험실 의자들 사이를 한가롭게 걸어다니기를 좋아했다. "자아아아." 그는 특별히 당황한 기색이 역력한 한 쌍의 실험조 앞에서 멈추어 서면서 느릿한 어투로 말했다. "반쯤 얼빠진 놈 둘이 모이면 완전히 얼빠진 놈 하나가 되지."

나는 환자 분류소의 소음들 사이에서 콤스 선생님의 목소리가 자주 내 머릿속에서 들리는 기분에 휩싸인다. 과거에 진찰할 때 나를 당황하게 만든 전력이 있는 의사를 대할 때면 특히 더 그렇다. 수년간의 훈련을 받았고 흔히 소중한 수면 시간이 부족한 우리는 의논하고 토론하고 마침내 계획을 세운다. 때로는 한쪽이나 양쪽 모두가 오판하고 실수하기도 하지만, 때로는 두 명의 덜 익은 얼간이가 모여서 마침내 다행스럽게도 늦지 않고 제때에 임무를 완수한다.

티 나

독 감 의 계 절 에 온 환 자

"샘플 가져왔어요?"

"네, 여기 있어요."

그녀는 자신의 가방에서 빨간 뚜껑이 덮인 황금색 액체
가 든 병을 꺼냈고, 웃으면서 내게 건네주었다.

이것은 산전 진료소에서 행해지는 의례다. 소변 샘플을
제출해야 한다는 점을 아는 환자들은 신관에게 신성한 병을
넘겨준다. 그러면 신관은 성스럽고 신성한 담금띠를 엄숙하
게 한 번, 두 번, 세 번 연속으로 이 액체에 담그고, 띠를 따라
작은 사각형들에 나타나는 색깔을 판독한 다음 자신의 신탁
을 전한다.

"소변에 단백질이 포함되어 있군요."

"감염 증상이 보입니다."

"포도당이 검출되네요."

신관이 진지하게 이렇게 질문할 수도 있다. "당뇨병 가족력이 있으신가요?"

"아니요. 하지만 오늘 여기 오기 전에 달달한 시리얼 두 그릇과 초콜릿 머핀, 설탕 세 스푼을 넣은 카푸치노 한 잔을 마시고 왔어요." 환자가 답한다.

12월의 어느 월요일 아침에 나눴던 대화다. 나는 평소 근거지인 환자 분류소를 떠나 복도를 따라 자리한 산전 진료소에서 손을 거들기 위해 '소집'당했다. 모든 병동에서 불려온 직원들이 한 질의 청색 카드처럼 이리저리 섞인 뒤 병원 곳곳으로 재배치되었다. 그날 첫 번째로 걸려온, 질에서 뭔가가 새는 것 같다거나 아기가 움직이지 않는다는 내용의 전화를 받는 대신에 나는 혈압계와 소니케이드, 골반 통증에 대한 팸플릿이 가득 든 서랍만이 있는 작고 낯선 방으로 떠밀려 들어갔다. 이 부서는 밤새 직원이 부족한 상황이었고, 이날도, 다음 날도, 그리고 그다음 날도 계속 일손이 부족할 것이라고 들었다. "독감 유행철이잖아요." 야간근무 직원이 지친 목소리로 상황을 설명하고는, 겨울 코트와 목도리를 걸치고 자동차 앞 유리를 덮고 있는 얼음을 긁어내고 한시라도 빨리 집으로 돌아가 침대에 눕기 위해 급히 문밖으로 나갔다.

언제나 흥미진진한 '조산사를 위한 자리다툼 놀이'에 더해 독감철은 많은 즐거움을 선사한다. 여기에는 '직원 예방접종 프로그램(착실한 조산사가 점심시간에 약장이 있는 안락한 장소에서 자신에게 독감 예방주사를 놓아줄 동료를 찾아다녀야 하는 재미있는 기분 전환용 프로그램이다)'과 '독감 유사 질병(콧물과 재채기, 인후염, 발열, 오한, 메스꺼움, 설사, 통증, 일반적인 신체적 불편감, 그리고 한겨울 아침에 평범한 인간에게 영향을 줄 수 있는 거의 모든 증상들을 망라하는 기가 막히게 애매하고 두루뭉술한 표현이다)'이 포함된다.

이런 이유로 조산사들은 실제로 매우 구체적이고 정확한 독감 자가 진단 방식을 만들었다. 어느 조산사가 이렇게 말했다. "당신 옆에 10파운드가 떨어져 있어요. 그런데 당신은 소파에서 몸을 끌어내려 주울 힘조차 없죠." 이것은 지난 몇 년간 임금이 실질적으로 아주 많이 하락하면서 평균적으로 재정 상황이 넉넉하지 않은 조산사들에게 상당히 정확한 진단 방법이다. 공짜 10파운드가 보통은 기적적으로 즉각 기운을 회복하는 데 도움을 주기 때문이다.

그러나 '건강 염려증' 임부와 진짜로 아픈 환자를 구분하는 일은 그렇게 간단한 문제가 아닐 수 있고, 어느 조산사든 오판할 수 있다. 근무시간마다 전화하고 찾아오는 수많은 여성들과 조산사가 (이 말을 이미 한 번 했지만 사실을 명확하게 하기 위해 다시 한번 말하겠다) 한낱 인간에 불과하다는 변하지 않는 사실을 감안하면, 자신들의 걱정거리가 외면당하거나 오진되거나 잘못 관리되는 소수의 환자들이 생겨나는 상황은 불가피하다.

이날 아침 정기 진료 예약 시간에 맞춰 산전 진료소를 방문한 환자들이 하나같이 독감 유사 질병에 걸린 것처럼 보였음에도 지금까지 내가 확인한 다섯 명의 환자들에게서 어떠한 심각한 문제도 발견되지 않았다는 사실에 만족하고 있었지만 나는 재채기를 하고, 코를 훌쩍거리고, 다섯 가지 맛이 나는 타액을 분사한 후에 손 소독용 젤을 책상 위에 부었다. 진료소 사무원이 문가에서 얼굴을 들이밀었을 때 나는 멍하니 컴퓨터 화면을 응시한 채 겨울의 탁한 공기를 견디고 빨갛게 언 손을 비비면서 온라인 기록 시스템이 화면에 나타나기를 기다리고 있었다.

"마지막 환자가 왔어요." 그녀가 말했다. 그녀의 입술이 피식 새어나오는 웃음을 애써 참으려는 사람처럼 씰룩거렸다.

나는 컴퓨터에서 눈을 떼고 올려다보았다. 환자가 왔다는 사실을 사무원이 직접 와서 전달해주는 경우는 드물었다. 대기실은 다양한 임신 단계에 있는, 지루해하고 지친 임부들로 가득했다. 당신이 벽 쪽에 쌓여 있는 진료 기록표를 집어 들고 호명하면 이들 중 한 명이 예의 바르게 당신을 따라 방으로 들어오는 경우가 일반적이다.

"알았어요, 알려줘서 고마워요." 나는 짧게 미소 지으면서 응답했고 다시 컴퓨터로 시선을 돌렸다.

사무원은 알 수 없는 이유로 문가를 떠나지 않고 맴돌았다. "그리고 그녀는 개줄을 두르고 있어요." 그녀는 두꺼운 파란색 파일을 책상 위에 가볍게 던져놓으면서 즐거움을 노골적으로 드러내며 말한 뒤 대기실로 다시 사라졌다.

나는 의자 등받이에 기대며 생각했다. '뭐, 취향이 그렇다면…….' 나는 다양한 종류의 개인적 성향을 가진 임부들을 돌본 적이 있었고 (개줄, 가죽 마스크 등) 신체를 결박하는 장비를 온몸에 장착한 환자는 놀랍지도 않았다. 사실 직원 휴게실에서 들었던 몇몇 이야기에 비하면 이런 복장은 그다지 특별하지도 않았다. '신경 쓰지 말자.' 나는 진료 기록표를 꺼내 책상 위에 놓으면서 생각했다. '어디 뭐가 문제인지 한번 볼까……. 유스티나.' 나는 기록표를 펴고 문서들을 살펴보았다. 그녀는 임신 29주의 초임부였고, 아기 때 심장 수술을 받은 적이 있었다. 하지만 이후로는 특기할 만한 사항이 없었다. 최근 받은 초음파 검사 결과를 보면 태아는 잘 자라고 있었고, 태반도 제 위치에 있었다. 모든 것이 상당히 정상적이었다. 나는 책상에서 일어나며 가슴에 달린 시계를 힐끗 쳐다보았다. 오후 12시 46분이었다. 운이 좋다면 유스티나와의 상담을 빨리 끝내고 환자 분류소로 돌아가 평소처럼 바쁜 오후를 보내기 전에 번개처럼 점심식사를 할 수 있었다.

대기실에는 여전히 몇몇 낙오자들(오래전에 기증받은 손때 묻은 잡지들을 뒤적이고 있는, 다양한 임신 단계에 있는 뺨이 불그스레한 여성들)이 있었지만 개줄을 찬 여성은 한 명 뿐이었다. 그녀를 보자마자 나는 사무원이 '두르고 있다'는 표현을 극적인 효과를 내려고 사용했음을 깨달았다. 길고 누런 한 가닥의 줄이 실제로 유스티나의 목에서 어깨에 빙 둘러져 있었다. 무릎까지 내려오는 재킷을 입고, 무릎 길이의 낡은 부츠를 신고 있다는 사실을 고려했을 때 나는 이 환자가 공원이나 숲에서 곧장 병원으로 왔다고 추측했다. 어쩌면 그녀는 자신의 목에 줄이 둘러져 있다거나 부스스한 검은 곱슬머리 위에 검은딸기나무 잔가지가 왕관처럼 달라붙어 있다는 사실을 깨닫지 못할 정도로 서둘렀는지도 모른다. 그녀 곁에 래브라도가 없다는 점이 놀라웠다. 개가 있었다면 완벽한 그림이 완성되었을 것이다. 나는 '실제로 산울타리를 뒷걸음질 치며 빠져나왔나 보군'이라고 생각하며 그녀의 이름을 불렀다. "유스티나?"

아무도 얼굴을 들지 않았다. 내가 잘못 발음했나? 개줄을 두른 여성은 분명히 한 사람뿐이었다. 나는 확실히 하기 위해 방 안을 다시 한번 둘러보았다. 유스티나라고 여겨지는 여성은 바닥을 뚫어지게 응시하고 있었고, 흐트러진 머리가 그녀의 얼굴을 가렸다. "유스티나?" 나는 그녀를 향해 이름을 다시 불렀다. 이번에는 더 큰 목소리로.

다른 여성들이 두리번거리며 서로를 쳐다보다가 다시 잡지로 시선을 돌렸다. 긴 침묵이 흐른 후에 마치 위로 향하는 모든 움직임이 목뼈를 바스러뜨리기라도 하는 것처럼 유스티나는 서서히 힘들여 머리를 들었고, 공허한 시선으로 나를 바라보았다. 검은 동공이 머리 안쪽의 텅 비고 깊숙한 공간으로 가라앉아 버릴 것처럼 보였다. 그녀의 뺨은 핼쑥했고, 입술은 핏기가 없었으며 꽉 다물어져 있었다. 그녀는 깊고 세차게 쿨럭거리며 기침을 한 뒤 몸을 떨면서 눈꺼풀에 힘을 주어 눈을 감았다. 오한. 의심의 여지 없이 감염 징후였다. 다시 눈을 뜬 그녀가 먼 곳을 응시하는 사람처럼 눈을 가늘게 뜨고 나를 바라보며 속삭였다. "저예요, 제가 티나예요." 그녀는 마치 자기 자신에게 본인의 이름을 상기시켜주려는 사람처럼 보였다.

나는 티나의 팔을 잡아 내가 있던 작은 방으로 안내했다. 그녀는 진찰대와 책상, 벽에 붙어 있는 모유 수유 포스터를 이해하지 못하는 눈빛으로 바라보았다. 내가 손짓으로 의자를 가리키자 그녀는 편안하게 자세를 잡았다. 그녀의 긴 오리털 재킷이 구겨지면서 바람 새는 소리가 났다.

"유스티나, 티나, 정기 예약과 초음파 검사 결과 때문에 온 것으로 알고 있는데, 몸이 안 좋아 보이네요. 컨디션은 좀 어떤가요?"

그녀는 내 쪽으로 고개를 천천히 삐걱거리며 회전시켰고, 내 질문에 움찔하며 놀랐다. "4일 전부터 몸이 좋지 않았어요. 그냥 감기인 것 같아요. 아니면 가벼운 독감이거나." 그녀의 목소리는 가늘었고 중간 중간 끊겼으며 외국인의 억양이 살짝 섞여 있었다. 나는 폴란드인이라고 추측했다. 최근에 이민자가 증가하면서 폴란드 상점이 도시 주변에 여럿 문을 열었다. 티나의 무기력한 모습은 우리 동네의 폴란드 상점 앞에서 자두 상자와 먹음직스러운 빵을 가지런히 쌓고 있었던 강하고 기운 센 소녀들과는 극명한 대조를 이루었다.

"두통이 있고 기침을 해요." 그녀가 말을 이어갔다. "그리고 굉장히 피곤하고요. 그리고 제……." 그녀는 마른 손을 들어 쇄골로 가져갔다. 개줄이 그녀의 목둘레에서 여전히 힘없이 흔들리고 있었다.

"목이요?" 내가 넌지시 물었다.

"아니요, 가슴이요. 가슴이 아파요. 하지만 월요일 아침은 제가 정말 바쁜 날이에요. 사람들이 출근하면 개를 산책시켜주거든요. 오늘 아침에도 아주 이른 시간에 공원에 나갔고, 굉장히 추웠어요. 그리고 검사와 진료를 받기 위해 이곳으로 서둘러 왔고요. 제게는 잠이 필요해요. 그냥 가벼운 독감일 뿐이에요." 그녀는 힘없이 미소를 지었고, 나는 책상 위의 혈압계와 체온계를 가까이 당겨 오며 짧게 별 뜻 없는 미소를 지어 보였다.

"티나, 혈압을 재게 재킷에서 팔을 빼줄래요?"

그녀는 힘겹게 내 말에 따랐다. 팔을 꺼내고 스웨터 소매를 걷어 올려 창백한 피부를 드러냈다. 그녀의 손을 잡아 혈압계 안으로 넣기 위해 들어 올리던 나는 그녀의 손가락이 얼음처럼 차갑다는 사실을 감지했다. 심지어 손톱 밑은 핏기 없이 푸르스름한 빛이 돌았다. 오한과 혈액순환 장애, 공허한 시선. 나는 생각했다. '만약 이게 가벼운 독감이라면 무거운 독감은 어떨지 알고 싶지도 않은걸.'

자동 혈압계가 윙윙 소리를 내며 작동했고, 기계에서 계속 울리는 알람소리는 내 생각을 그대로 반영했다. 혈압 90/48, 맥박 51.[*] 나는 티나의 건조하고 축 처진 혓바닥 밑으로 체온계를 밀어 넣었고, 그녀의 가슴이 오르락내리락하는 모습을 지켜보면서 걱정스러울 만큼 가쁜 호흡의 속도를 측정했다. 1분에 33회. 체온계가 삐 소리를 내며 결과를 보여주

---

[*] 일반적으로 수축기 120 mmHg 미만, 이완기 80mmHg 미만을 정상 혈압으로 보며, 140/90 이상을 고혈압, 90/60 이하를 저혈압으로 본다. 성인의 경우 일반적인 맥박수는 분당 60-80회이다.

었다. 38.7도.

빈사 상태의 환자들은 그 질병이 무엇이든 자신을 죽음의 문턱까지 데려간 고통스러운 증상에 더해 종말이 임박했음을 감지하는 경험을 한다는 말이 있다. 이보다 널리 알려지지는 않았지만 조산사들도 환자의 상태가 더 악화되기 시작하면 이와 동일한 느낌을 경험한다. 조산사와 환자는 기관차가 무지막지한 속력으로 달려오는 철로에 함께 묶여 있는 옛날 영화 속 불운한 주인공들처럼 우리를 둘러싼 상황 속에 함께 묶여 있다. 앞에 놓인 기록표에 티나의 혈압과 맥박, 호흡을 적어 넣는 동안 (이들은 모두 '빨간' 깃발을 펄럭이며 긴급한 조치가 필요함을 나타냈다) 이 운명론적인 느낌이 내가 이 직업에 발을 들여놓고 나서 처음으로 현실로 다가오기 시작했다. 기관차가 우리를 향해 달려오는 소리가 들리는 것 같았다.

오후 12시 58분. '환자를 분류소로 보낼 준비를 함.'

확고한 자신감에 찬 목소리처럼 들리기를 바라며 내가 말했다. "티나, 아무래도 독감에 걸린 것 같아요. 그리고 제 생각에 지금 상태가 많이 안 좋아요. 당신이 이 진료소에서 제 마지막 환자이니 저랑 환자 분류소로 같이 가도록 해요. 그곳에서 급하게 필요한 조치를 취해줄 거예요."

"지금요?" 그녀가 내 제안에 대해 생각하면서 눈을 굴렸다. 그녀를 향한 내 목소리에는 마치 꿀통에 들어갔다 나온 것처럼 달콤함이 묻어 있었고, 그녀의 지친 두뇌가 상황을 이해하려고 노력하느라 질퍽한 진흙탕을 헤치고 나오는 소리가 내 귀에 들리는 것 같았다.

"지금요." 내가 답했다. 잔뜩 흥분한 나는 손으로 그녀의 팔을 움켜잡고 의자에서 일어나게끔 부축해서 그녀를 데리고 문을 나섰다. 우리는 함께 대기실을 통과하고, 복도를 따라 걸어 내려가 구역질 나는 합성 그레이비소스의 진한 냄새로 가득한 병원 구내식당을 지나 마침내 소란스러운 환자 분류소에 도착했다.

티나의 패딩 재킷과 환자 기록표, 개줄과 함께 우리는 다 죽어가는 네발 달린 짐승처럼 느릿느릿 걸어갔고, 조산사와 환자들의 시선을 의식하지 못한 채 우리의 갈 길을 나아갔다. 내 옆에서 티나가 발을 헛디디고 미끄러지기도 했지만 나는 그녀를 보호해야 하는 사명을 띠고 있었고, 점심을 먹으러 몰려나온 인파를 이리저리 피하며 환자 분류소의 주 치료실에 있는 여덟 구역 중 하나로 들어갔다. 커튼이 쳐져 있는 이곳은 상대적으로 안전했다. 나는 그녀의 재킷과 부츠를 벗겨주면서 침대에 눕도록 도와주었고, 그녀는 불안한 침묵과 함께 몸을 눕혔다. 환자 분류소에 도달하자 그녀가 마침내 며칠 동안 그녀를 지치게 만들었던 병에 말없이 힘을 풀고 굴복하는 것만 같았다.

티나가 눈을 감고 있는 동안 내 눈은 두려움으로 커졌다. 나는 모니터의 스위치를 켜고, 기계의 버튼을 누르고, 몇 분에 한 번씩 검사를 반복하도록 조작하는 등 침대 주변을 바쁘게 돌아다녔다. 혈압 86/45. 산소 92퍼센트. 맥박 약하고 희미하며 1분에 49회. 그녀의 필사적인 심장이 천천히 행군했고, 상태는 점점 더 악화되었다.

"잠시만요." 내가 티나에게 말했다. 그런 다음에 커튼을 젖히고 티나를 이 부서로 데려올 때 데스크에서 보았던 조산사인 마사를 불렀다. "SHO(시니어 하우스 오피서)를 호출해줘요." SHO라고 불리는 수련의가 1차로 진단을 내리고 기본적인 치료를 하는 것이 일반적이었기 때문이다. 하지만 티나의 유령처럼 창백한 얼굴을 보면서 나는 "그리고 레지스타도 불러줘요, 패혈증 같아요"라고 덧붙였다. 티나처럼 상태가 좋지 않은 환자는 경력이 더 많은 의사의 진단과 함께 확고한 계획과 신속한 치료를 필요로 했다. 마사는 고개를 끄덕이며 읽고 있던 기록표를 내려놓고 수화기를 집어 들었다. 더 이상의 설명은 필요하지 않았다. 그녀와 나는 전쟁과 같은 근무시간을 수차례나 함께 헤쳐나갔고, 서로를 존중하고 능력을 인정했기 때문에 많은 말을 하지 않고도 손발이 잘 맞았다. 내가 말하면 마사가 고개를 끄덕인다. 내가 함께 일하는 대담하고 배짱 두둑한 수많은 여성들처럼 나는 그녀가 내 뒤를 받쳐주고 있음을 알았다.

나는 티나에게로 돌아가서 삐삐 소리를 내며 계속해서 걱정스러운 수치를 보여주는 기계들을 바라보았다. 내 맥박이 초조하게 하늘로 치솟는 느낌이 들었다. 나는 조산사 자격을 얻은 지 몇 년 되지 않았고, 환자의 상태가 학생 시절 배웠던 위험스러운 요건들을 충족시키는 것처럼 보였다. 사실 이기에는 거의 지나칠 정도로 끔찍하게 완벽했다. 감염? 확인. 고열? 확인. 느린맥과 저혈압, 면역체계가 혹사당하고 있는 가운데 지칠 대로 지친 심장이 혈액을 원활하게 공급하지 못해 생겨난 손발이 차가운 증상? 확인, 확인, 확인. 이 확인 목록의 마지막 요건이 '죽음'이라는 사실을 확신했던 나는 마음이 아렸다.

조산사 교육 기간 동안 죽음은 교재에 소개된, 산부인과에서 발생하는 거의 모든 응급 상황에서 아주 흔한 일이었고, 학생들 사이에서 계속해서 농담거리가 되었다.

탯줄을 아주 심하게 잡아당겨서 자궁이 뒤집힌다면?

결과: 쇼크와 출혈, 사망.

혈액형이 맞지 않는 혈액에 대한 알레르기 반응이 온다면?

결과: 쇼크와 장기 기능 손상, 사망.

병동의 수석 조산사에게 우유와 설탕 두 스푼을 넣은 홍

차 대신 설탕 한 스푼을 넣은 블랙커피를 준다면?

결과: 엄청나게 곤란한 상황과 공개적 망신, 병원에서 내쫓김, 그리고…… 사망.

우리는 이런 농담을 주고받으며 키득거렸다. 그 당시의 우리에게는 수석 조산사가 우리를 못마땅해할 가능성이 실제 빈사 상태에 빠진 환자가 주는 위협보다 훨씬 더 현실적으로 느껴졌다. 티나를 만나기 전에 상태가 매우 좋지 않은 여성들을 몇 번 경험해보았지만, 그들 중 어느 누구도 이 정도로 심각하진 않았었다. 내 환자가 사망하는 모습을 진짜로 보게 될지도 모른다는 사실을 깨닫고 생생한 공포감이 밀려왔다. '제발 오늘은 아니기를.' 나는 조산사 업무를 관장하는 신에게 말없이 기도했다. '제 근무 시간 중에는 안 돼요.'

마사가 커튼 뒤에서 다시 머리를 들이밀었다. "레지스타는 모두 바빠요." 그녀가 말하는 동안 티나가 기침을 하면서 침대 위에서 몸을 공처럼 단단히 웅크렸다. "분만 병동에서 수술실 두 곳을 사용 중이고요. 31주 된 쌍둥이의 긴급 제왕절개 수술과 겸자 사용 시도가 있고, 두 건의 3도 열상 봉합 수술이 병동에서 대기 중이에요. 그러니 기대하지 않는 게 좋겠어요." 말하던 마사는 티나를 바라보았고 처음으로 그녀의 충격적인 상태를 인식한 것 같았다. "젠장." 마사가 특유의 무덤덤한 표정으로 내게 조용히 속삭였다. 이 상황에 대한 그녀의 평가는 짧은 한마디로 정확히 전달되었다. "SHO를 찾아볼게요."

나는 모니터들 사이를 돌아다니며 티나의 침대 곁을 왔다 갔다 했다. SHO가 마침내 나타날 때까지 하나의 알람을 끄면 다른 곳에서 알람이 울리기 시작하는 정신없는 상황이 지속되었다. 의사가 도착했을 때 티나의 수치들이 더 심각해 졌다. 높아야 하는 수치들은 위험할 정도로 낮게 떨어졌고, 반대로 낮아야 하는 수치들은 재앙을 향해 거침없이 솟구쳤다. 더욱 우려스러운 점은 티나의 태도 변화였다. 그녀는 멍하고 기진맥진한 모습에서 이제는 예민하고 불안한 모습을 보였다. 교재에서 가르쳐준 임박한 죽음을 감지하고 있는 사람은 더 이상 나 하나가 아니었다. 티나는 침대에서 온몸을 비틀었고, 눈은 갑작스럽게 커졌지만 초점이 없었다.

"무슨 일이죠? 제가 죽는 건가요? 제 상태가 왜 이렇죠?" 그녀가 설명을 요구했다.

나는 두려움을 숨기지 못하고 이 장면을 바라보고 있는 의사에게로 몸을 돌렸다. 레이먼드는 일반의 수련의였고, 이 병원에서 산부인과 순환근무를 한 지 오래되지 않았다. 키가 크고 마른 체격에 수염이 드문드문 자라기 시작한 얼굴은 동안이었고, 그래서 환자와 병원 직원들로부터 의대생으로 오해받는 경우가 흔했다.

"어디 있다 이제 온 거예요?" 내가 목소리를 낮추고 화난 어조로 말했다.

레이먼드는 신분증을 초조하게 움켜잡았다. 사진 속 그는 지금보다 더 어렸고, 활짝 웃고 있는 얼굴이 더 행복해 보였다. 국민보건서비스의 일원이 된 첫날에 찍은 사진이 분명했다.

"탕비실에요. 데이트 앱의 프로필을 업데이트하고 있었어요." 티나가 자신의 머리카락을 거칠게 움켜잡는 모습을 보며 그가 속삭였다. "마사가 제 사진이 성 범죄자처럼 보인다고 해서요."

"맙소사, 레이먼드, 최소한 좀 그럴듯한 핑곗거리라도 생각해놓지 그랬어요." 나는 꾸지람을 들은 사람처럼 기가 죽은 레이먼드의 표정에 불쌍함을 느꼈지만 내 앞의 위태로울 정도로 아픈 환자에 대한 걱정을 뛰어넘을 수준은 아니었다. "티나는 29주 초산부예요. 패혈증에 독감이 의심돼요. 저혈압이고 느린맥에 지금은…… 정신이 혼미해요."

티나는 팔로 머리를 감싸고 눈을 꼭 감았고, 몸을 웅크린 태아 자세로 돌아가 있었다. 또 한 번의 기침으로 그녀의 몸이 심하게 흔들렸다. 금속 침대 틀이 벽에 부딪치며 덜거덕거릴 정도였다. "저는, 숨이 막혀요." 그녀가 숨을 제대로 쉬지 못하며 말했다. 그녀의 가슴이 거칠게 들썩거렸다. '1분에

36회' 나는 그녀의 호흡 속도를 재며 속으로 숫자를 세었다. 그녀는 낮고 다급한 목소리로 읊조리기 시작했다. "멈추게 해주세요. 멈추게 해주세요. 멈추게 해주세요."

"캐뉼러 두 줄과 패혈증 치료에 필요한 모든 장비들이 필요해요. 배양병과 액체 주머니, 정맥주사용 해열제, 카테터와 요(尿) 비중계, 안면 산소마스크도 준비해줘요." 레이먼드가 말했다.

"말할 필요 없어요." 나는 이렇게 답하며 침대 옆 손수레에 이미 정리해놓은 장비들을 보여주었다. 우리는 패혈증 진단과 치료에 대한 훈련을 잘 받은 상태였다. 나는 내가 할 수 있는 일을 했고, 나머지는 레이먼드의 몫이었다.

"아목시실린*도요."

"진심이에요, 레이먼드?" 내가 경악하며 물었다. "의대에서 무엇을 가르쳤는지 모르겠지만 독감은 바이러스성이에요. 항생제는 시간만 허비하게 할 거예요."

"그냥 아목시실린을 주세요, 제발." 그가 침착하게 거듭 주문했다. "폐렴에 대비하는 겁니다. 당신과 마사가 정맥주사를 준비하는 동안 여기 있는 것들은 제가 알아서 할게요." 그가 캐뉼러를 삽입하는 데 필요한 다양한 꾸러미들을 뜯으

◆ 페니실린 계열의 항생제로 세균에 의한 감염 질환을 치료하는 데 사용된다.

면서 말한 다음 혈액 검사를 시작했다.

"하지만 독감에 의한 합병증은 패혈증이잖아요." 내가 침대 끝에 서서 이제 새로운 시각으로 티나를 바라보며 힘없이 말했다. "아니면 최소한…… 독감인 게 거의 확실하다고 봐요." 그렇다. 지금은 독감의 계절이다. 그리고, 그렇다, 티나는 처음부터 독감에 걸렸을 때 나타나는 모든 증상을 보여주었다.(그녀는 심지어 스스로 진단을 내리며 매우 협조적이었다.) 그러나 나는 급하게 기본적인 검사를 하고, 필요한 도움을 요청하는 동안 임상적 상황이 빠르게 변하고 있다는 사실을 놓쳤다. 가쁜 호흡과 저혈압, 차가운 손, 고열, 섬망. 나는 나무들에 집중하느라 폐렴이라는 숲을 보지 못하고 있었다.

우리는 20분 동안 티나를 안정시키고 적절한 치료를 시작했다. 마사는 정맥주사용 해열제와 용액, 항생제를 준비했고, 레이먼드가 이를 양손에 삽입한 캐뉼러를 통해 흘려 넣었다. 상황이 통제되면서 마침내 티나의 태아에게서 나는 소리를 들을 수 있었고(이런 상황에서도 심장박동이 신기할 정도로 안정적이고 분명했다), 레이먼드는 두 레지스타에게 보고했다. 그리고 이제는 우리 건물에 인접한 종합병원의 선임 의사와 통화 중이었다. 티나는 전문가의 지도 아래에서 지속적으로 관리를 받게 될 집중치료실로 그녀를 이송할 환자 이동 담당자가 올 때까지 우리와 함께 있었다. 각자가 자신의 역할을 다하며 우리 팀은 서로 힘을 합쳤고, 티나가 위험에서 완전히 벗어난 것은 아니지만 상황은 올바른 방향으로 나아가고 있었다.

레이먼드가 통화를 하고, 티나의 혈액이 담긴 여러 개의 작은 유리병이 병원 실험실의 다양한 분과로 보내지는 동안 나는 티나의 침대 발치에 앉아 있었다. 환자 분류소는 한적했다. 분주한 점심시간과 늦은 오후 환자들이 쇄도하기 전사이에 이런 소강상태를 보이는 날도 있었다. 커튼이 쳐진 우리의 작은 구역 밖에서 환자 분류소는 멀리서 들려오는 전화벨 소리와 바닥을 가로지르는 마사의 부드러운 운동화 소리를 제외하고 조용했다. 교체된 정맥주사 용액이 티나의 정맥으로 일정한 간격을 두고 투약되면서 그녀는 다시 한번 고요해졌다. 눈은 감겨 있고, 몸은 부드럽게 이완되어 침대 위에 늘어져 있었다.

"티나……? 깨어 있나요?" 내가 조심스럽게 불렀다.

"음……."

나는 그녀가 정신을 잃지 않게 흥미를 끌 만한 대화 주제가 무엇이 있을까 생각했다. 그러는 가운데 침대 머리맡에 힘없이 걸려 있는 노란 개줄이 눈에 들어왔다.

"키우는 반려견이 있어요, 티나?"

그녀가 고개를 끄덕인 다음에 얼굴을 찡그리고 차갑고

창백한 손을 들어 목으로 가져갔다.

"이름이 뭔가요?"

티나가 눈을 뜨고 나를 바라보며 기억해내려 애썼다.

"푸들이 있는데 이름이 마르코예요. 그리고 비비라는 이름의 스패니얼이 있어요. 그리고 또…… 검은색, 아니, 갈색 개, 이름이…….." 그녀는 다시 눈을 감았고, 눈살을 찌푸리며 집중했다. 그리고 미안하다는 표정으로 다시 나를 바라보았다. "죄송해요. 기억이 나질 않아요."

티나의 몸이 붕괴 직전에서 살아 돌아오기는 했지만 이는 걱정되는 부분이었다. 그녀의 정신은 아직도 안개가 낀 것처럼 흐릿했다. '반려견을 키우는 사람'이 자기 개 이름과 색을 잊어버린다는 것은 자녀의 신원을 잊어버리는 것이나 마찬가지다. 확실한 인지장애의 징후다. 나는 주머니에서 휴대전화를 꺼내 버튼을 누르고 화면에 사진을 띄웠다. 내가 키우는 보스턴테리어가 반려동물 미용실에 다녀 온 후 우스꽝스러운 분홍색 타탄 체크 넥타이를 매고 있는 모습이었다. 이 정도로 개인적인 정보를 공유하는 것은 전혀 전문가답지 않다는 생각이 스쳐 지나갔다. 내 머릿속에서 '백인 싱글 여성' 시나리오가 쓰이기 시작했고, 여기서 티나는 나를 지치지 않고 따라다니며 매일 밤 분홍색 타탄 무늬 넥타이를 매고 우리 집 앞에 숨어 있는 스토커였다. 그런 그녀가 현실에서는 눈을 가늘게 뜨고 사진에 시선을 고정하면서 환하고 반짝반짝 빛나는 미소를 지었다.

"아, 정말 사랑스러운 반려견이네요." 그녀가 말했다. 나는 그녀가 산전 진료소의 창문 없는 작은 방에 발을 들여놓은 이후 처음으로 진짜 티나를 마주하고 있다는 느낌을 받았다. 캐뉼러와 전선, 기계, 모니터가 얽혀 있는 공간에서 짧은 순간 동안 우리는 '털 달린 아기'에 대해 애정을 듬뿍 담아 이야기를 늘어놓는 감상적인 반려견 주인이었다.

문이 열렸다. 레이먼드였다. 목에는 청진기를 두르고, 뺨은 상기되었고, 흘러내린 바지 위로 분홍색과 파란색 줄무늬 팬티의 윗부분이 드러나 있었다. 나는 아직도 그의 어머니가 속옷을 사다 주는지 궁금했다. 그는 크게 미소를 띠우며 내게 밖으로 나오라는 손짓을 했다. 나는 티나의 손을 꼭 잡아준 다음에 커튼을 닫고, 레이먼드를 따라 밖의 데스크로 갔다.

"티나에게 병실이 배정됐어요……."

"정말 잘됐네요, 레이먼드." 나는 티나가 곧 상태가 심각한 환자들을 다루는 일에 더 익숙한 직원들의 손에 맡겨진다는 소식에 진심으로 마음이 놓이며 몸의 긴장이 풀렸다.

"그리고 또 뭐가 있게요? 당신 환자에게 캐뉼러를 삽입하는 동안 데이트 앱에서 세 명과 연결되었어요. 정말 끝내

주죠!"그는 나와 손뼉을 마주치기 위해 손을 들어올렸다. 뭐, 그가 혼자 손을 들고 서 있게 내버려두는 것은 무례한 행동이고, 그는 조금 전에 내 환자의 생명을 살리지 않았던가. 나는 그와 손뼉을 마주쳤고, 그가 데스크로 돌아가기 전에는 살짝 주먹을 맞대기까지 했다.

환자 분류소의 가장 힘든 점 중 하나는 우리가 환자의 결말을 거의 보지 못한다는 것이다. 부서의 명칭이 암시하듯 환자들은 이곳에서 평가를 받고, 적합한 부서에 맞게 분류되거나 아기를 낳거나 집으로 돌아간다. 전화기가 계속 울려대고 대기실이 끊임없이 채워지는 가운데 일어날 일은 일어나게 되어 있다. 이후로 몇 주 동안 나는 시간이 남을 때마다 병원 온라인 시스템을 통해 티나의 검사 결과를 찾아보았다. 그녀의 상태가 어떻게 되었는지, 그녀가 반려견의 이름을 모두 기억하는지 또는 이들을 다시 보기는 하는지, 개들이 즐거워하며 나무를 지나 앞서 나아가고 그녀가 뺨이 상기된 채 숲을 활보하는지 궁금했다. 시간이 지나고 검사 결과가 하나둘씩 올라오면서 확정 진단이 나왔다. 폐렴을 동반한 독감. 소위 말하는 더블 스트라이크다. 결국 레이먼드와 나 둘 다 옳았다.

얼마간 시간이 흐른 후 환자 분류소가 초봄에 태어날 아기들로 가득 차기 시작했을 때 티나가 이곳으로 돌아왔다. 밀려오는 진통을 견디며 호흡하는 그녀는 밝고 힘차고 건강해 보였다. 환자 기록표 앞면에 적힌 그녀의 이름을 보지 못했다면 그녀를 거의 알아보지 못했을 것이다. 마찬가지로 그녀도 나를 전혀 알아보지 못했다.

나는 티나의 팔을 잡고 그녀가 12월에 끔찍한 시간을 보냈던 곳에서 몇 발짝 떨어지지 않은 5번 침대로 부드럽게 안내했다. 그녀에게서 출산이 임박한 여성이 내는, 오해의 여지가 없는 소리가 흘러나오자 나는 혼자 미소를 지었다. 강한 진통이 밀려들며 몸을 휘감으면서 그녀의 입에서 폴란드어 욕설이 쏟아져 나왔다. 그녀는 자신의 등 뒤에 머물러 있었던 죽음의 공포를 이겨내고 인생의 모든 잔혹한 영광 안에서 생명으로 가득 차 있었다. 그녀가 분노하고 포효하는 동안 나는 티나를 안전하게 지켜준 자비로운 힘을 마음속으로 찬양하며 조용히 기도했다. 나는 신관에게 감사했고, 마사에게 감사했고, 심지어 레이먼드에게도 감사했다.

다 른 어 딘 가 에 서
온 존 재

우리 아버지에게는 가방이 하나 있다.

아버지는 이 가방을 동네 은행 안전금고에 보관하고 있다. 약국과 미용실 사이에 위치한, 붉은 벽돌로 지어진 낮은 건물이다. 이 안전금고에는 다른 것들도 들어 있지만(한 인생의 가치를 가지는 서류들과 장신구들이다), 이 가방은 별 볼 일 없는 겉모습과는 다르게 거의 마법과 같은 힘을 지니고 있다. 아마도 이 가방을 본 사람들은 원시적인 형태의 여행용 파우치라고 말할지도 모른다. 공항과 기차역에서 회전 진열대에 놓고 판매하는, 찍찍이를 단 주머니가 있는 패니 팩[*]

---

[*]   허리에 두르는 가방.

의 오래된 조상쯤으로 볼 수 있다. 그러나 아버지의 가방은 찍찍이도, 편리하게 만든 주머니도 없는, 그저 두 조각의 삼베를 손으로 꿰매 붙여 길고 가는 끈을 단 작은 가방에 불과하다. 그것도 이제는 오랜 세월 사용하다 보니 닳고 닳아서 맨질맨질하다. 여권과 반으로 접은 영수증 다발, 그리고 한두 장의 사진을 넣기에 충분히 크지만, 의도한 것은 아니라고 해도 같은 길을 떠나는 여행길 동행들의 눈에 띄지 않도록 옷 아래에 감추기에 충분히 작다.

이 가방은 우리 아버지의 아버지 것으로 20세기 초 우크라이나에서 도망을 나올 때 몸에 지니고 있었다. 그 시대 그 장소에서 유대인은 인기가 없었다. 집은 방화의 표적이 될 가능성이 높았고, 형제와 자매들은 식탁 밑에서 몸을 웅크리며 떨곤 했다. 그래서 할아버지는 다른 곳에서 새로운 삶을 시작하기에 아직 늦지 않은 나이였을 때 이 가방을 들고 우크라이나를 떠나 바다 건너 캐나다로 갔다.

우리 어머니는 가방이 아예 없다. 앞날이 창창한 젊은 체코인 변호사였던 어머니의 아버지는 어느 날 이웃으로부터 나치의 침공으로 살해당할 가능성이 있으니 조심하라는 경고를 들었다. 그는 새벽이 오기 전에 마을에서 자취를 감추었다. 자신이 사랑했던 도시에서 제일 먼저 걸어 나와 숲으로 들어갔고, 다시 국경을 넘어 속도를 내서 그를 안전하게 영국으로 데려가줄 친구가 기다리는 폴란드로 들어갔다. 우리 어머니의 어머니는 운이 더 좋았다. 그녀는 같은 나라에서 걸어서가 아니라 열차를 타고 탈출할 수 있었다. 열네 살 때 그녀의 부모님은 딸을 열차에 태워 손을 흔들어주며 떠나보냈다. 이들은 딸을 다시는 보지 못할 것임을 뼛속까지 느끼면서 슬픈 미소를 지었다. 이런 절박한 여행에서 남아 있는 상자나 가방은 없다. 오직 이야기만이 우리 가족사가 담긴 안전금고 속에서 전해 내려올 뿐이다.

그러므로 나는, 비록 직접 경험하지는 않았다고 해도, 100퍼센트 망명자다. 내 피부는 '영국 백인'으로 여겨질 수 있을 만큼 하얗지만, 나는 설문지나 지원서에 보통 나를 '다른 백인'으로 표시했다. 내 억양은 거의 20년 전에 미국에서 영국으로 이주한 흔적을 드러내는 콧소리가 섞인 미국식 말투를 제외하면 영국 사회에서 받아들여질 정도다. 사람들은 이런 사실을 눈치채지 못한다. 그리고 누군가가 이상한 방식과 매력적이지 못한 태도로 이민자들에 대해 이야기할 때면 나는 내가 낯선 이의 친절에 삶과 죽음이 달려 있었던 조부모님과 한 핏줄로 연결되어 있음을 생각한다. 이들에게 길을 내주었고, 이들에게 필요한 도움을 주었던 낯선 이들이 있었기에 내가 존재한다.

이 가족사는 내게 얼굴도 모르는 이런 낯선 사람들을 향한 강렬한 감사의 마음을 느끼게 해줄 뿐만 아니라 전쟁과 박해를 피해 도망쳐 내 보살핌 아래에 놓이게 된 여성들에 대한 기묘한 동류의식을 갖게 해주었다. 나는 파도처럼 밀려드는, 세계에서 죽음과 파괴로 악명 높은 분쟁 지역에서 탈출한 이주민들을 만난 적이 있다. 이런 여성들의 이야기를 읽고 이들의 상처를 보면서 (아마도 제대로 알지도 못하면서) 이들의 이야기에 고개를 끄덕이고, 상처를 달래주고, 그리고 대단하지 않더라도 우리 할아버지가 생존해 삶을 이어갈 수 있게 해주었던 친절에 보답하고자 하는 마음이 든다.

검은 연기에 그을린 유리창을 통해 우리 부모님에게 손을 흔드는 사람이, 혹은 적의 군화가 어두운 숲 바닥에 흩뿌려져 있는 소나무 가지들을 밟아 툭하고 부러지는 소리를 내며 다가올 때 나무 뒤에 숨어 몸을 웅크린 채 떠는 존재가 나였을 수도 있다. 평화롭고 안락한 환경 속에서 자라는 우리 아이들을 바라보면, 누군가가 그저 인종이나 종교를 이유로 이런 아이들이 죽기를 바랄 수 있다는 사실에 몸서리가 쳐진다. 그러나 이 세상의 선이 계속해서 혐오와 극심한 편견의 어둠에 승리하지 못한다면 이런 역사는 되풀이될 수 있다.

물론 슬픈 사연을 가진 모든 이민자가 고결한 마음을 가진 것은 아니며, 내 판단이 항상 옳다고 자신할 수도 없다. 내가 먼 타국에서 온 불쌍한 영혼의 침대 곁을 지키며 그녀의 고통을 달래주고, 달콤한 차와 비스킷이 담긴 쟁반을 가져다 주면서 위안을 주는 동안 다른 환자로부터 이 환자의 '자매'가 우리 사무실의 서류 캐비닛을 뒤져 자신의 주머니를 국민보건서비스에서 제공해주는 맛있는 것들로 채우느라 바쁘다는 말을 들은 적이 있다. 최근에는 산후 병동에서 근무시간에 잘 알려진 전쟁 지역에서 도피한 환자를 인계받고, 그녀의 험난했던 여정을 전해 들으며 거의 눈물을 쏟을 뻔한 적도 있었다. 나는 물통에 신선한 물을 채우고 환영의 마음을 담은 미소를 지으며 침대로 다가갔다.

"어서 와요, 그리고 축하해요." 나는 그녀가 새로운 언어에 익숙하지 않아 아직 고생하고 있을지도 모른다는 생각에 단어 하나하나를 느리고 분명한 목소리로 말했다. "제가 도와줄 일이 있나요?" 그녀는 옆에 놓인 핑크골드 큐빅이 박힌 케이스가 끼워져 있는 최신형 휴대전화를 가리켰다. 그런 다음 맞은편 침대에서 신생아를 품에 안고 있는 여성을 가리켰다. 그리고 사실상 외국 억양이 섞여 있지 않은 영어로 "저 여자요, 아이폰 충전기가 있나요?"라고 분명한 목소리로 말했다.

그러나 때때로 휴대전화도 없고, 영어도 한 마디 못하고, 꼬르륵거리고 걸신들린 위 안에 비스킷 한 조각도 들어 있지 않은, 정말로 아무것도 가진 것이 없는 여성을 만나기도 한다. 그녀는 알지 못하지만 우리에게는 공통점이 있다. 그리고 내가 도움을 줄 수 있다.

페이 쉬안

무거운 사연을 짊어진 소녀

이곳과 어울리지 않는 사람이 대기실에 있었다.

환자 분류소의 바쁜 월요일 아침이었고, 십수 명의 환자들이 줄지어 들어오기 시작했을 때 화재경보기가 요란스럽게 울렸다. 다양한 피부색과 체형, 몸집을 가진 여성들이 고개를 들고 깜짝 놀란 이국적인 새들의 무리처럼 흥분하며 귀청이 찢어질 듯 울려대는 소리의 근원지를 찾아 두리번거렸다. 이들이 보고 있던 잡지가 바닥으로 떨어져 내렸다. 나는 오늘 같이 일할 당직 조산사인 베티와 매지와 함께 화재경보기 제어판을 응시했다.

"1층 화장실." 베티가 중얼거리며 제어판에서 깜박거리는 불빛들 중 하나를 가리켰다. "어떤 몹쓸 인간이 안에서 담배를 피웠나 보네요. 그럴 수도 있죠, 저도 한 대 피우고 싶네요. 겉옷 챙겨요, 여러분." 그녀가 말하고 문 쪽으로 걸어갔다.

매지와 나는 남색 카디건 유니폼을 걸쳐 입고 이 부서에 있는 여성들의 모습을 머릿속에 기록했다. 비명을 질러대는 어린아이 셋을 데리고 검정 패딩을 입고 있는 여자, 니캅[◆]을 쓰고 루이비통 핸드백을 든 여성, 똑같이 생긴 더플코트를 입고 있으며 둘 다 임신한 일란성 쌍둥이.

"모두 밖으로 나가주세요." 사람들 무리를 쌍여닫이문을 지나 복도로 몰고 가며 매지가 외쳤다. "어서 나가세요. 그리고 멋진 소방관들을 주목해주세요." 그녀가 고개를 돌려 내게 찡긋 윙크하며 말했다.

병원 내에서 화재경보기가 울리는 일이 점점 더 흔해졌고, 매지와 나는 이 행사에 익숙했다. 조산사와 조무사는 밀수한 토스트기나 가정용 소형 그릴 안에서 쉴 새 없이 타고 있는 빵이었다. 이렇게 대가가 크고 업무에 지장을 주는 사고는 선택된 소수의 부서에만 토스트 사용이 허가된 이유를 설명해주었으며, 그나마도 이 눈에 잘 띄지 않는 토스트기를 얻기 위해서는 오랜 시간을 기다려야 했다. 우리는 1월의 싸늘한 아침 공기 속으로 행군했다. 진료소에서 정밀검사를 받

◆　무슬림 여성들이 착용하는 얼굴 가리개로 눈을 제외한 얼굴 전체를 덮는다.

던 중간에 급히 밖으로 나온 십수 명의 다른 여성들이 여기에 합류했다.

직원과 환자들이 섞여 수다를 떠는 동안 화재경보기는 청명한 파란 하늘로 날카롭게 울려 퍼졌다. 사람들은 오래지 않아 도착한 소방차를 키득거리며 기대에 찬 눈으로 바라보았다. 소방차의 문이 열리고 소방대원들이 특별히 서두르지 않으며 밖으로 나왔다. 이들은 호르몬이 흘러넘치는 백 명의 여성들의 집중적인 관심을 받았다. 대원들이 상황을 조사하기 위해 여유로운 걸음걸이로 지나가는 동안 우리 사이에서 긴 소방호스와 소방차 사다리에 대한 평범한 농담이 오갔다. 10분이 지난 후 대원들이 "이번에도 시간만 낭비했네"라고 투덜거리며 다시 느릿느릿 나왔을 무렵엔 밖에 모여 있던 사람들은 추위를 느끼고 있었다. 체온을 유지하기 위해 서로 가깝게 모여 코트 깃을 단단히 여미고, 목도리를 이중으로 둘둘 감았다. 소방차가 덜컹거리며 멀어지는 가운데 클립보드를 든 병원장이 밖으로 나와 손을 흔들며 여성들을 건물 안으로 인도했다.

"저 사람은 누구죠?" 베티가 몰래 피우던 담배를 낡은 검정 운동화 앞꿈치로 비벼 끄면서 물었다.

"높으신 분." 매지가 답했다. "나도 지금까지 딱 두 번 봤어요. 한 번은 전에 화재경보가 울렸을 때였고, 또 한 번은 거짓 병가를 너무 많이 내서 날 해고하려고 했을 때죠. 분명한 것은, 제가 아직 여기 있다는 거예요." 그녀가 활짝 웃으며 말했다.

우리는 손을 스웨터 주머니에 찔러 넣고 건물 안으로 들어가는 여성들의 무리에 합류했다. 접수처 옆 화장실 문이 활짝 열려 있었지만 화재의 흔적은 없었다.

"어떻게 된 건가요?" 내가 병동의 수석 조산사인 페이션스에게 물었다. 그녀는 화장실 앞에 모여든 구경꾼들을 돌려보내고 있었다.

"누군가가 마약을 피웠나 봐요. 소방대원들이 변기 안에서 도구를 발견했어요." 그녀가 눈을 굴리며 속삭이듯이 그러나 누구나 다 들을 수 있게 말했다. "멋진 고객들이죠."

베티와 매지, 나는 환자 분류소 데스크로 돌아오자마자 대기실에 다시 자리를 잡고 앉은 여성들을 확인했다. 이들 중 다수가 이제 날카로운 눈빛으로 손목시계를 내려다보았고, 추위와 지연된 시간에 대해 서로 불평했다.

"케이든, 동생 눈 좀 그만 찔러!" 패딩을 입은 여성이 어린 자녀 중 한 명에게 소리쳤지만 효과는 크지 않았다. 쌍둥이들이 똑같은 아이폰으로 셀카를 찍느라 바쁜 가운데 니캅을 쓴 여성은 루이비통 핸드백을 가슴 가까이로 끌어안았다. 모두가 빠짐없이 제자리에 있었고, 여기에 한 명이 추가되었다.

대기실의 여성들 대부분이 딱딱한 플라스틱 의자에 앉아 단단히 껴입은 외투를 벗는 동안 빛바랜 초록색 티셔츠와 회색 운동복 바지를 입고 슬리퍼를 신은 젊은 중국 여성이 문가에 놓인 자판기 옆에서 서성거렸다. 그녀는 문턱을 넘어 이곳으로 들어와야 할지 말지 결정을 내리지 못한 사람처럼 보였다. 눈동자는 불안하게 흔들렸고, 손은 초조하게 배를 문질렀다. 볼록한 배의 크기로 보았을 때 평균 크기의 5개월 된 태아나 만삭에 심각하게 성장 발달이 저하된 태아를 배고 있는 것으로 보였다. 체격은 가냘프고 소녀 같았지만 눈빛에서는 완고함이, 턱에서는 단호함이 느껴져 나이를 가늠하기 불가능했다.

"저 여자는 누구죠?" 내가 베티에게 물었다.

베티는 고개를 들어 여자를 본 다음 다시 고개를 숙여 오늘 아침에 이곳으로 전화를 걸어 상담 예약을 잡은 여성들의 기록표를 살펴보았다. 왓슨, 맥니, 히르슈베르크, 알-함자, 칸, 칸, 윌러비. 그녀가 말했다. "여기엔 없어요. 누군지 모르겠네요. 하지만 당신에게 딱 어울리는 사람으로 보이는데요?" 나는 환자 분류소 내에서 연약하고, 어쩔 줄 몰라 하고, 때때로 아주 약간은 정신이 나간 것처럼 보이는 사람들에게 대책 없이 끌리는 인물로 이미 명성이 자자했다. 베티는 내 성향을 잘 알았고, 기꺼이 이런 환자들을 내게 넘겨주었다. "저는 왓슨 환자를 봐야 해요." 그녀가 말하고는 치료 구역으로 첫 번째 환자를 호명했다.

　나는 문가에 서 있는 소녀 같은 모습의 여성에게로 걸어 갔다. 그녀는 내가 다가가자 도망치고 싶은 마음과 싸우기라 도 하듯 몸을 살짝 떨었지만, 두려움에 맞서는 더 강한 욕구 가 그녀를 그 자리에 서 있게 만들었다. 위협이 되지 않기를 바라는 정도의 거리를 두고 서 있는데도 그녀에게서 나는 냄 새를 맡을 수 있었다. 몸에서는 씻지 않은 사람에게서 나는 시큼한 땀 냄새가 진동했고, 입에서는 굶주림으로 인해 암모 니아와 같은 심한 입 냄새가 났다. 자세히 관찰해보니 손가 락 마디의 주름에 때가 끼어 있었고, 티셔츠의 단에는 흙이 묻고 해져 있었다.

　"무엇을 도와드릴까요?" 내가 물었다.

　그녀는 실눈을 뜨고 정신을 집중해 나를 바라보면서 내 얼굴에서 나를 신뢰해도 되는지 또는 악의는 없는지에 대한 정보를 읽으려 했다. 장시간 나를 신중히 살펴본 후에 자신 의 눈에 비친 내게 만족한다는 결론을 내린 것 같았다. 그녀 의 몸에서 긴장이 풀리며 어깨가 살짝 밑으로 처졌고, 턱의 근육도 조금 이완되었다. 그녀는 운동복 바지 주머니에 손을 넣어 꼼꼼하게 접은 사각형의 종이를 꺼내 바통을 전해주듯 이 내게 내밀었다.

나는 종이를 받아 들었다. 스웨이드 재질처럼 부드러웠고, 표면은 손으로 만지고 꽉 움켜잡고 쓰다듬었던 손때가 살짝 묻어 있었다. 접힌 모서리 부분이 찢어지기 시작했고, 수차례 접고 또 접은 흔적이 역력했다. 내가 가능한 한 조심스럽게 한 귀퉁이를 들어 올려 종이를 펼치자 이 여성은 허둥대는 연구자가 자신의 가장 귀한 고대 문서를 더듬거리는 모습을 지켜보는 문서보관 담당자처럼 이 장면을 매와 같이 엄격한 눈빛으로 빤히 바라보았다. 이 순간만큼은 환자 분류소 대기실의 떠들썩한 소리와 지나칠 정도의 열기가 아닌 하얀 면장갑과 오크나무 판으로 장식된 도서관의 정적이 어울릴 것처럼 보였다.

조심스럽게 종이를 펼치자 이 종이가 우리 집 딸들이 과제를 할 때 사용하는 것과 같은 줄이 쳐진 A4용지임을 알아볼 수 있었다. 다른 점이라면 산수나 철자 시험이 아니라 중국어로 추측되는 글자들이 위에서부터 아래까지 빼곡히 채워져 있었다는 것이다. 일부는 펜으로, 일부는 너무 흐려서 알아보기 힘들게 연필로 적혀 있었고, 일부는 큰 문자로, 일부는 작은 문자로 적혀 있었다. 글을 쓴 사람이 마치 다른 시간에 다른 기분으로, 구할 수 있는 도구는 무엇이든 사용해서 덧붙여 적어 넣은 것처럼 보였다.

실눈을 뜨고 종이에 적힌 내용을 살펴보니 여기저기에

휘갈겨 쓴 숫자들을 알아볼 수 있었다. 2017, 2018. 그래서 이 종이가 일종의 연대표가 아닐까 생각하게 되었다. 이것이 무엇이든 이 종이를 지니고 있던 사람에게는 매우 소중한 것임이 틀림없었다. 나는 그녀에게 종이를 돌려주었고, 그녀는 조심스럽게 작게 접어 주먹 안에 꼭 쥐었다.

여성이 무슨 말인가 했지만 내가 이해할 수 없는 언어였다.(내 중국어 실력으로는 그나마 "니 하오"라는 문장만 이해할 수 있었다.) 그녀는 자신을 가리킨 뒤 A4 종이를 가리켰다. 목소리는 내가 손에 들고 있었던 낡고 반질반질해진 종이만큼 부드러웠지만 그녀의 어투에는 오해의 여지가 없는 다급함이 묻어 있었다.

대기실은 계속해서 사람들로 붐볐고, 데스크 위의 전화기가 시끄럽게 울려댔지만, 나는 이 여성에게 앞으로 몇 시간 동안 나의 전적인 관리가 필요함을 감지했다. 아마도 아침 내내일 가능성이 컸다. 베티와 매지가 치료실과 데스크 사이를 바쁘게 오가며 소변 샘플과 탈지면, 서류 뭉치를 끊임없이 나르는 광경이 보였다. 의사 소라야가 데스크에 모습을 드러냈다가, 호출기가 다급하게 울리자마자 왔던 때와 마찬가지로 순식간에 다시 사라졌다. 환자 분류소는 조산사들이 흔히 하는 표현처럼 "축제 마당처럼" 혼잡했고 이런 시간에는 이곳이 문제없이 운영되는 데 필요한 모든 손길이 필요했다. 그러나 직원들 사이에서는 때때로 긴급한 환자 한 사람이 상태가 급박하지 않은 환자 세 명보다 우선될 수 있다는 암묵적 동의가 존재했다. 이런 치료의 우선순위가 환자 분류소가 존재하는 진정한 이유였다. 내 앞의 여성에게서 출혈이나 고열의 기미가 보이지 않았고, 아기를 밀어내는 중도 아니었지만 내 느낌상 이해할 수 없는 글이 적힌 종이를 포함해 그녀의 모든 것이 도움을 절실히 외치고 있었다.

"저를 따라와요." 내가 말했다. 그리고 그녀에게 필요한 고요하고 평화로운 안식처가 될 수 있는 이 부서의 집중치료실 중 하나를 고갯짓으로 가리켰다. 우리가 방으로 걸어갈 때 매지가 손에 소변통을 들고 우리를 지나쳐 갔다.

"아무래도 잠시 자리를 비워야 할 것 같아요. 미안해요." 내가 말했다.

"마음대로 해요." 그녀가 끝을 길게 빼며 느릿느릿한 어투로 말하고 오물 처리실로 성큼성큼 걸어갔다. 그녀가 들고 있는 소변통이 위태롭게 출렁거렸다. "해야 할 일을 해요."

매지가 복도 아래쪽으로 사라졌고, 나는 내 새로운 환자를 안내하며 방으로 들어가 부드럽게 등 뒤에서 문을 닫았다. 문이 닫히자 그녀가 흠칫 놀랐다. 나는 그녀를 안심시키기 위해 미소를 지어 보였다.

"여기서 기다려요." 내가 말하고 새하얀 침대 시트를 톡

톡 두들겨 가지런히 폈다. "괜찮아요. 이제 몇 가지 것들만 정리하면 돼요. 금방 돌아올게요. 약속해요."

그녀는 내 말을 이해하지 못하고 의아한 표정으로 나를 바라보았다. 내가 다시 돌아와 그녀를 도와줄 것이라는 사실을 그녀에게 어떻게 알려줄 수 있을까? 순간 나는 푸른색 유니폼 바지 옆주머니에 전화기가 들어 있다는 생각이 떠올랐다. 나는 휴대전화를 빼내서 임신한 여성이 분류소 데스크로 몸을 던지듯이 기대며 정식 통역사가 없는 가운데 외국어로 울부짖을 때 가끔씩 사용했던 어플리케이션을 열었다.

나는 '영어에서 표준 중국어'라고 입력한 다음 '통증이 있나요?'라고 적었다.

그리고 여성에게 전화기를 들어서 보여주었다. 그녀는 화면을 뚫어지게 쳐다보았다. 번역된 익숙한 문자를 알아보는 것 같았고, 고개를 저었다. 그녀는 기대하는 눈빛으로 나를 다시 바라보았다. 내가 무언가를 물어봐주기를 기다리는 표정이었다.

'출혈이 있나요?' 내가 입력했다.

이번에도 그녀는 고개를 저었다.

나는 응급 상황이 아닌 것에 안도했지만 여전히 이 여성은 무언가를 기대하며 시선을 내게 고정하고 있었다. 나는 휴대전화에 이번에는 '배가 고픈가요?'라고 입력했다.

그녀의 표정이 밝아지면서 얼굴에 안도감이 서렸다. 그녀가 고개를 끄덕였다.

'먹을 것을 좀 가져올게요.' 내가 입력해 보여주자 이번에도 그녀의 표정이 편안해졌다. '그리고 통역사도 데려올게요.' 그녀가 고개를 끄덕였다. 이번에는 더 빠르게. 그리고 강조하려는 듯이 손가락으로 화면을 가리키며 흔들었다. 그녀가 내게 할 말이 있다는 점만큼은 분명해 보였다.

나는 문으로 몸을 돌렸다가 멈추고 다시 돌아섰다. 휴대전화에 다시 문장을 입력한 뒤 팔을 쭉 뻗어 마지막으로 그녀에게 보여주었다. '이곳은 안전해요.' 불안으로 긴장되어 있던 그녀의 입가가 부드러워지며 얼굴에 큰 미소가 떠올랐다. 그녀는 깨끗한 시트가 깔린 침대에 편안히 앉았다.

나는 데스크로 걸어가는 동안 마음속으로 해야 할 일 목록을 편집하기 시작했다. 우리 부서 조무사 중 한 명인 테스가 대기실이 왜 자신의 명단에 있는 이름보다 두 배는 더 많은 여성들로 가득 차 있는지 궁금해했다.

"테스, 차와 비스킷, 그리고 뭐든 남아 있는 샌드위치가 있다면 방에 있는 여자에게 가져다줄래요?"

그녀는 눈썹을 활 모양으로 치켜 올리며 물었다. "축구팀을 먹이기라도 하려는 건가요?"

"아니에요, 그녀는 그저…… 그저 배가 아주 많이 고픈

것뿐이에요." 내가 말했다.

"채식? 할랄 음식? 글루텐 프리?" 테스가 우리 환자들이 가장 흔히 요구하는 식단을 늘어놓았다. "아마 지금은 콘비프밖에 남아 있지 않을 거예요. 이것도 괜찮다면요."

몇 미터 떨어진 곳에서 배를 채울 수 있기를 기다리는 여성의 공복감을 같이 느끼기라도 하는 것처럼 내 위가 꼬르륵거렸다. 화재경보기가 울리는 바람에 우리는 모두 아침을 걸렀고, 오늘 아침 상황이 흘러가는 모양새로 보아서 이곳의 모든 환자들의 상태를 확인하고 병원 곳곳에 포진해 있는 적합한 부서로 보낸 후 정오가 한참 지나서야 점심을 먹을 수 있을 것 같았다.

나는 내 환자가 여전히 침대에 앉아 있는지 아니면 방 안을 서성거리고 있는지 궁금했다. 어쩌면 그녀는 내가 등을 돌려 나오자마자 방을 떠났을지도 모른다. 미끄러지듯 문을 빠져나가 이곳에 조용히 나타났던 것처럼 소리 없이 이 부서를 떠났을 수도 있다. 그녀가 1월의 차가운 태양 아래에서 버스가 늦게 오는 것에 툴툴거리며 불만을 쏟아내는 사람들의 눈에 띄지 않으며 버스 정류장에 앉아 몸을 떠는 모습이 그려졌다. 어두운 거리를 걸어 내려가면서 마지막 남은 겨울의 마른 잎사귀가 그녀의 슬리퍼에 밟혀 바스락거리며 부서졌다.

"있는 건 뭐든 좋아요, 테스. 많이요." 내가 말했다.

다음으로 해야 할 일: 통역 서비스 신청하기. 이 여성이 곱게 접어 쥐고 있는 종이의 비밀을 풀고 그녀에게 필요한 도움을 제공하기 위해서였다. 하지만 데스크의 전화기가 멈추지 않고 울렸고, 결국 나는 수화기를 집어 들었다.

"환자 분류소의 조산사 해저드입니다. 무엇을 도와드릴까요?" 내가 재빨리 말했다.

"무슨 일이냐 하면, 제가 이번 일요일에 테네리페섬에 가는데 선탠용 스프레이가 태아에게 해로운지 물어보고 싶어서요. 구글 검색을 해봤는데…….'"

"다음에 다시 걸어주시기 바랍니다." 수화기를 쾅 하고 내려놓자마자 전화벨이 다시 울렸다.

"안녕하세요, 환자 분류소입니다."

"제 미용사가 임신중독증에 대한 글을 웹사이트에서 봤다고 하는데 오늘 아침에 제 왼발 새끼발가락이 조금 부어올랐어요. 그래서 말인데…….'"

"다음에 다시 걸어주시기 바랍니다!" 이번에도 나는 거칠게 수화기를 내려놓았고, 다시 울릴 틈이 없게 곧바로 들어 올려 번호를 누르기 시작했다.

"통역 서비스입니다. 전화 통역이 필요한가요, 아니면 수행 통역이 필요한가요?"

"수행이요."

"언어와 시간은요?"

"중국어요. 그리고 가능한 한 빨리 부탁드려요."

수화기 너머에서 손가락이 키보드를 두드리는 소리와 태양 아래에서 휴가를 즐기라는 라디오 광고 소리가 들려왔다. 나는 손가락으로 초조하게 책상을 두드렸다. 치료실로 향하는 문을 통해 매지가 초록색을 띠는 생리대를 베티의 얼굴 앞으로 들어 보이는 모습이 보였다. 베티는 넌더리를 내며 코를 찡그렸고 매지의 어깨에 장난스럽게 주먹을 날렸다.

"중국어 통역사가 있네요. 외래환자 진료실에서 곧 통역이 끝날 거예요. 그분에게 연락해볼까요?"

"네, 부탁드립니다." 나는 안도감에 한숨을 쉬었다.

나는 전화벨이 다시 울리기 전에 얼른 데스크를 떠났다. 집중치료실에서 내 환자는 침대 위에 책상다리를 하고 앉아 있었다. 슬리퍼는 벗겨져 바닥에 떨어져 있었고, 그녀의 발바닥은 까맣고 때가 묻어 있었다. 테스는 그녀 앞에 병원에서 사용하는 빨간색 플라스틱 쟁반을 놓아두었고, 내가 데스크에 가 있었던 짧은 시간 동안 그녀는 가져온 음식을 모두 먹어치웠다. 두 개의 빈 샌드위치 상자에 더해 네 개의 찢어진 비스킷 봉지, 텅 빈 음료수병, 한두 모금의 양밖에 따를 수 없는 깊이가 얕은 병원 찻잔이 쟁반에 놓여 있었다. 그녀는 만찬을 즐긴 후 약간 노곤해진 모양이었다. 빳빳한 하얀 베개에 등을 기대 누운 채 눈을 감고, 손바닥으로 천천히 원을 그리며 배를 쓰다듬었다.

뒤에서 문이 열렸을 때 나는 쟁반을 벽 쪽에 있는 손수레로 치우는 중이었다. 환자는 깜짝 놀라면서 불안한 눈빛을 하고 곁눈질로 침입자를 살폈다. 메이였다. 깔끔하고 부드러운 단발머리를 한 우아한 중국 여성으로 버건디색의 벨벳 재킷은 그녀의 가방과 신발과 조화를 잘 이루었다. 나는 다른 환자들 통역 때문에 메이를 전에도 만난 적이 있었다. 그녀는 유능하고 표현이 명확하며 신중했기 때문에 그녀의 등장이 반가웠다. 그녀는 나를 향해 고개를 끄덕였고, 환자에게 중국어로 자신을 소개했다. 환자는 빠르게 말을 쏟아냈다. 그녀는 다급했고, 몹시 흥분해서 크게 손짓하며 말을 이어나갔다. 운동복 바지 주머니에서 접혀 있는 종이를 다시 꺼내 펼쳤고, 목소리는 점점 더 커졌다.

메이는 침착하게 경청한 뒤 내게로 몸을 돌렸다. "환자 말이 당신에게 해줄 이야기가 있대요. 당신이 앉아서 들어주길 바란답니다."

나는 그녀에게 기다려야 한다고 말해야 했는지도 몰랐다. 어쩌면 그녀가 남은 내 하루를 묶어놓을 이야기를 풀어놓기 전에 먼저 (태아의 심장박동 소리를 확인하고 환자의 혈압을 측정하는 등) 그녀의 상태를 검사했어야 옳은 건지도 몰랐다.

닫힌 문 너머에서 나지막한 소음과 대화 소리가 들려왔고, 매지와 베티가 지금 다른 환자들을 상대하느라 얼마나 바쁜지 아주 잘 알았지만 이 환자의 목소리에 담긴 집요함이 내 입을 다물게 만들었다. 메이는 의자를 끌고 와서 침대 옆에 앉았고, 나도 말없이 따랐다. 환자는 신성한 문서를 읽기 위해 준비하는 사람처럼 종이를 침대 위에 평평하게 폈다. 그리고 깊고 길게 호흡한 다음에 어깨를 뒤로 쭉 펴고 사연을 풀어놓기 시작했다. 그녀가 이야기를 하는 동안 메이는 머리를 옆으로 기울였고 집중해서 귀를 기울였다. 그리고 내게 영어로 이야기의 내용을 전달해주었다.

"제 이름은 페이 쉬안 리우예요." 메이가 통역을 시작했다. "저는 이 이야기를 아주 오랫동안 짊어지고 왔어요. 아주……." 여기서 환자의 목소리가 갈라졌고, 메이는 이야기를 지속하기 전에 잠시 머뭇거렸다. "아주 어려운 상황에서요." 페이 쉬안은 그녀의 종이를 내려다보았고 다시 심호흡을 했다. "저는 푸젠성에서 왔어요. 어머니와 아버지는 오리 농장을 운영했죠. 작지만 그 근방에서는 가장 건강한 오리를 사육했고, 우리는 잘 살고 있었어요. 제 여동생이 태어난 후에도 부모님은 계속해서 제게 따뜻한 옷과 학교에 가는 데 필요한 좋은 책들을 사주셨어요. 저는 똑똑한 아이였죠. 저는 교사가 되고 싶었어요. 하지만 저희는 운이 나빴어요. 그리고 2년 전에, 12월 12일에 어머니가 갑자기 세상을 떠났어요. 아버지는 많이 힘들어했죠. 술을 마셨고, 더 이상 일을 하지 않았어요. 침대 밖으로 나오지도 않았죠. 여동생과 저는 오리를 돌보고 학교 과제를 했지만 너무 벅찼어요. 우리는 어렵게 겨울을 넘겼는데 작년 3월 18일에 어떤 처음 보는 남자가 학교 밖에서 우리를 기다리고 있었어요. 그는 아버지가 우리를 영국으로 데려가 더 나은 삶을 살고 부자가 될 수 있게 해달라며 자신에게 많은 돈을 지불했다고 했어요."

여기서 페이 쉬안은 날카로운 쓴웃음을 내뱉었다. 메이도 말을 멈추었고, 페이 쉬안이 이야기를 이어나가자 다시 통역을 시작했다.

"우리는 아버지가, 슬픔에 잠기고 아프다고 해도 우리를 멀리 보내는 이런 계획을 세웠다고 믿지 않았어요. 우리는 저항했지만 그 남자는 힘이 셌어요. 우리를 강제로 차에 태웠고 몇 시간을 차를 타고 이동했어요. 그리고 밤이 되어서 한 번도 본 적 없는 집에 도착했죠. 거기에는 다른 소녀들이 있었고, 아침에 가짜 여권을 받고 런던행 비행기를 타게 될 거라는 말을 들었어요. 저는 울음을 터트렸고, 그 남자가 저를 때렸어요. 그리고 동생도 때리겠다고 윽박질러서 울음을 멈추었어요. 우리 여섯 명은 차를 타고 공항으로 갔고 비행기에 태워졌어요. 저희는 비행기를 보고 공포에 질렸고 영국에 도착할 때까지 누구하고도 말을 섞지 말라는 명령을 받았어요. 아주……." 페이 쉬안이 잠시 멈추었고 메이도 멈추었다. 페이 쉬안의 얼굴에 그림자가 드리워졌다가 다시 이야기를 이어나갔다. "아주 힘든 여정이었어요."

"런던에서, 우리는 다시 어떤 집으로 끌려갔어요. 그곳에는 많은 소녀들이 있었죠. 몇몇은 중국에서, 심지어 저와 같은 푸젠성에서 온 소녀도 있었어요. 몇몇은 나이지리아, 베트남, 이라크에서 왔어요. 우리는 팬이라는 이름의 여성을 위해 일했고, 우리가 한 일은……." 그녀의 얼굴에 드리워져 있던 그림자가 짙어졌다. "우리는 열심히 일했어요. 많은 남자들을 상대하면서요. 저는 남자들이 그런 일을 할 수 있다는 것을 믿을 수 없었죠. 그리고 매일 밤 동생과 제가 해야 했던 일 때문에 울었어요. 팬은 우리가 불평할 때마다 우리를 구타했어요. 그리고 우리가 쓸모없기 때문에 아버지가 멀리 보내버린 거라고 말했죠. 마침내 저는 더 이상 울지 않았지만 동생은 매일 밤 울면서 저항했어요. 동생에게는 힘든 시간이었어요. 아직 어린아이였으니까요." 메이의 목소리가 흔들렸고, 페이 쉬안이 이야기를 지속하는 동안 잠시 침묵했다. 메이는 경청했고, 눈을 크게 뜬 채 머리는 여전히 옆으로 기울이고 있었다. 그녀는 곧 자신이 맡은 역할을 기억하고 다시 영어로 통역을 시작했다.

"저는 열일곱 살이에요. 하지만 제 동생은 열세 살밖에 되지 않았죠." 메이가 속삭이듯이 말했고, 우리는 서로를 바라보았다. 페이 쉬안이 다시 입을 열었고, 메이도 계속했다.

"제 동생은 매일 밤 저항했고, 매일 밤 매를 맞았어요. 구타는 점점 더 심해졌고, 팬은 동생에게 얌전히 시키는 대로 하지 않으면 죽이겠다고 협박했어요. 6월 6일에, 이날은 정말 더웠어요, 저는 열심히 일했죠. 아침이 되었을 때 저는 여덟 명의 남자들을 상대했고, 일이 끝났을 때 동생이 보이지 않았어요. 그날 이후로 동생을 보지 못했어요. 저는 팬에게 동생이 어디로 끌려갔는지 말해달라고 애원했죠. 더 열심히 일해서 동생이 돌아오는 데 필요한 비용을 대겠다고 약속했어요. 팬은 제게 일을 두 배로 더 많이 시켰지만 동생은 다시 돌아오지 않았어요. 9월이 되었을 때 저는 제 배가 불러오는 것을 알았고요. 12월에는 남자들이 더는 저를 원하지 않았고, 팬은 제 동생을 제거한 것처럼 저를 제거하겠다고 했어요. 1월 7일에 저는 침대에서 끌려나와 이번에도 다른 소녀들과 함께 밴에 올라탔어요. 창문이 없었고 정말로 추웠어요. 몇 시간을 달리자 몇몇 애들이 우리가 죽게 될 거라고 말했죠. 마침내 밴이 멈추었어요. 이 도시에 도착해 있었어요. 운전사가 문을 열었고, 우리 중 임신한 사람이 누구인지 물었어요. 그는 나를 밴에서 끌어내고는 차를 몰고 가버렸죠.

그래서 저는 걸어야만 했어요. 걷고 또 걷고, 그러다가 당신을 발견했어요."

메이는 손바닥으로 무릎을 감싸고 내 반응을 기다렸다. 그러나 나는 무슨 말을 해야 할지 몰랐다. 물론 나는 인신매매가 벌어진다는 사실에 대해 알고 있었다. 우리가 돌보는 여성들이 어떻게 취급받아왔는지에 대해 의심을 가지거나 페이 쉬안이 설명한 이야기와 비슷한 시련으로부터 살아남아 수많은 기관들의 도움으로 인생을 되찾은 환자들을 돌보는 경우는 드문 일이 아니었다. 그러나 밴에서 버려진 후 말하자면 내 무릎 위로 떨어진 여성은 이번이 처음이었다. 페이 쉬안에게 나는 이곳에서 최초로 접촉하게 된 사람이었다. 내가 그런 사람이었다.

"페이 쉬안." 내가 말을 꺼냈다. 그녀는 기대에 찬 시선으로 나를 바라보았다. 그녀는 이제 자신의 짐을 덜어놓으면서 조금 더 부드러워진 것 같았다. 그리고 샌드위치와 비스킷이 그녀의 움푹 꺼진 뺨을 채워주지는 못했어도 내 눈에 이제 그녀가 자신의 실제 모습인 순수한 열일곱 살로 보였다. 나는 기본적인 것부터 시작하기로 결정했다. "정말로 끔찍한 일을 겪었군요. 하지만 이제 당신은 당신에게 도움을 주려는 사람들이 있는 곳에 있어요. 내가 그 시작이 될 수 있는데, 먼저 아기의 소리를 듣게 해주겠어요?"

그녀의 턱이 다시 긴장으로 단단해졌고, 그녀가 중국어로 말했다. "저는 이 아이를 원하지 않아요. 이 아기의 아빠는 여럿이고, 그들은 모두 악마예요." 메이가 통역했다.

메이와 내가 눈빛을 교환했다. 긴급하게 페이 쉬안에게 필요한 도움의 손길을 구하는 일도 충분히 힘들지만, 원하지 않은 임신을 다루는 문제는 의학적으로도, 도덕적으로도 복잡하고 까다로웠다. 게다가 낙태를 하기에 페이는 이미 너무 늦었다.

"오늘 당신에게 필요한 도움을 준비하는 데 시간이 조금 걸릴 거예요." 내가 말을 했고, 메이가 내 말을 그대로 전달했다. "몇 군데에 통화를 좀 해야 하지만 내가 통화를 하는 동안 의사가 간단한 검사를 하고 이야기를 해줄 거예요. 그리고 당신이 필요한 것들을 우리에게 전달할 수 있도록 메이가 당신 곁에 있을 거예요." 나는 문 쪽으로 움직이다 멈추어서서 침대에 책상다리를 하고 앉아 있는 가여운 소녀를 돌아보았다. "약속할게요. 이 건물 안에 있는 한 당신은 안전할거예요." 나는 메이가 이 마지막 메시지를 확실하게 전달해줄 때까지 기다렸다가 등 뒤로 부드럽게 문을 닫았다.

대기실로 나오는 것은 거래가 한창 진행 중인 광란의 증권 거래소 한복판으로 순간이동하는 것과 같았다. 이곳은 여전히 환자들로 가득했지만 내가 페이 쉬안의 이야기를 들으며 앉아 있는 동안에 앞서 보았던 얼굴들이 새로운 얼굴들로 바뀌어 있었다. 하지만 앞선 환자들만큼이나 분노하고 짜증이 나 있기는 마찬가지였다. 어느 커플이 달그락거리는 휴대전화를 놓고 언쟁 중이었고, 화가 나서 모든 침대가 꽉 차 있는 치료 구역을 손짓으로 가리켰다. 소라야는 데스크에서 매지와 열띤 논쟁을 하고 있었고, 나는 십자포화를 맞을 마음의 준비를 했다.

"소라야." 내가 말을 꺼냈다. 그녀와 매지가 나를 쏘아보았고, 이들 뒤에서 전화벨이 쉴 새 없이 울려댔다. "임신 몇 주인지 모르는 열일곱 살 초산부가 있는데 인신매매로 이 나라에 오게 되었고, 산전 관리를 한 번도 받은 적이 없어요." 소라야가 가늘고 완벽한 한쪽 눈썹을 들어 올렸다. "내가 몇 군데 전화를 거는 동안 그녀를 빠르게 진찰해줄 수 있나요? 그녀는 갈 곳도, 돈도, 아무것도 없어요."

"우리가 대체 뭐죠? 자선단체라도 되나요?" 매지가 날카롭게 말했다. "해저드, 진심으로 하는 말인데, 아침 내내 환자 한 명만 상대한다는 게 말이 되나요? 여기는 망할 전쟁터나 다름없다고요."

"미안해요." 그녀의 말에는 일리가 있었다. 우리에게는 처리해야 할 일이 있었다. 이곳에는 아프고 고통받는 여성들이 가득했다. 페이 쉬안 한 사람에게만 묶여 있을 수는 없었다. 하지만 동시에 나는 내가 대충 검사를 하고 그녀를 문밖으로 내보낼 수 없음을 알았다. 이번에도 나는 옷가지 정도만 등에 지고 외국에 도착했던 내 가족들과 이들을 도와주었던 이름도 모르는 낯선 사람들을 떠올렸다. 페이 쉬안에게 나는 이런 낯선 이들 중 한 사람이었고, 나는 스스로에게 한 약속이 있었다. "전화를 한 다음에 다른 환자들을 볼게요."

"미치겠네." 매지가 말하며 치료 구역으로 느릿느릿 발걸음을 옮겼고, 소라야는 페이 쉬안이 있는 집중치료실로 갔다. 데스크에는 나 혼자 남겨졌다. 전화벨만 더 이상 울리지 않으면 좋을 텐데.

몇몇 동료들의 생각과는 달리 나는 사실 난민을 위해 홀로 고군분투하는 여성이 아니고, 완벽하게 아무것도 없는 여성들을 어떻게 지원해야 하는지에 대한 지식 또한 부족했다. 오후가 거의 다 되어가고 있었고, 이날은 금요일이었다. 앞으로 몇 시간 안에 지원 제도에 대한 내 지식의 범위를 넓히지 못하면 페이 쉬안은 노숙자로 남아 주말 내내 굶주리거나 어쩌면 자신과 함께 왔던 무리들 속으로 다시 사라지기로 결정할 수도 있었다.

이후로 정신없이 바쁜 몇 시간 동안 나는 이 지역의 난민과 망명자를 위한 단체들에 연신 전화를 돌렸고, 세 곳의 서로 다른 내무부 산하의 사무소에 연결되었다. 환자 분류소의 허리케인이 내 주변에서 휘몰아치는 가운데 통화 대기 중에 흘러나오는 잔잔한 음악에 귀를 기울인 끝에 마침내 페이 쉬안의 사례를 접수하고 이 도시의 호스텔에 긴급 숙소를 잡아줄 수 있는 누군가와 통화할 수 있었다.

"정말 감사해요." 나는 우리에게 도움을 주고 있는 얼굴도 모르는 수화기 너머의 사람에게 말했다. 페이 쉬안의 지원팀에 사람이 한 명 한 명 추가되었고, 그녀를 학대했던 자들에 맞서 균형을 잡아주는, 소규모이지만 점점 커지는 집단이 만들어졌다. "정말 멋진 일이에요. 우리가 이 소녀를 이동시킬 방법이 있나요? 택시에 태워서 보낼 수 있으면 좋겠지만 병원에서는 이런 일에 자금을 지원하지 않아서요."

"운전사를 보낼게요…… 어디 보자……." 그녀가 말을 멈추었고, 잠시 뒤에 민간 계약업체의 이름을 알려주었다. "그에게 사업자 번호가 있을 겁니다. 4시쯤에 그곳에 도착할 거예요. 그때까지만 그녀를 보호해주시면 돼요."

내 심장이 쿵 하고 떨어졌다. 그녀가 알려준 회사는 정부와 계약한 하청업체로 교도소와 소년원에서부터 호스텔과 병원까지 이전에 국가에서 운영하는 다수의 서비스 사업을 진행했었다. 그리고 최근에 자신들이 돌보는 힘없는 이주자들에 대한 온갖 종류의 학대와 방치 혐의로 뉴스에서 다루어진 적이 있었다. 그러나 이런 혐의들을 넘어서서 내무부 직원이 한 말 중 한 단어가 나를 두렵게 만들었다. 바로 '그'였다. 페이 쉬안의 이야기를 듣고 도움을 주겠다고 약속한 후에도, 그리고 심지어 지구 반대편에서 온 이 소녀와 나의 미묘한 연대감에도 불구하고 모든 것이 한 가지 사실로 압축되었다. 나는 그저 내 인간 화물을 알지도 못하는 남자의 손에 넘겨주는 또 한 명의 낯선 사람일 뿐이라는 것이었다.

"그건…… 괜찮아요. 제가 그를 계속 지켜볼게요." 내가 수화기 너머 여자에게 말했다.

나는 수화기를 내려놓았다. 그리고 곧바로 전화벨이 울리기 시작했다. 다시 울리고, 다시 울리고. 오후는 이런 식으로 흘러갔다. 환자 분류소는 여자들로 가득 찼고, 전화기는 끊임없이 울려댔고, 직원들은 전쟁터에서 날아드는 적군의 총탄을 피해 들것을 옮기는 사람처럼 몸을 재빠르게 이리저리 움직이며 헤쳐나갔다. 페이 쉬안이 (그리고 소라야의 말에 따르면 30주 정도 된 것처럼 보이는 태아가) 집중치료실에서 기다리는 동안 나는 나의 일상 업무를 지속하기 위해 최선을 다했다. 피를 흘리는 여성 두 명과 양막이 파열된 여성 한 명, 조산한 여성 한 명, 태아의 움직임이 감소한 여성 네 명, 환자 분류소보다도 사람들이 더 꽉 들어찬 외래환자 대기실에서 실신한 여성 한 명을 상대했다. 파란 재킷을 입은 엷은 갈색 머리의 남자가 4시 반에 데스크를 찾아왔을 때 나는 페이 쉬안을 내 마음속 모퉁이로 밀어놓는 데 거의 성공했었다. 하지만 그가 회사 신분증을 제시했을 때 채찍처럼 순식간에 그녀가 최전선으로 다시 튀어 올라왔다.

"환자를 데리러 왔어요." 그가 말하며 주머니에서 (페이 쉬안이 지니고 있는 종이보다 더 작고 덜 닳은) 접혀 있는 종이를 꺼냈고, 그녀의 이름을 발음하려고 애쓰면서 눈을 가늘게 떴다. "패이 슌이라고 적혀 있네요. 아니면 이 이름과 비슷하거나." 그가 내게 짧은 미소를 지어 보였다. "괜찮다면 시간 끌지 말고 기분 좋게 빨리 처리해주시죠. 퇴근하기 전에 이 여자 외에도 세 명을 더 데리러 가야 해서요. 그리고 교통체증은 끔찍한 악몽이죠."

나는 빨리 처리해주고 싶은 마음이 들지 않았고, 오늘 하루 겪은 일들을 돌아봤을 때 기분 좋게 해주고 싶은 생각도 들지 않았다. 이 남자에게만이 아니라 어느 누구에게도. 그러나 내게 무슨 선택권이 있겠는가? 그날 밤 집으로 오면서 나는 내가 페이 쉬안에게 숙소를 마련해주기 위해 최선을 다했다는 사실만은 부인할 수 없었다. 그곳이 얼마나 단출하고, 운전사가 남성이라는 사실을 알면서도 그에게 그녀를 인계하지 않을 수 없었다고 해도 이 사실만큼은 달라지지 않았다. 그가 믿을 만한 사람처럼 보였나? 나도 알 수 없었다. 그가 상냥한 사람처럼 보였나? 이는 보는 사람마다 의견이 다를 수 있었다. 나는 그에게 신원이나 법적 승인을 증명하는 더 많은 증거를 요구할 수 없었다. 그는 규정에 정해진 그대로 내게 곧장 자신의 신분증을 제시했다.

"이분이 그 소녀를 데리고 갈 건가요, 해저드?" 베티가 데스크를 지나가며 물었다. "때가 왔네요. 이 정신없는 곳에서 나가는 게 그녀에게 더 좋을 거예요." 그녀가 집중치료실을 향해 고갯짓하며 말했다. "저 안에 있어요. 다시는 이곳에 오지 않길 바라고 있을 거예요."

나는 그녀에게 희미하게 미소를 지어 보였고, 운전사는 조바심을 내며 몸을 양옆으로 흔들었다. "저를 따라오세요." 내가 말했다.

페이 쉬안은 잠들어 있었다. 그녀의 작은 몸이 공처럼 둥글게 말려 있었고, 맨발은 새의 날개처럼 가지런히 겹쳐져 있었다. 그녀는 혼자였다. 메이는 2시에 통역사를 필요로 하는 다른 부서로 갔다. 그녀는 수많은 이야기를 들었고, 앞으로도 더 많은 이야기를 듣게 될 것이다. 하나같이 다르고 다급한 사연이 언어 전환 시스템인 그녀의 입을 거쳐 모국어에서 영어로 바뀌게 될 것이다.

"페이 쉬안." 내가 속삭이듯 그녀의 이름을 불렀고, 최대한 조심스럽게 그녀를 일으켰다. 그녀가 눈을 번쩍 떴고, 시선이 내게서 내 뒤에 서 있는, 문틀에 꽉 찰 정도의 거구를 가진 낯선 남자에게로 빠르게 옮겨갔다. "이분이 오늘 밤 당신을 머물 집으로 데려다줄 거예요." 나는 아이에게 말하듯이 크고 천천히 말하는 나 자신을 향해 속으로 욕을 했다. '멍청아, 이 아이는 내가 무슨 말을 하는지 전혀 알아듣지 못하잖아.' 휴대전화 배터리가 몇 시간 전에 전부 방전되어서 번역 어플리케이션을 사용할 수도 없었다. 그 대신에 나는 어색하게 미소를 지으며 운전자를 손짓으로 가리켰다. 그는 눈을 찡긋하고 손을 이마로 가져가 눈에 보이지 않는 모자를 살짝 들어 올리는 시늉을 했다. 페이 쉬안은 천천히 몸을 일으켰고, 바닥에 떨어져 있던 슬리퍼를 신었지만 무력감이나 공포, 또는 둘 다에 의해 침대에 못이 박힌 듯 더 이상 움직이지 않았다.

"제발, 페이 쉬안." 목소리에서 절박감이 묻어나오지 않게 노력하면서 내가 말했다. 그녀가 최소한 내 호의를 이해해주기를 바랐다. "저분이 안전한 곳으로 데려다줄 거예요." 나는 무거운 발걸음으로 그녀를 문 쪽으로 안내했다. 내 입은 웃고 있었지만 뺨은 굳어 있었다.

"좋아, 얘야." 운전자가 몸을 돌려 자리를 뜨며 페이 쉬안에게 가벼운 어투로 말했다. 그런 다음에 어깨 너머로 다시 한번 윙크를 하며 말했다. "사람들이 흔히 말하잖아, 빨리 빨리!"

그는 곧장 대기실로 돌진해서 출구로 성큼성큼 걸어갔다. 페이 쉬안은 나를 머리부터 발끝까지 차분하게 살피면서 마지막으로 한 번 더 길게 나를 바라보았다. 그녀는 무엇을 보았을까? 마음에 선한 의도를 가진 친절한 낯선 사람이었을까? 아니면 또 다른 비극을 겪은 갈 곳 없고 외로운 소녀들로 가득 찬 또 다른 장소로 데리고 가줄, 또 다른 남자의 손에 그녀를 생각 없이 넘겨주는, 지금까지 만난 사람들과 다를 바 없는 또 다른 한 사람이었을까? 페이 쉬안의 표정을 읽기란 불가능했다. 평생의 실망을 담고 있는 것처럼 느껴졌던 짧은 시간이 흐른 후에 그녀는 기계처럼 뻣뻣하게 몸을 돌리고 천천히 발을 끌며 운전사를 따라 환자 분류소를 나갔다. 그녀가 한 발 한 발 내디딜 때마다 슬리퍼가 바닥에 부딪치며 딱딱거렸다.

임 신
건 망 증

　　나는 두 번째 임신 막달에 이르렀을 때쯤에 마법과 같은
순간을 경험했다. 늦은 밤에 토스트기를 품에 안고 열려 있
는 냉장고 불빛 앞에 서 있을 때였다. 버터 바른 토스트를 한
조각 만든 다음 토스트기의 플러그를 뽑고, 아직 열기가 남
아 있는 기계에 전선을 조심스럽게 감고 냉장고 문을 열었
다. 그리고 토스트기를 냉장고 중앙 선반에, 후무스 소스와
반 정도 남은 초콜릿 케이크 사이에 막 올려놓으려 하고 있
었다. 마치 토스트기의 플러그를 뽑고 냉장고에 저장하는 일
이 가장 자연스럽고 논리적인 행동인 것처럼 이 일련의 과
정을 유동적으로 망설임 없이 수행하고 있었다. 마지막 순간
내 머리 깊은 곳에서 상식이라는 불꽃이 튀었고, 나는 토스

트기를 평소처럼 조리대 위의 빵 부스러기 둥지 위에 놓아두는 것이 좋겠다는 깨달음을 얻었다. '아.' 돌아다니다가 갑자기 잠에서 깨어난 몽유병 환자처럼 나는 냉장고 안에 든 내용물들을 살펴보며 생각했다. '임신 건망증이군.'

나는 임부에게 나타나는 가장 잘 알려진 나쁜 증상 중 하나의 희생자가 된 것이 즐거웠다.(어쩌면 조금 자랑스럽기까지 했는지도 모르겠다.) '임신 건망증'으로 인한 고생은(야밤에 토스트기를 안고 냉장고 앞에 서 있을 수도 있고, 마트에 무엇을 사러 왔는지 기억나지 않을 수도 있다) 통과의례에 가깝다. 이것은, 그렇다, 당신의 몸이 임신 사실을 겉으로 드러내 보여주는 가운데 당신의 정신이 마침내 보편적으로 받아들여지는 녹초가 되는 방식으로 몸의 변화를 따르고 있다는 신호다.

이를 일종의 현대판 '히스테리'라고 말할 수 있는데, 과거에는 일반적인 규범에서 벗어났던 모든 불편한 종류의 여성 행동을 이제는 구식이 되어버린 애매한 표현인 히스테리라고 묘사했었다. 변을 보고 톱밥으로 닦던 정신병원과 돌팔이 정신과 의사가 존재했던 그리운 옛 시절에는 여성에게 히스테리(어원은 그리스어로 문자 그대로 옮기자면 '자궁의 상태'라는 뜻이다)라는 진단을 내리고 '치료'를 가장해 아무렇지도 않게 이들을 평생 악랄하고 치욕적인 학대 속에서 살게 했다. 다행스럽게도 히스테리는 더 이상 타당한 정신 질환으로 인정받지 않게 되었다. 그렇다면 '임신 건망증'이 해롭지 않고 사회적으로 용인되는 방식으로 히스테리의 뒤를 이을 수 있을까? 우리는 이제 여성이 이상하거나 어리석게 행동한다는 이유로 이들을 가두는 일은 하지 않지만, 여전히 여성 정신의 정상적인 흐름을 질병으로 나타내려는 (그리고 운치 있고 편안한 별칭을 찾아내려는) 요구가 존재하는 것 같다.

가장 진보적인 현대 심리학자와 신경과학자들조차 임신 중에, 그리고 육아 초반에 여성의 뇌에서 실제로 무슨 일이 일어나는지에 대해서 아직까지 합의에 이르지 못했다. 이런 여성들은 바보가 되는 것일까? 아니면 반대로 똑똑해지는 것일까? 더 내향적이 되고 아기에게 초점을 맞추면서 세상의 일들을 감지하지 못하게 되는 것일까? 또는 자신과 가장 가까운 존재의 감정적·신체적 신호에 더 예민하게 반응하고, 그럼으로써 자녀와 유대감을 형성하고 보살피려는 여성들에게 진화적 이점을 주는 것일까? 방대한 연구에도 불구하고 어느 누구도 여성이 엄마가 되어가는 과정에서 이들의 기이하고 멋진 뇌에서 무슨 일이 일어나는지 확실하게 말할 수 없는 것처럼 보인다. 배우 멜 깁슨이 오래전 영화 〈왓 위민 원트What Women Want〉(2000)에서 여성의 생각을 궁금해하며 골머리를 앓았던 것처럼 많은 현대 과학자들이 임신한 여성을 연구하며 연구실 복도에서 머리를 긁적이고 손가락

마디를 꺾고 있는 것 같다.

출산 전후의 정신건강이 뜨거운 관심을 받는 주제이고, 시급히 다루어야 하는 문제라는 점은 명백한 사실이다. 전 세계적으로 강한 흥미를 가지고 다양하게 초점을 맞춘 연구가 동일한 결론에 도달하면서 이 주제와 관련된 증거들이 차곡차곡 쌓여가고 있다. 그 결론이란 바로 엄마가 됨으로써 치르는 정신적 대가가 과거에 생각했던 것보다 더 만연하고 복잡하다는 것이다. 영국에서 발표된 최근의 증거는 여성 다섯 명 중 한 명이 임신 기간과 출산 후 1년 동안에 정신건상상의 문제를 경험하고 있음을 보여준다. 이 통계치를 다른 임신 관련 통계치와 비교해보면 일부 지역에서 여성이 출산 전후에 정신건강 이상을 경험할 가능성이 겸자 분만을 하게 될 가능성보다 더 높고, 제왕절개로 아이를 낳을 가능성과 거의 비슷하다는 사실을 알 수 있다. 이것은 그나마 우리에게 알려진 경우를 바탕으로 했을 때의 얘기다. 정신적으로 충분히 고통받을 때 이에 대해 도움을 구하고, 우울이나 불안, 심지어 산후 정신병 진단을 받는 것을 두려워하지 않는 용감한 여성들만 있지는 않다.

나는 몇몇 경험을 통해 전 세계에 수만 명, 또는 심지어 수백 만 명의 여성들이 어느 누구에게도 이런 어려움을 토로하지 못하고 임신과 육아로 인해 신체적·정신적 고통을 받고 있다고 말할 수 있다. 만약 당신이 출산 후 첫 한 달 동안 당신의 선택에 의문을 품고 매일 눈물을 흘린다면 당신이 '적응 장애'를 겪고 있다는 의미일까? 만약 당신의 피부만큼 칙칙하고 당신의 발목만큼 부어 있는 임신한 여성의 사진을 단 한 장만이라도 찾기를 바라면서 몇 시간씩 인스타그램 게시물을 뒤지고 있다면 당신이 신체변형장애를 앓고 있거나 인터넷에 중독되었다는 의미일까? 당신의 고통은 병적인가 정상적인가? 그것도 아니면 이 두 가지가 골치 아프게 결합된 무엇인가? 그리고 이런 문제들이 흔하다면 어째서 그렇게 많은 서적과 웹사이트들이 시간이 지날 때마다 당신의 뇌에서 무슨 일이 일어나고 있는가라는 더 핵심적인 문제가 아닌 배 속의 아기가 어떤 과일과 가장 많이 닮았는가에 집착하는 것일까? 당신의 아기가 석류만 하다는 사실을 아주 잘 안다고 해도 당신의 불룩한 배 위로 레깅스를 끌어올릴 수 없고 종말이 임박한 것 같은 참담한 기분을 극복하지 못한다면 모든 세세한 과일 관련 사항들은 빛을 잃게 된다.

여성의 희망과 두려움이 공존하는 힘든 장소에서 영광스러운 자리에 앉아 있는 나와 같은 조산사들은 임신 기간 동안 겪는 여성의 심리적 고통의 진정한 범위를 추정할 수 있는 좋은 위치에 있다. 그리고 이런 고통이 '임신 건망증' 같은 모호한 진단으로 형편없이 취급되고 있다고 한 치의 망설임도 없이 주장할 수 있다. 당신의 사무실에서 근무하는, 언제나 세련된 임부복을 입고 있는 여성이 새벽 2시에 우리에게 전화를 걸어 끔찍한 공황발작이 그 주에만 벌써 세 번째 시작되었다고 간신히 이야기하던 여성과 동일 인물일지도 모른다. 어제 버스 정류장에서 당신을 밀치고 지나갔던 성질 나쁜 십대 임부가 꼭두새벽부터 환자 분류소에 연락도 없이 들이닥쳐 눈물과 콧물로 범벅이 된 얼굴로 집에 조금만 더 오래 있다가는 자기 자신에게 무슨 짓을 할지 몰라 두려우니 입원시켜 달라고 애원했던 바로 그 소녀일 수도 있다. 모자 달린 재킷 아래에는 날카로운 면도날로 그은 상흔들이 남은 팔이 감추어져 있고, 이 상흔들 중 몇몇은 최근에 생겼으며 몇몇엔 이미 단단한 반흔 조직이 생성되었다.

물론 임신 중 나타날 수 있는 현대의 모든 정신적 증상이 일반 사람들의 눈에도 확실하게 보이는 것은 아니다. 어떤 여성들은 세상을 향해 평온하게 미소를 지으면서 비밀스러운 상처를 마음속에 감추는 능력이 뛰어나다. 그러나 노련한 조산사들은 숨겨져 있는 것을 찾아낼 수 있다. 그리고 경청하고, 믿어주고, 필요한 때가 오면 치유해줄 수 있다.

재스프릿

하루가 너무 길어요

　나는 그저 어떻게 판단해야 할지 몰랐다. 환자 분류소로 오는 (불과 몇 시간 전만 해도 눈물을 흘리며 전화를 걸었지만 티 없이 말끔하게 단장한 외모에 미소를 지으며 등장하는) 많은 여성들처럼 나는 재스프릿이 우리를 계속해서 눈코 뜰 새 없이 바쁘게 만드는 셀 수 없이 많은 '건강 염려증' 환자들 중 한 명이 아닐까라는 생각이 들었다.

　조산사들 사이에서 환자가 병원에 도착하자마자 '기적적으로 치료되었다'는 농담을 주고받는 경우는 드물지 않다. 트럭 한 대 분량의 해열진통제를 먹어도 가라앉지 않던 복통이 병실 침대에 엉덩이가 닿기도 전에 갑자기 사라지고, 욱신거리는 두통이 신기하게도 정신없이 북적거리는 대기실

한복판에서 없어진다. 정말로 아픈 여성은 아파서 병원에 오고, 치료를 받을 때까지 계속 아프지만, 많은 사람들의 경우 병원 직원들의 연민어린 시선을 받고 곳곳에 배어 있는 소독약의 자극적인 냄새를 들이마시는 것으로 빠르게 치유되는 것처럼 보인다. 냉소적인 조산사는 이런 여성들을 신랄한 눈빛으로 쩨려보고, 자주 쓰는 표현으로 "그 짓을 하고 있어"라고 말할지도 모른다. 조금 너그러운 조산사는 많은 여성들이 산부인과 병원이 자신의 이야기를 들어주고, 누군가의 말을 듣고, 한 시간이나 오후 동안 안전하게 머물 수 있는 장소라는 사실을 알기 때문이라고 생각할지도 모른다. 그리고 때로는 이런 사실을 아는 것만으로도 상담이 시작되기도 전에 고통이 완화되고 치료될 수 있다.

재스프릿(또는 그녀가 스스로 소개했듯 '재스')은 평소와 같이 바쁜 오후 시간에 환자 분류소로 전화했다. 오후 3시였다. 점심식사 후 찾아오는 노곤함에 내 발걸음은 느려졌고, 생각도 둔해졌다. 이날 아침은 전날 밤 보름달이 떴을 때 양수가 터진 여성들로 넘쳐났고, 오후가 되었을 때에는 너무 많은 검사를 한 탓에 실제로 손이 아파왔다. 이 환자들 중 일부는 산전 병동으로 옮겨졌고, 일부는 분만 병동으로 급히 올라갔으며, 불만에 찬 몇몇은, 우리끼리 사용하는 표현으로 '확고히 하기' 위해 집으로 돌려보내졌다.(다시 말해 몇 개의 임부용 생리대를 흠뻑 적시고 통증이 올 때까지 기다리는 것이다.) 재스가 전화를 걸었을 때 나는 그날의 업무량에 짓눌려 약간 정신이 몽롱한 상태였다. 잠시 형 집행이 취소되기를 바라는 마음으로 데스크 옆 의자에 쓰러지듯이 앉았을 때, 때맞춰 전화벨이 울렸다.

"환자 분류소의 조산사 해저드입니다. 무엇을 도와드릴까요?" 낭랑한 목소리가 자동적으로 내 입에서 흘러나왔다.

"그게, 뭐냐 하면…… 18일 전에 아기를 낳았는데 하루 종일 피곤함을 느껴요."

나는 등받이에 몸을 기대고 체념하며 지겹다는 듯이 책상 위로 펜을 가볍게 던졌다. '물론 하루 종일 피곤하겠죠.' 이렇게 말하고 싶었다. '출산한 이후로 깨지 않고 푹 잠을 자본 시간을 한 손으로 셀 수 있을 거예요. 부어올라 단단해진 가슴을 통해 당신의 마지막 남은 에너지까지 팔 안에 안긴 아기에게로 흘러들어 갈 겁니다. 당신의 질은 급하게 땜질한 고속도로이자 샛길이고요. 그리고 당신의 삶이 다시 정상으로 회복되는 날이 오기는 할지 궁금할 거예요. 물론 피곤하겠죠. 어떻게 안 그럴 수 있겠어요?'

"네, 하루 종일 피곤함을 느낀다는 말이죠?" 나는 수화기를 통해 낼 수 있는 최대한 차분한 목소리로 정확히 필요한 정도의 걱정을 담아 물었다. 우리는 환자의 말을 그대로 따라 하라고 배웠다. 환자가 말하면 그 말을 반복함으로써 상대가 자기 말에 귀를 기울이고 있다는 느낌이 들게 해준다. 비록 그것이 자신의 음순이 썩은 돼지고기 같다는 말일지라도 예외는 없다.(실제 사례다.)

"저는 완전히 지쳤어요. 아무리 낮잠을 자도, 무엇을 먹어도, 무슨 일을 해도 나아지지 않아요. 그리고 제왕절개 흉터가 매일 점점 더 심하게 아파요." 수화기 너머의 목소리가 말했다.

이제 나는 그녀에게 관심을 집중했다. 산부인과에서 피로는 (환자와 직원 모두에게) 특종거리가 아니지만, 소독을 잘하는데도 시간이 지나도 아물지 않는 상처는 염증이 생겼다는 의미일 수 있기 때문이다.

"수술 부위에 염증이 생긴 것처럼 보이나요? 상처에 벌어진 부분이 있거나 피나 진물이 흘러나오지 않나요?" 내가 물었다.

"모르겠어요. 무서워서 자세히 들여다보지 않았어요."

의료적 맥락에서 수많은 여성들이 자신의 몸을 살펴보기를 두려워한다는 사실은 놀랍지 않다. 우리는 많은 시간을 들여 허벅지나 팔뚝, 눈썹 같은 다른 신체 부위들에서 현대적 미의 기준에 맞지 않는 부족한 부분을 찾아내지만, 혹이나 타박상, 더 사적인 부분에 생긴 문제에 대해서는 너무나 많은 사람들이 자세히 들여다보기를 꺼린다. 누군가가 전화를 걸어 "제 질에서 뭔가가 흘러나와요"라고 말할 때 병원에 오기 전에 먼저 생식기에 어떤 끔찍한 이상이 있는지 거울을 통해 들여다보라고 제안하면 화를 낸다. 나는 자신의 몸을 '제대로' 들여다보는 행위를 꺼리는 이런 감정이 다른 무엇보다도 사회적으로 길들었기 때문이라고 생각한다.

여자아이들은 흔히 이른 나이부터 자신의 사적인 신체를 누군가에게, 심지어 자기 자신에게조차, 보이는 것이 매우 창피한 일이며, 신체를 이야기할 때 남이 듣지 못하게 낮은 목소리로 잘 포장된 완곡한 표현을 사용해야 한다고 배운다. 반면 남자아이들은 자신의 음경을 인지하기 시작할 때부터 욕실에서 이를 가지고 재미있게 장난을 치기도 한다. 이런 학습된 행동은 수년에 걸친 혼란과 심리적 거부감, 심지어 불편함(대개 아랫부분을 살짝 보는 것만으로 한 시간을 들여 환자 분류소까지 오는 시간을 절약할 수 있다)을 야기할 수 있다. 나는 수화기 너머에서 들려오는 주저하는 목소리를 들으면서 집에서 상처를 살펴보라고 말해줘도 소용이 없으리라는 사실을 알았다.

"전화로 설명해준 내용만으로는 정확히 무엇이 문제인지 말하기 힘들어요." 내가 전화 상담 기록표에 통화 내용을 휘갈겨 쓰며 조심스럽게 말했다. '애매한 증상. 환자는 상처 부위가 쓰라리다고 말하지만 전반적으로 괜찮은 것처럼 들린.' 나는 이 종이를 노트에서 뜯어낸 다음 책상 위에 쌓여 있는, 오늘 접수된 다른 기록표 뭉치에 추가했다. 오후가 되자 누가 병원으로 오고 누가 이미 도착했는지를 기록하는 것이 거의 무의미해지는 단계에 도달했다. 일어날 일은 일어나게 되어 있다.

"병원에 한번 와보는 게 어떨까요, 재스? 그러면 가능한 한 빨리 검사를 해줄게요. 지금은 조금 바쁜 시간이거든요." 내가 노련하고 절제된 표현을 써가며 제안했다. 대기실 모퉁이에서 한 여성이 배우자와 부족한 양분을 보충하기 위해 가져온 닭튀김 상자에서 마지막 남은 닭다리를 놓고 큰 소리로 언쟁을 시작했다. "공평해야지." 나는 유리창 너머에서 못마땅한 표정으로 한숨을 쉬는 다른 일곱 명의 여성들을 살펴보며 생각했다. '조금 기다려야 하겠는걸.'

재스가 환자 분류소에 도착했을 때 그녀는 머리부터 발끝까지 말끔하게 차려입은 세련된 엄마의 모습이었다. 날씬하고 아담하며 단정했다. 윤기 나는 검은 머리는 뒤로 깔끔하게 말아 올려 완벽한 구 모양을 이루고 있었고, 붉은 립스틱은 어깨에 멘 기저귀 가방 색깔과 같았다. 내가 그녀의 손에 들린 카시트를 들어주겠다고 제안했을 때 그녀의 천사 같은 아기는 푹신한 카시트 안에서 얌전히 잠들어 있었고, 그녀는 가볍게 미소를 지으며 전혀 무겁지 않은 것처럼 시트를 들어올렸다.

"제가 들 수 있어요. 감사합니다." 그녀가 말했다. 나는 자기 몸 하나도 제대로 가누지 못하는 다 죽어가는 비쩍 마른 여성을 예상했지만 그 대신 침착하고 유능한 엄마가 들어왔다. 나는 재스의 미소에 미소로 답하고(거울반응하기, 언제나 잊으면 안 된다) 1번 침대로 안내했다.

재스는 카시트를 바닥에 조심스럽게 내려놓았고, 침대에 편히 앉으면서 신발 상자에서 막 꺼낸 것처럼 깨끗한 운동화를 신은 발을 한 번의 매끄러운 동작으로 침대보 위로 올렸다. 나는 침대 옆의 다양한 기계와 모니터 전원을 켜면서 조용히 회의적으로 그녀를 평가했다. 제왕절개를 한 지 몇 주밖에 지나지 않은 여성이 이렇게 쉽고 편안하게 움직이는 경우는 드물고, 수술 부위에 염증이 있다면 거동은 더욱 불편해진다. 내가 혈압기를 그녀의 팔에 두르는 동안 재스는 실크 블라우스를 걷어 올렸고, 내 질문에 예의 바르게 그러나 중요한 세부사항은 피해가며 답했다.

"재스, 검사 결과는 모두 정상이고 문제없어요. 상처 부위를 살펴봐도 괜찮을까요? 무언가 이상한 점이 보이면 의사를 호출해 살펴보게 할게요." 내가 말했다.

재스는 밝게 웃었다. "물론이에요." 청바지 지퍼를 내리고 몸을 꿈틀거려 바지를 골반 밑까지 벗으며 그녀가 말했다. 그녀의 복부는 황갈색 피부에 부드럽고 단단하며 평평했다. 그녀는 아이를 낳은 대부분의 엄마들이 가지고 있는 터진 풍선처럼 힘없는 배를 피할 수 있었던 몇 안 되는, 복을 (또는 십중팔구 유전자를) 타고난 여성이었다. 어디인지 말할 필요도 없이 그녀의 상처는 쉽게 눈에 띄었다. 깔끔하고 빨간 선이 배를 가로지르고 있었다. 나는 어느 의사가 제왕절개술을 집도했는지 찾아보았다. 절개선은 자신감 있는 달인의 솜씨였다. 침대 옆 손수레에 놓여 있던 파란 장갑 한 쌍을 낀 나는 손가락으로 상처의 윤곽을 따라 부드럽게 매만졌다. 벌어진 부분도 없었고, 진물이나 피가 흘러나오지도 않았고, 양쪽 끝부분에 '자랑스럽게 자리 잡고 있는' 접힌 피부도 없었다. 재스의 흉터는 교재의 한 페이지를 아름답게 장식하기에 손색이 없었다.

　　나는 검사를 하는 동안 창피하게도 질투로 마음 한구석이 찌릿했다. 내가 제왕절개 수술을 받은 지 이제 15년이나 지났다. 흔적은 희미한 선에 지나지 않았지만, 내가 아직까지도 이해하지 못하는 어떤 이유로 절개 부위를 꿰매는 대신에 스테이플러로 봉합했다. 딸을 출산하고 나서 처음 몇 주 동안 나는 상처를 바라보며 프랑켄슈타인의 괴물이 된 것처럼 느꼈다. 지치고 울먹이는, 조각들을 모아 짜깁기한 괴물.

나는 수많은 초보 엄마들의 눈에서 이런 살짝 불안한 감정을 보아왔다. 그리고 열한 시간, 또는 스무 시간 내지 서른네 시간 동안 진통을 겪다 응급 제왕절개 수술을 받은 여성의 경우 수면 부족으로 인한 섬망 증상이 흔히 죄책감과 실망에 의해 악화되기도 한다.

몇 시간이나 받은 출산 교육과 머릿속에 꼼꼼하게 저장한 이미지와 말들, 형형색색으로 표시된 네 장짜리 출산 계획서. 이 모두가 배를 가르는 수술실에서 끝나게 된다. 이 출산 방식은 생명을 살릴 수 있고, 이런 이유로 많은 여성들이 이 방식을 기꺼이 받아들인다. 그러나 그렇게 못 하는 여성들도 존재한다. 흔히 이런 암울한 트라우마를 남기는 경험은 시간이 충분히 지나 이미지들이 흐릿해져 무시할 수 있을 정도가 되기 전까지 머릿속에서 반복적으로 재생된다. 나는 재스의 얼굴에서 이런 내적 혼란의 징후를 찾아보았지만 그녀의 표정에서 아무것도 읽을 수 없었다.

내가 입을 떼었다. "재스, 매일 지쳐 있는 것은 완벽하게 정상적인 반응이에요. 당신의 몸이 그동안 많은 일을 겪었잖아요. 상당히 큰 수술도 받았고요. 당신이 생각했던 것과 달랐을지도 몰라요."

그녀는 이 대목에서 눈을 깜박였지만 곧 안정적인 시선을 되찾았다. 나는 말을 이어나가기로 결정했다. 내가 횡설

수설하며 내뱉은 말 중 어떤 부분이 정곡을 찌를지도 모를 일이었다.

"당신은 수면부족에 시달리며 생활하고 있고, 아기가 원하는 것을 채워주기 위해서는 엄청난 양의 에너지가 소모되죠. 하지만 배의 상처만 보면 어떠한 문제점도 발견할 수 없어요. 실제로 의사가 굉장히 솜씨 좋게 봉합했어요."

이때 그녀가 고개를 돌렸고, 나는 그녀의 눈에 눈물이 살짝 고인 것을 보았다고 생각했다.

"지난 며칠 특별히 활동량이 증가하지는 않았나요? 수술을 할 때 피부뿐만 아니라 겹겹이 쌓여 있는 조직들도 절개했고, 이 모든 것들이 아직도 아무는 중이에요. 너무 빨리 너무 많이 움직이려고 하면 상당한 통증을 느낄 수 있어요."

이것이었다. 한 줄기 눈물이 재스의 뺨을 타고 흘러내렸다. 그녀의 아랫입술이 떨리기 시작했고, 눈물이 멈추지 않고 흐르면서 화장한 얼굴에 두 개의 매끄럽고 옅은 선이 만들어졌다.

"하루가 너무 길기만 해요." 그녀가 눈을 내리깔고 소곤거렸다.

나는 내가 그녀의 말을 정확히 들었는지 확신할 수 없었다. 하루가 너무 길다고? 나는 하루가 너무 짧다는 달갑지 않은 생각에 익숙했다. 특히 최근에는 조산사 업무에 양육과 일상생활에서 처리해야 하는 일들이 합쳐져서 더 부담스러웠다. 그런데 너무 길다고?

"뭐라고요? 무슨 의미죠?" 내가 부드럽게 물었다.

재스가 나를 올려다보았다. 그녀의 눈은 이미 붉게 충혈되었고, 손등으로 흘러내리는 눈물을 닦느라 립스틱이 번져 있었다. 얼굴을 가리고 있던 가면이 벗겨졌고, 이제 그녀는 말할 준비가 되었다.

"제 남편은 비나가 태어난 후로 4일밖에 쉬지 않았어요. 그는 자영업자이기 때문에 일을 하지 않으면 수입이 끊겨요. 이건 괜찮아요. 그를 탓할 생각은 없어요. 하지만 그저…… 이제 집에는 거의 하루 종일 저와 비나뿐이고, 시간이 계속 느릿느릿 지나가는 것 같아요. 제 말은, 아이에게 밥을 주어야 하지만, 그 이외의 시간에는 뭘 해야 할지 모르겠어요. 저는 회계사예요. 하루 종일 사람들 사이에 섞여서 바쁘게 움직이고 회의에 참석하는 상황에 익숙하죠. 그런데 이제는…… 시간이 남아돌아요. 그리고 무언가를 하지 않을 때면 출산에 대해 생각하고 또 생각하게 돼요. 어떻게 진행되었는지, 어떻게 되었어야 했는지. 제가 수술실에 들어갈 때 보았던 남편의 표정이 떠올라요."

나는 이 말에 움찔했다. 내가 제왕절개 수술을 받고 몇 년이 흐른 후에야 남편은 내가 수술 준비를 위해 분만실에서 나가고 난 뒤에 무슨 일이 있었는지 말해주었다.

"병원에서 옷을 갈아입도록 나를 어떤 창고 같은 곳으로 보냈어." 남편이 어느 날 밤에 이렇게 말했다. 우리는 어둠 속에서 졸음 섞인 눈으로 비밀을 주고받으며 침대에 누워 있었다. "나는 당신과 아기가 모두 죽는 줄 알았어. 병원을 혼자서 나서는 모습이 머릿속에 떠올랐지." 마음속에 생생한 이미지들을 간직하고 있는 사람은 나 하나만이 아니었다. 그러나 남편은 내 기억이 흐릿해질 때까지 자신의 기억을 혼자서 간직하고 있었다.

"저는 그의 얼굴을 생각하지 않으려고 애써야 해요." 재스가 내 생각을 그대로 반영하며 말했다. "시간을 흘려보내야 하죠. 그 많은 시간을요. 그래서 청소를 해요."

"청소를 한다고요? 얼마나 많이요?" 내가 물었다.

그녀가 코를 훌쩍거리고 깊게 숨을 들이마신 다음 한숨을 쉬며 몸을 떨었다. 그리고 내 얼굴을 정면으로 응시했다.

"집을 하루에 서너 번 청소해요. 카펫, 바닥, 부엌, 화장실 등 구석구석을 빼놓지 않고요. 침대를 정리하고, 비나의 젖병을 두 번씩 소독하고, 설거지를 해요. 그러고는 처음부터 다시 시작하죠."

"그러니까 그동안…… 꽤 많이 활동했네요."

"네."

나는 작게 지친 한숨을 내쉬었다. 갑자기 침대와 방 안의 다른 공간을 나누는 얇은 커튼 뒤에서 소리들이 들려왔다. 다른 침대 옆에 놓인 태아심박감지기에서 나오는 심장고동 소리와 남자의 웃음소리와 여자가 그를 꾸짖듯이 툭 치는 소리가 들렸다. 언제나처럼 전화벨이 울렸다. 나는 얼굴에 붙은 젖은 머리카락을 뒤로 넘기고, 몇 가닥 흘러나온 머리를 단정하게 묶은 머리 사이로 밀어 넣는 재스를 바라보며 나한테 그녀에게 필요한 도움을 줄 수 있는 시간과 에너지, 지혜가 있는지 궁금했다. 그녀의 감정 상태는 복잡했다. 불안과 실망감, 약간의 강박 심리가 뒤엉켜 있었고, 여기에 트라우마에 의한 산후 스트레스라는 가느다란 실이 한 가닥 섞여 있었다. 이날 오후에 이 실을 골라내기란 불가능했다. 그녀의 상태는 마찰을 일으키고 모순되며 짜증이 난 일반적인 초보 엄마들과 다르지 않았다.

"재스, 당신이 느끼는 기분은 모두가 완벽하게 정상이에요. 아기를 낳는 것은 엄청난 변화를 의미해요. 이전까지 살아온 삶의 정중앙에 폭탄을 떨어뜨리는 것과 같죠. 모든 것이 달라졌고, 하루 종일 혼자 있을 때는 고립되고 감당하기 힘들게 느껴지기 쉬워요."

그녀는 나를 바라보며 고개를 끄덕였다. 내가 하는 말을 듣고 있음은 분명했지만 정말로 새겨듣고 있는지는 알 수 없었다. 조금 전까지만 해도 눈물이 고인 채 답을 찾고 있던 그녀의 눈에 이제는 따분한 기색이 비치기 시작했다. 나는 이 눈빛을 알았다. 내가 사춘기 딸에게 주옥같은 지혜를 전달해주려고 할 때 아이가 나를 바라보던 눈빛과 똑같았다. 셔터가 내려오고 있었다.

"청소도 정상적인 행동이에요." 나는 재스가 다시 귀를 기울이기 바라면서 이야기를 계속했다. "하지만 하루에 서너 번 청소하는 것은…… 조금 과한 것 같네요. 인생은 지나치게 짧아요. 그리고 비나가 아기인 때는 평생 한 번뿐이죠. 느긋하게 받아들여요. 자신에게 관대해져요. 그리고 필요하면 도움을 청하도록 해요."

나는 이 진부한 말을 입에서 내뱉자마자 헛수고를 했음을 깨달았다. 재스는 이미 청바지의 지퍼를 올리고 블라우스 매무새를 정돈하고 있었다. 하지만 나는 여기서 포기하는 것이, 짧은 대화만 나눈 채 그녀를 다시 똑같은 상황 속으로 돌려보내는 것이 옳지 않게 느껴졌다. 환자에게 또 다른 차원의 보살핌이 언제 필요한지를 아는 것도 조산사의 능력이었고, 나는 재스의 경우 대화만으로는 (적어도 최소한 내가 늘어놓은 어설픈 조언으로는) 충분하지 않음을 감지했다. 그녀가 슬픔을 접고 아기를 가슴에 안은 채 자신이 속해 있던 외로운 세상으로 되돌아가기까지 시간이 얼마 남지 않았다. 그리고 나는 내가 무엇을 해야 하는지 생각났다.

"재스." 그녀가 침대에서 내려와 바닥에 발을 디딜 때 내가 말했다. 그녀는 잠시 행동을 멈추고 내가 남은 말을 마저 끝마치도록 기다리며 나를 바라보았다. "제가 당신의 상처에 무언가 실제로 해줄 수 있는 일이 있을 것 같아요."

그녀는 고개를 옆으로 살짝 기울였다. 이는 새들에게서 볼 수 있는 습관적인 행동으로 더 자세한 설명을 기다리고 있다는 신호였다.

"지금까지 굉장히 활동적이었잖아요. 다시 생각해보니 봉합한 곳에 경미한 염증이 생겼을지도 모르겠어요." 나는 재빠르게 둘러댔고, 내 말이 효과가 있는 것 같았다. 재스는 내 '진단'을 들으면서 움직이지 않았다.

"상처를 가라앉히고 유해균을 제거하기 위해 소독약을 상처에 발라줄게요. 10분 정도면 충분해요. 그냥 침대에 다시 편하게 눕기만 하면 돼요. 비나는 괜찮을 겁니다." 나는 환자 분류소의 소음을 자장가 삼아 카시트 안에서 깊은 잠에 빠진 채 코를 쿵쿵거리는 아기를 힐끗 내려다보았다.

"조금 더 있다가 가도 될 것 같네요. 소독약이 정말로 도움이 된다면 말이에요." 재스가 말했다.

"틀림없이 도움이 되죠." 내가 미소를 지으며 말했다. 나는 최소한의 임상적 효과를 생각하고 있었다. 기본적으로 소독약으로 상처를 씻고 쉬는 것이 거의 전부였다. 하지만 이 '치료'가 어떠한 해도 가하지 않을 것임을 분명히 알고 있었다. 나는 오늘날 산부인과에서 제공해줄 수 있는 모든 도구나 약물을 활용할 수 있었지만, 이번 경우에는 매력적인 제안과 선한 의도가 훨씬 더 강력한 힘을 발휘할 수 있었다.

나는 침대 옆 서랍에 손을 뻗어 손수레 위에 재료들을 펼쳐놓았다. 소독한 장갑과 탈지면이 든 봉지 두 개, 상처 소독용 액체가 든 긴 플라스틱 병 하나였다. 상처 소독을 위해 조산사들은 정해진 절차에 따라 움직이고, 나는 재스가 필요한 재료가 든 꾸러미를 여는 내 모습을 흥미로운 시선으로 바라보고 있음을 느꼈다. 그녀는 블라우스를 올리고 청바지를 다시 내렸다. 그리고 나는 꼼꼼히 계획된 의식을 치르듯이 부드럽게 천천히 열 장의 사각형 탈지면을 펼쳐 그녀의 흉터를 따라 복부에 가지런히 늘어놓았다. 하얗고 깨끗한 탈지면으로 흉터를 다 덮고 난 다음에는 플라스틱 병을 똑 소리가 나게 열어 내용물을 흉터를 덮은 탈지면이 흠뻑 젖을 때까지 부었다. 나는 이런 식으로 상처를 소독할 때마다 이것이 애정을 확인시켜주는 행동임을 잊지 않는다. 모든 상처에는 사연이 담겨 있고, 모든 치료는 이 사연을 인정하는 행위다. 다음과 같은 의미를 가진 조산사만의 방식이다. '당신의 이야기를 듣고 있어요. 그리고 당신을 믿어요.'

젖은 탈지면을 가볍게 톡톡 두드리며 내가 말했다. "자, 이제 소독약이 스며들도록 놓아두면 돼요. 저는 잠시 나갔다 올게요. 편히 쉬고 있어요." 나는 재스의 침대 위에 달린 등의 불빛을 약하게 줄이고 자리를 떠났다. 커튼을 칠 때 그녀가 몸을 침대에 편히 눕히고 눈을 감고 두 팔을 양옆에 내려놓는 모습이 보였다. 겹겹이 쌓은 젖은 탈지면이 그녀가 숨을 쉴 때마다 오르락내리락했다. 환자 분류소의 이 작은 공간은 평화로웠다.

전화를 받고 끊임없이 밀려들어 오는 환자들의 기록표를 확인하는 사이에 10분은 빠르게 지나갔다. 임신 31주의 조기 분만 환자와 퇴근길 버스 안에서 하혈을 조금 한 또 다른 여성의 전화에 응답하는 동안 이 여성들을 포함해 다른 응급 상황에 사용할 침대를 정리할 필요가 있다는 생각이 들었다. 나는 재스의 침대로 돌아가기 전에 그녀에게 가능한 한 많은 시간을 주었다. 그녀는 가볍게 코를 골며 숙면을 취하고 있었다. 그녀의 손은 여전히 상체 옆에 가지런히 놓여 있었지만 잠이 들면서 손바닥이 마치 애원을 하듯이 위를 향하고 있었다.

"재스. 기분이 좀 어때요?" 나는 그녀의 어깨를 부드럽게 흔들어 그녀를 깨웠다.

그녀가 눈을 떴고, 낯선 얼굴과 주변 환경을 알아채기까지 시간이 조금 걸렸다. "저는 괜찮아요." 그녀가 말하고 자신의 배를 내려다보았고, 젖은 탈지면의 끝부분을 뒤로 젖혔다. "이렇게 하고 있으니 기분이 좋았어요. 고마워요."

나는 '저도 기분이 좋네요'라고 말하고 싶었다. 이 시간에 병원은 점점 더 바빠지고 있었고, 나는 너무 많은 업무를 정신없이 처리하느라 멍한 상태였다. 내 손길에서 부드러움이 점점 사라지고, 내 목적이 점점 불명확해지고 있었다. 나이 든 동료들이 조기 은퇴를 하거나 스트레스가 덜한 직업을 찾아 떠나는 가운데 젊은 조산사들이 몰려왔고, 이들은 얼마 지나지 않아 병동의 현실을 깨닫고 의욕을 잃었다. 나는 샌드위치처럼 이들 사이에 끼어 있었다. 누군가를 가르치기에는 연륜이 부족하고, 무언가가 잘못되었다는 의심을 품을 만큼은 경력을 쌓은 애매한 위치에 서 있는 존재였다. 이런 상황은 내게 불안감을 안겨주었고, 나는 때때로 내가 이곳에 어울리는지, 내 존재가 차이를 만들어내는지 알기 위해 고민했다. 그리고 내가 여전히 누군가에게 위안이 될 수 있고, 어느 여성에게 소중한 10분의 평화를 줄 수 있다는 사실을 아는 것은 기분 좋은 일이었다.

재스는 능숙하고 효율적으로 자신을 추슬렀다. 청바지를 다시 올려 입고 블라우스를 바지 안으로 밀어 넣었다. 젖은 탈지면은 침대 옆에 깔끔하게 접혀 있었다. 내가 비나의 카세트를 들어주겠다고 했지만 그녀는 사양했고, 집에 가서 사용하도록 깨끗한 탈지면과 진통제를 챙겨주겠다는 제안도 거절했다. 나는 그녀와 함께 우리 부서 입구에 있는 쌍여닫이문 앞까지 걸어갔고, 그녀가 이곳에 도착했을 때 보았던 여유롭고 우아한 걸음걸이로 성큼성큼 멀어져 가는 뒷모습을 바라보았다. 그녀의, 그리고 나의 하루가 끝나기까지 아직 많은 시간이 남아 있었고, 그녀와 나는 앞으로도 일을 하면서 상처를 견디며 살아갈 것이다. 재스는 옷과 청소도구를, 나는 장갑과 탈지면을 손에 들고 각자 자신만의 치유와 고통의 밭을 일굴 것이다.

힘주세요!

조 산 사 의
유 니 폼

빳빳하고 새하얀 원피스와 광이 나는 쇠줄 끝에서 달랑거리는 시계, 은색 버클이 달린 넓고 탄성이 좋은 허리띠. 불투명한 스타킹과 이중매듭으로 묶은 끈이 달린 깔끔한 신발. 자부심 강하고 유능한 조산사를 떠올리게 하는 모습이다. 나와는 너무나도 거리가 먼 모습. 나는 정부에서 직원들이 남녀공용 상하의를 입으면 훨씬 더 생산적으로 일할 수 있다고 (그리고 유니폼 제작 비용을 낮출 수 있다고) 결정하기 전에 조산사들이 입었던 20년 전의 유니폼을 입고 있는 내 모습을 자주 상상해본다. 그러나 이제 빳빳한 챙이 달린 모자와 조산사를 떠올리게 하는 망토는 사라졌고, 성중립적인 상하의가 그 자리를 대신하고 있다. 지금의 유니폼은, 들리는 바에 의

하면, 이렇게 탄생했다.

　　나와 내 동기생들은 국가에서 정한 새로운 유니폼을 최초로 입게 되었다. 멋이라고는 없는 볼품없는 디자인이었지만(누구도 부정할 수 없는 사실이다) 조산사 교육 과정이 시작되고 몇 개월 뒤 금요일에 우리는 킬킬거리며 급하게 탈의실로 바꾸어놓은 교실로 우르르 몰려 들어갔다. 책상을 벽 쪽으로 밀어놓은, 음산한 도시 경관이 보이는 큰 창문이 있는 교실 안은 꽁꽁 얼어붙을 정도로 추웠다. 그러나 우리는 한시라도 빨리 옷을 벗고 새로운 디자인의 유니폼을 입어보고 싶었다. 이 유니폼은 곧 있을 첫 임상 실습 때 입을 예정이었다. 잿빛 상의와 허리끈이 달린 헐렁한 남색 바지를 입은 서로를 쳐다보며 야단법석을 떨기는 했지만, 추워서 닭살이 돋은 피부에 닿는 뻣뻣한 직물의 낯선 촉감의 설렘을 즐기면서 한 바퀴 빙글 돌고 포즈를 취하는 모습에서는 확고한 자부심이 느껴졌다.

　　우리는 17세부터 41세까지 다양한 연령대가 모인 오합지졸 무리였다. 이중 일부는 태어나서 처음으로 부모님과 멀리 떨어져 생활하고 있었고, 일부는 젊은 엄마로서 가정을 이루며 살고 있었다. 몇몇은 아직까지 여드름이 여기저기 피어올라 있었고, 다른 몇몇은 새치머리와 까다로운 사춘기 자녀들 때문에 한숨을 지었다. 그러나 이 유니폼은 우리를 처

음으로 자부심 강한 조산사로 만들어주었다. 유니폼. 동질
감. 우리는 지금까지 서로 다른 길을 걸어왔지만, 새롭고 함
께 공유하게 된 신분에 매우 즐거웠다. 마침내 우리는 조산
사 세계의 일부로 보이게 되었다.

　　이후로 몇 주가 흐르는 사이에 우리는 유니폼이 우리의
신분을 나타내줌과 동시에 우리를 눈에 띄지 않는 존재로 만
들어준다는 사실을 깨닫게 되었다. 유니폼은 이를 입고 있는
사람을 공적이고, 자기 분야에 박식하며, 존경할 만한 사람
으로 보이게 만들어주는데, 이런 이미지는 이들이 아무런 의
심과 반감을 사지 않으면서 '평상복'을 입은 사람이라면 즉
각 눈에 띌, 달갑지 않고 심지어 잠재적 위험을 가진 침입자
로 여겨지는 환경으로 슬며시 들어갈 수 있게 해준다. 처음
으로 병동을 돌아다니는 날, 완전히 낯선 사람에게 꿰맨 자
리를 볼 수 있는지 묻는다. 당연한 요구다!(내가 신호를 보내면
환자는 재빨리 무릎을 굽혀 겸자 분만으로 인해 생긴 결과를 드러낸
다.) 아파트 15층의 초인종을 누르고, 잔뜩 인상을 쓰고 있는
2미터가 넘는 거구의 인물과 으르렁거리는 로트와일러가 당
신을 맞이한다. 들어와요, 이 개는 물지 않아요!(당신이 여자
친구의 빨갛게 부어오른 가슴을 살펴보는 동안 유니폼은 이 거구의
남자에게 차와 커스터드 크림빵을 내오라는 신호를 보낸다.) 근무
시간마다 우리는 유니폼과 자신감을 입고 시작한다. 그리고

병원의 두근거리는 심장 안으로 조금 더 깊이 들어가면 우리의 잿빛 상의를 수술복으로 바꾸어 입었다. 이 행동은 우리를 전문 조산사와 의사와 전혀 구별되지 않게 만드는 경이로운 효과를 만들어냈다. 물론 우리가 입을 열기 전까지만이다.

조산사 교육 과정 2년차 중반에 나는 산부인과 외래수술을 지켜보는 기회를 가졌다. 매사 어쩔 줄 몰라 하던 신참의 느낌이 살짝 덜해지기는 했지만 이 소규모 병원은 내게 완전히 새로운 환경이었고, 수술실로 들어가는 생각만으로도 나는 겁에 질렸다. 많지는 않아도 제왕절개 수술을 옆에서 보조한 경험이 있었던 나는 내가 모든 사람들을 완전히 끈질기게 방해하고 있다는 느낌을 떨쳐낼 수 없었다. 수술실에서 (여길 만지고 저긴 만지지 말고, 여기 서 있고 저긴 서 있지 말고 등) 지켜야 할 절차와 규칙들이 너무 많아서 나는 이곳에 영원히 익숙해질 수 없을까 봐 두려웠다. 많은 선임 조산사들처럼 여성의 열려 있는 복부를 앞에 두고 편하게 농담이나 휴가 계획을 주고받을 날이 내게는 절대로 오지 않을 것만 같았다. 그럼에도 나는 수술 당일에 내 깨끗한 새 유니폼을 입고 나타났고, 간호사의 안내에 따라 탈의실로 들어갔다.

"굉장히 빠르게 돌아가는 하루가 될 거예요." 내가 하나같이 너무 큰 수술복 사이에서 내게 맞는 사이즈를 찾는 동안 간호사가 말했다. "먼 선생님은 목요일에는 수술을 순식간에 끝내요. 유아원에 아이들을 데리러 가야 하기 때문이죠. 잠깐이라도 한눈을 팔면 끝나버릴 거예요." 그녀는 눈을 찡긋하며 말하고는 형광분홍색 크룩스 슬리퍼를 신은 발을 돌려 나갔다.

간호사의 말은 사실이었다. 이날 하루는 빠르게 시작되었다. 쇼에 앞서 마취과 의사와 간호사, 보조 의사, 조무사 등 다양한 직원들이 휑한 수술실에 모여 있었고, 밝은 등이 손수레와 환한 바닥을 비췄다. 9시에서 1분이 지났을 때 먼 선생이 수술복을 입고 오염을 방지하기 위해 장갑 낀 손을 위로 들어 올린 채 등장했다. 기다리고 있던 사람들에게 이야기하는 그녀의 감정 없는 푸른 눈동자가 안경 뒤에서 춤을 추었다. "잘해봅시다, 여러분. 3시가 되기 전에 이곳에서 나가게 될 겁니다."

나는 벽에 몸을 기댔고, 이날의 첫 번째 환자가 들어오는 동안 안전거리를 유지하며 지켜보았다. 환자는 젊었고 이미 마취가 된 상태였다. 나는 눈을 크게 뜨고 의사가 석션을 켜고 계류 유산을 한 환자의 자궁 안에 남아 있는 태아를 신속하게 제거하는 모습을 지켜보았다. 수술이 끝나고 환자가 나갔다. 다음 환자는 자궁에 낭종이 생긴 나이가 더 많은 환자였다. 환자가 누운 침대가 들어오고, 낭종이 제거되고, 수술 부위를 닫고, 환자가 나갔다. 나는 시간이 지날수록 아주 조금씩 수술대로 더 가까이 다가갔고, 마침내 마지막 환자가 들어왔다. 자궁내막증을 앓는 30대 중반의 여성으로, 먼 선생은 환자의 복부에 작은 구멍을 낸 다음 이곳을 통해 카메라와 다른 필요한 도구들을 밀어 넣어 문제가 되는 조직을 제거하는 복강경 수술을 진행했다.

예상했던 대로 이번에도 신속하고 효율적인 움직임으로 먼 선생은 수술대에서 환자의 복부를 절개하고 카메라를 넣었다. 이날의 여섯 번째 환자였다. 의사는 복강경을 찔러 넣고 돌려가며 이리저리 움직였고, 그녀의 시선은 근접 촬영한 환자의 내장을 생생하게 보여주는 모니터 화면에 단단히 고정되어 있었다. 가는 정맥이 퍼져 있는, 분홍빛 도는 매끄러운 자궁이 얼핏 보였다. 윤기 흐르는 아몬드처럼 생긴 난소도 잠깐 비쳤다. 뒤이어 다루기 까다로운 자궁내막 조직이 좀 더 오랫동안 보였고, 먼 선생은 소형 토치램프를 이용해 이것을 증발시켰다. 태우고 파괴하는 행위를 시작하고 몇 분 지나지 않아 먼 선생은 화면을 보며 고개를 끄덕였고, 자신의 작업에 만족한 모습이었다. 그리고 그날 처음으로 매끄러운 안경테 너머로 나를 응시했다. 그녀는 내 이름이나 수련 교육 정도를 몰랐고 묻지도 않았다. 그녀의 눈에 수술복이 들어왔고 이것으로 충분했다.

"이쪽으로 와요. 몇 가지 것을 보여주죠." 그녀가 나를 부르며 말했다.

나는 쭈뼛거리며 수술대로 다가갔다. 이 수술에 내가 어떤 도움을 줄 수 있단 말인가? 나는 무슨 일이 있었는지를 이해할 정도의 기본적인 지식은 갖추었지만 복강경 조작은 내가 감당할 수 있는 능력의 한계를 완전히 넘어서는 일이었다.

"서둘러요." 먼 선생이 말하면서 수술대에서 자기 옆자리를 고갯짓으로 가리켰다. 나는 학생 티가 나는 자세를 취하며 그녀 옆에 섰다. 환자가 우리 앞에 누워 있었다. 초록색 천이 덮여 있고, 눈은 감겨 있으며, 머리카락이 수술대의 검은 비닐 커버 위에 펼쳐져 있고, 혀는 마취 상태에서 의식과 감각이 없는 동안 생명을 유지시켜주는 산소호흡기 옆으로 축 늘어져 있었다.

먼 의사가 화면을 향해 고갯짓했다. "한번 살펴보도록 하죠." 그녀가 마치 나를 집으로 초대하는 사람처럼 가볍게 말했다. "어디 뭐가 있는지 볼까요?" 내게 복강경 카메라를 조작하도록 시키는 불상사는 절대로 일어나지 않을 것이며 먼 박사가 인간의 체내를 구경시켜주려 한다는 사실을 깨닫는 순간 두려움이 순식간에 가라앉았다. 그녀가 도구들을 이리저리 능숙하게 다루면서 수술 자체를 순식간에 끝냈다면, 이제는 내가 장면을 놓치지 않고 볼 수 있도록 천천히 움직였고, 쉽게 확인할 수 있는 쐐기 모양의 매끄러운 조직이 마치 마법처럼 화면 속에 나타났다.

"간이에요." 먼 선생이 알려주었다. 또 한 번의 여유로운 움직임 뒤에 굵고 부드러운 한 뭉치의 밧줄 같은 것이 보였다. "이건 창자." 발레리나가 춤을 추듯 카메라가 우아하고 부드럽게 다시 움직였다. "이건 자궁하고 난관이고, 이건 인대예요." 그녀가 팽팽한 끈 모양의 조직을 가리키며 말했다. "그리고 이것들이 요관이죠." 그녀는 이런 식으로 안내를 계속했고 나는 화면에서 시선을 뗄 수 없었다. 내가 수술실 불빛 아래 땀을 흘리며 서 있는 동안 벽시계는 3시를 향해 갔고, 나는 이 말도 안 되는 순간에 할 말을 잃었다. 수술복은 내 여권이 되었고, 나는 낯선 사람의 체내 여행에 초대를 받아 이국적이면서도 익숙하며 부드러운 조직으로 만들어진 꿈틀대는 랜드마크를 구경했다. 수술실 반대편에 위치한 병원 카페에서 티셔츠와 청바지를 입고 무리 지어 서성거리는 사람들과 나 사이에는 차이점이 거의 없었고, 이 당시 나의 의학 지식은 이들보다 아주 조금 더 나았을 뿐이었다. 하지만 수술복을 걸치는 단순한 행동만으로 나는 의술의 성역처럼 느껴지는 곳으로 초대되었다.

수술실에서 보냈던 이날 오후 이후 몇 년 뒤에 나는 조산사 교육 과정을 모두 이수했고, 인근 다른 병원의 지하에 자리 잡은 답답한 물품실에서 공인된 조산사에게 제공되는 푸른색 유니폼을 받을 수 있었다. 그때까지 나는 일흔여섯 명의 아기를 받았고, 셀 수 없이 더 많은 여성들을 돌보았으며, 인체를 다루는 일에 조금은 덜 혼란스러워졌지만 조산사의 업무는 교육 첫날과 마찬가지로 여전히 흥미로웠다. 오히려 처음으로 푸른색 유니폼을 입었을 때의 내 자부심은 실습생용 회색 유니폼 상의를 받았을 때 느꼈던 짜릿함보다 백배는 더 커졌다. 다시 한번 '일부로 보이게 되었다'는 믿기지 않을 만큼 강렬한 환희에 이번에는 '일부가 되었다'는 기쁨이 더해졌다.

조산사 자격을 획득한 후 초반 몇 년간 병원에서 근무하는 동안 나는 진료소와 병동, 정신없는 치료실 등 많은 장소에서 푸른색 유니폼을 입었다. 밤낮없이 이름표와 시계를 달고 있는 상의의 가슴 부분이 해지기 시작했고, 쪼그린 자세로 아이를 밀어내는 여성의 뒤에서 무릎을 꿇기도 하고 꽥꽥 울어대는 갓난아기에게 산모가 모유를 먹이는 일을 도와주기 위해 침대 옆에서 몸을 구부리는 자세를 많이 취하면서 바지의 무릎 부분이 늘어났다. 모든 환자가 나를 반가워하지는 않았지만(어느 임부는 마약성 진통제를 자기 생각보다 늦게 가져왔다는 이유로 나에게 부서진 이빨 조각을 뱉었다) 어디를 가든 유니폼이 내가 자격 있는 사람임을 증명해 주었다는 점은 부정할 수 없는 사실이었다. 유니폼은 환자에게 이들이 고통에 신음하고 두려움에 몸이 뻣뻣해졌을 때 이 조산사가 자신의 편에 서 있다는 믿음을 주었다.

뻣뻣한 옷깃과 은장식 버클이 달린 허리띠가 있는, 꿈에 그리던 멋진 옷은 아니지만 푸른색 유니폼은 내가 도움을 주기 위해 이곳에 존재한다고 세상에 이야기하는 나의 방식이었다.

유니폼이 반대의 효과를 가져왔던 사례가 딱 한 번 있었다. 나를 위협적인 존재로, 심지어 적으로 간주했던 사건이었다. 그리고 그 무엇도 이 암울한 경험을 말끔히 잊게 할 수 없을 것이다. 존중받는 세계로 가는 여권이 갑자기 사라졌다. 나는 무국적자에 요령도 없었고, 다른 여성에게 그녀의 믿음과 생명을 내 손에 맡기라고 말하는 한 여성에 불과했다.

스타

적과의 만남

    나는 모든 사람들이 나를 싫어한다는 점을 인지한 채 일
터에 도착했다. 나 혼자만의 상상이 아니었다. 신문에서 읽
은 사실이었다.

    나는 식탁에 앉아 전날 먹고 남은 칠리 요리 한 그릇을
뚝딱 해치우는 중이었다. 오늘은 분만 병동에서 야간근무를
하는 날이었고, 장염으로 고생하고 있었지만 언제나처럼 정
신없이 바쁘게 일하기 전에 조금이라도 배를 채우자는 생각
에서였다. 음식을 입안으로 쑤셔 넣는 동안 오늘 밤 벌어질
가능성이 농후한 암울한 일들을 짐작이라도 하듯 소화기관
이 마구 들끓는 소리를 냈다. 나는 분만 병동에서 급료를 두
둑이 받기 위해 추가 근무를 신청했는데, 최선의 노력을 다

했음에도 몇몇 환자들은 결국 수술실로 가고 말았다. 한 명은 긴급 제왕절개 수술을 받기 위해(그녀는 마취제가 효력을 발휘하기 직전까지 직원들에게 빌어먹을 놈들이라고 외쳐댔다), 한 명은 겸자 분만을 시도하려다가(의사가 거대한 스테인리스 샐러드 스푼을 이용해 가망이 없는 나쁜 위치에서 좋은 위치로가 아니라 그만 그 반대로 태아를 회전시켰다는 사실을 깨닫고 난 뒤에) 제왕절개 수술을 받기 위해, 한 명은 분만 후 출혈이 멈추지 않아 이를 치료하기 위한 필사적인 최후의 시도로서 출혈의 근원지인 자궁을 들어내기 위해 수술실로 들어갔다. 요약해서 말하자면 나는 병원에서 그동안 힘든 날들을 보냈고, 마음을 조금은 다독여줄 무언가가 필요했다.

내가 억지로 밀어 넣고 있는 음식물에 위가 항의하며 꿈틀거리는 가운데 나는 남편이 두 딸을 저녁 발레 수업과 하키 연습에 데려다주러 집을 나서면서 식탁에 놓고 간 신문을 휙휙 넘겨 보았다.(교대 근무를 하는 엄마의 또 하나의 '실패' 사례다. 병원에 있는 시간이 너무 많다 보니 언젠가부터 우리 아이들은 내게 다양한 학원 수업과 모임에 태워다 달라는 말을 하지 않게 되었다. 아이들은 이제 내가 미안함이 담긴 목소리로 거절할 거라는 사실을 너무나도 잘 알았다.) 나는 기운을 북돋워주는 좋은 기사나 하다못해 판다가 태어났다거나 우물에서 고양이를 구출했다는 소소한 기사를 보기를 희망하며 이날의 기사 제목들을 훑어보았다.

내 눈이 임산부 서비스에 관한 기사에서 멈추었다. 이 기사는 최근 실시한 조사에서 수많은 여성들이 보고하기를 분만 시 방치되고 등한시되며 외면당하는 느낌을 받았다고 적었다. 기자는 자신의 괴로움이 조기 분만의 불안감에 대한 과잉반응이라는 말을 들으며 심한 고통 속에 지역 환자 분류소에서 나가야 했던 여성들에 대해 썼다. 이런 여성들 중 일부는 집이나 갓길에서 아이를 출산했고, (병동에 입원하는 데 성공한) 일부는 진통이 점점 심해지면서 진통제를 달라고 애원했지만 헛수고가 된 서글펐던 경험에 대해 말했다. 일부는 피를 흘리는데도 혼자 남겨졌으며, 일부는 조산사들이 자신의 고통을 조롱했던 기억을 상기하며 한탄했다. 여성들의 언급은 애석함("상황이 달랐으면 좋았을 거예요.")에서 격분(어느 여성은 모든 조산사를 "잔인하고 속이 꼬인 문지기 무리"라고 했다)까지 광범위했다.

그랬다. 수백 시간의 진을 빼는 고된 노동에도 불구하고, 정말로 많은 조산사들이 시간과 잠과 신체적·정신적 건강, 그리고 가장 소중한 개인적 인간관계를 직업이라는 미명하에 희생함에도 불구하고, 우리는 미움을 받고 있었다. 나는 내가 하는 검사 결과에 상관없이 병원에 환자를 받아줄 빈 침대가 하나도 없다는 사실을 아는 채 이들을 진찰하는 일의 어려움을 직접 경험해보아서 잘 알았다. 이를 꽉 깨물고 "해열진통제 몇 알하고 뜨거운 목욕이 앞으로 몇 시간은 견딜 수 있게 해줄 겁니다"라고 임부를 안심시키며 집으로 보내야만 하는 기분이 어떤 것인지, 조산사 유니폼을 입고 있는 정신 나간 스카이 콩콩처럼 산전 병동을 이리 뛰고 저리 뛰며 돌아다니는 느낌이 어떤 것인지도 알았다. 또 여섯 명의 환자를 한 번에 돌보며 보람도 느끼지 못하고, 출산공이 부족한 것에 사과하고, 나만큼이나 미친 듯이 바쁜 동료가 마침내 짬을 내서 나와 함께 확인할 시간이 생기자마자 바로 마약성 진통제를 가져다주겠다고 약속하고, 위안이 되는 말을 툭 건네고 일그러진 미소를 지으며 환자들을 달래줄 때의 기분이 어떤지 잘 알았다.

　　나는 아이들의 생일파티와 학예회에 참석하지 못했다. 야간근무를 마치고 집으로 돌아와 침대에 지친 몸을 던질 때 아이들의 점심 도시락을 싸주기 위해 일어나는 남편에게 "안녕"이라는 인사말을 웅얼거리며 건네는 것으로 남편과의 관계를 축소시켰다. 병원에서(여기 말고 어디가 있겠는가) 옳은 것이 분명한 심한 감기에 걸리고 배앓이를 해도 엄청난 양의 커피와 동료들이 힘들어할 거라는 뿌리 깊은 두려움을 에너지로 삼아 이런 몸을 이끌고 병원으로 출근했다. 이 모든 사실에도 우리는 여전히 미움을 받고 있었고, 여기 내 앞에 펼쳐져 있는 신문기사가 명백한 증거였다.

　나는 반쯤 먹은 칠리 요리와 신문을 일을 시작하기 전 몸에 카페인을 주입하기 위해 잔에 따라두었던 다이어트 콜라와 함께 한쪽으로 밀어놓았다. 저녁 6시 45분이었고, 잔인하고 속이 꼬인 문지기든 아니든 나는 해야 할 일이 있는 조산사였다. 도시의 다른 어느 곳에서 내 보살핌을 기다리는 여성이 있었다. 나는 따뜻한 6월 밤에 정신을 추스르고 가방을 집어 든 뒤 자동차에 올라타 공원에 소풍을 나온 가족과 노천카페와 술집에서 여유롭게 수다를 떨고 있는 아름다운 젊은이들을 지나쳐 병원으로 차를 몰았다. 나는 내가 왜 남편과 뒷마당에서 차가운 와인 잔을 기울이며 안락한 시간을 보내는 대신에 12시간 15분을 창문도 없는 방에서 낯선 사람과 보내기 위해 급히 병원으로 가는지 궁금했다.(이 의문은 이번이 처음도 아니고 마지막이 되지도 않을 것이다.) 평범한 직업을 가지고 평범한 일을 하는 또 다른 세계의 내 모습은 어떨까에 대해 곰곰이 생각해보는 와중에도 내 뇌는 자동 조종 장치처럼 나를 병원으로 데려갔다. 나는 주차장에 차를 세우면서 오직 나와 함께 있는 시간을 좋아하는 기분 좋은 환자와 함께 편안한 밤을 보내게 해달라는 기도만 했다.(그리고 환자가 수술대 위에 누워 있는 동안 의사가 그녀의 지치고 힘 없는 자궁에서 덩어리들을 긁어내는 상황이 발생하지 않는다면 더할 나위

없이 기쁠 것이다.)

한 시간 뒤에 신이 마치 내 기도에 응답해준 것 같았다. 분만 병동의 벙커에서 저녁 복권 추첨을 통해 나는 위험성이 낮고, 자궁경부가 이미 8센티미터 열려 있는 26세의 초산부를 배정받았다. 방으로 들어가며 나는 몸에서 긴장이 빠져나가는 것을 느낄 수 있었다. 방 안의 분위기는 거의 나른해질 정도로 느긋하고 편안했다. 불빛은 희미했고, 가벼운 리듬의 편안한 음악이 모퉁이에 놓인 스피커에서 부드럽게 튕기듯 흘러나왔으며, 공기에는 라벤더와 클라리세이지 향이 가득 채워져 있었다. 이곳은 병원에서 수중분만용 욕조가 있는 몇 안 되는 방 중 하나였고, 내 환자는 커다란 타원형 욕조에 몸을 푹 담그고 있었다. 그녀는 눈을 감고 한쪽 면에 비스듬히 기대어 누워 부처같이 평온한 미소를 머금고 있었다. 끝에 보라색 장식이 달린 헝클어진 레게머리가 물에 잠겨 흔들리면서 그녀의 가슴 부분을 감쌌다. 그녀는 거리낌 없이 알몸을 드러내고 있었으며, 길고 호리호리한 몸은 정교하게 작업한, 꽃이 만개한 덩굴과 줄기 문신으로 덮여 있었고, 귀에는 여러 개의 다양하고 반짝이는 귀걸이가 죽 달려 있었다. 뒤에는 모든 면에서 누가 보아도 그녀의 '반쪽'임을 분명히 알 수 있는 남자가 무릎을 꿇고 앉아 있었다. 그의 외모와 풍겨 나오는 분위기는 그녀와 너무도 유사했다. 레게머리를 틀어 올렸고, 엄숙한 얼굴에 그녀처럼 많은 귀걸이를 착용하고 있었다. 그가 여자친구에게로 몸을 기울여 강하고 길쭉한 손가락으로 그녀의 어깨를 마사지해주자 그의 목을 두르고 있던 서로 뒤엉킨 여러 개의 은 목걸이가 부딪치며 부드럽게 달그락거렸다. 그가 움직이자 그녀의 몸이 물속에서 살짝 살짝 흔들렸고 욕조 안에서 잔물결이 일었다. 이들은 하나였고, 안전지대에 있었다. 이 환자는 힘들 것이 없어 보였다.

나는 방 모퉁이에서 마지막으로 기록표를 작성하고 있는 젊은 조산사를 알아차리지 못했다. 그녀는 피로에 지치고 짜증이 극에 달한 경험 많은 직원들이 병원을 탈출하면서 비게 된 자리를 채우기 위해 이번에 새로 들어온 조산사 중 한 명이었다. 학교를 갓 졸업한 사회 초년생처럼 보였고, 작고 둥근 코와 보송보송하고 부드러운 뺨 때문에 그녀의 인상은 더욱 어려 보였다. 그녀는 작성을 끝내고 불안해하는 표정으로 기록표를 뚫어지게 쳐다보았다.

"빠트린 게 없으면 좋겠네요." 방을 나가면서 그녀가 내게 미안해하듯 말했다. "아무튼 저들은 좋은 사람들이에요. 스타와 모스요. 편안한 밤 보내세요." 그녀가 미소를 지어 보이고 떠났다.

스타는 머리를 가슴 쪽으로 숙이고 코로 숨을 깊이 들이마시고는 수면 위로 길고 낮은 한숨과 함께 내뱉었다. 진통이 그녀의 몸을 훑고 지나갈 때면 모스는 손가락을 그녀의 팔로 가져가 고통이 가라앉고 호흡이 다시 부드러워질 때까지 그녀를 단단히 붙잡고 진정시켜주었다.

"아주 좋아, 자기야, 아주 잘하고 있어." 그녀의 몸에서 긴장이 풀릴 때 그가 속삭였다. 그는 손가락을 움직여 나른한 마사지를 지속했다. 스타가 눈을 뜨고 고개를 들어 모스를 바라보았다. 이들은 서로를 향해 활짝 웃어 보였고, 그는 그녀의 이마에 가볍게 키스했다. 내가 방 안에 있다는 사실을 알았다고 해도 이들은 개의치 않았을 것이다.

나는 욕조로 조용히 다가가 그 옆에 무릎을 꿇고 앉았다. "안녕하세요." 내가 조심스럽게 말을 건넸다.

스타와 모스가 나를 쳐다보았고 이제야 내 존재를 인식한 것처럼 보였다.

"안녕하세요." 두 사람이 함께 답했다. 이들의 목소리는 아득하게 들리고 행복에 겨워 있었다. 스타는 내가 지금까지 그들과 하루 종일 함께 있던 조산사가 아닌 다른 사람이라는 사실을 알아차리고 눈을 가늘게 떴다.

"당신이 제 아이를 받아줄 건가요?" 그녀가 물었다.

나는 미소를 지으며 말했다. "아마도 당신이 스스로 당신의 아기를 받게 될 거예요. 욕조에서 아기를 낳는다면 그렇게 될 가능성이 높죠. 모든 일이 순조롭게 진행된다면 저는 물러나 있을 겁니다."

"좋아요." 그녀가 활짝 웃으며 말했다. "아주 멋져요."
그녀는 다시 눈을 감고 모스의 품으로 몸을 기댔다.

"진통이 일정하고 강한 것 같네요." 내가 말했다.

"저희는 진통을 파도라고 부르기를 선호해요." 모스가
덩굴 식물로 뒤덮인 스타의 뭉친 어깨를 주무르며 말했다.
"저희는 히프노버딩을 할 겁니다. 이 아기를 호흡에 맞춰 낳
을 거예요. 안 그래, 자기야?"

스타는 여전히 눈을 감은 채 미소를 지었고, 또 한 번의
'파도'가 그녀의 배로 밀려오자 낮고 부드러운 소리를 냈다.
내가 위험성이 낮은 또는 '초록불' 환자를 맡은 것은 정말 오
랜만이었고, 나는 우주와 교감하는 이 느긋한 커플에게 도움
을 줄 준비가 되어 있었다. 이들은 그저 자신들의 방식대로
하고 있었다. 조산사가 되기에 앞서 나는 몇 번 가정 분만을
지켜보고 도움을 주는 행운을 누렸었다. 이날 밤 이 분만실
의 분위기가 당시의 경험을 곧장 떠올리게 했다. 그렇다. 탄
생은 축하할 일이었다. 하지만 그저 가족의 삶에서 일어나는
또 하나의 사건일 뿐이기도 했다. 차와 집에서 구운 케이크
를 먹으며 행복한 눈물을 흘리는 친구와 형제자매들이 참석
한 가운데 아기가 욕조나 촛불이 켜진, 쿠션과 담요로 만든
둥지 안에서 태어났다. 향유의 자극적인 향은 이국적이면서

도 익숙했고, 나는 문밖의 분만 병동에서 들려오는 알람 소리와 응급 상황을 의식하지 못한 채 스타와 모스가 이미 조성해 놓은 분위기 속으로 쉽게 흘러들어 갔다.

파도가 지나갔을 때 나는 스타에게 태아의 심장박동 소리와 그녀의 활력 징후를 확인해도 되는지 물었다. 그녀는 웅얼거리는 소리로 동의하면서 내가 혈압을 측정할 수 있도록 한 팔을 꺼내 욕조의 가장자리에 걸쳤고, 배를 수면 위로 내밀어서 심장박동 소리를 들을 수 있는 자세를 취했다. 나는 도플러를 손에 들고 그녀의 볼록 튀어나온 배에 가져다 댔고, 치골 바로 위에서 태아의 심장박동 소리를 들을 수 있었다. 소리는 안정적이고 분명했으며, 분당 140회로 안심이 되는 정상 범위 안에 들어왔다.

'19시 52분' 나는 스타의 분만 기록표를 작성하는 한편 낮에 근무했던 조산사가 적은 내용을 읽었다. '관찰 정상, 10분에 3회로 진통에 맞춰 호흡함. 손으로 만져보았을 때 느껴지는 강도는 보통에서 강함. 계획: 위험성 낮은 관리. 간간이 청진기로 태아의 심장 확인. 분만의 조짐이 보이지 않을 경우 23시 30분에 질 검사할 것. 조짐이 보일 경우 더 일찍 할 수 있음.' 나는 펜을 주머니에 넣으면서 지금까지는 순조롭다고 생각했고, 내 앞의 조화로운 장면을 감탄하며 바라보았다.

우리는 이런 식으로 안락한 분위기 속에 안주하며 몇 시간을 보냈다. 나는 욕조 옆에 머무르며 스타의 파도가 밀려 들어 왔다 나가는 사이에 가능한 한 방해가 되지 않게 소리 내지 않으면서 그녀의 상태를 확인하고 검사했다. 그리고 그녀의 호흡이 깊어지는 소리가 들리고, 모스가 그녀의 팔을 꽉 잡는 모습을 보면 곧바로 뒤로 물러섰다. 이따금씩 스타는 자세를 바꾸었다. 다리를 앞으로 쭉 펴서 늘려주거나 네 발로 기는 자세를 잡았다. 그러면 모스가 떠오르는 태양 문신이 새겨진 허리 부분에 손으로 따뜻한 물을 부어주었다. 그녀가 물속에서 자세를 바꿀 때 피가 섞인 끈끈한 점액 물질 또는 '이슬'이 그녀의 발목 부근에 떠다니는 것이 보였다. 이것은 좋은 징조였다. 자궁경부가 열리면서 지난 41주 동안 이곳을 막고 있던 마개가 빠져나오고 있다는 신호였다. 내가 이 젤리 같은 점액을 떠내고 욕조에 물을 새로 부어주었기에 스타는 이를 알아차리지 못한 것 같았다. 그녀는 눈을 감은 채 파도에 맞춰 몸을 흔들었고, 모스조차도 함께할 수 없는 내면의 우주 속에서 헤엄치고 있었다.

나는 옆에 놓아두었던 기록표를 작성했다. '22시 58분. 환자 잘 견디고 있음. 욕조와 파트너인 모스의 도움을 전적으로 받고 있음. 현재 진통 10분에 4회. 질을 통해 다량의 이슬이 새어나옴.'

분위기가 바뀌었다는 미묘한 징후가 감지되었다. 스타는 모스의 손길 아래에서 움찔하고 꿈틀대기 시작했다. 파도가 몰려올 때 모스가 붙잡게 해주는 대신에 그녀는 욕조 중앙으로 이동했고, 닿을 수 없는 곳에 떠 있는 섬이 되었다. 그어느 때보다도 강한 진통을 느끼며 호흡하고 몸을 들썩거리는 가운데 그녀의 레게머리가 그녀 주위에 넓게 퍼졌다. 모스가 욕조 옆에 꿇고 앉아 파도가 지나갈 때마다 "잘했어, 자기야, 아주 좋아, 자기야"를 연신 읊어댔다. 스타는 희미한 미소로만 답하더니 시간이 지나면서 아무런 반응도 보이지 않다가 나중에는 그가 말할 때마다 얼굴을 찌푸렸다. 몸을 갈기갈기 찢는 것 같은 고통 앞에서 그의 말은 공허한 메아리에 불과했다. 낮에 근무했던 조산사가 스타를 검사한 지 4시간이 넘었고, 그녀의 흐름을 방해하고 싶지 않았지만 본능과 규정에 따라 그녀의 자궁경부가 계속 열리고 있으며 분만이 진행되고 있는지 확인하는 것이 현명했다.

진통이 멈춘 사이에 내가 말했다. "스타, 맥박과 체온, 혈압을 측정할게요. 그리고 괜찮다면 내진을 할게요. 마지막으로 검사를 한 지 시간이 꽤 흘렀고, 진행 상황을 아는 것이 정말로 도움이 많이 되거든요. 가능한 한 빠르게 할게요. 모든 게 정상이면 지금까지 하던 대로 하면 돼요."

그녀는 실눈을 뜨고 나를 응시했다. 두 뺨이 붉어졌고,

머리카락 몇 가닥이 레게머리로 꼰 가닥에서 빠져나와 그녀의 땀에 젖은 이마에 달라붙었다. "욕조에서 나가야 하나요?" 스타가 물었다. 그녀의 목소리는 수 시간 동안 거친 호흡을 내뱉느라 고음으로 갈라졌고 들쭉날쭉했다.

"측정을 먼저 할게요. 그동안은 욕조에 그냥 있어도 돼요. 그런 다음에 잠시 밖으로 나와야 할 거예요. 물속에서는 정확하게 검사하기가 무척 어렵거든요. 하지만 물 밖으로 나오는 것이 당신에게도 좋을 수 있어요. 화장실에 가서 방광을 비울 수도 있고. 그렇게 하면 태아의 머리가 내려오는 데 필요한 공간을 더 많이 확보할 수 있어요."

내가 다음 진통이 오기 전에 이것저것을 처리하기 위해 혈압계와 체온계를 가지고 분주하게 움직이는 동안 그녀는 눈을 꼭 감고 있었다. 혈압은 정상이었지만 맥박은 1분에 123회로 증가했고, 체온은 38.1도로 정상 범위의 상한치를 훌쩍 넘어섰다. 도플러를 그녀의 배에 댔을 때 태아의 심장박동이 큰 소리로 빠르게 뛰었다. 1분에 178회였고 줄어들 기미가 보이지 않았다. 나는 측정한 수치를 기록하며 이마를 찡그렸다. 내 손에서 떨어지는 물방울이 마치 눈물처럼 종이를 적셨다. '23시 34분. 모체에서 빠른맥과 열 감지됨. 태아에서 빠른맥과 감소된 심박동 변동성 감지됨.' 따뜻한 욕조 안에 있는 동안 체온이 올라갔거나, 분만에 문제가 생겼다는 이상 신호이거나, 몸에 염증이 생겼거나, 이 세 가지 요인이 복합적으로 나타나는 것일 수 있었다. 이 중 어느 것도 태아에게 좋을 리가 없었고, 무슨 일이 일어나고 있든 나는 몇 가지 할 일을 해야 했다.

"스타." 내가 말을 시작했다. 그녀의 눈은 여전히 감겨 있었고, 이제 호흡이 더 가빠져 있었다. 또 한 번의 파도가 밀려오면서 어깨가 눈에 띄게 떨렸다. 모스가 욕조 반대편에서 어쩔 줄 몰라 했다. 그의 얼굴에는 속수무책인 상황에 대한 당혹감이 드러났다. "스타, 당신의 맥박과 체온이 높은 데다가 아기의 심장박동이 정상보다 훨씬 빠르게 뛰고 있어요. 지금 어떤 상태인지 검사해보는 게 좋을 것 같네요. 체온을 내릴 수 있는지 한번 보죠. 해열진통제를 사용해볼 수 있어요. 또 상황을 주의 깊게 관찰하기 위해 모니터에 아기의 상태를 계속 띄워놓는 방법도 있어요." 나는 조산사들이 상황을 심각해 보이지 않도록 만들 때 쓰는 중재적 표현을 사용하고 있다는 사실을 깨닫고 움찔했다.(모니터에 '띄워' 놓는다든가 침대에서 몸을 '살짝' 일으킨다든가 아기의 머리에 '조그만' 전극 장치를 부착한다는 등의 표현이 있다.) 내 말은 심각하게 들리지 않을 수 있었으나 나는 진심으로 걱정하고 있었고, 여유로웠던 시간과 예의 바른 단어들이 나를 버리고 떠났다.

"내 몸에 그 빌어먹을 손 대지 마." 나를 향해 으르렁거리는 목소리가 들렸다. 난폭하고 미움으로 가득 찬 어투였다. 나는 이것이 정말로 스타의 입에서 나온 말인지 믿기지 않았다. 또 한번의 진통이 오면서 그녀의 얼굴이 일그러졌고, 그녀는 머리를 뒤로 젖히며 고통에 낮게 신음했다.

"괜찮아, 자기야. 네가 원하는 대로 해." 모스가 말하며 스타에게 손을 뻗었지만 그녀는 그의 손을 뿌리쳤고, 그는 충격을 받고 그림자 속으로 물러났다.

"당신도 입 닥치고 내 몸에 손대지 마." 참을 수 없는 고통의 물결이 또다시 그녀를 관통하고 지나가면서 그녀가 이렇게 내뱉었고, 자신의 벌게진 뺨을 할퀴었다. 나는 여성들이 배에 힘을 주어 밀어내기에 앞서 분만의 '이행' 단계에서 고통에 필사적으로 몸부림치며 입이 험악해지는 경우를 자주 보았고, 심지어 공격적이 되는 경우도 있었다. 나와 자신의 파트너에게 욕을 하는 환자들은 전혀 새롭지 않았다. 때로는 여성이 욕설을 내뱉는 것이 진통이 강하며 분만이 임박했음을 알리는 좋은 징후가 될 수도 있었다. 조산사들은 이런 정상적인 반응에 속 좁게 불쾌감을 느끼지 않았다. 유능한 조산사라면 여성이 자신에게 휘몰아치는 폭풍우를 뚫고 지나갈 수 있게 인도하며 침착함을 유지할 수 있어야 한다. 하지만 지금은 상황이 달랐다. 그녀의 목소리에는 내가 예상하지 못했던 숨은 분노가 담겨 있었다.

"스타……. 당신을 안전하게 지켜주고 싶어요. 그리고 당신의 아기도요. 하지만 당신이 거부하면 그렇게 할 수가 없어요." 내가 다시 말했다.

"손대지 마!" 그녀가 소리치고 눈을 확 떴다. 그런 다음 다시 재빠르게 두 눈을 꼭 감고 욕조 중앙에서 몸을 공처럼 말았다. 물이 그녀의 어깨 주변에 부딪히며 찰싹거렸다. 그녀는 정신 나간 사람처럼 주문을 외듯 같은 말을 반복했다. "손대지 마, 손대지 마, 손대지 마, 손대지 마." 그녀의 말들이 이해할 수 없는 웅얼거림으로 녹아들어 갔고 뼈를 깎아내는 듯한 신음소리로 대체되었다. 그녀의 손이 욕조 옆면을 향해 허우적거렸고, 공포에 질려 가장자리를 발톱 같은 손으로 꽉 움켜잡았다. 나는 이 기회를 놓치지 않고 두 손가락을 그녀의 왼쪽 팔목 아래로 부드럽게 움직여 맥박을 다시 쟀다. 이제 1분에 129회로 뛰고 있는 것으로 추정되었다. 스타가 재빨리 손을 빼내고 이글거리는 눈빛으로 나를 쏘아보았다.

"제기랄! 내 몸에 손대지 말라고 했잖아!" 그녀가 으르렁거렸다.

"진정해요, 스타. 당신이 걱정돼서 그래요……."

"당신도 다른 사람들과 똑같아. 이럴 줄 알았어! 당신 손을 내 안에 찔러 넣게 내가 드러눕기를 바라는 거잖아. 난 절대 그러지 않을 거야." 첨벙거리며 그녀는 번개처럼 빠르게 욕조에서 일어섰고, 그녀의 벗은 몸에서 물이 수백 가닥의 작은 물줄기가 되어 흘러내렸다. 그녀의 몸이 모스와 내 위로 우뚝 솟으면서 그녀의 산만 한 배가 반짝이고 흔들리는 것처럼 보였다. 그녀가 소리쳤다. "두고 봐. 그런 일은 일어나지 않을 거야. 여기서 나갈 거니까. 나는 가겠어. 필요하다면 아기는 혼자서 낳을 거야. 망할 길바닥에서. 으아아아아." 다시 진통이 찾아오고 배가 조여오면서 그녀가 신음했고, 몸을 구부려 손을 무릎에 올려놓았다. 스타의 울부짖음의 끝에 배에 힘을 주어 밀어내는 끙끙대는 소리가 들리는 것만 같았지만 지금과 같은 교착상태에서는 아기가 밖으로 나오는 단계인 분만 2기에 진입하고 있는지를 확실히 알 방법이 없었다. 나는 기록표에 휘갈겨 적었다. '23시 46분. 환자가 검사를 거부함. 환자가 병원에서 나가고 싶다고 함. 고통 수준 +++'

진통이 가라앉음에 따라 스타가 다시 몸을 일으키고 한쪽 다리를 들어 올려 욕조 밖으로 내놓았다. 이 과정에서 내 유니폼과 바닥에 물이 튀었다. 다른 쪽 다리도 밖으로 나왔고 곧이어 스타는 방 안을 미친 듯이 돌아다니며 계속해서 악을 썼고, 손수레와 벽에 몸이 부딪혀 튕겨 나왔다.

"당신이 내 몸에 다시 손대기 전에 짐을 챙겨서 나갈 거야." 그녀가 방구석에 놓여 있던 꽉꽉 채워 넣은 배낭을 움켜잡으며 으르렁거렸다. "당신은, 빌어먹을, 지켜보기나 해, 으으으으으." 그녀가 신음했고, 이번에는 목소리에서 확실히 배에 힘을 주는 소리가 들렸다. 모스는 어쩔 줄 몰라 하며 말문이 막힌 채 이 상황을 지켜보았다.

나는 침대 한쪽에 서 있고, 스타는 반대쪽에 선, 둘 사이의 대결구도가 만들어졌다. 스타가 눈을 크게 뜨고 벌겋게 상기된 얼굴로 빳빳하고 하얀 홑이불을 움켜잡았다. 나는 내 뺨이 타오르는 것을 느낄 수 있었고, 갑자기 방 안의 열기를 감지했다. 욕조의 물에서 수증기가 피어오르며 내 목 뒤를 축축하고 얇은 막처럼 감쌌다. 심지어 스타의 몸에서도 분노의 열기가 뿜어져 나오는 것 같았고, 그녀가 나를 노려보는 가운데 나는 필사적으로 그녀의 에너지에 필적하는 에너지를 내뿜기 위해 노력했다.

나는 이 여성을 돕고, 내 일을 하고, 몇 가지를 확인한 다음 최선의 계획을 세우고 싶을 뿐이었지만 그녀가 동의하지 않으면 아무것도 할 수 없었다. 동의 없이 이루어지는 행동은 모두 공격으로 간주 될 것이다. 그녀가 자신에게 일어나려 한다고 확신하고 있는 바로 그것이었다. 내 머릿속에서 나는 좋은 사람이었다. 독특한 방식의 가정 분만에서부터 자신의 개인 마취과 의사를 긴급 호출해줄 것을 요구하는 유명 가수까지 호의를 가지고 출산과 관련된 모든 선택과 행동을 열린 마음으로 받아들이는 사람이었다. 심지어 가장 힘든 근무 시간에도 나는 내가 돌보는 여성들에게 애정을 쏟을 준비가 되어 있었다. 이들이 허락만 한다면 나는 도움을 줄 수 있었다. 이는 출산의 바퀴가 계속 굴러가게 하는 조산사와 환자 사이의 무언의 계약이었다. 그러나 스타의 눈에 나는 적이었다. 깨질 평화도, 잃어버릴 사랑도 처음부터 존재하지 않았다.

내가 말을 꺼냈다. "스타, 나는 여성들을 돕고 싶어서 조산사가 되었어요. 해치기 위해서가 아니라요."

나를 향한 그녀의 적개심은 수그러들지 않았다.

"나는 좋은 사람이에요." 내가 이제는 간청하듯 말했다. 그리고 이 말이 습한 공기 중에 떠돌면서 나는 내 말이 얼마나 보잘것없고, 진실하지 못한 사탕발림 같은 소리로 들릴지 깨달았다. 나는 지치고 겁이 났고, 조금 화가 나 있었다.

"나는 당신과 한편이에요. 그래요, 당신이 생각할 수 있는 모든 관과 전선을 기꺼이 당신의 몸에 연결하려는 조산사도 있어요. 당신이 울고 있는데도 아랑곳하지 않고 검사를 계속하는 조산사도 있어요. 하지만 나는 그런 조산사가 아니에요." 내가 그녀를 향해 그리고 나 자신을 향해 말했다. "나는 적이 아니에요."

스타가 답하기 전에 다시 진통이 그녀의 몸을 휩쓸었다. 그녀는 방의 벽이 흔들릴 정도로 크게 고함을 질렀고, 고개를 떨어뜨리고 우리 사이에 놓인 침대의 홑이불을 필사적으로 움켜잡았다. 그 순간 그녀의 다리 사이에서 조금 튀어나와 있는, 액체가 가득 찬 황금빛 풍선이 보였다. 물로 채워진 태아의 집인 양막이었다. 내 심장이 쿵쾅거렸다. 스타의 분만이 가까워졌지만 나는 분만이 시작되었을 때 아기 상태가 좋은지 어떤지 오직 추측만 할 수 있을 뿐이었다.

스타는 무언가가 변했음을 감지한 것처럼 보였다. 진통이 잦아들면서 그녀가 나를 바라보았다. 그녀의 눈빛이 부드러워졌고, 목소리는 조금 전과 다르게 더 작고 어린아이와 같아졌다.

"이게 뭐죠?" 그녀가 물었다.

"당신의 양막이에요, 스타. 아이가 곧 나올 거예요."

그녀는 말없이 욕조로 걸어가서 첨벙거리며 다시 물속으로 들어갔다. 모스와 내가 가깝게 다가갔다. 그가 기대에 찬 눈으로 스타의 다리 사이를 응시하는 동안 나는 욕조의 수도꼭지를 틀었다. 스타가 자신의 몸에 손을 대도록 허락하지 않는 가운데 그나마 내가 할 수 있는 일은 물의 온도를 분만에 적합한 수준으로 올리는 것이었다.

나는 기록표를 작성했다. '23시 50분, 양막이 눈에 보임. 환자가 욕조 안으로 돌아감.' 또 한 번의 밀어내기에 이어 또 한 번 더. 스타는 내면의 세계로 더 깊숙이 들어갔고, 누런

밀짚 색깔의 양수가 터지면서 욕조 속 물이 흐려졌다. '23시 54분. 양막이 자연스럽게 파열됨. 양수가 분명히 보임.' 나는 급히 기록표를 작성하고 분만을 준비하기 위해 벨을 눌러 다른 조산사를 호출했다. 이는 우리 병동에서 일반적인 관례였다. 엄마와 아기 모두에게 동시에 시급한 조치가 필요한 경우에 대비해 조산사 한 명은 엄마를 위해, 다른 한 명은 아기를 위해 분만에 참여했다. 나는 누가 들어올지 몰랐지만 지원을 요청할 수 있는 이유가 생겨서 기뻤다.

스타는 네발로 기는 자세를 취하고 머리와 두 팔은 욕조 측면에 걸쳤다. 그녀의 엉덩이가 내 쪽을 향했고, 다리는 아기의 머리가 살짝 보일 만큼 벌어져 있었다. 이 시점에서 그녀가 내 안내에 따르는 것이 매우 중요했고, 나는 반발을 예상하며 가능한 한 부드럽게 말하기 시작했다.

"엉덩이를 수면보다 완전히 위에 또는 완전히 아래에 두고 유지하는 것이 굉장히 중요해요, 스타. 아기의 머리가 물속에 잠기는 동안 몸에 차가운 공기를 느끼면 숨을 헉 들이마시면서 욕조의 물속에서 숨을 쉬게 돼요."

그녀는 말없이 엉덩이를 물속에 담갔다.

스타의 협조에 힘을 얻어 나는 계속 말을 이어갔다. 내 목소리는 부드럽고 안정적이었다. "몸이 원하는 대로 하세요. 밀어내야 할 때 밀어내고, 아기의 머리 전체가 아랫부분을 늘려서 여는 느낌이 오면 호흡해요."

"그거야, 자기야." 모스가 조용히 조심스럽게 말했다. "호흡하며 아기를 밀어내. 우리가 이야기했던 바로 그 방식대로 말이야."

스타가 레게머리를 부드러운 곡선을 그리며 뒤로 넘기고 다음 진통에 대비하면서 수면에는 잔물결이 일었다. 이번에는 그녀의 피부 아래에서 꼬리뼈가 실제로 매끄러운 마름모 모양을 만들며 툭 튀어나오는 모습을 볼 수 있었다. 아기가 골반을 통과하고 있다는 분명한 신호였다. 스타는 비명을 질렀고 힘을 주며 밀어냈다. 그리고 그녀가 이렇게 하는 동안 방문이 활짝 열리며 벽에 쾅 부딪혔고, 당직 수석 조산사인 메리 제인이 방 안으로 성큼성큼 걸어 들어왔다.

"이 불쌍한 환자에게 무슨 짓을 하는 거예요? 내 생애 이렇게 시끄러운 소리는 들어본 적이 없어요." 이렇게 말한 그녀는 방 안에 가득 차 있는 라벤더와 클라리 세이지의 향을 맡고는 목소리를 낮추고 "맙소사, 여기서 매춘부의 팬티 같은 냄새가 나네"라고 했다.

"아이를 낳는 중이에요." 내가 답했다. 신호라도 받은 듯이 스타는 몸을 일으키고 무릎 꿇은 자세를 취했고 머리를 뒤로 젖혔다. 그녀의 입이 오므라들며 완벽한 O자형을 만들었고, 길고 낮게 "후우우우우우우우우" 하며 숨을 내뱉었다.

그러는 사이에 아기의 머리가 그녀의 다리 사이에서 미끄러져 나왔다. 눈을 감고 입술을 오므리고 있으며, 가사 상태에서 곧 깨어나게 될 순간에 피부는 아직까지 생기 없는 빛을 띠었다. '23시 59분. 머리가 나옴.' 스타는 찰랑거리는 물 밑을 바라보았다. 그리고 그곳에 있는 존재를 발견하고 다시 배에 힘을 주어 밀었다. 마지막으로 피와 액체가 터져 나오면서 아기의 몸이 쑥 빠져나왔고, 모체와는 긴 나선형의 탯줄로만 연결되어 있었다. 스타는 아래로 손을 뻗어 아기를 들어 올려 가슴에 안기 위해 욕조 안 더 깊이 몸을 담갔다. 수면 아래에서 체온이 따뜻하게 유지되던 아기는 수면 위쪽의 공기에 깜짝 놀라며 눈을 크게 뜨고 깜박였다. 나는 신중하게 한 번 힐끗 보고는 내가 본 것을 확신했다. 스타는 딸을 낳았다. '00시 01분. 자연분만으로 딸 출산.' 나는 무의식적으로 '태어나면서 울음을 터트림'이라는 다음 문장을 속으로 작성하고 잠시 멈춘 뒤 펜을 내려놓았다. 방 안은 고요했다.

"혈색이 없어요." 모스가 말했다. 겁에 질린 그의 목소리가 떨렸다. "왜 혈색이 없죠?"

갓 태어난 아기의 피부는 군데군데 얼룩이 있고 탁한 색을 띤다. 내게는 익숙한 장면이지만 텔레비전과 영화를 통해 신생아가 말도 안 되는 장밋빛 뺨을 가진 모습만을 보았던 누군가에게는 충분히 걱정스럽게 보일 수 있었다.

"수중 분만한 아기들은 혈색이 돌기까지 조금 더 오래 걸려요." 내가 말했다. 이 말은 사실이었지만 내 운에 따라 이 아기가 소생법이 필요한 아기가 될 수 있다는 암울한 생각이 들었다. 이런 상황이 오면 나는 6개월 전에 마지막으로 고무 인형을 상대로 연습했던, 숨을 불어 넣고 가슴을 압박하는 정해진 동작을 정신없이 실시하게 될 것이다. 그다음에 무슨 일이 벌어질지는 신만이 알 수 있었고, 나를 악마의 화신이라고 생각하는 스타의 믿음이 명확하게 확인될 것이다. 수백만 가지의 다양한 재앙 시나리오가 내 마음속으로 번져 나갈 때 아기가 입을 열고 작은 거품들을 내뱉으며 울음을 터트렸다. 아기가 큰 소리로 울어대면서 가슴에서부터 얼굴과 팔다리로 분홍빛 혈색이 퍼져나갔다. 스타와 모스도 눈물을 흘리며 울기 시작했다. 스타는 조용히 뜨거운 눈물을 흘렸고, 모스는 안도감에 크게 몸을 들썩이며 울었다. 스타는 다시 모스의 품 안으로 쓰러졌고, 아기는 여전히 그녀의 가슴에 꼭 붙어 있었다. 모스는 근육질의 긴 팔로 두 사람을 모두 감싸 안았다. 다시 완벽한 원이 만들어졌다. 모스와 스타, 그리고 아기는 하나였다.

"뭐, 당신이 알아서 잘하고 있는 것 같네요. 가능하면 너무 시끄럽지 않게 해줘요, 해저드 조산사." 메리 제인이 내 뒤에서 비틀린 미소를 지으며 말하고 방을 나갔다.

나는 욕조 옆에서 계속 쪼그리고 앉아 있다가 메리 제인이 나가고 문이 닫히면서 안도감과 함께 긴장이 풀려 기진맥진해진 몸을 뒤로 젖히며 바닥에 주저앉았다. 나는 물웅덩이와 축축한 수건들이 어수선하게 널려 있는 엉망진창인 바닥에서 표류했다. 내 유니폼은 물과 수증기, 땀으로 흠뻑 젖었고, 나는 스타와 모스가 세상 밖으로 나온 새로운 생명체를 맞이하는 모습을 바라보았다.

"안녕, 루나야." 모스가 달콤하게 속삭였고, 스타는 아기의 젖은 곱슬머리에 연신 뽀뽀를 했다.

"이 멋진 꼬마 숙녀는 누구지? 이 근사하고 멋진 꼬마 숙녀는 누굴까?" 그녀가 중얼거렸다.

아기를 제외하면 이 장면은 오늘 밤이 시작될 때 나를 반겨주었던 그 장면과 거의 흡사했다. 방 안을 채운 애정은 욕조의 수면 위에 둥둥 떠다니고 있는 향유만큼이나 사람을 나른하게 만들었다. 나는 스타가 실제로 분노를 폭발시켰던 것인지, 누적된 피로로 인해 격앙된 감정과 많은 시간의 중노동으로 인해 뒤죽박죽이 된 내 뇌가 만들어낸 지나친 상상은 아니었는지 궁금해졌다. 메리 제인은 이 이야기의 증인이 되어줄 수도 없었다. 세상일이 다 그렇지 않은가. 그녀는 루나가 욕조 안으로 매끄럽게 미끄러져 들어갈 때 도착했고, 아마도 이미 다른 직원들에게 해저드 조산사가 아무런 문제도 없는 환자를 이렇다 할 이유도 없이 괜히 병원이 떠나갈 듯 비명을 지르게 만들었다고 이야기하고 있을지도 몰랐다.

나는 자리에서 몸을 일으켜 세우고 구석의 작업대 위에 아무렇게나 놓여 있는 환자 보고서를 향해 느릿느릿 걸어가 스타의 격노를 설명해줄 만한 단서가 있는지 살펴보았다. 나는 여성의 마음속에 묻혀 있던 과거의 트라우마나 학대가 출산의 고통으로 인해 생생한 기억으로 떠오르는 상황을 목격한 적이 있었다. 내가 만지기도 전에 두려움으로 몸을 움찔하거나 이상할 정도로 몸에 기운이 없고 검사를 진행하는 동안 시선이 먼 곳에 멍하게 고정되어 있는 여성들이 있었다. 스타가 내뱉은 비난이 생각났다. 그녀는 내가 "다른 사람들과 똑같다"라고 했다. 하지만 정기 산전 검사 내용을 계속 읽어 내려가도 이상한 점은 발견되지 않았다. 어떤 주목할 만한 점도 드러났던 적이 없었다. 오늘 일은 미스터리였고, 다른 많은 여성들의 이야기처럼 밝혀지지 않은 채 이렇게 남을 것이다.

엄마의 가슴에 코를 비비면서 루나의 울음소리가 까르륵거리며 만족해하는 웃음소리와 옹알거림으로 바뀌었다. 스타는 머리를 흔들었고, 나를 바라보며 내가 누군지 갑자기 기억난 사람처럼 눈을 깜박였다. 그러나 그녀의 시선에는 분노 대신 애정이 담겨 있었다. 그녀의 동공이 커져 있었고, 출산의 기쁨에 취해 있었다.

"저기요." 그녀가 내게 말을 걸었다. "정말 대단한 하루였어요. 당신도 정말 대단했어요."

"사실 당신이 더 대단했죠." 내가 답했다. 그리고 이 말은 진심이었다.

스타는 얼굴 위로 쏟아져 내려온 레게머리를 쓸어 넘겼다. "당신에게 너무 끔찍하게 굴진 않았겠죠?" 그녀가 물었다. 그녀의 얼굴이 반짝반짝 빛났지만(그녀는 아름다웠다) 나는 나와 눈을 마주치기 힘들어하는 그녀의 표정에서 의심의, 어쩌면 무안함의 그림자가 드리워진 모습을 본 것 같았다.

"아니에요. 물론 그러지 않았죠. 전혀 끔찍하지 않았어요." 나는 말했다.

죽음을
맞닥뜨릴 때

조산사 실습생들은 엄마에게 속아 달콤하고 부드러운 푸딩에 섞인 쓴 약을 삼킨 아이들처럼 야금야금 자신들의 멘토가 먹여주는 죽음을 맛본다. 삶의 끄트머리에서 맴돌고 있는 죽음에 대한 지식은 느릿느릿 눈치채지 못하게 다가온다. 아기들이 죽을 때도 있고, 엄마들이 빈손으로 병원을 떠날 수 있다는 사실을 배우는 좋은 방법이란 존재하지 않는다. 또 이런 교훈을 가르치거나 배우는 올바른 방법도 없다.

조산사 교육 과정을 시작한 첫해의 막바지를 향해 가면서 나는 분만 병동의 흐름과 일상 속에서 내 자리를 찾아가고 있었다. 조산사 업무와 관련해 내가 가진 기술은 여전히 제한적이었고, 매일매일 무심코 실수나 잘못을 저질러서 창피를 당할지도 모른다는 두려움을 안고 살아갔지만, 내가 비교적 잘할 수 있는 일들이 있었고 나는 이 일들을 성심성의껏 수행했다. 출산을 앞두고 입원한 여성에게 이런 맹렬한 열정으로 애정을 퍼부으면 마치 오래전부터 알고 지내왔던 것처럼 느끼게 된다. 나는 심장이 힘차게 뛰는, 아기의 엄마가 길고 힘겹게 배에 힘을 주어 밀어낸 아기를 받을 수 있었다. 또 분만이 끝나고 능률적으로 주변을 말끔하게 정리할 수도 있었다. 이 작업은 피와 양수, 천 조각, 침대 시트, 분만이 아주 수월하게 진행될 때조차 없어서는 안 되는 다양한 기구들이 지저분하게 널려 있는 방 상태를 감안하면 하찮은 일이 아니었다.

나는 어느 특별히 정신없었던 야간근무가 끝나갈 때 이런 청소 작업에 열중하고 있었다. 내 멘토와 나는 야간근무 시작부터 한 여성을 돌보고 있었고, 그 과정에서 많은 복잡한 문제들이 있었지만 분만 자체는 별 탈 없이 끝났다. 막 부모가 된 부부는 첫아이를 낳고 기뻐했다. 울고 오줌과 똥을 싸고 태어난 지 얼마 되지 않아 모유를 먹기 시작한 4킬로그램의 여아였다. 아기는 마치 '저 여기 있어요. 살아 있어요. 저는 당신이 생각하는 모든 것을 할 수 있어요'라고 말하는 것 같았다.

아기가 엄마 품에 안겨 젖을 먹는 모습을 뒤로하고 나

오며 나는 분만 도구가 담긴 상자를 한쪽 팔 밑에 끼고 더러워진 천을 담은 빨래주머니를 양손에 든 채 휘청거리면서 복도를 걸어 내려갔다. 복도를 걸어가는 동안 각 방에서 아이를 낳을 때 나는, 그리고 그 결과물에게서 나는 익숙한 소리가 들려왔다. 초저녁에는 조용했던 분만 병동은 내가 환자를 돌보는 사이에 다른 환자들로 꽉 채워진 것처럼 보였다. 나는 오물 처리실(분만 시 더럽혀진 핏자국을 제거하기 위해 필요한 물수건과 패드, 스프레이 등으로 꽉꽉 채워진 큰 창고였다) 안으로 터덜터덜 걸어 들어가 손수레에 천 가방을 올려놓았다. 그리고 몸을 돌려 분만 도구 상자를 작업대 위에 놓고 손을 막 씻으려던 참에 모퉁이에 있는 작은 플라스틱 병이 눈에 들어왔다.

나는 이 병이 무엇인지 알아보았다. 추가 분석이 필요한 조직이나 낭종 등 우리가 병리학 부서에 보내는 샘플을 담는 용기들 중 하나였다. 보통 때라면 나는 이런 병에 다시 눈길을 주지 않았을 것이다. 이런 용기에 든 내용물은 일반적으로 정체를 알 수 없었고, 너무 바쁜 조산사가 라벨을 부착한 다음에 곧장 보내지 않고 잠시 놓아둔 것일 때가 많았기 때문이다. 이 샘플에도 라벨이 붙어 있지 않았고, 내 환자와는 상관이 없었기 때문에 관심을 가질 이유가 없었다. 그러나 어떤 이유에서인지 나는 병을 집어 들어 불빛에 비추어 보았고 내 손 안에서 돌려 보았다. 안에는 아기가 들어 있었다.

사실 아기라고 말은 했지만 정확하게 말하면 태아였다. 또는 의학 용어로 임신 24주 전에 유산된 '수정의 산물'이라고 부르는 것이었다. 좀 더 나은 어감을 가진 명칭을 찾기 어려워 여기서는 그냥 아기라고 부르겠다. 제일 미숙한 조산사 실습생의 눈에도 병에 든 작고 말려 있는 붉은색의 물체는 아기처럼 보였다. 또는 아기가 되어가는 과정에 있었거나 어쩌면 이 존재를 낳은 여성의 마음속에서는 이미 아기였을 것이다. 나는 병원에서 이런 일이 일어난다는 사실을 알고 있었다. 때때로 아기가 이미 모체의 배 속에서 죽어 있거나 선천적 결함을 가지고 있어서 업계의 표현을 빌려 '생명을 유지할 수 없는' 경우 여성의 분만을 유도하기도 했다. 아직도 기초적인 문제들을 해결하는 데 쩔쩔매는, 경험이 부족한 학생에게 그때까지 이 조산사 업무의 어두운 구석은 베일에 가려져 있었다.

나는 오물 처리실의 밝은 형광등 불빛 아래에 서서 너무 큰 사이즈의 유니폼을 입은 채 땀을 흘리며 손에 병을 들고 있었다. 공항 한가운데 버려진 여행 가방이나 갓길에서 혼자 배회하고 있는 아이를 발견한 기분이었다. 공포와 혼란, 비논리적이면서도 걷잡을 수 없는 은밀한 죄책감이 몰려왔다.(잘못한 것도 없고 분명히 내 것이 아닌 남의 것인데도 이런 감정을 느낄 때가 있다.)

어느 조산사가 힘찬 걸음걸이로 문을 지나 창고 쪽으로 걸어왔다. 나는 그녀가 누군지 몰랐지만 내 손에 들려 있는 병을 내밀며 "이게 누구 건가요?"라고 물었다. 그녀는 어깨 너머로 뒤돌아보며 어깨를 으쓱하더니 그대로 가버렸다.

불빛 아래에서 병을 움켜잡은 채 몇 분이라는 시간이 더 흘렀다. 내 멘토가 방에서 내가 돌아오기를 기다리고 있을 것이다. 그러나 나는 최소한 누구의 아기인지 알지도 못하고 돌아갈 수 없었다. 안다고 무엇을 할 수 있을지 또는 어떤 차이를 만들어낼 수 있을지 몰랐지만 갑자기 이 아기와 나는 무언가에 의해 연결되었고, 나는 이 존재의 주인과 사연, 엄마가 있음을 알아야 한다는 생각이 들었다.

이날 밤 분만 병동의 당직 수석 조산사가 다른 방향에서 복도를 따라 걸어왔다.

"죄송합니다." 내가 문가에서 그녀를 불렀다. 그리고 병을 내밀었다.

수석 조산사가 덤덤한 얼굴로 나를 쳐다보았다.

"누구의 아기인지 아세요?" 내가 물었다.

그녀는 나를 바라보고 병을 바라본 다음에 다시 나를 바라보았다. 그녀는 내 호기심에 그다지 놀라워하지 않았다. 그녀의 눈에 나는 이 상황과 관련이 없는 사람이었고, 그런 나에게 설명을 해주는 일이 병동의 다른 더 시급한 업무들을 처리하는 시간을 지연시키기만 할 뿐이었다. "아마도 5번 방일 거예요." 그녀가 답하고 복도를 따라 가던 길을 갔다.

이것이 전부였다. 위안의 말도, 어마어마하게 불안정한 순간을 치유해줄 연고도 없었다. 나는 '5번 방'에 누가 있었는지, 또는 그 산모가 이날 밤 왜 이렇게 작은 존재를 낳았는지, 내가 들고 있던 통에 결국 누군가가 라벨을 부착해서 병리학 부서에 보냈는지 끝까지 알 수 없을 것이다. 어떻게와 왜는 모두 수수께끼로 남았지만 나는 이날 밤에 분만 병동에서 가장 중요한 교훈 중 하나를 배웠다. 바로 죽음이 삶의 쌍둥이 형제라는 것이다. 그리고 조산사는 이 둘을 모두 받아낸다.

몇 년 뒤에 두 번째로 쓴 약을 맛보게 되었다. 내 교육이 끝나가는 시점이었다. 이때쯤에 나는 방을 정리하고 차를 끓이는 일 이상의 업무를 능숙하게 해내고 있었다. 나는 내 멘토가 병동 데스크에서 어슬렁거리거나 다른 환자들을 살펴보러 갔을 때 혼자서 대부분의 임부들을 돌볼 수 있을 정도의 신뢰를 쌓았다. 근무 때마다 마주하게 되는 곤란한 상황과 변화에 나만의 방식으로 대처할 수 있게 되었고, 포도당과 인슐린을 동시에 투약하는 복잡한 '슬라이딩 스케일' 장치를 사용하는 당뇨병 환자들을 관리할 수도 있었다. 회음부의 찢어진 부분을 잘 맞추어서 적절하게 꿰맬 수 있었고, 심지어 내 어두운 과거, 내 지워지지 않는 아픔과도 맞붙어 싸우기 시작했다. 바로 제왕절개 수술에 필요한, 눈앞이 어지러울 정도로 다양한 도구들과 탈지면, 천들을 정리하는 일이었다. 이들은 각각 한 치의 오차도 없이 정확하게 제자리에 있어야 했다.

나는 교육생 3년차 여름에 이미 전문 자격증을 따는 데 필요한 40번의 분만 횟수를 훌쩍 넘겼다. 아침 6시 45분에 주간 근무를 위해 집을 나섰을 때 내 마음은 가벼웠고, 생기 넘치는 발걸음으로 흥겹게 병원으로 들어갔다. 이 건물에 처음 들어섰을 때 느꼈던 두려움이 완전히 사라진 것은 아니었지만, 이제 그것은 이따금씩 내 발뒤꿈치를 살짝 깨물며 성가시게 굴기는 해도 해롭지 않은 개에 더 가까웠다. 나는 벙커에서 부푼 기대를 안고 이날 아침의 첫 번째 임무를 배정받았다. 나는 둘째를 임신한 건강한 임부를 돌보게 되었다. 매우 이상적이었다.

오후가 될 때까지 나는 여러 시간 동안 순수하게 조산사 업무의 기쁨을 누리고 있었다. 나는 열렬한 관중이자 응원단장이었으며 안내자였고, 분만에 개입할 일이 거의 없었다. 내가 받은 아기는 스스로 알아서 나왔다고 해도 과언이 아닐 정도였고, 실제로 이런 일이 일어날 때도 있다. 고대했던 남자아이가 태어났고, 집에서는 조부모님과 함께 다섯 살 된 형이 어린이 만화 DVD를 안고 기다리고 있었다. 아기 아빠는 뿌듯해하며 한 시간도 지나지 않아 아기에게 자신이 응원하는 축구팀 유니폼 티셔츠를 입혔고, 이에 맞추어 양말, 장갑, 모자까지 갖추었다. 엄마는 시트와 수건이 엉켜 있는 침대에 몸을 비스듬히 기댄 채 편안하게 누워 있었다.

　문을 두드리는 부드러운 노크 소리가 들렸다. 나는 시계를 힐끗 쳐다보았다. 거의 5시였다. 어쩌면 누군가가 교대를 해주어서 조금 이른 휴식시간을 가지게 될지도 몰랐다.

　"금방 돌아올게요." 아기를 가슴에 바짝 끌어안고 나를 올려다보는 둥 마는 둥 하는 산모에게 내가 말했다. 아기 아빠는 휴대전화로 요란스럽게 사진을 찍느라 정신이 없었다.

　복도는 따뜻한 분만실에 비해 춥고 밝았다. 분만 병동의 가장 고참 조산사인 파라의 모습이 시야에 들어오면서 나는 눈을 깜박였다. 나는 교육 2년차였을 때 파라와 여러 번 함께 일한 적이 있었다. 그녀는 단호했지만 친절했고, 내가 조금은 까다로운 봉합 방법을 익히고, 몇몇 끔찍한 수술실 여행을 할 수 있게 인도해주었다. 하지만 이때 이후로 그녀를 거의 보지 못했기에, 그녀가 팔 밑에 아기 옷 뭉치를 낀 채 방밖에서 왜 나를 기다리고 있는지 궁금했다. 반사적으로 어떤 생각이 내 마음속에서 번쩍였다. '내가 무언가 잘못한 거야.'

이런 생각이 떠올랐다. '그거야. 나는 망했어. 병원 측에서 파라의 손에 해고 통지서를 들려 보낸 거야.'

"방금 전에 38주 된 아기를 잃었어." 그녀가 어떠한 경고나 서론도 없이 말했다.

"아······." 내가 말했다. 나는 갑작스럽게 곤란한 말을 듣고 입이 바짝 말랐다. 날 시험하는 걸까?

"죽은 아기를 볼 기회가 많지 않았다는 걸 알아. 이게 자네 마지막 실습이고 그래서······ 같이 가서 볼래?" 그녀의 사려 깊은 우려의 눈빛은 부드러웠고, 아기 옷을 끼고 있던 팔에서 다른 팔로 옮겨 잡았다. 조금 전 출산한 내 환자의 기쁨이 빠져나가는 것이 느껴졌다. 다리가 무겁게 느껴졌고, 발이 반짝반짝 광이 나는 바닥에 달라붙은 듯 움직이지 않았다. 모든 학생들이 3년차가 되었을 때에는 아기가 이미 자궁 안에서 죽은 상태로 분만 병동을 찾는 여성들을 최소한 짧게나마 만날 기회를 가졌다. 비극적이지만 앞으로도 끝없이 일어날 일이었다. 우리는 언젠가 사산한 여성을 혼자서 돌볼 날이 올 것임을 알았고, 아직 멘토의 지도와 보호를 받고 있을 때 이런 슬픈 역할을 경험하는 것이 제일 좋다는 것도 알았다. 우리는 조산사 업무의 마지막 남은 미지의 세계로 들어가는 날 두려움과 기대감을 동시에 느끼지만, 내 경우 아직까지 시간과 상황이 이를 허락하지 않았다. 파라의 제안은 소름이 끼치거나 병적인 것이 아니었다. 씁쓸하면서도 달콤한 배려였고, 그녀의 날개 밑에서 비록 잠시 뿐이지만 내게 죽음을 대면할 기회를 주겠다는 암묵적인 승인이었다.

방에는 '준비실'이라는 별다른 특징이 없는 명칭이 붙어 있었고, 특정 직원들만 들어갈 수 있었다. 나는 파라가 신분증을 키패드에 가져다 대는 동안 뒤에서 머뭇거렸다. 문이 열렸고 파라와 내가 방 안으로 발을 들여놓자 돌아가기에는 너무 늦었다는 듯이 둔탁한 소리를 내며 우리 뒤에서 닫혔다. 방 크기는 침대보 보관 창고만 했다. 닭살이 돋으며 몸이 찌릿찌릿했다. 방 안은 그 암울한 목적에 걸맞게 얼어붙을 정도로 추웠다. 파라가 조심스럽게 앞으로 걸어가 아기침대 옆 작업대 위에 아기 옷을 올려놓았다. 전에 한 번도 본 적 없는 침대였다. 그녀는 침대 안을 응시했고, 아기침대 울타리의 높은 부분 너머로 살짝 보이는 보송보송한 하얀 담요를 부드럽게 끌어내렸다.

"참 예쁜 아기야." 그녀가 말했다.

나는 크게 숨을 쉰 다음에 그녀 옆으로 다가가서 침대 안에 누워 있는 아기를 바라보았다. 아기의 머리와 몸은 정갈하게 싸여 있었다. 아기는 예뻤다. 넓은 이마는 매끄러운 도자기 같았고, 풍성한 속눈썹이 동글동글한 뺨에 부드럽게 내려앉아 있었다. 입술만이 아기의 탄생이 어땠는지를 말해주었다. 검은 튤립 꽃봉오리의 꽃잎처럼 핏기 없이 단단하게 다물어져 있었다.

파라가 그녀의 따뜻한 손을 내 팔에 올려놓았지만 방 안은 처음보다 더 추워진 것처럼 느껴졌다.

이 남자아기에 대해 할 말이 많았지만 아무 말도 나오지 않았다.

"정말 예쁜 아기네요." 내가 속삭였다. 그리고 내 딸들을 떠올렸다. 지금쯤이면 아빠를 도와 저녁식사를 준비하고, 쓰레기 당번이 누구인지를 놓고 말다툼하고 있을 것이다. 두 아이 모두 태어났을 때 잠시 동안 아무 소리도 내지 않아 나를 걱정시켰지만 그 순간은 지나갔고 곧 힘차게 울음을 터트렸다. 이 아이는 영원히 침묵의 공간 속에 머무를 것이다. 수정처럼 맑고 완벽하지만 소리가 없는 곳에서. 나는 내가 이런 순간을 경험할 날이 올지 확신하지 못했지만 파라가 부드럽게 내가 이곳으로 다가갈 수 있게 해주었다.

"고마워요." 내가 그녀에게 말했다. 이 상황에 어울리지 않아 보였지만 맞는 말이었다.

나는 파라를 뒤로하고 방을 나왔다. 그녀는 부모의 요청으로 아기에게 옷을 입혀주기 위해 준비했고, 나는 복도를 따라 활짝 웃고 있는 내 환자가 있는 방으로 돌아갔다. 내가 이 방을 나온 지 몇 분밖에 지나지 않았고, 방 안의 따뜻하고 촉촉한 공기 속으로 다시 들어갔을 때 그녀는 내가 돌아왔음을 거의 알아차리지 못했다. 그녀의 아기는 우유를 달라고 칭얼거렸다. 그녀는 웃으면서 아기를 가깝게 끌어안았고 젖병으로 아기의 입술을 간지럽혔다. 아기는 젖병의 젖꼭지를 찾아 입에 물고 쪽쪽 소리를 내며 정신없이 빨았고, 우유가 아기의 턱을 따라 목까지 흘러내렸다. 나는 아기가 우유를 힘차게 빨아 삼키는 모습을 지켜보며 미소를 지었고, 아기의 엄마가 나를 올려다보며 미소로 화답했다. 그녀는 내가 어디에 있었는지(그녀의 아기의 탄생이 사랑과 빛을 가져다준 것과는 다르게 어둠이 드리워진 곳에서 어떤 순간을 보내고 왔는지) 알 수 없을 것이고, 그래야 마땅했다.

소리

아기가 죽었다는 이야기를 들었을 때 산모가 내는 소리가 있다.

다른 사람들은 이런 소리를 내거나 들을 필요가 전혀 없지만, 조산사들은 이를 아주 잘 알아차릴 수 있게 된다.

이 소리는 인간의 소리이기도 하고 아니기도 하다. 입이 벌어지지만 어떠한 말도 나오지 않는다. 그저 이 소리만 있을 뿐이다. 들쭉날쭉한 해안에서 조개를 향해 달려드는 갈매기의 끼룩끼룩 하는 소리, 산사태가 날 때 들리는 포효 소리, 말 없는 하얀 새끼를 믿을 수 없을 정도로 새까맣고 바닥이 보이지 않는 바다 속으로 밀어내는 빙산의 신음소리다.

이 소리는 무력하면서도 동시에 강력하다. 여성이 텅 빈 공간을 빙글빙글 돌며 표류하는 그 순간에 그녀는 자연계의 질서가 거짓이며 중력이 환상임을 이해하게 된다. 이 순간부터는 그 어떤 것도 올바르거나 타당하지 않다. 이 여성이 내는 소리만이 유일하게 그녀를 현실과 이어주고, 다시는 눈을 뜨지 못할 아기에게 주려고 간직하고 있었던 사랑처럼 이 소리는 강하고 맹렬하며 무한하다.

산모에게 소식이 전해졌을 때 이 소리는 창문 없는 방의 옅은 녹색 벽에 부딪히며 메아리가 된다. 천장이 낮은 긴 복도를 따라 울리고, 주차장으로 물결처럼 퍼져나가고, 러시아워로 혼잡한 도로에 몰려 있는 차량들을 지나 도시를 가로지르는 동맥을 따라 서서히 뻗어나간다.

이 소리는 하루의 끝자락에서 사라지지 않고 맴돈다. 이 책의 페이지를 따라 윙윙거리며 글들을 관통하고 당신의 손끝으로, 당신에게로 전달된다.

그녀는 하혈 징후가 보여 병원을 찾았다. 아침에 일어났을 때 팬티에 피가 몇 군데 묻어 있었다. 직장에 출근한 후 화장실에서 다시 확인했을 때 더 많은 피와 혈전이 보였다. 그녀는 더 빨리 병원에 올 수 있었지만 만약 그녀가 사장에게 손님들이 몰려오는 바쁜 점심시간대에 그의 표현을 빌려 "또한 번의 망할 검사"를 위해 자리를 비워야 한다고 말하면 그가 노발대발할 것을 알았다. 그해에 이미 이런저런 이유로 12일을 쉬었기 때문인 이유도 있었다. 그래서 그녀는 마지막 테이블을 치우고 몇 푼 안 되는 마지막 팁을 앞치마에 털어 넣은 뒤 병원으로 왔다.

어쩌면 그녀는 전날 밤부터 아기의 움직임이 느껴지지 않아 왔는지도 모른다. 자신이 어떻게 해야 하는지 알아보기 위해 인터넷 검색을 했고, 웹사이트와 블로그에서 찾은 모든 방법을 시도했다. 차가운 물 500밀리리터 한 잔, 시끄러운 음악, 초콜릿 한 덩어리, 커피 한 잔. 그녀는 병원에서 집으로 돌아오고 나서 이렇게 된 이유를 끊임없이 생각했고, 남자친구는 바보 같은 생각이며 그녀가 한 행동들과 아무런 상관이 없다고 말했지만, 커피를 마신 것에 특히 죄책감을 느꼈을 것이다.

또 어쩌면 그녀는 그저 무언가가 잘못되었음을 감지했기 때문에 왔을지도 모른다. 그녀는 병원에 전화를 걸고 싶지 않았다. 그동안 통증이나 찌릿함을 느낄 때마다 병원에 전화를 걸었고, 마지막으로 통화했던 조산사가 그녀로 인해 소중한 시간이 낭비되고 있다는 뚜렷한 인상을 그녀에게 남겼기 때문이다. 하지만 그녀의 언니가 한 해 전에 사산을 했고, 그녀는 이 사실을 머릿속에서 떨쳐낼 수 없었다. 그래서 전화를 하고 병원을 찾아왔다. 그리고 무언가가 잘못되었다.

이번이 첫아이일지도 모른다. 아니면 세 번째인가? 그녀는 이미 두 아이를, 또는 넷을 잃을 수 있고, 아닐 수도 있다. 그녀는 이 아기를 간절히 소망해왔고, 네 번째 인공 수정을 위해 집을 담보로 대출을 받았다. 그리고 마침내 성공한 것처럼 보였고, 임신 37주가 되었다. 이제 얼마 남지 않았다. 그녀는 모범적인 임부였다. 임신 관련 서적을 모두 읽었고, 바로 전날 밤에 남자친구에게 아기침대를 조립하게 하고 유모차를 구입했다. 그날 밤 이후에, 모든 상황이 끝나고 어느 날 밤에 아기침대를 산산조각 내 나뭇조각으로 만든 후에도 유모차는 여전히 축축하고 어두운 현관에, 부츠와 가방들과 함께 등이 곱은 해골처럼 놓여 있었다.

어쩌면 그녀는 아이를 원하지 않았을 수도 있다. 아기의 아빠를 잘 알지도 못했고 낙태를 오랫동안 고심했지만 그녀의 엄마가 별문제 없을 것이며 자신이 육아를 도우며 함께 할 거라고 약속했을지도 모른다. 모든 것이 끝나고 난 후에 그녀는 자신을 그리고 엄마를 원망했다. 그녀는 어떻게 생각해야 할지 몰랐다.

그녀는 금발머리에 키가 컸을 수도, 키가 작고 통통하며 담배를 피우고 술도 마셨을 수도 있다. 열렬한 요가 팬에 붉은 머리를 가진 엄격한 채식주의자였을 수도 있다. 당신의 사촌일 수도 있고 친구, 동창, 같은 반 짝꿍이었을 수도 있다.

매일 아침 출근 열차 안에서 만나는, 임신한 것처럼 보였지만 어느 날부턴가 그렇게 보이지 않는 여성일 수도 있다.

그녀는 대기실에 상당히 침착하게 앉아 있었다. 병동 안은 분주했다. 이날 오후에 산전 진료소로 생명이 위태로운 외래환자가 들어왔고, 이곳에서 검사가 필요한 다른 여성들을 모두 환자 분류소로 보낸 것처럼 보였다. 분만이 임박한 여성들도 있었다. 대기실은 경피전기신경자극기를 꽉 쥐고 대기실을 서성거리며 병동 데스크 뒤의 직원에게 걱정스러운 시선을 보내는 초임부와 화장실을 들락날락거리며 뒤에 양수 자국을 남기고, 벽시계를 보며 할아버지와 할머니가 손주들을 하룻밤 더 보살펴줄 수 있는지 걱정하는 출산 경험이 있는 여성들로 붐볐다.

그녀는 이 모든 장면 한가운데에 앉아서 묵묵히 침묵을 지키며 인내하고 있었다. 자신의 앞에 놓인 탁자에서 『휴식을 취하자』라는 제목의 책자를 집어 들고 휙휙 넘겨본 다음에 다시 《직원 신문》을 집어 들고 소아과에 새롭게 신설된 투석 병동에 관한 두 페이지짜리 기사를 읽었다. 분만이 임박한 여성들이 그녀보다 먼저 호명되었고, 그녀는 그것이 맞는다고 생각했다. 이번 방문은 그저 예방 차원이었으니까. 그녀는 다리털을 언제 마지막으로 면도했는지 떠올리려 노력했고, 비키니 왁싱 예약을 연기한 것을 후회했다. 머릿속에서는 저녁으로 피자를 먹을지 샐러드를 먹을지를 놓고 작은 다툼이 일어났다. 통증이 의식의 끄트머리에서 느껴졌다. 어디지? 배 아랫부분이다. 아니다, 골반 전체에 걸쳐서다. 허벅지를 따라서 살짝 불편한 느낌이 들기도 했다. 어쩌면 다른 여성들이 그녀보다 먼저 검사를 받는 것이 실제로는 불공평한 일인지도 몰랐다. 어쩌면 조금 너무 오래 기다렸는지도 몰랐다. 그녀는 데스크를 바라보았다.

나는 치료 구역에서 나오다가 그녀를 보았다. 그리고 그녀의 환자 기록표를 힐끗 보고 이름을 확인한 다음에 안으로 불렀다.

그녀는 2번 침대에 있었다. 5번이이나 6번이었을 수도 있다. 그녀는 침대에 앉으며 미소를 지었다.

"신발을 벗어야 할까요?" 그녀가 물었다.

"원하는 대로 하세요. 뭐든 편하실 대로 하면 됩니다." 내가 미소로 응수하며 말했다.

그녀가 다리를 휙 움직여 침대 위에 올려놓았다. 그녀는 검정색 부츠가 아니면 굽이 높은 구두나, 이것도 아니면 슬리퍼를 신고 있었다.

"무슨 일로 왔나요?" 내가 물었다.

그녀가 내게 증상을 설명했다. 그녀는 이야기를 하는 동안 미소를 짓고 있었고, 나도 그녀의 이야기를 듣는 동안 미소를 짓고 있었다. 이야기를 들으면서 나는 태아심박감지기에 손을 뻗고 감지기에 젤을 발랐다.

"아기의 심장소리를 들어보죠." 내가 제안했다. 내 목소리는 자신감 있고 아무 걱정 없게 들렸다. "아기가 어떻게 지내고 있는지 볼까요?"

이때 나는 그녀의 얼굴에 두려움이 스쳐 지나가는 모습을 보았다. 마치 밤에 여우 한 마리가 정원을 쏜살같이 내달려 지나가는 것처럼 순식간이었다. 그리고 이내 사라졌다. 내 미소가 옅어졌다.

"심장소리를 찾는 데 시간이 좀 걸리더라도 걱정할 것 없어요." 내가 달달 외워 익숙한 대사를 말했다. "가끔은 어린 악당들이 구석이나 태반 뒤에 숨어 있어서 소리를 듣기 어려울 때가 있거든요."

그녀는 내 짧고 옅은 미소에 짧게 고개를 끄덕이는 것으로 답했다.

나는 감지기를 그녀의 복부 왼쪽 하단에 위치시켰다. 나도 내가 왜 항상 이 위치에서 시작하는지 모르겠지만 그렇게 한다. 그리고 보통은 젤을 바른 감지기를 피부에 가져다 대면 쿵쿵거리는 태아의 심장박동 소리를 들을 수 있다. 보통의 경우는 그렇다.

그녀는 목을 쭉 빼고 침대 옆의 벽에 붙어 있는 감시 장치 화면을 보았지만 그곳에는 녹색과 오렌지색 선만 보일 뿐 숫자가 나타나지 않았다. 그리고 규칙적인 리듬 대신 소음만 들렸다. 나는 강풍이 휘몰아치는 바닷가에서 금속탐지기로 보물을 찾는 사람처럼 단호하고 흔들림 없이 감지기를 다른 위치로 이동시켰다. 그녀의 오른쪽 골반 곡선 부위로 움직였다가 옆구리를 따라 올라갔고, 다시 팽팽한 가슴 부위까지 갔다가 처음 시작했던 부위로 되돌아왔다. 이번에는 감지기를 치골 바로 윗부분에 놓고 이쪽저쪽으로 기울여보았다. 안쪽으로 꾹 찌르기도 하고, 문지르기도 하고, 밀기도 하고, 미소도 지었다.

그녀는 더 이상 화면을 바라보지 않았고, 그저 나를 응시할 뿐이었다.

"무슨 일이죠?" 그녀가 물었다.

"미안합니다……." 내가 말했다. 아니, 아직 말하지 못했다. 나는 조금만 더 해보면 심장박동 소리를 들을 수 있다고 확신했다. 이 각도로 다시 시도해보면, 젤을 조금만 더 발라보면 들을 수 있을지도 몰랐다. "조금만 더 기다려 주세요." 내 목소리는 밝았지만 불안정했다.

그녀는 알았다. 그녀는 나를 바라보았고, 커튼 너머의 다른 침대에서 들려오는 다른 아기들의 심장박동 소리를 듣고 있었다. 그녀는 내가 거짓말을 하고 있음을 알았다. 나는 감지기를 문지르고 눌러보았지만 부질없는 짓이었다. 내 행동에 대한 반응으로 발이나 팔꿈치로 미는 느낌이 감지되지 않았다. 아무런 움직임도 없었고 정적만이 흘렀다.

"미안합니다." 이번에는 정말로 이렇게 말했다. "아기의 심장소리를 찾을 수가 없어요."

그녀가 나를 바라보았다. 모든 것이 멈추었다.

그리고 그 소리가 있었다.

이후에, 모든 것이 끝난 뒤에, 이 조산사는 아이를 잃은 임부의 소리를 돌처럼 짊어진다. 이 돌은 짐이 되어 언제나 그녀와 함께하고, 그녀는 때때로 기꺼이 손을 뻗어 돌을 뒤집고, 그 묵직함과 매끄러움을 느끼고, 손가락으로 표면을 더듬으며 의미를 찾는다. 그녀는 이 소리를 들을 때마다 크기와 모양이 조금씩 다른 돌을 하나씩 쌓는다. 그 무게를 더 이상 견디기 힘들어질 때까지 계속해서. 이렇게 그녀는 자신의 마음속에 작은 돌무덤을 세운다.

난 산 에
대 하 여

당신의 몸이 거부하기 전에 힘을 줄 수 있는 시간은 제
한적이다. 처음에는 자궁경부가 완전히 열리고, 아기가 고개
를 돌리고, 자궁에 자연스럽게 힘이 들어가면서 밀어내기가
시작된다. 근섬유가 수축하고, 이 활동이 새 생명체를 어떠
한 의식적인 생각이나 노력 없이 바깥세상으로 밀어낸다. 이
것은 태곳적부터 의도하지 않아도 자동적으로 진행되는 과
정이며 멈출 수 없다. 몸은 밀어내고 싶어 하고, 실제로 밀어
낸다.

아기의 크기와 자세가 엄마의 골반 면적에 완벽하게 들
어맞을 때, 그리고 엄마에게 여분의 에너지와 열의가 남아
있을 때 밀어내기는 그 목적을 달성한다. 아기는 내부 공간

에서 점점 더 외부로 밀려나오고, '2보 전진과 1보 후퇴'라는 오래된 춤처럼 힘겹게 전진한 뒤에 약간의 후퇴가 뒤따른다. 그리고 마침내 강력한 밀어내기로 인해 아기의 머리가 모체 밖으로 불쑥 나온다. 잠시 숨을 고르는 시간이 존재한다. 모체가 다시 밀어낼 준비를 하는 동안 시간은 이를 지켜보며 배회하고 있는 것 같다. 그런 다음에 방 안의 기운이 바뀌고 (기압이 변하고 공간이 눈에 보이지 않게 펼쳐진다), 마지막 밀어내기가 일어난다. 마침내 아기가 모체에서 완벽히 벗어나 밖에서 기다리고 있는 (십중팔구) 조산사의 손 안으로 떨어진다.

그러나 가끔은 잘 들어맞지 않을 때가 있고, 그래서 분만이 엄마와 아기 모두에게 길고 고된 여정이 되기도 한다. 아기가 너무 크거나 자세가 좋지 않을 수 있고, 엄마의 골반이 너무 작거나 밤을 꼬박 새우며 이어진 진통으로 인해 에너지가 고갈되었을 수 있다. 이런 경우에는 몸이 밀어내려는 힘만으로는 충분하지 않게 된다. 진통이 끊임없이 밀려오지만 힘을 줄 때마다 그에 따른 변화가 미미하고, 밀어내기가 점점 짧고 약해진다. 조산사가 엄마에게 언제 밀지, 얼마나 오랫동안 세게 밀지 이야기하기 시작한다. "턱을 가슴 쪽으로 끌어당겨요! 이제 숨을 참고 아래쪽으로 힘을 줘요. 조금 더 세게, 조금 더 길게, 조금 더 세게, 조금 더 길게, 그리고 다시 해요." 그러나 이 주문은 흔히 헛된 기도이며, 이미 가지

고 있는 모든 힘 이상을 쓴 여성을 더 깊은 절망 속으로 빠뜨
릴 뿐이다.

여성이 계속해서 힘을 주고 또 주면, 그리고 눈에 핏발
이 서고, 땀이 말라버리고, 심지어 뼈 마디마디가 탈진으로
아우성칠 때까지 힘을 주고 또 주라는 말을 들으면 무슨 일
이 발생할까? 그리고 만약 이 여성이 이름표와 시계가 달린
푸른색 유니폼을 입고 있다면? 휴식 시간을 놓치고, 절망적
으로 눈물 흘리는 환자를 눕힐 침대가 없고, 이미 지칠 대로
지쳐서 스트레스와 탈진으로 병가를 내고 결근한 동료의 일
을 하는 것이 일반적인 상황일 때 그녀는 여전히 계속 힘을
줄 수 있을까? 아이들의 생일파티와 학부모 모임, 크리스마
스 파티에 참석하지 못하고, 세웠던 계획을 취소해야 하며,
근무 시간을 '서비스의 요청에 부합하게' 바꿔야 한다는 말
을 듣고 또 들을 때 그녀는 힘을 줄 수 있을까? 그녀가 고통
을 경감시켜줄 수 없었던 여성들과 살릴 수 없었던 아기들의
얼굴이 뇌리에 박혀 떠나지 않으면서 잠을 방해하고, 아침에
일어났을 때 이미 지칠 대로 지쳐 있다면 그다음은 어떻게
되는 걸까?

내 자 리 를 떠 나 다

내가 결심을 굳힌 한 가지 요인이 있었다고 말할 수 있
으면 좋겠다. 그러나 환자와 재앙과 같은 일을 겪었다거나
병동 수석 조산사와 영혼을 파괴할 정도의 심한 언쟁을 했다
거나 하는 이유 같은 것은 없었다. 무언가(나 자신 외의 무언가,
오해의 소지가 없는 고통스러운 사건)를 가리키며 '이것 봐, 바로
이거야, 이게 이유라고'라고 말할 수 있었으면 훨씬 쉬웠을
것이다. 당신은 이해할 것이다. 이 글을 읽으면서 내용에 공
감하며 고개를 끄덕이고 '그래, 당연히 그렇게 했겠지. 나라
도 그랬을 거야'라고 생각할 것이다.

그날 밤 환자 분류소로 출근했을 때 치료실 침대 여섯

개가 모두 차 있었고, 대기실에는 여덟 명의 여성이, 분노하며 잠시도 가만히 있지 못하는 수행원과 함께 있었다. 그러나 사실대로 말하자면 이전의 근무 시간들이 그날보다 더 바빴다. 나는 갑작스럽게 시작된 끔찍하게 지독한 식중독에 걸려 그 주에 일찍 퇴근했었다. 고통스러운 증상은 멈추었지만 내 위는 여전히 뒤틀리고 있었고, 이것이 침실 창문을 통해 쏟아져 들어오는 여름의 뙤약볕과 함께 야간근무를 가기 전에 평소처럼 자던 낮잠을 방해했다. 나는 집을 나서기 전에 힘없이 축 처진 몸으로 싱크대 앞에 서서 테킬라 한 잔을 털어 넣듯이 머그잔을 기울여 다디단 커피를 죽 들이켰다. 내가 환자 분류소의 혼돈을 살피는 동안 카페인이 내 혈관을 통해 몸 곳곳으로 퍼져나갔다. 이가 아프고 눈이 시큰거렸는데, 실제로는 그보다 더 안 좋게 느껴졌다.

　함께 야간근무를 하게 된 조산사인 스텔라는 이미 조산사 부서에 출근해 있었다. 나는 그녀와 함께 근무하게 되어서 기뻤다. 그녀는 언제나 침착하고 친절했고, 우리를 덮친 폭풍우 속에서 든든한 닻이 되어주었다. 데스크를 사이에 두고 눈이 마주치자 내가 뭐라고 말을 꺼내기도 전에 그녀가 말했다. "우리가 모든 일을 다 할 수는 없어요. 할 수 있는 일을 할 뿐이죠. 서두를 필요 없어요." 나는 미소를 지어 보이려고 노력했지만 카페인 때문에 뻣뻣해진 턱이 말을 듣지 않왔고, 내 표정은 일그러져 보였을 것이다.

베티와 매지는 주간 근무였고 데스크의 전화벨이 무자비하게 끊임없이 울리는 가운데 이들은 (베티는 스팽글 토트백에 소지품을 챙기고, 매지는 담배를 서랍에 넣으면서) 이미 퇴근 준비를 하고 있었다. 그리고 출입구로 향하기 전에 서둘러 업무 인수인계를 끝냈다.

매지가 말했다. "저는 1번과 5번, 6번 침대하고 집중치료실을 맡았어요. 1번 침대는 18주 초산부이고 성관계 후 출혈이 있어요. 5번 침대와 6번 침대는 분만을 앞두고 있고, 5번은 2회 경산부 만삭 7일 경과, 6센티미터 열렸고 양막 파수 없어요. 6번은 36주 1회 경산부, 4센티미터 열렸어요. 하지만 빈 방도, 관리해줄 조산사도 없기 때문에 분만 병동에서 지금은 두 사람 다 받아줄 수 없대요. 그러니 행운을 빌어요. 첫 번째 집중치료실에 있는 환자는 임신 9주이고 입덧이 있어요. 복잡한 사회복지 서류 작업이 필요하고 바늘 공포증이 있어서 본인 주변에다 계속 구토를 하면서도 정맥주사를 거부하고 있어요. 그리고 반대편 방은 임신 33주로 심한 복통과 설사로 전화한 환자예요. 하지만 저녁으로 생선을 먹고 잠이 들었어요." 그녀는 숨을 고르기 위해 말을 멈추었다. "미안해요, 우리가 할 수 있는 일은 다 했어요." 그녀는 우리가 다시 한번 말해줄 수 있는지 물어볼 틈도 주지 않고 사라졌다.

　베티는 자신의 업무 인계를 시작하기도 전에 벌써 자동차 열쇠를 손에 쥐고 있었다. 그녀가 이곳을 한시라도 빨리 벗어나고 싶어 한다는 사실을 알 수 있었다. 그녀가 입을 열었다. "저는 2번, 3번, 4번 침대를 맡았어요. 2번은 오늘 아침에 자연 양막 파수가 있었고 진통은 없어요. 하지만 등급 2 태변이 나오고 있고 조금 불편함을 느끼기 시작했어요. 태아 심박감지기에 몇몇 이른 감속 신호들이 나타나고 있지만 분만 병동에서 조산사를 추가로 구하기 전까지 그쪽으로 가지 못하고 있는 임부 중 한 명이에요." 나는 스텔라를 흘깃 바라보았다. 그녀의 얼굴은 여전히 침착함을 잘 유지하고 있었지만, 나는 베티가 보고를 하는 동안 그녀의 눈가가 걱정으로 씰룩거리는 모습을 볼 수 있었다. "3번 침대는 담즙 정체증이 의심되고, 혈액 샘플을 보내서 의사가 결과를 살펴보기를 기다리고 있어요. 의사들이 전부 몇 시간째 수술실에 들어가 있어서 호출해도 소용이 없어요. 그리고 4번 침대는 조기 분만인 초산부로 남자친구가 쓰레기 같은 놈이에요. 여기까집니다."

　"고마워요." 스텔라와 내가, 비록 진심을 담은 감사의 표현이 아닌 형식적인 말이었지만, 동시에 말했다.

　"내일 다시 올게요. 아침에 봐요." 베티가 어깨 너머로 말하며 쌍여닫이문을 지나 사라졌다.

"빨리 돌아와요." 스텔라가 답했다. 나는 베티가 병동을 나가면서 짧고 날카롭게 "하!" 하는 소리를 들었다고 생각했지만, 멈추지 않고 울리는 전화벨 소리 때문에 제대로 듣기도 생각하기도 힘들었다. 스텔라와 나는 서로를 바라보았다.

"내가 매지 업무를 맡을게요." 그녀가 말했다.

"그럼 나는 베티 업무를 맡죠." 내가 동의했다.

더 이상의 말은 불필요했고 우리는 업무를 시작했다.

이후로 몇 시간은 정신이 멍한 일종의 환각 상태에서 보냈다고 할 수 있겠다. 여성들이 비명을 지르고, 눈앞에서 핏방울이 튀는 장면들이 끝없이 이어졌다. 이곳에서 흔히 사용하는 표현처럼 나는 개처럼 일했다. 그러나 열심히 움직일수록 성취감은 더 떨어지는 것 같았다. 의사들은 그림자도 보이지 않았고, 직원과 침대 부족으로 인해 아주 심각하게 아픈 환자를 제외하면 그 누구도 분만 병동으로 들어갈 수 없었다. 환자 분류소 문을 통해 여자들이 비명을 지르는 소리가 계속 들렸고, 전화벨은 영원히 멈출 것 같지 않은 기세로 날카롭게 울려댔다. 5번 침대가 아이를 낳았다. 내가 비상용 손수레에서 약과 집게, 가위, 수건을 찾아 무작정 뒤지는 사이에 스텔라가 아기를 받았다. 6번 침대는 소란스러운 소리에 겁을 먹었고, 4번 침대의 남자친구는 바닥에 고인 액체가 여자친구의 침대가 있는 공간까지 흘러오고 있다며 불만을 제기했다. 1번 침대는 출혈이 멈추지 않았고, 2번 침대의 경우 태아심박감지기의 신호가 가파르게 떨어지면서 가슴이 멎는 듯한 위기의 순간이 한 번 찾아오기는 했으나 다시 정상 수준으로 회복되었다. 3번 침대는 이제 스텔라와 내가 모르는 언어로 매우 크고 활기차게 통화를 시작했다. 집중치료실에서는 환자가 온갖 냄새를 풍기는 토사물 속에서 헤엄치고 있었다. 집중치료실 환자들이 호출벨을 누르지는 않았지만 우리는 결국 방으로 들어가게 될 것이다.

데스크의 전화가 여전히 울려대고 있었다. 5번 침대 여성의 태반이 만출되고, 그녀와 아기를 깨끗한 홑이불로 감싸주고 난 후에 나는 담당 환자들을 확인하는 사이사이에 전화를 받는 게 좋을지도 모른다는 생각을 했다. 조무사인 모븐이 걸려오는 전화를 받으며 최선을 다하고 있었다. "당신에게 온 전화가 다섯 통 있어요." 내가 데스크로 다가가자 그녀가 말했다. "그리고 구급차가 예약되지 않은 임부를 태우고 이리로 오고 있고요."

나는 유니폼 가슴에 매달려 있는 시계를 확인했다. 밤 10시 36분에 5번 침대에서 분만을 위해 호출했던 기억을 제외하면 시간 감각이 안개 속으로 사라졌다. 이 밤은 일종의 우스꽝스러운 '이상한 나라의 앨리스'식 경주 같았다. 스텔라와 내가 아무리 미친 듯이 달려도 같은 자리를 벗어나지 못했고, 규칙도 보상도 없었다. 시곗바늘은 자정을 향해 천천히 움직이고 있었다. 나는 이 상황이 당혹스러웠다. 지금까지 난 무얼 한 거지? 대기실은 내가 병동에 도착했을 때보다 더 붐볐다. 여성들은 의자 주변을 서성거렸고, 이들의 보호자들은 눈 한 번 깜박이지 않고 나를 쏘아보고 있었다. 이들이 소리 없이 내뿜는 분노가 대기실을 가득 채웠다. 나는 수화기를 집어 들었다.

"환자 분류소 조산사 해저드입니다. 무엇을 도와드릴까요?" 나는 이 기본 전화 응대가 암울하게도 역설적이라는 생각이 들었다. 이런 상황에서 이보다 더 적절하지 못한 말이 무엇이 있겠는가. '무엇을 도와드릴까요? 내가 도와줄 수 있기는 한가?' 나는 터져 나오려는 웃음을 억눌렀다.

"로나예요. 환자 수를 확인하려고 전화했어요." 분만 병동 수석 조산사였다. 그녀는 모든 부서와 침대 상황에 대한 일상적인 확인 작업을 하고 있었다.

"로나, 여기는 여덟 명의 환자가 침대에 누워 있고, 밖에 얼마나 더 많은 사람들이 대기하고 있는지 모르겠어요." 나는 대기실로 시선을 돌렸다. 엄청나게 튀는 분홍색 머리를 한 여성이 손가락으로 나를 가리키며 자신의 남자친구에게 뭐라고 외쳤다. 밝은 녹색 티셔츠를 입은 근육질의 남자친구는 짤막한 다리가 달린 자판기를 앞뒤로 흔들며 안에서 나올 생각을 않는 과자를 꺼내려 애쓰고 있었다. 그가 짜증을 내며 포효할 때 이 여성은 더 크게 포효했고, 그녀의 붉은 입이 격하게 으르렁거렸다. 이들의 분노는 너무도 생생했고, 얼굴은 너무 일그러져 있었다. 저녁에 먹은 음식물이 배 속에서 소화되지 않고 방랑하면서 속이 메스꺼웠다.

"이런 상황이라면 휴식은 물 건너간 것 같네요. 우리 짐을 덜어줄 사람을 보내줄 수 있나요?" 내가 수화기에 대고 말했다.

"지금 상황에서는 힘들 것 같아요. 전체 부서가 일손이 부족해서 사람을 구할 수 없어요. 미안해요." 로나가 말했다.

"분만을 앞둔 환자들을 올려 보낼 가능성은요? 한 명은 이미 아이를 낳았어요."

"이곳 병실은 여전히 꽉 찼어요. 그나마 있던 조산사도 심한 출혈 환자가 있어서 수술실로 들어갔고요. 미안해요."

메스꺼움이 심해지면서 위액이 파도가 되어 목을 타고 천천히 올라오기 시작했다. 이제 심장도 빠르게 뛰었고, 손에서 희미하게 찌릿찌릿 저리는 느낌이 들었다. 나는 수화기를 내 뺨과 어깨 사이에 끼워 넣고 데스크에 앉았다. 모븐이 걸려온 다른 전화를 받았고, 손가락으로 전화기를 가리킨 다음에 나를 가리켰다. 나는 고개를 저었다.

"로나." 내가 말했다. 무슨 말을 더 할 수 있겠는가? 우리는 밀물에 대항할 힘이 없었다. "병원 문을 닫기라도 해야겠네요."

그녀는 수화기 너머에서 한숨을 쉬었다. 더 이상의 환자를 받지 않고 이들을 가장 가까운 다른 산부인과로 보내는 것은 정말로 심각한 지옥과 같은 상황에서 선택하는 최후의 수단이었다. 그리고 환자들을 관리할 조산사가 있든 없든 병원의 모든 침대가 다 찼을 때가 이런 상황에 속했다. 아주 오래전에 이런 상황이 한 번 발생한 적이 있었는데 이때 병원장은 이런 조치를 내리는 것을 엄청나게 꺼려했었다. 병동을 닫고 환자를 받지 않으면 무거운 벌금을 물어야 하고 안 좋은 기사가 실리기도 하기 때문이었다. 어느 누구도 나쁜 결과가 예약된 일에 책임을 지고 싶어 하지 않았다.

"당신도 저만큼 잘 알 거예요. 제가 어쩔 수 있는 일이 아니에요. 병원은 모든 침대가 다 차야지만 닫을 수 있어요. 그리고 아직은 그런 상황이 아니고요." 로나가 말했다.

"하지만 안전하지 않잖아요." 내가 항의했지만 내 목소리는 기어들어 갔다. 심지어 내 귀에도 우주 비행사가 특별한 주의가 요구되는 우주에서 유영하며 지상 관제 센터에 무전 연락을 하는 것처럼 아주 먼 거리에서 전달되는 소리처럼 들렸다.

"미안해요, 당신이 최선을 다하고 있다는 걸 알아요. 우리 모두가 그래요. 하지만 제게는 결정권이 없어요. 있으면 좋겠지만. 뭔가 변화가 있으면 곧장 연락할게요. 또 도와줄 사람이 생기면 보내줄게요." 로나가 말하고는 전화를 끊었다.

나는 의자에 등을 기댔다. 사람들은 내게 계속 사과했다. 베티와 매지가 그랬고, 이젠 로나가 그랬다. 하지만 무엇에 대한 사과인가? 그리고 달라지는 건 무엇인가? 병동의 상황은 누구도 통제할 수 없었다. 인원 문제도 침대 사정도 이미 운명처럼 예견된 일이었다. 아니면 최소한 오래전 먼 곳에 있는 어느 사무실에서 전국에 걸쳐 사람들이 계속해서 아기를 낳는 가운데 정부의 변변치 않은 재정 상태를 신경 쓰며 과제를 수행했던 어떤 중간급 관리에 의해 가닥이 잡혀 있었다.

양수가 터져 화장실 바닥으로 쏟아져 나왔고, 아기들이 자궁 안에서 꿈틀댔고, 아내가 뒷좌석과 바닥 사이의 공간에 끼어 진통으로 신음하고 배에 힘을 주는 동안 남편들이 빨간 불을 무시하고 차를 몰았다. 생명이 도시 속을 고동치며 흘렀다. 끊임없이 흐르는 그 가공할 힘은 누구도 막을 수 없었다. 이런 생각들에 압도된 나머지, 나는 한순간 시야가 어두워졌다. 나는 눈을 두 번 깜박거렸다. 눈가에 걸려 있던 어둠이 물러났지만 이로 인해 맥박은 더 빠르게 뛰었다.

조산사가 된 이후로 나는 이런 느낌에 익숙해졌다. 빠르게 뛰는 심장박동, 축축하고 저린 손바닥, 서서히 다가오는 두려움. 공황발작이었을까? 거의 확실하다. 주요 전제 조건이 (지속적으로 '깨어 있는' 상태를 유지하고, 위기가 다가오고 있음을 보여주는 작은 조짐에도 끊임없이 경계하는) 과잉 각성인 직업에 따라오는 자연스러운 반응이었을까? 틀림없이 그렇다. 트리샤가 몇 달 전 눈물을 흘리며 탈의실에서 도망 나간 그날 아침 이후에도 내가 아는 사실상 모든 조산사들이 감정적으로 혼란스러웠던 경험을 내게 들려주었다. 몇몇은 병동 데스크에서 커피를 마시며 농담처럼 가볍게 이야기했고, 몇몇은 휴게실에서 눈물을 흘리며 이야기했다. 너무나 많은 직원이 항우울제와 협심증·고혈압 치료제인 베타 차단제를 복용하고 있어서 정신이 건강한 사람이 일반적이기보다는 예외에 속했다. 스텔라는 최근에서야 지나가는 말로 자신이 수년 동안 약을 먹고 있으며 약 없이는 정상 생활이 힘들 수 있다고 언급했다.(그 침착하고 흔들림 없는 스텔라마저 그랬다.) 그녀는 내 옆을 지나서 데스크로 갔다. 그녀의 하얀 앞치마에 핏자국이 묻어 있었다.

"이건 미친 짓이에요. 일부 환자들을 다른 곳으로 이동시켜야 해요. 그러지 않으면 문 밖까지 줄을 서게 될 거예요." 스텔라가 말했다.

나는 무언가 도움이 될 만한 말이나 블랙유머, 그것도 아니면 그저 그런 안심을 시켜주는 말을 꺼내보려 입을 벌렸지만 단어들이 입안에서 맴돌기만 했다.

　"스텔라." 내가 입을 열었다. 그녀를 부르는 내 목소리가 어색하게 들렸다. 나는 주변을 둘러보았다. 무더기로 쌓여 있는 전화 기록표와 벽시계, 한참 전에 퇴근한 직원이 마셨던, 책상 위에 덩그러니 놓여 있는 빈 에너지 드링크 캔. 이들 중 어느 것도 제대로 된 것이 없다고 느껴졌다. 조각의 절반이 사라진 퍼즐 같았다.

　"스텔라, 기분이 좋지 않아요."

　그녀가 고개를 갸웃하며 나를 내려다보았다. 내 목소리가 불안정하게 흔들고 있음을 알아차린 듯했다. "아직도 속이 불편해요?"

　"아니에요. 모르겠어요." 내가 자신 없는 어투로 말했다. 환자 분류소는 한계에 다다라 있었다. '나'는 한계에 다다라 있었다. 자리를 비울 수도 없었지만 일을 할 수도 없었다. 내가 다시 입을 열었다. "그래요. 아무래도 탈이 날 것 같아요."

　스텔라는 냉정하게 나를 살펴보았다. 그녀는 알았다. 그리고 나는 그녀가 안다는 사실을 알았다. "휴게실에 가서 잠시 앉아 있다가 와요. 여기서 벗어나 10분 정도 휴식을 취해요." 그녀가 말했다.

"미안해요, 스텔라." 이번에도 사과다. "이런 상황에서 당신을 혼자 놔두고 가고 싶진 않아요."

"혼자 놔두고 가는 게 아니에요. 모븐이 있잖아요. 10분 정도는 별문제 없을 테니 어서 가요."

나는 반박하지 않았다. 나는 불안정하게 서서 의식적으로 팔다리를 펴기 위해 노력했다. 그런 다음 지친 몸을 끌고 휴게실로 갔고, 등 뒤로 문을 닫았다. 나는 모든 것의 한복판에서 혼자였다. 모퉁이에 놓인 텔레비전에서는 가족 두 팀이 등장하는 오래된 오락 프로그램이 방영되고 있었다. 이들은 서로에 대한 조금은 외설적인 질문에 답하고 있었고, 햇볕에 그을린 피부를 가진 진행자가 우스꽝스러운 미소를 지었다. 두 가족도 요란스럽게 웃음을 터트렸다. 나는 자리에 앉아 텔레비전을 보려고 했지만 내용을 따라갈 수 없었다. 그래서 자리에서 일어나 냉장고에서 저녁을 꺼냈고, 1분도 안 되는 시간에 전부 입안으로 퍼 넣었다. 맛을 느낄 수 없었다. 그저 음식물의 질감만이 느껴졌다. 잡지를 집어 들었다. 단어들이 어지럽게 헤엄쳤다. 나는 잡지를 내려놓았다. 데스크로 다시 돌아갈 생각도 해보았다. 전에도 이런 기분이 들었던 적이 있었다. 그리고 이를 해결하는 방법을 찾았다. 안전한 집에 도착해 조용히 무너져 내려 몇 분 뒤에 잠이 내 생각들을 침묵하게 만들 때까지 감정을 끌어내리고 꽁꽁 싸매

서 밀어놓기. 그러나 이번에는 달랐다. 휴게실 의자에 꼼짝
도 하지 않고 앉아 있으면서 나는 내 몸이 내 것이 아닌 것처
럼 느꼈다. 마치 내가 텔레비전 옆 모퉁이에서 맴돌며 정신
이 이상해진 내 모습을 바라보고 있는 것 같았다. 내 몸은 이
광란의 밤에 자연스럽고 정상적인 반응을 보였었다. 내게 즉
각 빠져나가라고 충고하고 있었지만 나는 듣지 않았다. 그리
고 이제는 내 뇌가 내게 말하고 있었다. '네가 떠나지 않으면
내가 너를 네게서 제거할 거야.'

나는 정신을 바짝 차리고 자리로 돌아가 상황을 잘 이겨
내라고 나 자신을 다독였다. 나는 자리에서 일어났다가 주저
앉았다. 그리고 다시 일어났다. 내가 무엇을 해야 하는지 알
았고, 이 생각이 나를 죽을 만큼 괴롭게 만들었다.

나는 데스크에서 정신없이 환자 기록표를 작성하는 스
텔라를 발견했다. 그녀는 일에 완전히 집중하고 있었다.

"스텔라. 나는 집에 가야겠어요."

그녀가 나를 올려다보았다. 나는 마음의 준비를 단단히
했다.

"그래요, 당신은 집에 가야 해요." 그녀가 나를 보며 말
했다.

"정말 미안해요." 거듭되는 사과. 이곳은 사과로 넘쳐났
다. 상황이 악화될수록 우리는 더 미안해졌다.

"사무실엔 내가 말할게요. 식중독이 다 낫지 않았는데 너무 빨리 일을 시작했다고 할게요." 그녀가 말했다.

나는 이 작은 친절에 고마움을 느끼며 허물어져 내릴 수도 있었다. "고마워요."

"우린 괜찮을 거예요."

"정말 미안해요."

"알아요."

"마음이 편치 않네요."

"알아요. 하지만 우리는 여기서 모두 숫자에 불과해요. 이런 일로 아프지 말아요. 가요."

전화벨이 다시 울렸고 스텔라가 받았다. 이런 식으로 그녀는 다른 어떤 여성의 이야기에 관여하게 되었고, 그녀에 대한 자세한 정보를 받고 고통에 귀를 기울였다. 나는 망설였다. 내게는 마지막으로 마음을 바꾸고 이곳의 일원으로 남을 기회가 있었다. 다른 전화기가 울렸고, 나는 그 전화를 받을 수 있었다. 하지만 몸을 돌려 이곳을 떠났다.

나는 주차장의 어둠 속에서 눈을 깜박였다. 수치심과 굴욕감이 밤거리로 걸어 들어가는 발걸음마다 나를 따라왔다. 지금까지 단 한 번도 이 시간에 병원 건물 밖으로 나와본 적이 없었다. 늦은 밤에 응급실에서 서성이는 취객들을 의식하지 못한 채 나는 내 차가 주차되어 있는 장소로 터벅터벅 걸어갔다. 내 뒤로 무표정한 얼굴로 흥얼거리는 병원이 우뚝 솟아 있었다. 나는 지금이라도 발걸음을 돌릴 수 있었지만 그렇게 하지 않을 것임을 알았다.

나는 침묵 속에서 가끔씩 푸른 불빛을 반짝이며 저 멀리서 발생한 응급 상황을 향해 달려가는 구급차를 제외하면 텅 비어 있는 거리를 지나 집으로 차를 몰았다. 머릿속에서 환자 분류소의 데스크와 스텔라가 로나에게 전화를 걸어 내가 집으로 돌아간 이유를 설명하는 모습과 로나의 믿지 못하겠다는 표정이 그려졌다. 그리고 물론 이날 근무 초반에 나를 보았던 다른 조산사들 사이에서 소문이 퍼질 것이다.

"야간근무를 시작할 때에는 괜찮았어요." 나는 이들 중 한 명이 말하는 모습을 상상했다.

"그녀도 떠나는군요." 또 다른 한 명이 말했다.

"견디지 못한 거죠." 다른 친구가 맞장구쳤다.

"그녀의 문제가 뭔지 알아요?" 또 다른 목소리가 끼어들었다. 뒤이어 최고로 모욕적인 말이 나왔다. "너무 친절하다는 거예요." 아이러니하게도 이것은 내가 속해 있던 부서에서 조산사들이 동료에게 할 수 있는 최악의 말이었다. 우리는 모두 우리의 '돌보는 직업'에서 가장 끔찍한 죄가 마음이 너무 여리고, 너무 친절하며, 업무로 인한 스트레스에 너무 쉽게 예민해지고, 상처를 잘 받고, 온정이 너무 넘치는 것임을 잘 알았다. 끝까지 남는 사람은 필요할 때 매정해지고, 중요한 때 냉정해질 줄 아는 사람이었다. 나는 나를 감싼 푸른색의 작은 껍데기를 성장시키며 배우고 있었지만 아무리 노력해도 절대로 매정하거나 냉정해질 수 없었을 것이다.

어떻게 왔는지 기억나지 않았지만 나는 집에 도착했다. 집 앞 길가에 차를 세우고 엔진이 꺼지고 식는 동안 안에 앉아 있었다. 그리고 아이들이 내가 들어오는 소리를 듣고 한밤중의 침입자를 상상하며 공포에 뻣뻣이 굳은 채 침대에 누워 있을지 궁금했다. 아이들은 엄마가 야간근무 중간에 집으로 돌아오는 일은 꿈도 꾸지 못했다. 그보다는 아침에 깨끗하게 다려진 교복을 입고 생기 넘치고 발랄한 모습으로 학교에 가기 위해 집을 나설 때 피곤한 눈으로 비틀거리며 들어와 인사하는 나에게 익숙했다. 이제 나는 아이들의 방을 살금살금 지나 편안하고 안전한 내 침대에서 달콤한 휴식을 취할 것이다. 남편의 품 안으로 파고들어 오늘 일을 전부 설명하면 그는 괜찮다고 나를 안심시킬 것이고, 나는 그의 말을 믿으며 잠들 것이다.

공교롭게도 내가 문을 열고 들어와 발끝으로 조심스럽게 계단을 올라가는 소리를 누구도 듣지 못했다. 나는 층계

참에 유니폼을 벗어놓고, 컴컴한 실내에서 손으로 더듬거리며 침실 문을 찾아 열고 침대로 다가갔다. 피부에 닿는 이불의 감촉이 시원했다. 남편이 여전히 잠든 채 길게 숨을 내쉬며 몸을 굴렸다. 나는 그를 흔들어 깨웠다. 어둠 속에서 상황 파악을 못 하고 나를 바라보며 눈을 깜박이는 그가 보였다.

"집에 올 수밖에 없었어." 내가 말했다.

"흠." 남편이 다시 길게 숨을 내쉬고는 눈을 감았다. 어떠한 판단이나 위로라기보다는 인정에 가까운 표현이었다.

"나는 아팠어." 내가 말했다. 그리고 그의 대답을 기다렸다. 몇 분이 지났고 그의 숨소리가 깊어졌다. '나는 아팠어.' 나는 나 자신에게 말했다. '나는 아팠어.' 몇 분 또는 몇 시간이 흐른 후에 내 숨소리가 마침내 안정을 찾았다. 나는 눈을 감았고 잠이 들었다.

되돌아가는
길 찾기

다른 나라의 다른 병원.

나는 병원 건물 8층의 창가 옆자리에 앉아 있었다. 창문을 통해 내가 성장했던 도시의 풍경이 내려다보였다. 7월의 뜨거운 열기에 도시의 빛깔이 바래 생기를 잃었다. 사무실 빌딩들이 몰려 있는 구역과 신고딕 양식의 대학교 첨탑이 눈에 들어왔고, 나무가 늘어선 언덕들을 향해 사방으로 제멋대로 뻗어나간 집들이 줄지어 늘어서 있었다. 이 집들은 콜로니얼 양식*으로 지어졌으며 미늘판이 외벽을 덮고 있었다. 병원 8층에 위치하며 2중 유리에 에어컨이 가동되고 있는 병

◆　　식민지 시대의 미국에서 발달한 건축 양식.

동 안에서는 거리의 소음이 들리지 않았고, 도시는 텅 빈 상태에서 멈추어 있는 것처럼 보였다. 나는 고양이처럼 오후의 태양을 향해 얼굴을 들면서 눈을 감았다. 바쁜 병원 안에서 평화롭게 앉아 있는 것은 흔치 않은 즐거움이었다. 멀리서 들려오는 호출벨 소리에도 내 호흡은 가빠지지 않았다.

나는 의자에 몸을 깊숙이 파묻은 채 허벅지 뒤쪽에 달라붙는 의자 비닐 덮개의 감촉을 즐겼다. 이 느낌은 유년 시절에 자동차 여행을 했던 때를 떠올리게 했다. 길고 나른한 여행이었고, 중간중간에 형제와 언쟁을 벌이기도 했으며 딸기 맛 소다를 마시기 위해 길을 멈추기도 했다. 목적지에 도착하자 우리는 몇 시간째 자동차 의자 위에 올려놓았던 다리를 내렸고, 피부에는 인조가죽에 눌린 자국이 남아 있었다. 나는 눈을 떴고, 맞은편에 앉아 있는 아버지를 보고 잠시 놀라고 혼란스러웠지만 정신이 돌아오면서 기억이 났다. 나는 미국에 있었고, 아버지는 병에 걸렸다.

우리 사이에는 바퀴 달린 탁자가 놓여 있었고, 그 위에는 아버지가 정리해놓은 작은 다이어트 진저에일 캔 다섯 개가 있었다. 아버지는 나이를 먹었을지 몰라도 유년 시절을 보냈던 전후의 몬트리올에서 흔치 않았던 (또는 금지되었던) 이런 종류의 먹을거리에 소년처럼 기뻐했다. 항암 화학요법 병동에는 방문자를 위한 주방이 있었고, 탄산음료와 요구르

트, 짭짤한 크래커를 무한으로 제공해주었다. 아버지는 그날을 병원에서 제공하는 이런 공짜 식음료로 배를 채우고, 신문의 스포츠 면을 훑어보는 것으로 시작했다. 탁자 아래에는 수건이 무릎 위에 조심스럽게 덮여 있었다. 고작 몇 주 전에 발견한 방광암은 벌써부터 당혹스러운 부작용을 가져왔고, 간호사는 아버지가 병원에 도착했을 때 입고 있던 반바지를 사려 깊게 가방에 넣어두었다.

병동 직원이 바닥을 가로질러 왔다 갔다 했고, 이들이 지나갈 때마다 신고 있는 슬리퍼가 바닥을 부드럽게 탁탁 치는 소리가 났다. 내게는 익숙한 소리였다. 우리가 앉아 있는 창가의 작은 세상을 둘러싼 커튼이 젖혀지며 두 명의 간호사가 정맥주사액 주머니를 교체하기 위해 나타났다. 이들은 손에 든 스캐너에서 나오는 유령 같은 초록색 빛줄기를 주머니의 라벨에 조준했고, 다음으로 서로의 신분증에, 다시 아버지의 손목 밴드 바코드에 조준했다. 스캐너를 차례로 가져다댈 때마다 섬광과 함께 삐 소리가 났고, 간호사 한 명이 힘차게 고개를 끄덕였다. 이 기계는 엄청난 최첨단 기술로 보였고, 그에 비해 내가 병원에서 근무할 때 사용했던 방식은 거의 진기하고 구식인 것처럼 느껴졌다. 우리는 관리와 통제를 받는 약품이나 동료와 복잡한 약물 주입을 확인할 때마다 펜으로 종이에 서로 서명을 했고, 환자의 신분을 확인하기 위해 이들의 손목 밴드에 수기로 기입한 숫자들을 읽었다. 사실 이 병원에 있는 것들은 대개 나에게 익숙했지만, 좀 더 근사했다. 오랫동안 대학교 교수로 재직했던 아버지는 다행히도 현관에 설치된 인공폭포에서부터 구내식당의 초밥과 부엌의 공짜 음식까지 돈으로 가능한 모든 최고의 민영 의료 서비스를 받을 수 있었다.

반짝이는 외관의 호화로움과는 별개로 나는 아버지가 어떻게 관리받고 있는지 알 수 있었고, 이에 감사했다. 충격으로 다가왔던 아버지의 암 진단 이후 치료 계획은 현기증이 날 정도로 빠르게 수행되었다. 나는 서둘러 대서양을 건너오느라 아직 시차 적응이 되지 않았고, 아버지 역시 병마와 싸우느라 지쳐 있었다. 하지만 아버지의 의자 곁에서 머무르며 정맥주사를 조절해주거나 음료를 다시 채워주는 간호사들이 너나 할 것 없이 모두 친절했다. 보살피는 일에 익숙한 나는 보살핌을 받는 기분이 꽤 좋았다. 모든 친절한 한마디와 진저에일 음료에 거의 쑥스러울 정도의 감사함을 느꼈다. 나는 팔걸이의자에서 자세를 바꾸었고, 집으로 돌아가서 감사 카드를 작성하기 위해 간호사들의 이름을 하나하나 머릿속에 저장했다. 이곳의 남녀 직원들은 아버지의 병을 치료하기 위해 애쓸 것이고, 내 입장에서 이들의 존재는 기적과 다름이 없었다.

이 편안하고 친절한 세상으로 스며들어 가면서 내 마음 뒤편에서 작은 목소리가 말을 걸었다. 이 목소리는 비록 다른 나라의 다른 의료 서비스 분야이기는 했지만 어쩌면 나도 이 간호사들이 하고 있는 일을 했을지도 모른다고 말하기 시작했다. 내가 아버지를 보살피는 사람들에게 느끼는 감정을 내 환자들 중 몇몇이 나에게 느꼈을 수도 있다는 너무나도 명백하지만 이에 못지않게 믿기지 않는 가능성에 나는 갑자기 한 대 얻어맞은 기분이었다. 수년 전에 나는 자진해서 조산사 세계의 한가운데로 걸어 들어갔다. 이곳에서는 체액을 씻어내는 작업과 고통이 일상이 되면서 혐오감은 곧 생소한 감정이 되어버렸다. 실습생 신분으로 너무 큰 유니폼을 걸치고 첫 근무를 어설프게 시작했던 날 이후로 많은 시간이 흘렀고, 나는 이제 이런 것에 움찔하거나 코를 찡그리지 않았다. 나는 여성들에게 애정을 가지고 있었다. 깨끗한 여성, 냄새나는 여성, 아름다운 여성, 무례한 여성, 부자이거나 가난한 여성, 길을 잃거나 외로운 여성 모두를 좋아했다.

이 작은 목소리는 대담하게 점점 더 큰 목소리로 말하기 시작했다. '너는 이들을 사랑해. 이들이 공유하는 비밀과 네게 들려주는 각양각색의 과거를 사랑하지. 이들의 유머 감각을 사랑하고, 가장 절망적인 순간에 던지는 농담과 쉬고 따끔거리는 목에서 마치 우물을 채우는 물처럼 힘들이지 않고 자연스럽게 웃음이 터져 나오게 만드는 유쾌함을 사랑해. 욕을 하고 불평을 할 때조차 이들을 사랑해. 뼈에 불을 붙이는 것 같은 고통을 이해하기 때문이지. 그리고 이게 제일 중요한데 이들 중에 너를 사랑해주는 사람도 있다는 거야.'

나는 창밖을 응시했다. 풍경은 아까와 똑같았다. 여전히 뜨거운 태양 아래에서 메마르고 창백해 보였다. 하지만 내 안의 무언가가 변했다. 내 일이 최근에 마지막 남은 한 방울의 에너지와 정신까지 내 몸에서 탈탈 털어 갔지만, 그럼에도 나는 내가 사실은 다시 일터로 복귀하는 날을 고대하고 있음을 깨달았다.(이 생각이 마치 내가 아닌 다른 누군가의 머릿속에 떠오르는 것처럼 느껴졌다. 하지만 환자 분류소를 떨면서 떠나게 만들었던 육체 이탈의 공포와는 다른 행복한 경험이었다.)

의자에서 몸을 일으키자 갑자기 내 키가 더 커지고 더 용감해진 것처럼 느껴졌다. 아버지도 자리에서 몸을 움직여 신문을 깔끔하게 접어 탁자 밑에 놓았다. 그러고는 자신의 팔로 약물을 규칙적으로 주입해주고 있는 정맥주사를 건드리지 않으려고 조심스럽게 움직였다. "그래, 어디 말해보렴." 캐뉼러가 연결된 손을 마음에 들지 않는 시선으로 바라보며 아버지가 말했다. "이건 시간이 좀 걸릴 것 같구나."

지난 수년간 아버지가 대서양을 건너 내 '새로운' 보금자리를 자주 방문하기는 했지만 이 방문은 이래저래 자주 방해를 받았고(우리 아이들 같은 행복한 방해꾼도 있었고, 시차와 질병 같은 좀 더 짜증나는 방해꾼도 있었다), 우리가 마지막으로 여유롭고 느긋하게 대화를 나눈 적이 언제인지 기억조차 나지 않았다. 아버지와의 대화는 영광이고 기쁨이었다. 아버지는 여름휴가 때면 아침 일찍 일어나서 내게 블루베리 머핀과 애플파이를 사다 주었다. 내가 이것들을 좋아한다는 이유 하나 때문이었다. 잠자기 전에는 언제나 어린 스파이나 닌자, 록스타, 천재 소녀가 열정적이고 대담한 행동으로 국제적 명성을 얻게 되는 모험 이야기를 지치지 않고 들려주었다. 지금은 아버지에게 내가 필요했고, 내가 아버지에게 이야기를 들려주기를 바랐다. 일에 대한 이야기가 떠올랐고, 사랑(내가 돌보았던 여성들을 향한 애정과 아버지를 향한 사랑)에 대한 이야기도 떠올랐다. 그래서 나는 기억 속으로 깊게 파고 들어가서 내가 들려줄 수 있는 최고의 이야기를 찾아 올라왔다.

이후 몇 시간 동안 태양이 창가에 커튼이 쳐진 우리의 작은 공간에 긴 그림자를 드리우는 가운데 나는 아버지에게 최근에 환자 분류소를 다녀간 몇몇 여성들 이야기를 했다. 분만의 고통이 얼굴에 적나라하게 드러났던 초산부와 바지 안에서 아기 머리의 볼록한 부분이 보이기 시작한 상태에서 병동 데스크로 침착하게 걸어왔던 여성 등의 이야기였다. 나는 아버지에게 수월하고 매우 기뻤던 출산과 길고 고통스러워서 며칠간 뻐근한 등과 엉덩이에 난 멍으로 인해 몸이 쑤시게 만들었던 출산에 대해서도 말해주었다.(나는 흔히 "발을 여기에 놓아요 밀 때 지지해주는 역할을 해줄 거예요"라고 말했다.) 엘리너가 엄마가 되는 여정에서 겪은 믿기 힘든 사연과 내가 상처를 부드럽게 닦아주었던 완벽하고 아름다운 재스의 이야기도 했다. 그리고 긴 시간을 들여 페이 수안과 그녀가 더 나은 삶을 약속받았던 나라로 오는 여정에서 겪었던 고통과 수모를 적은 한 장의 종이에 대해 들려주었다.

아버지는 이야기에 완전히 빠져들어 말없이 듣고만 있었다. 간호사가 빈 항암 약물 주머니를 가지러 왔고, 정맥주사를 빼낸 다음 나타났을 때와 마찬가지로 조용하게 사라졌다. 더위가 식으면서 하늘은 더 짙은 파란색으로 변해갔고, 도시는 기지개를 쭉 켜며 안도의 한숨을 쉬는 것처럼 보였다. 풍경 한쪽 편에서 천천히 기어가는 차량들과 바람에 흔들리는 나무들이 보였다.

"정말 경이로운 이야기들이구나." 아버지가 말했다. 그 목소리에서 뭔지 모를 다급함이 묻어나왔다. "이 이야기들을 글로 써야 해."

"정말요?" 아버지의 흥분한 모습이 나를 깜짝 놀라게 했다. 아버지는 언제나 내 일에 대한 관심을 점잖게 표현했지만 감동받은 모습은 한 번도 보여준 적이 없었다.(어쩌면 내가 기회를 준 적이 없거나, 재미있는 농담이나 간단한 일화 이상은 공유하지 않았거나, 내 작은 세상에서 병원에서 보내는 12시간 15분 이외의 다른 것들을 대수롭지 않게 여겼기 때문인지도 모르겠다.)

"정말이다. 사람들은 이런 여성들에 대해 알아야 해. 그리고 조산사가 어떤 일을 하는지도. 이건, 이건 정말 멋지구나." 아버지가 답했다.

나는 아버지에게 이 직업을 위해 치러야 했던 대가에 대해서는 입을 다물었다. 미친 듯이 쿵쾅거리는 심장이나 한밤중의 공포는 말하지 않았다. 아주 오랜만에 처음으로 나는 두려움과 슬픔으로부터 단호하게 등을 돌렸다. 나는 내 머릿속에서 들려오는 작고 강한 목소리에서, 나를 향한 사랑이 갓 구운 머핀과 잠자리에서 들려주는 이야기와는 비교도 안 되게 큰 아버지와 함께한 시간에서, 내가 들려줘야 하는 것들에 대한 그의 순수한 열정에서 희망을 찾은 기분이었다. 나는 이 감정을 붙잡고 매달리고 싶었고, 내가 남은 인생을 살고 기여하기로 선택했던 내 나라에 있는 내 병원으로 나와 함께 가져가고 싶었다.

이 주 후반에 항암 치료가 끝났고, 아버지와 내가 서로의 목을 끌어안고 작별인사를 속삭인 후에 나는 비행기에 올라 창밖을 내다보았다. 그리고 고국의 반짝이는 불빛들이 어둠 속으로 물러나는 광경을 물끄러미 바라보았다. 안전벨트

사인이 꺼지자 나는 좌석의 작은 테이블을 펼치고, 펜과 종이를 가방에서 꺼내어 이야기를 써 내려가기 시작했다.

분만실의
군대

당신에게 들리는 이 발걸음 소리의 주인은 나다.

나는 Rh-O형 혈액 주머니를 유니폼 상의 속에 넣고 복도를 내달리고 있다. 환자 분류소를 찾아온 환자가 엄청난 양의 피를 흘리고 있고, 나는 내 체온이 냉장 보관해 차가운 혈액을 창백한 얼굴로 3번 침대에 누워 있는 여성의 정맥에 주입하기 전에 적정 온도까지 끌어올려 줄 수 있기를 바라고 있다. 그녀는 지금 의사와 기계들에 둘러싸여 있다. 내가 가는 길을 따라 나를 바라보는 호기심에 찬 얼굴들을 의식하지 않으며 혈액 주머니를 배 가까이에 품고 이 여성이 내가 돌아갈 때까지 버텨주기를 바라며 뛰어가고 있다.

이 발소리들도 역시 내 것이다. 나는 내 영혼을 산산이 부서지게 만든 야간근무를 뒤로하고 병원을 나서면서 낡은 운동화를 질질 끌며 터벅터벅 걸었다. 가족을 간절히 보고 싶은 마음만큼이나 감각을 마비시키는 깊은 잠에 빠져들고 싶다. 볼록한 배가 이제는 회반죽을 바른 것처럼 비둘기 똥으로 도배되어 있고 그 어느 때보다도 이해할 수 없는 얼굴 표정을 하고 있는 임신한 여성의 동상을 지나 지금까지 수없이 많이 해왔듯 건물 밖 곳곳에 버려져 있는 쓰레기들을 이리저리 피해 걸어간다. 한쪽에 걸쭉하게 게워놓은 토사물을 빙 돌아가고, 휴지통 주변에 원을 그리며 더럽게 흩어져 있는 담배꽁초와 꼬깃꼬깃한 담뱃갑을 지나간다. 내일 이 모든 것을 처음부터 다시 할 수 있을지 모르겠지만 그럼에도 내 심장은 내가 그렇게 할 것임을 알고 있다.

당신이 이 글을 읽을 때쯤이면 나는 집에 왔다 돌아가기를 여러 번 반복하고 있을 것이다. 나는 마음속으로 십여 통의 사직서를 쓰겠지만 한 통도 실제로 종이에 작성하지 않을 것이다. 이 일은 멈추지 않고 필요한 것들을 내게서 쏙쏙 빼내 갈 것이다. 내 활력과 열정, 그리고 때로는 내 건강까지도. 또 인류가 어떤 존재까지 될 수 있는지를 계속해서 보여준다. 인간은 고통과 슬픔 앞에서 대범하고 뛰어나며 용감하고 맹렬해질 수 있다. 내가 담당했던 여성들은 사랑을 주고받고, 상상조차 힘든 역경을 이겨내고, 때로는 품위 있게 패배와 손실을 받아들이는 것이 어떤 의미인지를 가르쳐주었다. 이런 이유로 나는 돌아간다. 나는 (현재는 직업으로, 그러나 마음속으로는 영원히) 조산사로 남을 것이다.

내 헌신은 예외적인 것이 아니며 내 기술도 마찬가지다. 나는 세계 최고의 조산사가 아니다. 사실 근처에도 못 간다. 나는 의견을 낼 만큼 충분히 오래 이 일을 했지만, 수많은 선배들이 어렵게 축적한 지혜에 접근할 정도는 아니다. 나는 세상의 모든 조산사들을 대변할 수 없다. 나와 다른 조산사들의 경험에 공통점이 있을 수 있지만, 근무 환경이 많이 다르고 산부인과의 미래에 대한 생각이 일치하지 않는 조산사들도 있을 것이다. 물자가 풍부하고 직원이 적절히 배정된 병동에서 언제나 평화로움과 만족감을 느끼고, 우리 모두가 열망하는 여성 중심의 보살핌이 일반적인 곳에서 근무 때마다 이런 서비스를 제공할 수 있는 조산사도 분명히 존재할 것이다. 단지 내가 아직까지 못 만나보았을 뿐이다. 병상과 직원이 부족한 현재의 환경에서 이런 종류의 조산사는 다른 조산사들은 꿈만 꿀 수 있을 뿐인, 날개로 마법 가루를 뿌리는 페가수스처럼 신화에나 등장할 법한 존재다.

내가 함께 일했던 여성들과 우리가 돌보았던 여성들을 위해 나는 우리가 목소리를 (그리고 어쩌면 내 목소리를) 높이고 이들의 이야기를 들려줄 가치가 있다는 사실을 깨달았다.

지금 당장. 또 조산사의 세계로 들어온 초반부터 나는 이곳이 소설보다 훨씬 더 이상하고 흥미롭다는 사실도 알게 되었다. 동료들 중 한 명이 "이런 이야기를 지어낼 수는 없죠"라며 경탄하지 않고 지나가는 날이 없다고 봐도 될 정도다.

　　나는 은퇴 후에 뒤늦은 깨달음이 군데군데 내 경험의 날카로운 모서리를 부드럽게 다듬어주고 직업적 반발의 위협이 다소 제거되었을 때 (다양한 의학 분야에 종사하는 다른 사람들이 집필하며 큰 인상을 남겼던 것처럼) 이런 이야기들 중 일부를 글로 쓰는 상상을 해봤다. 그러나 현 정부가 내가 67세가 되기 전까지 연금을 받을 수 없도록 결정한 이후로 나는 내가 신체적으로나 정신적으로나 단어가 가지는 전통적인 의미의 '은퇴'를 할 때까지 충분히 오랫동안 조산사 업무를 수행하는 것이 가능할지 궁금하지 않을 수 없었다. 내 무릎과 골반, 정신이 노쇠해 더 이상 버틸 수 없는 나이에 이르러서야 이 일을 그만두게 될 가능성보다 67세 이전에 야간근무를 하고 침대를 끌고 다닐 기운이 남아 있지 않아 그만두게 될 가능성이 더 크다. 내 동료들은 이런 걱정을 하루도 빠짐없이 한다. 그리고 근무시간을 줄이거나 대출금을 갚고 빚을 청산하고 자녀들이 다 크자마자, 그리고 절박감과 두려움이 부채질하는 비난이 감당하기에 너무 힘들어지기 전에 그만두기로 결심한다. 조산사들은 전반적으로 연령대가 높고, 우리가 얼마나 재정 지원을 제대로 받지 못하고 있는지 그리고 과중한 부담을 지고 있는지 세상에 알리지 않으면 이 직업을 다음 세대의 조산사들이 자긍심과 자부심을 가지고 안전하게 업무를 수행할 수 있는 영역으로 절대로 만들어낼 수 없을 것이다.

나도 안다. 어떤 점에서 나는 불평을 해서는 안 된다. 내가 받은 특권을 잊지 말아야 한다. 나는 내가 깨끗한 침대 시트와 소독된 도구, 사실상 지속적으로 제공되는 좋은 약품이 있고, 이 모든 것을 의료 서비스를 제공할 때 무료로 이용할 수 있는 병원에서 실습할 수 있었던 엄청난 행운에 감사한다. 많은 조산사들이 세계 곳곳에서 가장 기본적인 의료품조차 구하기 힘든 환경에서 근무하고 있다. 하지만 그렇다고 해도 그 사실이 내 상황을 바꿔놓지 못하며, 개선을 요구하는 내 목소리를 잠재우지 못할 것이다. 다른 지역에서 무슨 일이 일어나고 있든 상관없이 세계에서 가장 부유하고 발전된 국가 중 하나의 산부인과 서비스를 향상시키기 위해, 조산사와 여성들을 위해 더 나은 행동을 취할 수 있고 또 그렇게 해야만 한다.

안타깝게도 조산사에 대한 우리의 문화적 인식에 급격한 변화가 생기고, 조산사들이 공중위생에 (그리고 적합한 환경과 보호 조치가 절실한 크리스털과 하와, 올리비아, 스타와 같은 여성들에게) 차이를 만들기 전까지는 정부가 보건 서비스에서 이 분야를 우선순위에 둘 가능성은 낮다. 대중매체에서 조산사에 관한 이야기를 다루는 사례가 늘고 있지만, 조산사 역할의 범위와 복잡성과 이런 의무들을 수행하기 위해 거의 초인적인 능력을 발휘해 신체적으로 정신적으로 인내하는 조산사들의 삶에 대한 인식은 여전히 부족해 보인다.

내가 최근에 돌보았던 여성의 남편이자 이제 초보 아빠가 된 남성이 해준 이야기가 있다. 스티븐과 미셸은 처음으로 부모가 되는 사람들에게서 볼 수 있는 초조함과 열의를 가지고 환자 분류소에 도착했다. 미셸은 진통을 견디며 의연하게 미소 짓고 있었고, 스티븐은 한 쌍의 여행 가방을 솜씨 좋게 다루면서 주요 정보를 자신의 휴대전화에 깔려 있는 진통 기록 어플리케이션에 입력했다.

"어제 아침부터 시작된 미셸의 모든 진통의 빈도와 강도, 지속 시간을 보여줄 수 있어요." 그가 여행 가방을 내려놓고 활짝 웃으며 말했다.

"잘했어요, 이제 아기를 낳도록 하죠." 내가 웃으며 답했다.

이날 병원은 평소보다 특히 더 바빴다.(이 말이 조금은 진부하다는 것을 알지만 다른 모든 경우에 그랬듯이 여전히 맞는 말이었다.) 내가 분만 병동의 수석 조산사에게 전화를 걸어 미셸의 자궁경부가 5센티미터 열렸고 진통 상황도 좋다고 말했을 때 그녀는 병동에 일손이 심각할 정도로 부족하고, 두 건의 산과 수술이 진행 중이라서 미셸을 올려 보낼 경우 내가 남아서 직접 그녀의 분만을 도와야 한다고 말했다. 이 시나리오가 내가 속한 부서의 일손을 부족하게 만드는 것을 의미할지라도 내게는 선택의 여지가 거의 없었다. 그리고 미셸을 생각한다면 이것이 최선이었다. 그녀는 환자 분류소와 분만 병동에서 한 사람의 조산사에게 관리받을 것이고, 이는 대다수의 환자들이 꿈에서나 생각해볼 수 있는 일관된 서비스였다.

"좋은 소식과 나쁜 소식이 있어요." 내가 침대가 있는 공간의 커튼을 젖히며 미셸에게 말했다. 그녀는 침대 위에서 네발 기기 자세를 취하고 있었고, 그녀의 몸을 덮쳤던 진통이 가라앉으면서 몸을 떨었다. "좋은 소식은 제가 분만 병동으로 함께 가게 되었다는 것이고, 나쁜 소식은 절 쫓아낼 수 없게 되었다는 거예요." 그녀가 힘없이 웃고 침대에서 기어 내려왔다. 스티븐은 침대 옆에 가지런히 정리해 두었던 여행 가방을 챙겼다.

미셸은 진통으로 조금 힘든 시간을 보내고 있었다. 그녀는 오후에 분만의 세계에서 가장 무섭고 가장 외진 곳으로 마법과 같은 미스터리한 여행을 경험했다. 그녀는 욕조에 들어갔다가 밖으로 나왔다. 통증을 완화시켜주는 가스를 흡입했다가 진통제를 사용했고, 무통주사를 달라고 애원했으며 왼쪽 허벅지와 엉덩이 부분만 감각이 마비되었을 뿐 다른 부위에서는 효과가 나타나지 않자 다시 가스로 방법을 바꾸었다. 연속감시장치를 끄고 있었지만 일정하던 태아의 심장박동이 불안정해져 전원을 켰다. 마지막으로 미셸은 엄청나게 많은 힘주기와 엄밀히 말하면 '적은' 양이지만 여전히 겁을 먹게 만드는 출혈, 까다로운 봉합술이 요구되는 복잡한 열상이 난 후에 예쁜 여자 아기와 함께 깨끗한 담요에 둘러싸였다. 그녀의 열상을 치료한 사람은 봉합을 언제 해봤는지 기억도 안 나는 (그리고 점심과 저녁을 모두 먹지 못해 위가 큰 소리로 으르렁거리는) 환자 분류소의 조산사였다.

나는 산모가 아기에게 초유를 먹이는 가운데 언제나처럼 엉망이 된 주변을 정리하느라 바빴다. 방 안을 가로지르며 피투성이 천들을 쓰레기봉투에 구겨 넣고, 흡수 패드를 피가 섞인 액체 웅덩이에 던지고, 분만의 마지막 순간 바닥에 내팽겨쳐진 도구들을 챙기는 동안 나는 스티븐이 미셸의 침대 옆에 앉아 나를 지켜보고 있음을 의식하기 시작했다. 처음에는 알아차리지 못한 것처럼 행동했지만 내가 가는 곳마다 그의 시선이 함께 따라오자 나는 불편해졌고, 우리의 시선이 마주쳤을 때 어색하게 미소를 지었다.

"계속 쳐다봐서 미안해요." 그가 말했다. 그리고 내가 불편해한다는 사실을 깨닫고는 얼굴을 붉혔다. "그냥 오늘 우리를 위해 해준 모든 일들이 믿기지 않아서 그랬어요. 환자분류소에서 우리를 만났고, 여기까지 올라와서 오후 내내 미셸을 돌봐줬잖아요. 게다가 아기까지 받아줬지요. 그러고는 손을 씻고 미셸의 상처를 봉합하고 지금은 청소를 하고 있네요. 지원군은 어디에 있는 거지, 라는 생각이 자꾸 떠오르네요. 저는 이 방에, 또는 당신이 움직이는 길에 수많은 사람들이 함께하고 있다고 생각했던 것 같아요. 하지만 당신밖에 없네요. 당신 혼자서 한 군대가 맡을 역할을 하고 있네요."

"그래요." 내가 바닥에서 피 묻은 천 꾸러미를 들어 올리면서 말했다.

내 뛰어난 능력을 보여주려고 이 이야기를 꺼낸 것이 아니다. 다른 조산사들도 미셸을 위해 똑같이 했을 것이고, 이들 중 상당수가 더 뛰어난 기술과 더 근사한 헤어스타일을 가지고 있을 것이다. 이 이야기의 요점은 스티븐이 말한 것처럼 조산사들이 아기를 받는 일 이외에 정말로 많은 일을 한다는 사실이다. 우리는 환자를 보살필 계획을 짜고 수행한다. 친밀한 분위기를 조성하고, 위안을 주고, 공감하고, 기운을 북돋아준다. 처방을 내리고 간단한 수술도 진행한다. 당신은 임신 기간 내내 우리를 보게 되고, 집으로 돌아간 뒤에도 우리의 방문을 받는다. 우리는 당신과 아기가 모두 괜찮은지 확인하고, 요리와 청소 그리고 거의 모든 일들을 천천히 해도 괜찮다고 알려줄 것이다. 순산일 경우 우리가 분만실에서 함께하는 유일한 존재이고, 난산일 경우 수술을 준비하며 당신을 씻겨주고 회복하는 동안 침대에 누워 있는 당신의 지친 몸을 씻겨준다. 당신의 집이 안전하지 않은 것 같다고 말하면 그 말을 들어주고 주거지가 안전해질 때까지 당신을 우리의 보호 아래에 놓는다.

우리는 당신과 아기를 위해 전쟁터 속으로 뛰어 들어가는 그날에서야 처음 만나게 될 수도 있다. 그리고 스티븐처럼 당신은 천을 걷어내고 바닥의 피가 발밑에서 마를 때까지 당신의 뒤에 있던 군대를 알아차리지 못할 수도 있다.

그럼에도 매일 대도시의 병원과 지방의 작은 출산 센터에서, 진료소와 병동에서 다양한 연령과 경력을 가진 조산사들이 푸른색 연기가 되어 증발한다. 너무 많은 조산사들이 스트레스와 피로를 감당하지 못하고 무너지지만, 다행히도 이들이 떠난 자리에는 수천 개의 더 많은 군대가 남아 있다. 침대 옆에서 무릎을 꿇고, 전화를 받고, 호출벨 소리에 뛰어가고, 당신에게 괜찮다고, 할 수 있다고, 잘하고 있다고, 계속 힘주어 밀라고 말해준다. 그러면 당신은 밀어내고 또 밀어낸다. 그리고 우리가 당신과 함께한다.

감사의 말

순전히 열정과 온정만 가지고 쓴 초고만 보고 이 책을 환영해준 모든 에이전트와 편집자에게 감사의 말을 전한다. 이들은 내 이야기가 들려줄 가치가 있음을 보여주었고 조산사와 이들이 하는 일에 애정과 존중을 표현했다. 나는 이들 모두를 기억하고 감사하게 생각할 것이다.

나와 내 동료 조산사들을 믿어주고, 내 글을 놀라울 만큼 정확하게 수정해주고, 끝도 없이 이어지는 반려견 사진을 보며 농담을 나누었던 탁월한 에이전트이자 미래의 세계 출판 제국을 이끌 헤일리 스티드에게 감사한다. 당신은 샴페인을 터트릴 자격이 충분하다. 꼭 생일이나 바비큐 파티가 아니어도 상관없다. 그리고 처음으로 책을 쓰는 동안 실수투성이였던 나를 잘 참아주고 집필 과정에서 든든한 지원군이 되어준 메들린 밀번 에이전시의 모든 팀원에게 감사한다.

내 멋진 편집자인 세라 리그비에게 고마운 마음을 표한다. 그녀는 내가 글을 쓰기 시작한 순간부터 내 이야기를 이해해주고, 흔들림 없는 인내심과 재능으로 나를 인도해주었다. 당신은 내가 뛰어난 작가라고 나를 (거의) 설득시켰고, 나는 당신을 멋진 친구라고 부를 수 있어서 뿌듯하다. 자신들의 세계에서 나를 환영해 주었고, 첫 회의 때부터 내 일에 완전한 지원을 아끼지 않아준 조캐스터 해밀턴과 허친슨 & 코너스톤의 모든 직원에게 감사한다. 내가 포기하지 않게 밀어준 로라 브룩과 엘 기번스, 세라 리들리와 나의 첫 번째 열렬한 팬이 되어준 사샤 코스에게 특별히 고마움을 전한다.

내가 출산 경험이 있는 여자에서 조산사가 되고 작가가, 그리고 친구가 되는 여정에서 나와 함께해준 수전 론과 개러스 리드에게 무한한 감사의 마음을 전한다. 이들은 이 모든 과정에서 흔들림 없는 열정으로 지원을 아끼지 않았다.

매우 귀중한 친절하고 사려 깊은 '내부자' 피드백을 준 조산사 에린 허칭스와 산부인과 의사 애덤 아치볼드에게 진심으로 감사한다.

교육 첫날부터 지금까지 내게 알게 모르게 조언을 해준 모든 조산사에게도 고마움을 표한다. 이들은 내게 강하고 우아하며 입이 거칠고 마음이 넓은 조산사의 본보기가 되어주었고, 어떻게 '여성과 함께' 하는지를 보여주었다. 이는 내가 다른 누군가에게 나누어 주어야 할 선물이다. 그리고 국민보건서비스의 모든 동료들, 즉 의사와 조무사, 환자 이동 담당자, 나를 가르쳐주고 지원하고 나를 위해 '이곳'에서 셀 수 없이 많이 베이컨을 남겨주었던 병동과 사무실 직원들에게 감사한다.

인생에서 가장 큰 기쁨과 가장 괴로운 고통의 시간에 자신들을 돌볼 수 있게 해준 여성들과 이들의 가족에게 이보다 더 큰 영광은 없었다고 말하고 싶다. 내게 시간과 마음을 허락한 관대함과 용기, 재치는 내 마음에 간직할 감사와 사랑의 빚이다. 조산사들은 열심히 일하지만 엄마가 되는 일은 훨씬 더 힘들다.

대서양을 사이에 두고 아낌없는 지원을 해준 가족들에게 감사한다. 그리고 마지막으로 내 가족들에게는 감사의 말만으로 내 진심을 전달하기에 충분하지 않다. 남편 앨런은 나의 가장 열광적인 팬이자 내 개인 조산사이다. 당신이 내게 내어준 사랑과 시간은 그 무엇보다도 가장 큰 선물이다. 내 두 딸은 내가 아는 가장 멋진 여성들이다. 이 모든 것은 이들을 위한 것이다.

용어 설명

독자에게 전하는 말
_____

여기에 정리된 용어는 비전문가들을 위한 것으로, 독자
들의 눈높이에 맞게 상대적으로 쉽고 간단한 표현을 사용했
다. 더 자세하고 전문적인 설명을 원한다면 『베일리어 조산
사 사전(*Bailliere's Midwives' Dictionary*)』이나 『마일스 조산사 교
본(*Myles Textbook for Midwives*)』, 『주요 질병 관리를 위한 조산
사 가이드(*The Midwives' Guide to Key Medical Conditions*)』 같은 어
디서든 쉽게 구할 수 있는 많은 뛰어난 전문 자료들을 찾아
보기를 권한다.

감속 태아의 심장박동 속도가 평균 수준 이하로 떨어지는 상태. 분만 시 태아에게서 나타나는 정상적인 반응인 경우가 많지만 태아에게 문제가 있음을 암시할 수도 있다.

겸자 사용 시도 성공이 불확실하지만 겸자를 이용해 아기를 꺼내려고 시도하는 상황을 말한다. 겸자 사용 시도는 거의 언제나 수술실에서 행해지며, 시도에 실패하면 모든 필요한 의료진과 기구를 동원해 즉각 제왕절개를 실시한다.

경막 외 마취 흔히 무통주사라고도 한다. 진통제를 척추뼈 사이의 공간에 투약해 척추신경들 간에 통증신호의 전달을 막는 마취의 한 형태다.

경산부 일반적으로 말해 이 용어는 임신 24주 이상의 아기를 낳아봤거나, 이 임신 기간 미만이며 태어나자마자 아주 짧은 한순간밖에 살지 못한 아기를 분만한 경험이 있는 여성을 말한다. 이 용어에 횟수를 추가할 수 있다. 예를 들어 '1회 경산부'는 한 명의 생존한 아이를 출산한 경험이 있는 여성을, '4회 경산부'는 네 명의 생존한 아이를 출산한 경험이 있는 여성을 지칭한다. '1 플러스 2회 경산부'는 한 명의 생존한 아이를 출산한 것에 더해 두 번의 임신을 경험한 여성을 의미한다.

경피전기신경자극기 분만 시 통증 신호를 차단하기 위한 목적으로 사용되는 기계. 흔히 배터리와 환자의 등에 부착하는 전기선으로 구성되어 있다.

계류 유산 임신 24주 미만의 태아가 사망했지만 하혈이나 조직이 밖으로 나오지 않고 자궁 내에 잔류하면서 계속 임신 중인 것처럼 보이는 현상.

과다 출혈 혈액의 과다한 상실을 말하며 여러 이유로 임신이나 출산, 산후 단계에서 언제든지 일어날 수 있다.

궁둥뼈가시 골반에서 살짝 튀어나온 뼈를 말하며, 분만 시 태아의 하강 위치를 알아내는 지표로 주로 사용된다. 예를 들어 모체의 골반 입구에 먼저 들어간 태아의 선진부(일반적으로 머리)가 모체의 궁둥뼈가시보다 2센티미터 아래에 있을 때 이를 '궁둥뼈가시 플러스 2'라고 표현한다.

긴급 제왕절개 제왕절개 중 가장 시급하게 수술이 이루어져야 하는 상황으로, 임산부 그리고/또는 태아의 생명이 분명하고 즉각적으로 위협받는 경우다. 일반적으로 분만이 가능한 한 빨리 끝날 수 있도록 전신마취제를 투여한다.

난관 난소에서 자궁으로 이어지는 두 개의 가는 관.

난소 난자를 생산하고 호르몬(프로게스테론과 에스트로겐)을 분비하는 생식기관. 정상인의 경우 두 개의 난소가 있으며 각각은 난관을 통해 자궁으로 연결된다.

내진 '골반 내진'이라고도 한다. 행위자(조산사나 의사)가 손가락을 이용해 자궁경부의 길이와 경도, 열린 정도를 확인하는 방법이다. 행위자는 양막낭에 문제가 없는지, 태아의 발이 먼저 나오는지 머리가 먼저 나오는지, 나오는 부위가 어디까지 얼마나 내려왔는지를 알 수 있다. 많은 지침서들이 분만 중에 최소한 네 시간마다 내진을 실시할 것을 권하는데, 이 검사를 통해 조산사나 의사가 어떤 관리를 해야 하는지에 대한 정보를 얻을 수 있기 때문이다. 그러나 내진의 빈도는 임상적 상황과 환자의 요청, 환자와 행위자의 합의된 결정에 따라 현장에서 얼마든지 달라질 수 있다.

느린맥 맥박이 일반적인 속도보다 느려지는 상태.

담즙 정체증 임신 중에 간의 담즙 흐름이 방해를 받아 나타나는 증상으로 임부에게 극심한 가려움증을 유발하고, 태아의 경우 문제가 발생할 위험을 증가시킬 수 있다.

도플러(Doppler) 주로 태아의 심장 소리를 진단하기 위해 사용하는, 손에 쥘 수 있고 배터리로 작동하는 초음파 기기. 소니케이드 참조.

두정부 태아 머리의 정점 즉, 정수리 부분. 정상적인 자연분만에서 일반적으로 가장 먼저 밖으로 나오는 부위다.

등록되지 않은 거주 지역 병원에서 산전관리를 받아본 경험이 없는 여성을 말한다. 예를 들어 '등록되지 않은 임산부'는 지역 임산부 관리 서비스에 등록되지 않았으나 현재 출산 중인 여성을 의미한다.

레지스타 레지던트와 비슷하다. 영국의 경우 2년의 기초 수련 과정을 완수한 후에 최소 2년간의 전문의 수련을 받은 의사를 말한다. 영국 산부인과에서 전문의 수련은 보통 7년을 꽉 채우는 경우가 대부분이다. 이 과정을 마친 의사에게는 전문의 자격이 주어진다.

리서시테어(Resuscitaire) 분만 시 태어난 아기의 체온을 올려주고 소생법을 실시하는 데 사용되는 대형 기기의 브랜드명. 일반적으로 산소 공급과 석션(흡입) 기능이 있으며 신생아 소생술에 사용되는 다른 필수적인 장비와 약품을 보관할 수 있다.

만삭 해산할 달이 다 찬 상태. 40주. '만삭 8일 경과'는 출산 예정일에서 8일이 경과했다는 뜻이다.

발열 체온이 정상 수치(약 섭씨 37.5도)를 넘어서는 증상.

배양병 혈액 샘플을 수집하는 특수한 병으로 실험실로 보내 세균 검사를 한다. 심각하고 전신 감염이나 패혈증이 의심될 때 배양병은 의료진의 필수적인 진단 도구다.

벌리개 집게 일반적으로 플라스틱으로 만들어진 기구로 질과 자궁 경부를 육안으로 볼 수 있게 질벽을 벌리는 데 사용된다. 이 기구는 예를 들어 출혈의 원인이나 양수의 존재를 확인할 때 유용하게 쓰인다.

분만 겸자 자궁경부가 완전히 열렸지만 그 후에 분만의 진행이 비정상적으로 느리고 태아의 상태가 위태로운 상황에서 사용하는 기구다. 두 개의 큰 숟가락이 맞물려 있는 형태로 행위자(일반적으로 의사)가 이 기구로 태아의 머리를 감싸고, 임산부가 힘을 주어 아기를 밖으로 밀어냄과 동시에 머리를 잡아당긴다.

분만 후 출혈 출산 후 과량의 출혈이 발생하는 경우로 일반적으로 500cc 이상의 출혈이 있을 때 분만 후 출혈이라고 말한다. 이런 상황은 다수의 요인으로 인해 발생하거나 악화될 수 있다. 생식관에 외상이 생기거나 분만 후 자궁이 제대로 수축하지 못하거나 혈액 응고에 필수적인 인자가 부족한 경우 등이 여기에 속한다.

빠른맥 심장박동수가 비정상적으로 빠른 상태. 임부의 경우 일반적으로 분당 100회 이상, 태아의 경우 분당 160회 이상의 심박수를 말한다.

사산 임신 24주 이후 죽은 아이를 출산하는 경우를 말한다.◆

산부인과 산과학(임신과 출산, 산후 기간과 관계된 의학 전문분야)과 부인과학(여성의 생식기관과 그 주변 기관과 관계된 의학 전문분야)의 줄임 말이다. 의사들은 산과학과 부인과학을 함께 전공하는 경우가 대부분이다.

3도 열상 항문 괄약근과 회음부의 피부와 근육이 분만 과정에서 파열되는 현상. 흔히 쓰는 표현으로 '똥구멍 부분이 찢어지는 상처'다. 3도 열상은 일반적으로 수술실에서 의사가 환자를 척추 마취나 경막 외 마취를 시킨 상태에서 봉합한다.

생존 가능성 영국의 현행법은 임신 24주 이상의 태아는 생존이 가능하다고 명시하고 있다. 그러나 이 시기 이전에 태어나는 아기들이 신생아 집중 치료를 받아 생존하는 경우가 점점 증가하고 있다.

섬망: 중병으로 인해 생긴 병적인 정신 상태로 착란과 혼미, 환각 등의 증상을 포함한다.

소니케이드(Sonicade) 태아의 심장박동을 듣기 위해 사용하는, 손에 쥐고 사용하는 장치의 브랜드명. 도플러 참조.

슬라이딩-스케일(sliding-scale) 신체의 혈당량 조절을 위해 주입 펌프를 통해 신중하게 계산된 적정량의 포도당과 인슐린을 동시에 투약하는 장치로 분만 시 당뇨병이 있는 환자에게 주로 사용된다.

시니어 하우스 오피서(senior house officer, SHO) 지금은 공식 명칭이 아니지만 여전히 일반적으로 사용되고 있는 용어로, 기초 수련 과정 2년차(레지스타 참조)이거나 전문의/일반의 수련 과정 1년 또는 2년

◆　우리나라에서는 보통 임신 4개월 이후 죽은 아이를 출산한 경우를 '사산'으로 정의한다.

차인 의사를 말한다.* 이보다 한 단계 높은 의사를 레지스타라고 부른다.

신토시논(Syntocinon) 자궁 수축을 유발하는 옥시토신의 인공 형태의 브랜드명. 유도분만과 분만이 지체되거나 정체되었을 때 이를 촉진하는 등 다수의 이유로 사용된다.

심박동 변동성 조산사나 산과 전문의가 태아의 심장박동 기록을 평가하는 요소 중 하나.(태아심박감지기 참조.) 느리고 변동이 거의 없는 심박동 기록은 태아에게 이상이 있다는 신호로 볼 수 있다.

심실중격결손: 심장병 중 흔하게 발생하는 병으로, 좌심실과 우심실 사이의 중간 벽에 구멍이 있는 질환이다.

앰니훅(Amnihook) 양막낭 또는 양수 주머니에 구멍을 내기 위해 조산사와 의사들이 사용하는 도구의 브랜드명. 끝에 고리(훅)가 달린 플라스틱 뜨개질바늘처럼 생겼다. 임부와 태아에게 해를 주지 않으면서 양막낭을 찢고, 양수가 질을 통해 자궁 밖으로 흘러나올 수 있게 설계되었다.

양막낭 자궁 안에서 태아가 성장하는 주머니. '양수 주머니'라고 부르기도 한다.

양수 자궁 안에서 태아를 둘러싸고 있는 액체. 양수는 일반적으로 지푸라기 같은 노란 빛이 돌며 태아가 삼키기도 하고 (소변으로) 배출하기도 한다.

오한 신체가 심각한 감염이나 패혈증에 반응해 체온을 조절하기

◆   우리나라의 인턴과 비슷하다.

위해 몸이 떨리는 증상이다.

완전히 열림 자궁경부가 지름 약 10센티미터로 완전히 열렸음을 나타내는 표현. 일반적으로 태아가 질을 통해 자연분만으로 태어나려면 이 단계에 도달해야 한다.

외음부 여성의 바깥 생식기관이며 질과 혼동하는 경우가 자주 있다.

요관 오줌을 콩팥에서 방광까지 운반하는 관.

위치 이상 자궁 안의 태아 위치가 자연분만을 어렵거나 불가능하게 만드는 상태.

유도분만 다수의 단계와 기술을 이용해 인위적으로 분만을 유도하는 시술. 흔히 인위적인 양막 파열과 질 좌약을 삽입하고 합성 호르몬을 정맥으로 투여하는 방법이 사용된다.

음순 여성의 외음부에 있는 피부 주름.

이슬 '점액마개'라고도 한다. 임신 중에 자궁경부를 막고 있는 끈끈한 점액 물질로 진통이 시작되거나 진행 중에 배출된다.

임신중독증 임신 기간 중에 고혈압과 부기, 단백뇨가 나타나는 증상. 치료를 하지 않거나 제대로 관리하지 않으면 임부와 태아 모두에게 치명적인 영향을 미칠 수 있다.

자궁 태아가 자라는 기관.

자궁경부 자궁 아래쪽에 위치한 좁은 부분으로 '자궁목'이라고도 부른다. 둥그런 형태의 두툼한 관으로 분만 시 얇고 부드러워지고 열리면서 태아가 자궁에서 질로 지나갈 수 있게 해준다.

자궁내막증 일반적으로 자궁 내에 있는 자궁내막 조직이 자궁 밖에 존재하는 증상. 내부 생식 기관에 염증과 통증을 비롯한 문제들을 유발할 수 있다.

자궁 외 임신 파열 자궁 외 임신이란 수정란이 자궁몸통의 내강이 아닌 다른 곳에 착상되는 임신을 말하며, 자궁관에 착상되는 경우가 흔하다. '자궁 외 임신 파열'은 자궁이 아닌 다른 곳에 착상된 수정란의 크기가 기관의 크기보다 더 커지면서 발생한다. 이는 생명에 위협이 되는 출혈로 이어질 가능성이 높기 때문에 즉각적인 외과적 조치가 필요하다.

자연 양막 파수 양막이 자연스럽게 파열되어 양수가 흐르는 상태.

전치태반 태반이 자궁경부의 안쪽 입구를 침범하거나 덮는 상태. 자연분만이 어려우며 임부와 아기 모두에게 위험하다.

점액마개 이슬 참조.

정맥 주사 보통 손이나 팔에 삽입관이나 '정맥 점적 주입기'를 연결해 약물이나 액체를 정맥에 바로 투약하는 방법이다.

지연 임신 '출산 예정일'이나 만 42주가 지나도 임신이 지속되는 상태를 말한다.

직장압박증상 변의를 느끼는 증상으로, 태아가 골반을 빠져 나오면서 골반저부에 압력을 가하기 때문에 발생한다. 이 느낌은 흔히 배에 힘을 주어 밀어내려는 행동을 이끌어 내거나 이 행동에 동반된다.

진통 자궁 내 근섬유의 수축으로 발생하는 복통. 길고 강한 진통이 자주 꾸준히 발생하면서 자궁경부를 부드럽고 얇게 만들고 확장시켜 태아가 밖으로 나오는 데 도움을 준다. 진통의 정도를 말할 때 예를 들어 '진통 10에 2'는 진통이 오는 횟수가 평균 10분에 2회임을 말한다.

질 자궁경관에서부터 외음부까지 이어지는 여성의 생식 통로.

집중관리실: 집중적인 산과적·의학적 관리와 더불어 추가적인 감시를 받는, 위독한 임산부를 돌보는 산부인과 병동의 한 영역.

청진 태아의 심장박동을 듣기 위한 행위. 이를 위해 피나드 청진기(임부의 복부에 대고 태아의 심장 위치를 찾는 도구로 작은 나팔 모양으로 생겼다)나 도플러 기술을 이용한 손에 쥐고 사용하는 장치(도플러와 소니케이드 참조), 임부의 복부에 연결된 연속 감시기(태아심박감지기 참조)가 사용될 수 있다.

초유 출산 후 분비되는 '첫 젖'. 고칼로리에 영양가가 높고 면역에 중요한 역할을 하는 물질이 풍부하다. 많은 산모가 출산 후 처음 며칠간 비교적 적은 양의 초유를 분비하며, 모유를 자주 먹이거나 '짜내면' 손이나 유축기에 의해 자극을 받아 모유의 양이 증가할 수 있다.

초임부 처음 임신을 한 여성.

촉진 조산사 업무에서 임부의 복부를 손으로 만져서 크기와 태위, 태향,✦ 자궁의 수축 강도와 빈도를 진단하는 방법.

출산전후기 출산 전후의 시기. 예를 들어 출산전후기 정신건강은 임신 기간 혹은 출산 후 몇 주나 몇 달 동안 발생할지도 모르는 정신적 문제들을 말한다.

카테터 관 모양 기구의 일반적 명칭으로, 산부인과에서는 주로 요도를 통해 방광에 삽입해 소변을 빼내는 도뇨관의 용도로 사용한다. 넣었다 뺐다 할 수 있는 도뇨관은 일회용으로 방광을 비우고 난

✦　태아의 머리나 등이 자궁의 좌우 벽에 놓이는 방향.

후에 제거할 수 있다. 유치 도뇨관은 방광에 계속 삽입된 상태로 남아 있으면서 지속적으로 자유롭게 소변을 배출하게 한다. 유치 도뇨관은 환자의 자연배뇨가 어려울 때 주로 사용한다. 예를 들어 전신이나 하반신 마취를 한 경우다.

캐뉼러 바늘처럼 매우 가는 플라스틱 관으로 액체나 약물, 혈액을 주입하기 위해 정맥에 삽입한다.

클로스트리듐 디피실리균 심각한 구토나 설사를 일으킬 수 있는 균.

태반 임신 중에 형성되는 기관으로 모체로부터 태아로 영양분과 산소를 공급한다. 자궁내벽에 붙어있고, 아기가 나온 후인 분만 3기에 만출되며 이 과정을 '후산(afterbirth)'이라고 한다.

태변 태아의 대장에서 나오는 짙고 끈끈한 내용물로 태아가 처음으로 보는 대변이다. 때때로 태아는 임신 중이나 분만 중에 태변을 보기도 하는데 이때 양수가 '태변 착색'되었다라고 말한다. 이는 정상적인 현상일 수 있으나 태아에게 문제가 있을 수 있다는 징후가 되기도 한다.

태아 수정 8주(임신 10주) 이후부터 출생 때까지의 아기를 가리키는 의학용어다.

태아심박감지기 태아의 심장박동과 임부의 맥박, 자궁 활동(진통)을 시간의 경과에 따라 스크린이나 종이에 그래프로 표현하는 기계. 이런 종류의 지속적인 관찰은 흔히 임신이나 출산의 위험이 높은 임부의 태아 상태를 확인하기 위해 실시한다.

태아심전도검사기 분만 시 태아의 두피에 연결해 태아의 심박동을 감시하는 기구로 복벽을 경유하는 태아심박감지기보다 더 정확하다.

태지 태아기름막이라고도 하며 걸쭉한 백색 크림 같은 물질이다. 자궁 안에서 태아의 피부를 보호하고, 분만 시 태아의 몸에 붙어 나오기도 하며 그 정도는 다양하다.

패혈증 생명을 위협하는 염증 반응이 나타나는 증상으로 생명 유지에 필수적인 신체의 주요기관에 문제를 일으킬 수 있고, 최악의 경우 사망에 이르게 할 수도 있다. 패혈증은 산모와 신생아 사망의 주요 원인 중 하나이기 때문에 긴급히 치료할 필요가 있다.

프로스틴(Prostin) 흔히 사용되는 호르몬 정제의 브랜드명으로 주로 유도분만 1기에 질 안에 삽입한다. 자궁경부를 부드럽고 얇게 만들어 열릴 수 있게 해준다.

피나드 청진기(Pinard) 태아의 심장 소리를 듣는 데 사용하는 단순한 기구. 작은 나팔처럼 생겼으며 소니케이드와 태아심박감지기가 발명되기 전에 널리 사용되었고 지금도 때때로 작은 병원과 시골이나 위험성이 낮은 환경에서 사용된다.

헤로인 강력한 진통제로 분만 시 통증 완화용으로 사용되기도 한다.

회복실 산부인과 병동의 한 구역으로 일반적으로 수술 후에 간호를 받는 공간. 예를 들어 제왕절개를 받은 산모는 이 회복실에서 몇 시간 동안 머물다 병실로 이송된다.

회음부 외부생식기와 항문 사이의 부위.

회음절개술 분만 시 질 입구를 넓히기 위해 절개하는 방법. 과거에는 회음절개술이 일반적으로 행해지는 산과 수술이었지만 지금은 보통 매우 특정한 상황에서만 사용된다. 예를 들면 분만의 마지막 단계에 태아가 위험하다고 여겨질 때 신속하게 끝내기 위해서나 겸자를 사용하기 위한 경우가 있다.

흡반 분만 겸자의 대안이 되는 기구로 태아의 머리에 부착해 당기거나, 특정한 경우 회전시키는 컵 모양의 흡인기.

히프노버딩(Hypnobirthing) 자연스럽고 고통이 없는 출산을 위해 여성의 타고난 능력에 초점을 맞추는 태교 방식. 히프노버딩은 분만의 고통을 경감시키거나 제거하기 위해 호흡법과 확신, 시각화 방식을 권장한다. 이 출산 방식에서는 진통을 밀려왔다 밀려나가는 '파도'라고 부르기도 한다.

젠더에 대해

출산은 예나 지금이나 똑같지만 사회는 변한다. 임신한 일부 여성들은 스스로를 여성으로 생각하지 않고, 오늘날 남성 조산사의 수가 점점 증가하고 있는 추세다. 그러나 (제한적이기는 하지만) 내 경험상 내가 만난 모든 임산부와 조산사는 스스로를 여성으로 규정했고, 그래서 나는 여기서 이들을 여성으로 그렸다. 내가 이 책에서 여성들을 향해 내비쳤던 희망과 염원이 젠더에 상관없이 모든 조산사와 임신한 부모들에게 똑같이 전해지기를 바란다.